Sparringpartners

De boeken van John Grisham zijn nu ook verkrijgbaar als e-book

De aanklacht
Achter gesloten deuren
Advocaat van de duivel
De afperser
De bekentenis
De belofte
De beschuldiging
De broederschap
De claim
De cliënt
De deal
Dilemma
Het dossier
Het eiland
De erfgenaam
De erfpachters
De fraude
In het geding
De getuige
De gevangene
De klokkenluider
Het laatste jurylid
De lijst van de rechter
De medeplichtige
De onschuldigen
De ontvoering
Het oordeel
De oplichters
De partner
Het proces
Het protest
De rainmaker
De storm
De straatvechter
Het testament
Een tijd om te doden (De jury)
Een tijd voor genade
De verbanning
De verdediging
Vergiffenis
Verloren seizoen
Het vonnis
De voortvluchtige
De wettelozen
Winterzon

John Grisham

Sparringpartners

A.W. Bruna Uitgevers

Oorspronkelijke titel
Sparring Partners

Vertaling
Saskia Peterzon-Kotte
Omslagbeeld
© Shutterstock
Omslagontwerp
Studio Jan de Boer

ISBN 978 94 005 1279 5
NUR 332

Inhoud

Thuiskomst

1

Het was zo'n ruwe, winderige, sombere maandagochtend in februari waarop de naargeestigheid over het land neerdaalde en de seizoensdepressies om zich heen grepen. De rechtbank hield geen zitting. De telefoon ging niet. Kleine criminelen en andere potentiële cliënten waren elders in de weer en hielden zich totaal niet bezig met het inhuren van advocaten. De kans was groter dat de sporadische beller een man of een vrouw was die nog ondersteboven was van de te grote vakantie-uitgaven en nu advies wilde over onbetaalde creditcardrekeningen. Die werden snel doorverwezen naar de buren, of naar de overkant van het plein, of naar wie dan ook.

Jake zat boven achter zijn bureau en schoot niet echt op met de stapel papierwerk die hij al weken, of zelfs maanden, had genegeerd. Nu hij dagenlang geen rechtbank of hoorzittingen op de agenda had staan, had dit een goede tijd moeten zijn om de oude dossiers weg te werken die niks om het lijf hadden en waar hij, zoals iedere advocaat, een jaar geleden om de een of andere reden ja tegen had gezegd en waar hij nu gewoon van af wilde. Het voordeel van een advocatenkantoor in een klein stadje, vooral als dat je geboorteplaats was, was dat iedereen je naam kende, want dat wilde je. Belangrijk was dat mensen goed over je dachten en je mochten, en dat je een goede reputatie had. Als je buren zich in de nesten hadden gewerkt, wilde jij de man zijn die ze belden. Het nadeel was dat die zaken altijd alledaags en amper winstgevend waren. Maar je kon geen nee zeggen. De roddels waren hevig en meedogenloos en een advocaat die zijn vrienden de rug toekeerde, zou het niet lang volhouden.

Zijn gepieker werd onderbroken toen Alicia, zijn huidige parttimesecretaresse, door de telefoon op zijn bureau klonk. 'Jake, er is hier een echtpaar dat jou wil spreken.'

Een echtpaar. Getrouwd, maar ze wilden ongetrouwd zijn. Weer een goedkope echtscheiding. Hij keek in zijn agenda, al wist hij dat er niks in stond.

'Hebben ze een afspraak?' vroeg hij, maar alleen om Alicia eraan te herinneren dat ze hem niet lastig moest vallen met mensen die zomaar binnenliepen.

'Nee. Maar ze zijn heel aardig en ze zeggen dat het echt dringend is. Ze gaan niet weg en zeggen dat het maar een paar minuten duurt.'

Jake had er een bloedhekel aan om op zijn eigen kantoor te worden gecommandeerd. Op een drukkere dag zou hij voet bij stuk hebben gehouden en hen hebben afgewimpeld. 'Zien ze eruit alsof ze geld hebben?' Het antwoord luidde altijd nee.

'Nou, ze lijken behoorlijk welgesteld.'

Welgesteld? In Ford County? Dat was best intrigerend.

Alicia vervolgde: 'Ze komen uit Memphis en zijn op doorreis, maar nogmaals, ze zeggen dat het heel belangrijk is.'

'Enig idee waar het over gaat?'

'Nee.'

Nou ja, het zou geen echtscheiding zijn als ze in Memphis woonden. Hij ging de lijst met mogelijkheden af: oma's testament, een stuk grond van de familie, misschien een zoon of dochter die op Ole Miss op drugs was betrapt. Aangezien hij zich verveelde en een beetje nieuwsgierig was en een smoes nodig had om onder dat papierwerk uit te komen, vroeg hij: 'Heb je gezegd dat ik midden in een conference-call met tien andere advocaten zit om een schikking te treffen?'

'Nee.'

'Heb je gezegd dat ik straks in de federale rechtbank in Oxford moet zijn en dat ik maar heel even tijd heb?'

'Nee.'

'Heb je gezegd dat ik het razend druk heb met andere afspraken?'

'Nee. Het is nogal duidelijk dat het hier leeg is en dat de telefoon niet gaat.'

'Waar ben je?'

'Ik ben in de keuken, dus ik kan praten.'

'Oké, oké. Zet wat verse koffie en laat ze in de vergaderruimte wachten. Ik kom over tien minuten naar beneden.'

2

Het eerste wat Jake opviel, was hun bruine kleurtje. Ze waren duidelijk naar de zon geweest. Niemand in Clanton was zongebruind in februari. Het tweede wat hem opviel, was het chique korte kapsel van de vrouw, met een vleugje grijs, stijlvol en overduidelijk duur. Hij zag het fraaie sportjasje van de heer. Ze waren allebei goedgekleed en keurig verzorgd, heel wat anders dan de gebruikelijke aanloop.

Hij schudde hun de hand en ze zeiden hun naam. Gene en Kathy Roupp uit Memphis. Eind vijftig, heel aangenaam, allebei met een zelfverzekerde glimlach die een goed onderhouden gebit liet zien. Jake zag ze zo op een golfbaan in Florida staan, waar ze van het goede leven genoten achter hekken met bewakers.

'Wat kan ik voor jullie doen?' vroeg Jake.

Gene lachte hem toe en sprak als eerste. 'Nou, het spijt me voor je, maar we zijn hier niet als potentiële cliënten.'

Jake deed het nonchalant af met een neplachje en een achteloos schouderophalen, alsof hij zeggen wilde: *Ach, wat maakt het uit? Welke advocaat wil er nou geld voor zijn tijd?* Hij zou ze nog hooguit tien minuten en één kop koffie geven voordat ze op moesten hoepelen.

'We zijn net terug van een maand Costa Rica, een van onze lievelingsbestemmingen. Ooit in Costa Rica geweest?'

'Nee. Ik heb gehoord dat het er schitterend is.' Dat had hij helemaal nooit gehoord, maar wat moest hij anders zeggen? Hij zou nooit toegeven dat hij in al zijn achtendertig jaar welgeteld één keer buiten de Verenigde Staten was geweest. Buitenlandse reizen waren slechts een droom.

'We vinden het er fantastisch, echt een paradijsje. Mooie stranden, bergen, regenwouden, heerlijk eten. We hebben een paar vrienden die er een huis hebben; onroerend goed is er redelijk goedkoop. De mensen zijn er heel aardig, beschaafd, en ze spreken bijna allemaal Engels.'

Jake verafschuwde het spelletje van de reisweetjes omdat hij nooit ergens geweest was. De plaatselijke artsen waren het ergste, die schepten altijd op over de hipste nieuwe resorts.

Kathy popelde om ook een duit in het zakje te doen en viel in met: 'Het golfen is er waanzinnig, er zijn zoveel geweldige banen.'

Jake deed niet aan golfen, want hij was geen lid van de Clanton Country Club. Onder de leden bevonden zich veel te veel artsen, strebers en families met oud geld.

Hij lachte en knikte naar haar en wachtte tot een van hen verderging. Uit een tas die hij niet kon zien, viste ze een pond koffie in een glanzend blik en zei: 'Dit is een klein cadeautje, San Pedro Select, onze favoriete smaak. Geweldig. We slepen er altijd een koffer van mee terug.'

Jake nam het uit beleefdheid aan. In plaats van in contanten was hij betaald in watermeloenen, vers hertenvlees, stookhout, autoreparaties en meer ruilgoederen dan hij zich wilde herinneren. Zijn beste advocatenvriend, Harry Rex Vonner, had een keer een John Deere-grasmaaier aangenomen als honorarium, hoewel die algauw kapot was gegaan. Een andere advocaat, die zijn beroep inmiddels niet meer uitoefende, had seksuele diensten aangenomen van een echtscheidingscliënte. Toen hij de zaak verloor, diende ze een klacht in wegens 'ondermaatse prestaties'.

Hoe dan ook, Jake bewonderde het blik en probeerde het Spaans te lezen. Hij zag dat ze hun koffie onaangeroerd hadden gelaten en maakte zich opeens zorgen dat ze misschien kenners waren en dat zijn kantoorbrouwsel niet aan hun maatstaven voldeed.

Gene hervatte zijn verhaal. 'Goed, twee weken geleden waren we in een van onze favoriete ecolodges, hoog in de bergen, diep in het regenwoud, een kleine accommodatie met slechts dertig kamers en een geweldig uitzicht.'

Hoe vaak zouden ze het woord 'geweldig' gebruiken?

'En we zaten buiten te ontbijten en naar de slingerapen en de parkieten te kijken, toen er een ober bij ons tafeltje bleef staan om nog wat koffie in te schenken. Hij was heel aardig...'

'De mensen zijn daar zo aardig en ze zijn dol op Amerikanen,' interrumpeerde Kathy.

Hoe kon het ook anders?

Gene knikte bij die onderbreking en vervolgde: 'We kletsten een tijdje met hem en hij zei dat hij Jason heette en dat hij uit Florida kwam, en dat hij nu al twintig jaar daar woonde. We zagen hem weer bij de lunch en praatten nog wat verder. Daarna zagen we hem vaker en we maakten altijd een vriendelijk babbeltje met hem. De dag voordat we zouden uitchecken, vroeg hij of we champagne met hem wilden drinken in een kleine boomhutbar. Hij had geen dienst en zei dat hij de drankjes betaalde. De zonsondergangen boven de bergen zijn geweldig en het was heel gezellig, ineens werd hij serieus.'

Gene zweeg even en keek naar Kathy, die daar gretig op inhaakte met de woorden: 'Hij zei dat hij ons iets moest vertellen, iets heel vertrouwelijks. Dat hij niet echt Jason heette en ook niet uit Florida kwam. Hij bood zijn excuses aan omdat hij niet eerlijk was geweest. Hij zei dat zijn echte naam Mack Stafford was en dat hij uit Clanton, Mississippi kwam.'

Jake probeerde nonchalant te blijven, maar dat was onmogelijk. Zijn mond viel open en zijn ogen werden groot.

De Roupps hielden zijn reactie nauwlettend in de gaten. Gene zei: 'Ik neem aan dat u Mack Stafford kent.'

Jake ademde uit en wist niet precies wat hij moest zeggen. 'Krijg nou wat.'

'Hij zei dat jullie oude vrienden waren,' voegde Gene eraan toe.

Onthutst zocht Jake naar woorden. 'Ik ben blij dat hij nog leeft.'

'Dus u kent hem goed?'

'O, ja, behoorlijk goed.'

3

Drie jaar eerder was het stadje opgeschud door het schandelijke nieuws dat Mack Stafford, een bekende advocaat op het plein, was ingestort, zijn faillissement had aangevraagd, van zijn vrouw was gescheiden en zijn gezin midden in de nacht in de steek had gelaten. De roddels raasden nog weken voort en er deden allerlei wilde verhalen de ronde, en toen het stof neer begon te dalen, leken de meeste geruchten nu eens een keertje echt waar te zijn.

Mack was zeventien jaar advocaat geweest en Jake kende hem goed. Hij was een prima pleiter met een redelijke reputatie. Zoals de meesten van hen handelde hij routinezaken af voor de cliënten die binnen kwamen lopen en kon hij amper zijn hoofd boven water houden. Zijn vrouw, Lisa, was conrector op Clanton High School en had een vast salaris. Haar vader was de eigenaar van de enige betonmortelcentrale van de county, waardoor haar familie iets hoger in aanzien stond dan de andere, maar nog steeds een heel eind onder de artsen. Lisa was best aardig, maar een beetje aan de snobistische kant, en om die reden gingen Jake en Carla nooit met hen om.

Nadat Mack met de noorderzon vertrokken was en het duidelijk werd dat hij inderdaad spoorloos verdwenen was, lekte op de een of andere manier uit dat hij de stad had verlaten met geld dat niet echt van hem was. Lisa kreeg alles na de scheiding, hoewel de schulden van het echtpaar bijna overeenkwamen met de waarde van hun bezittingen. Mack dumpte zijn dossiers, zijn cliënten en zijn juridische problemen bij Harry Rex, die Jake influisterde dat hij cash was betaald voor die problemen, en Mack liet wat geld achter voor Lisa en hun twee dochters. Lisa had geen idee waar het vandaan kwam.

Het feit dat hij zo succesvol verdwenen was, wakkerde de speculaties dat hij iets verkeerd had gedaan alleen nog maar aan, en dat hij geld van cliënten achterover had gedrukt leek het meest waarschijnlijke scenario. Iedere advocaat beheerde het geld van zijn cliënten, al was het maar voor een korte periode, en de snelste en meest gebruikelijke route voor royement was hier en daar wat pikken. Er waren heel wat legendarische zaken van advocaten die zwichtten voor de verleiding en hele trustfondsen, curatelerekeningen en schikkingsfondsen plunderden. Ze probeerden meestal een tijdje onder te duiken, maar werden uiteindelijk allemaal gepakt, geroyeerd en naar de gevangenis gestuurd.

Maar Mack werd nooit gepakt en er werd nooit meer iets van hem vernomen. De maanden verstreken en Jake vroeg Harry Rex regelmatig, altijd bij een biertje, of hij iets van Mack had gehoord. Dat was absoluut niet het geval en onder de plaatselijke advocaten groeide de legende. Mack had de grote ontsnapping voor elkaar gekregen. Hij had een ongelukkig huwelijk en een rampzalige carrière achter zich gelaten en zat nu ergens op een strand rum te drinken. Dat was in elk geval de fantasie van de advocaten die waren achtergebleven.

4

'We hebben de indruk dat hij hier iets verkeerd heeft gedaan, maar daar heeft hij nooit iets over gezegd. Ik bedoel, je gaat toch denken dat een figuur als hij, die daar in een exotisch oord woont onder een valse naam en zo, een tamelijk kleurrijk verleden heeft. Maar nogmaals, hij heeft er weinig over losgelaten,' zei Kathy

Gene merkte op: 'Toen we thuiskwamen hebben we wat graafwerk verricht en wat artikelen in de lokale kranten gevonden, maar dat was allemaal nogal algemeen van aard. Zijn scheiding, zijn faillissement en het feit dat hij verdwenen was.'

'Meneer Brigance, mogen we u iets vragen? Heeft Mack iets verkeerd gedaan? Is hij op de vlucht?' vroeg Kathy.

Jake was niet van plan deze onbekenden – twee aardige mensen die hij waarschijnlijk nooit meer zou zien – in vertrouwen te nemen. Eerlijk gezegd wist Jake niet zeker of Mack wel een misdrijf had gepleegd. Hij deed de vraag af met: 'Ik denk het niet. Het is geen misdaad om te scheiden en de stad te verlaten.'

Dat antwoord was volkomen onbevredigend. Het hing een paar tellen in de lucht en daarna boog Gene zich iets dichter naar hem toe en vroeg: 'Hebben we iets verkeerd gedaan door met hem te praten?'

'Natuurlijk niet.'

'Hulp en medeplichtigheid, zoiets?'

'Welnee. Geen sprake van. Ontspan.'

Ze slaakten een diepe zucht.

'De hamvraag is: waarom zijn jullie hier?' vroeg Jake.

Ze wisselden veelbetekenende glimlachjes en Kathy stak haar hand in haar tas. Ze haalde er een gewone, onopvallende, onbedrukte manilla envelop uit, A5-formaat, en gaf hem aan Jake, die hem argwanend aannam. De flap was dichtgemaakt met lijm, plakband en nietjes.

Gene zei: 'Mack vroeg of we bij u langs wilden gaan om gedag te zeggen en u de groeten van hem te doen. En hij vroeg of we dit wilden afgeven. We hebben geen idee wat het is.'

Kathy werd weer nerveus en vroeg: 'Dit is toch wel oké, hè? We raken nu toch nergens bij betrokken?'

'Natuurlijk niet. Niemand komt het ooit te weten.'

'Hij zei dat u te vertrouwen was.'

'Dat is ook zo.' Jake wist niet wat hem in vertrouwen werd gevraagd, maar hij wilde hen niet ongerust maken.

Gene gaf hem een stukje papier en zei: 'Dit is ons telefoonnummer in Memphis. Mack wil dat u ons over een paar dagen belt en gewoon ja of nee zegt. Meer niet. Alleen ja of nee.'

'Oké.' Jake pakte het papiertje aan en legde het naast de envelop en het blik koffie. Kathy nam eindelijk een slok uit haar kopje en bleef uitdrukkingsloos kijken.

Ze hadden hun missie volbracht en waren klaar om te gaan. Jake verzekerde hun dat alles strikt vertrouwelijk zou blijven en dat hij niemand iets over hun ontmoeting zou vertellen. Hij liep met hen mee door de voordeur naar buiten en bleef op de stoep staan kijken terwijl ze in een glanzende BMW-sedan stapten en wegreden.

Daarna haastte hij zich terug naar de vergaderruimte, deed de deur dicht en maakte de envelop open.

5

De brief was getypt op een gewoon vel wit papier, in drieën gevouwen, en er zat een kleinere envelop in gestoken.

Er stond:

Hallo, Jake. Inmiddels heb je mijn twee nieuwste boezemvrienden ontmoet, Gene en Kathy Roupp uit Memphis. Aardige mensen. Ik kom meteen ter zake. Ik wil met je praten, hier in Costa Rica. Ik wil naar huis, Jake, maar ik weet niet zeker of dat kan. Ik heb je hulp nodig. Ik wil jou en Carla vragen om een korte vakantie te nemen en vol-

gende maand tijdens de voorjaarsvakantie naar me toe te komen. Ik neem aan dat Carla nog steeds lesgeeft en ik neem ook aan dat de schoolvakantie zoals altijd in de tweede week van maart valt. Ik regel zes nachten in de Terra Lodge, een schitterend ecotoerismeresort in de bergen. Jullie vinden het er vast geweldig. Ik sluit hier achttienhonderd dollar in contanten bij, meer dan genoeg voor twee retourtickets vanaf Memphis naar San José, Costa Rica. Ik zorg dat er daar een auto klaarstaat die jullie hierheen brengt. Het is zo'n drie uur rijden en het is een prachtige rit. Verblijf, maaltijden, tours, alles is voor mijn rekening. De droomvakantie van je leven. Als je eenmaal hier bent, kom ik je opzoeken en dan praten we. Privacy is tegenwoordig mijn specialiteit en ik kan je verzekeren dat niemand ooit iets over onze ontmoeting te horen krijgt. Hoe minder er over de vakantie wordt gezegd, hoe beter. Ik weet hoe graag mensen kletsen daar in dat vreselijke stadje.

Doe het alsjeblieft, Jake. Het zal echt de moeite waard zijn, al is het alleen maar vanwege de onvergetelijke reis. Het gaat niet goed met Lisa. Prima als je het er met Harry Rex over wilt hebben, maar zorg alsjeblieft dat die schreeuwlelijk geheimhouding zweert.

Ik zal niks doen om je welzijn in gevaar te brengen.

Denk erover na. Bel Gene over een paar dagen en zeg ja of nee.

Ik heb je nodig, man.

Mack

In de kleine envelop zat een gelikte brochure van de Terra Lodge.

6

De gevaarlijkste plek in het centrum van Clanton was op maandagochtend zonder twijfel het advocatenkantoor van Harry Rex Vonner. Met een welverdiende reputatie als de meest doortrapte advocaat van de county trok hij cliënten aan met activa die de moeite waard waren om voor te vechten. Maandag was om verschillende redenen ontvlambaar: slecht gedrag op zaterdagavond, of te veel tijd thuis om te bekvechten over het een of ander, of weer eens een explosieve zondagse lunch met de schoonouders. Redenen genoeg om de vlam in de pan te laten slaan, en de getergde, strijdende echtelieden haastten zich om zo snel mogelijk juridisch advies in te winnen. Tegen het middaguur was het kantoor een kruitvat, met non-stop rinkelende telefoons en strijdende partijen, zowel bestaande als gloednieuwe, die met of zonder afspraak langskwamen. De gekwelde secretaresses probeerden de orde te handhaven, terwijl Harry Rex óf stampvoetend tegen iedereen liep te grauwen en te snauwen, óf zich in zijn bunkerachtige kantoor schuilhield, weg van het gekrakeel. Op maandag was het niet ongebruikelijk dat hij uit zijn achterkamer stormde en beval dat iemand, cliënt of anderszins, moest opdonderen.

Ze gehoorzaamden altijd, want hij had de reputatie dat hij onvoorspelbaar was. Ook dat was welverdiend. Een paar jaar eerder was een secretaresse zijn kantoor binnengerend met de mededeling dat ze zojuist een echtgenoot aan de telefoon had gehad die op weg was naar de stad, met een pistool. Harry liep naar zijn kast en koos uit zijn indrukwekkende arsenaal zijn favoriet, een Browning pomphagelgeweer kaliber 12. Toen de echtgenoot zijn pick-uptruck in de buurt van de rechtbank parkeerde en op het kantoor afliep, ging Harry Rex naar buiten en vuurde vanaf de stoep twee keer in de wolken. De echtgenoot liep terug naar zijn truck en vertrok. De schoten dreunden als houwitsers over het plein. Kantoren en winkels stroomden leeg omdat de mensen aan kwamen rennen om te zien wat er aan de hand was. Iemand belde de politie. Tegen de tijd dat sheriff Ozzie Walls voor het kantoor parkeerde, had zich een menigte verzameld op het grasveld voor de rechtbank, op veilige afstand. Ozzie ging naar binnen en praatte met Harry Rex. Oké, in het openbaar een wapen afvuren was een misdrijf, maar in een cultuur waar het tweede amendement hoog in het vaandel stond en iedereen minstens twee vuurwapens in zijn auto had, werd die wet zelden toegepast. Harry Rex beweerde dat het zelfverdediging was en zwoer dat hij de volgende keer lager zou mikken.

Maandag, toen het donker was, slenterde Jake rond het plein, dook een steegje in om de chaos aan de voorkant te vermijden en ging via de achterdeur het kantoor binnen. Harry Rex zat achter zijn bureau, verfomfaaid en slonzig als altijd: zijn das was losgemaakt, hij had etensvlekken op zijn overhemd en zijn haar stond alle kanten op. Hij lachte hem zowaar toe en vroeg: 'Wat moet jij nou hier?'

'We moeten samen een biertje drinken.'

Dat was codetaal voor: *we moeten praten, en wel nu, en het is strikt geheim.* Harry Rex deed zijn ogen dicht en slaakte een diepe zucht. 'Wat is er?' vroeg hij met lage stem.

'Mack Stafford.'

Weer een diepe zucht, gevolgd door een ongelovige blik.

'Ik zie je om acht uur bij het Riviera,' zei Jake.

Toen Jake thuiskwam kuste, omhelsde en plaagde hij Carla, die kip in de oven deed en de rest van het eten klaarmaakte. Hij liep naar boven en zag dat Hanna druk bezig was met haar huiswerk. Hij ging naar Lukes kamer en zag dat die zachtjes onder zijn hoogslaper aan het spelen was. Terug in de keuken vroeg hij zijn vrouw om aan de eettafel te gaan zitten en gaf haar de brief. Tijdens het lezen begon ze hoofdschuddend met haar gelakte vingernagel tegen haar tanden te tikken, een oude gewoonte die verschillende dingen kon betekenen.

'Wat een engerd.'

'Ik heb Mack altijd gemogen.'

'Hij heeft zijn vrouw en kinderen in de steek gelaten en is ervandoor gegaan. En had hij geen geld van zijn cliënten gestolen?'

'Dat gerucht gaat. Hij is drie jaar geleden verdwenen, maar hij heeft zijn vrouw niet echt in de steek gelaten. Ze gingen scheiden. Is ze ziek?'

'Kom op nou, Jake. Lisa heeft nu al een jaar borstkanker. Dat wist je.'

'Dat ben ik dan zeker vergeten. Er zijn zoveel mensen met kanker. Ze was nooit je favoriet, als ik het me goed herinner.'

'Nee, inderdaad.' Carla keek weer naar de brief. 'Check jij de aardappelen even.'

Jack liep naar het fornuis en roerde in een pan met aardappelen. Hij vulde een glas met water en ging weer aan tafel zitten.

'Waarom wil hij jou? Harry Rex was toch zijn advocaat?'

'Dat was ook zo, en dat is hij denk ik nog steeds. Misschien komt het doordat Harry Rex vliegangst heeft en Mack wist dat hij de reis niet zou maken. Het kan geen kwaad om erheen te gaan, ik bedoel, het is niet illegaal.'

'Dat meen je niet.'

'Waarom niet? Een volledig betaalde week in een luxeresort in de bergen.'

'Nee.'

'Kom op, Carla. We zijn al in geen jaren meer echt op vakantie geweest.'

'We hebben nog nooit een vakantie gehad, nou ja, ik bedoel met het vliegtuig ergens naartoe en zo.'

'Precies. Dit is de kans van ons leven.'

'Nee.'

'Waarom niet? Die vent heeft hulp nodig. Hij wil naar huis en, weet ik veel, misschien wil hij het goedmaken met zijn gezin. Het kan geen kwaad om ernaartoe te gaan en hem daar te treffen. Mack is een aardige kerel.'

'Hij heeft twee dochters achtergelaten.'

'Dat is zo, en dat is vreselijk. Maar misschien wil hij het goedmaken. Laten we die man een kans geven.'

'Is hij voortvluchtig?'

'Dat weet ik niet zeker. Ik heb om acht uur een afspraak met Harry Rex, ik heb wat vragen. Het gerucht ging dat Mack een pak geld heeft gejat en de stad uit is gegaan, maar ik kan me niet herinneren dat ik ooit iets heb gehoord over een aanklacht of iets dergelijks. Hij heeft zijn faillissement en zijn scheiding aangevraagd en is 'm gesmeerd. De meeste advocaten in de stad benijdden hem. Ik niet, natuurlijk.'

'Natuurlijk niet. Ik herinner me alle roddels. De hele stad had het maandenlang nergens anders over.'

Jake schoof de brochure naar haar toe en ze pakte hem op.

7

Het Riviera was een klein motel in jarenvijftigstijl aan de rand van de stad. Het had twee vleugels met kleine kamers, waarvan sommige mensen beweerden dat ze per uur verhuurd konden worden, en een sjofele bar waar advocaten, bankiers en zakenlui zich schuilhielden om dingen te bespreken die niemand mocht horen. Jake was er in geen jaren meer geweest en er werden wat blikken zijn kant op geworpen toen hij naar binnen liep. Hij lachte naar de barman, bestelde twee tapbiertjes en nam ze mee naar een tafeltje bij de jukebox. Hij zat er een kwartier van te nippen terwijl hij wachtte. Harry Rex was altijd te laat, vooral voor een borrel. Maar hem naar de bar krijgen was het makkelijke gedeelte. Hem er weer uit krijgen was meestal een uitdaging. Het ging niet goed tussen hem en zijn derde vrouw, dus hij was niet graag thuis.

Hij sjokte om tien voor halfnegen naar binnen en praatte in het voorbijgaan met drie heren aan een tafeltje. Soms leek het wel alsof hij iedereen kende.

Hij plofte tegenover Jake op een stoel, pakte zijn glas en goot het voor de helft achterover. Jake wist dat het niet zijn eerste biertje van de avond was. Hij had een koelkast vol Bud Light in zijn kantoor en trok er elke avond eentje open nadat de laatste cliënt was vertrokken.

'Je wilt zeker mijn cliënten weer inpikken, hè?' vroeg hij.

'Niet echt. Ik betwijfel of Mack een nieuwe advocaat zoekt.'

'Vertel eens wat je weet.'

'Wanneer is hij 'm gesmeerd, drie jaar geleden? Iets gehoord sindsdien?'

'Geen fluit. Niks. De laatste keer dat ik Mack heb gesproken zat hij bij mij op kantoor naar de scheidingspapieren te kijken. Hij gaf alles aan haar, inclusief vijftigduizend in contanten. Dat staat in de schikkingsovereenkomst. Nash was haar advocaat en die vertelde me later dat ze nooit vijftigduizend in contanten hadden gehad, bij lange na niet.

Hij had het erover met Freda, Macks oude secretaresse, en die had geen idee waar dat geld vandaan kwam. Ze zei dat ze de meeste maanden amper de rekeningen konden betalen.'

'Waar kwam dat geld dan vandaan?'

'Rustig aan.' Nog een slok. 'Dit bier is warm. Hoe lang staat het er al?'

'Nou ja, ik heb het besteld toen ik hier stipt om acht uur was, zoals we hadden afgesproken. Dus nee, het is niet meer zo koud als het was.'

Harry Rex kwam moeizaam overeind, liep naar de bar en bestelde nog twee tapbiertjes. Hij zette ze op tafel en zei: 'Dus hij heeft contact met jou opgenomen?'

'Yep.' Jake vertelde over Gene en Kathy Roupp en hun onverwachte bezoek eerder die dag. Hij gaf Harry Rex de brief en die las hem langzaam, pauzeerde even en zei: 'Je weet dat Lisa borstkanker heeft. Dat heeft Nash me maanden geleden verteld.'

'Ja.'

Jake deed nooit moeite om de roddels te volgen. Daar had hij Harry Rex voor.

Die was klaar met lezen en nam een slok. 'Ik vraag me af waarom hij míj geen lekkere vakantie heeft aangeboden.'

'Misschien vanwege dat vliegdingetje van je?'

'Zou kunnen, en bovendien moet ik er niet aan denken om een week waar dan ook naartoe te gaan met Millie. Neem je de deal aan?'

'Carla zegt nee, maar die trekt wel bij. Het kan geen kwaad, toch?'

'Ik zie geen probleem. Hij is niet bepaald voortvluchtig.'

'Maar ik herinner me wel iets over een *grand jury* die aan het rondsnuffelen was.'

'Klopt. Ik dacht dat het een hachelijke boel zou worden

toen de openbaar aanklager vragen begon te stellen. Jezus, zelfs de FBI is een paar keer bij me langs geweest.'

'Dat heb je me nooit verteld.'

'Jake, vriend van me, er is zoveel dat jij niet weet.'

'Dus, waar kwam dat geld vandaan?'

'Ik heb echt geen idee. Mack probeerde altijd wanhopig wat geld te verdienen, want zijn advocatenkantoor lag op zijn gat en zijn vrouw had grotere dromen.'

'En na zijn faillissement was hij schuldenvrij?'

'Klopt. Dat heb ik ook afgehandeld. Niet veel op het gebied van activa en al helemaal geen cash. Jezus, die jongen had geen potje om in te pissen, in elk geval niet boven tafel. En zij kreeg alles. De bank heeft beslag gelegd op zijn kantoor. Ongeveer een maand nadat hij ervandoor was gegaan, kwam de FBI nog rondsnuffelen, maar die gasten draaiden in kringetjes rond.'

'Wat wilden ze?'

'Dat wisten ze zelf ook niet. Ze hadden niks, niemand klaagde. Op de een of andere manier hadden ze de geruchten gehoord dat Mack ertussenuit was geknepen met gestolen geld, maar er waren geen getuigen. Ik kreeg de indruk dat ze maar een toneelstukje opvoerden.'

'Dus er was geen aanklacht, geen arrestatiebevel? Er is niemand op zoek naar Mack?'

'Voor zover ik weet niet, en het mag bekend zijn dat ik heel veel weet. Nu wil dat niet zeggen dat hij de dans ontspringt. Over zijn scheiding zou ik me geen zorgen maken. Jezus, dat arme kind gaat waarschijnlijk dood, voor zover ik heb begrepen. Als hij geld heeft verstopt, kan faillissementsfraude misschien een probleem worden. Daar kan mogelijk onderzoek naar worden gedaan.'

'Maar wie zou er nou onderzoek naar hem doen?'

'Precies. Wie maakt zich daar druk om? Zijn schulden

zijn kwijtgescholden. Ik kan niet geloven dat hij terug wil komen. Jij bent aan de beurt.'

Jake liep naar de bar en kwam terug met nog twee biertjes. Hij nam een teug en begon te lachen. 'Zeg eens eerlijk, Harry Rex, hoe vaak heb jij aan Mack gedacht terwijl je er stiekem van droomde om alles achter te laten en lekker op een strand te gaan zitten?'

'Zeker duizend keer. Ik dacht van de week nog aan hem.'

'Ik denk dat we die droom allemaal weleens hebben gehad, al zie ik niet voor me dat ik Carla en de kinderen in de steek zou laten.'

'Nou, jij hebt een leuke meid. Voor mij is het een ander verhaal.'

'Waarom zou hij graag terug willen komen?'

'Dat is jouw taak, Jake. Je moet naar hem toe. Pak die droomvakantie, ga een weekje weg uit dit gat. Ga lekker lol maken.'

'En jij ziet daar geen risico in?'

'Welnee. Niemand houdt je in de gaten. Pak zijn geld, koop die retourtickets en neem Carla mee naar de bergen van Costa Rica. Ik wou dat ik mee kon.'

'Ik stuur wel een kaartje.'

8

Ansichtkaarten zouden de Terra Lodge nooit eer aandoen. De lodge lag beschut op een berghelling driehonderd meter boven de Stille Zuidzee, en Jake en Carla zaten op hun ligstoelen bij het zwembad betoverd te kijken terwijl ze met hun drankjes in de hand probeerden het uitzicht in zich op te nemen. Er was geen wolkje te bekennen en de brandende zon verwarmde hun ijskoude botten. Het had gehageld toen ze waren opgestegen in Memphis. Voor het eerst vroeg Jake zich af waarom iemand dit paradijsje zou willen verlaten.

Na het inchecken waren ze naar hun bungalow gebracht, een van de slechts dertig in de lodge. Het was een privésuite met drie kamers en een strodak, een buitendouche, een zwembad en heel veel onnodige airco's, en dat allemaal midden in een weelderige tropische tuin. Ricardo, hun nieuwe boezemvriend, was er zo nodig binnen een paar seconden. Volgens een prijslijst op de badkamerdeur kostte de villa zeshonderd dollar per nacht.

Jake zei: 'Ik weet niet hoeveel invloed Mack hier heeft, maar het moet wel aanzienlijk zijn.'

'Het is hier geweldig,' antwoordde Carla, terwijl ze een diep bad inspecteerde, waar drie mensen in konden. Haar terughoudendheid vanwege deze gratis reis was eindelijk vervlogen op het moment dat ze de oceaan zag.

Ricardo nam hen mee naar het zwembad, bracht hun drankjes en vertelde dat het diner om zeven uur zou worden opgediend aan een privétafeltje, met uitzicht op een zonsondergang die ze nooit meer zouden vergeten. Na het eerste drankje sprong Jake in de infinitypool, liet zijn armen op de rand rusten, dompelde zich onder in het warme zoute water en gaapte verwonderd naar de glinsterende blauwe Stille Oceaan.

Elf jaar daarvoor waren ze low budget op huwelijksreis naar het Caraïbisch gebied geweest, Jakes eerste en laatste uitstapje naar het buitenland. Carla's ouders waren welgestelder en zij was een maand met een groep leerlingen naar Europa geweest. Maar niets haalde het hierbij.

Later op de dag verzamelden de andere gasten, allemaal volwassenen, zich bij het zwembad en keken naar een schitterende zonsondergang. Het diner was daar vlakbij op een patio: versgebakken kreeft met verse biologische groenten die iets verderop langs de weg werden gekweekt op het eigen boerderijtje van het resort. Na afloop trokken ze zich terug in de Sky Lounge, een heerlijk plekje onder de sterren, en dansten op het ritme van een plaatselijke band.

De volgende ochtend sliepen ze uit en misten ze bijna de walvisboot, een grote omgebouwde ponton waarop ook ontbijt, lunch en drankjes werden geserveerd. De dag werd doorgebracht in de zon, op zoek naar walvissen. De kapitein bood zijn excuses aan omdat ze alleen maar dolfijnen zagen.

Later die avond, toen ze uitgeput in bed lagen, bracht Carla eindelijk het voor de hand liggende onderwerp ter sprake. 'En, geen spoor van Mack?'

'Nee. Nog niet. Maar ik heb het gevoel dat hij dichtbij is.'

Dag drie werd besteed aan paardrijden, niet Jakes favoriete manier van bewegen, maar de groep was enthousiast en de gids was een grapjas. Hij praatte onophoudelijk en wees intussen naar exotische vogels, slingerapen en bloemen die nergens anders ter wereld voorkwamen. Ze stopten bij warmwaterbronnen en watervallen en genoten aan de rand van een vulkaan van een driegangenlunch met wijn. Op duizend meter hoogte, waar het uitzicht op de Stille Oceaan nog spectaculairder was.

Op dag vier gingen ze 's ochtends wildwatervaren en was er 's middags een spannend tokkelbaanavontuur, onderbroken door een heerlijke brunch langs de rivier, met tropisch fruit en rumpunch. Toen ze in de middag stonden te douchen en zich voorbereidden op de ontberingen van het diner, ging de telefoon. Jake hinkte ernaartoe, zijn kruis nog steeds gevoelig doordat hij de dag ervoor zes uur in het zadel had gezeten, en zei zijn naam.

Het was Mack, eindelijk. Ze waren hem bijna vergeten. 'Hallo, Jake, goed om je stem te horen.'

'En goed om de jouwe te horen.' Jake knikte naar Carla, die lachte en terugliep naar de badkamer.

'Ik weet zeker dat jullie het leuk hebben.'

'Zeg dat wel. Bedankt voor je gastvrijheid. Geen verkeerde plek om een week door te brengen.'

'Zeker niet. Zeg, ik neem aan dat jullie morgen even rustig aan willen doen, dus ik heb een dagje spa geboekt, met alles erop en eraan. Carla zal het heerlijk vinden. Kunnen wij afspreken om te gaan lunchen?'

'Ik denk dat ik je wel in mijn schema kan inpassen.'

'Fijn. Hoe is het eten tot nu toe?'

'Ongelofelijk. Ik heb niet meer zo lekker gegeten sinds vorige week, toen ik meerval heb gegeten bij Claude.'

'Ik herinner me Claude nog wel. Hoe gaat het tegenwoordig met hem?'

'Hetzelfde. Er is niet zoveel veranderd, Mack.'

'Dat geloof ik graag. Aan de voorkant van de lodge zie je een zandpad met daarnaast een bordje BARILLO TRAIL. Je loopt zo'n achthonderd meter door het regenwoud en dan zie je het opschrift KURA GRILLE. Alle tafeltjes zijn buiten, met mooi uitzicht en zo. Ik heb er een gereserveerd om één uur.'

'Ik zal er zijn.'

'En laten we Carla buiten onze gesprekken houden, oké? Dat vindt ze toch niet erg?'

'Nee, helemaal niet.'

'Ze krijgt een drukke dag in de spa, met een lunch bij het zwembad.'

'Ik weet zeker dat ze het naar haar zin zal hebben.'

'Mooi. Ik kan niet wachten om je te zien, Jake.'

'Dat geldt ook voor mij.'

9

Mack was vergeten erbij te zeggen dat de Barillo Trail omhoogliep, almaar omhoog, en na een paar minuten had Jake het gevoel dat hij een berg aan het beklimmen was, wat inderdaad klopte. De wandeling van achthonderd meter leek eerder drie kilometer en hij moest twee keer stoppen om bij te komen. Hij was buiten adem en het frustreerde hem dat hij op zijn achtendertigste zo'n slechte conditie had. De eindeloze sprintjes in het highschoolfootballteam lagen ver achter hem.

Er was geen enkele auto te zien bij het café, alleen een paar fietsen. Hij zweette toen hij langs de bar liep en het terras op stapte. Mack zat onder een grote, kleurige parasol aan een tafeltje te wachten. Ze gaven elkaar een hand en installeerden zich.

'Je ziet er goed uit,' zei Mack, en zijn woorden klonken duidelijker, het lijzige was uit zijn stem verdwenen.

'Jij ook.' Jake wist niet of hij hem op straat herkend zou hebben. Mack was nu vijfenveertig en zijn peper-en-zoutkleurige haar was veel langer. Zijn keurige baard was eerder grijs dan donkerbruin. Hij droeg een ronde bril met schildpadmontuur en had zo kunnen doorgaan voor een knappe hoogleraar. Hij was ook slanker dan Jake zich herinnerde.

Jake zei: 'Dank je wel voor de reis en de gastvrijheid. Het is hier geweldig.'

'Eerste keer in Costa Rica?'

'Ja. En hopelijk niet de laatste keer.'

'Je bent altijd welkom, Jake, als mijn gast.'

'Je kent de eigenaar zeker?'

'Ik bén de eigenaar. Een van de drie. Ecotoerisme is hier heel belangrijk geworden en ik heb me een jaar geleden ingekocht.'

'Dus je woont hier in de buurt?'

'Hier en daar.' Zijn eerste ontwijkende antwoord, het eerste van vele. Jake drong niet verder aan.

'Hoe gaat het met je gezin?'

'Kon niet beter. Carla geeft nog steeds les, Hanna zit in de derde van de lagere school en wordt ineens heel groot. Luke is één jaar.'

'Ik heb nog nooit van Luke gehoord.'

'We hebben hem geadopteerd. Lang verhaal.'

'Daar heb ik er ook nog wel een paar van.'

'Daar twijfel ik niet aan.'

'Ik mis mijn meiden.' Er kwam een ober aan, die vroeg wat ze wilden drinken. Jake stond overal voor open, maar was opgelucht toen Mack zei: 'Alleen water.' Jake knikte instemmend.

Nadat de ober dat gebracht had, vroeg Jake: 'Hoe heet je hier? Ik weet zeker dat niemand je Mack noemt.'

Hij lachte en nam een slok. 'Nou, ik heb een aantal namen, maar hier is het Marco.'

Jake nam een slok en wachtte op uitleg. 'Oké, Marco, wat is je achtergrond?'

'Braziliaans, maar van Duitse komaf. Daarom lijk ik niet op de plaatselijke bevolking. Ik kom uit het zuiden van Brazilië, daar zitten veel Duitsers. Ik ben zakenman en doe veel in Midden-Amerika. Ik reis veel.'

'Wat is de naam die in je paspoort staat?'

'Welk paspoort?'

Jake glimlachte en nam nog een slok. 'Zeg, ik ga je niet uithoren en ik neem aan dat ik alleen mag weten wat je me wilt vertellen. Klopt dat?'

'Ja. Er is de afgelopen drie jaar heel veel gebeurd en het meeste daarvan is voor jou niet relevant.'

'Prima.'

‘Heb je met Harry Rex gepraat?’

‘Natuurlijk. Ik heb hem je brief laten lezen. Hij is op de hoogte.’

‘Hoe gaat het met die slonzige papzak?’

‘Nog hetzelfde. Hoewel ik vind dat hij steeds valser wordt.’

‘Ik had niet gedacht dat dat kon. Maar we hebben het later nog wel over hem.’

De ober kwam terug en Mack bestelde garnalensalade voor hen beiden. Zodra hij weg was, leunde Mack met zijn ellebogen op tafel en zei: ‘Ik ben er midden in de nacht vandoor gegaan, zoals je weet, en ben het land uit gevlucht. De eerste halte was Belize, waar ik ongeveer een jaar heb gewoond. Ik vond het er leuk en deed de eerste drie maanden niks anders dan te veel zuipen, achter de meisjes aangaan en bakken op het strand. Maar dat ging vervelen. Ik viste veel op gratenvissen, en ook op *permits* en *tarpons*. Ik kreeg een baan als visgids en dat vond ik echt leuk om te doen. Voorzichtigheid was geboden; ik lette altijd goed op toeristen, gasten in de lodge, vissers of wie dan ook van thuis. Je staat er versteld van hoeveel je kunt horen als je maar goed genoeg luistert. Een lijzig zuidelijk accent en mijn alarmbellen gingen rinkelen. Ik keek in de boeken van de lodge om te kijken wie er kwam en bleef ver uit de buurt van iedereen uit Mississippi. Het waren er maar weinig, met veel tijd ertussen. De meeste vissers kwamen uit het noordoosten. Ik ging nergens zomaar van uit, maar ik dacht wel dat ik veilig was. Ik liet mijn baard staan, werd diepbruin door de zon, viel bijna tien kilo af en droeg altijd een pet of een hoed.’

‘Je accent is veranderd.’

‘Ja, en dat viel niet mee. Ik praat veel in mezelf, om een heleboel redenen, en ik ben altijd aan het oefenen. Hoe dan ook, ik schrok ergens van en besloot Belize te verlaten.'

'Wat was er gebeurd?'

'Op een avond was er een tafel met mannen, oudere kerels, die in de lodge dineerden. Ze logeerden een deur verderop, gingen vissen en hadden het enorm naar hun zin. Ze kwamen allemaal uit het Zuiden. Ik herkende er een, een circuitrechter uit Biloxi. Edelachtbare Harold Massey. Ken je hem?'

'Nee, maar wel van naam. De staat is maar klein.'

'Dat is zo. Te klein. Ik zat aan de bar een meisje te versieren, niet ver van de patio waar ze zaten te eten. We maakten oogcontact en hij keek me op een bepaalde manier aan. Ik ben er altijd van uitgegaan dat de meeste advocaten en rechters in de staat mijn verhaal wel kenden. Na een tijdje stond hij op van tafel om naar het toilet te gaan en liep langs me. Ik vond dat hij iets te lang keek. Ik liet niks merken, maar schrok me echt rot. Dus heb ik behoedzaam het dorp verlaten, ben uit Belize vertrokken en ging naar Panama, waar ik een paar maanden ben gebleven. En Jake, ik kan je vertellen: op de vlucht zijn is helemaal niet leuk.'

'Hoe weet je dat Lisa ziek is?'

Mack haalde glimlachend zijn schouders op en leunde achterover op zijn stoel. 'Ik heb daar een mol, een oude vriend van school die getrouwd is met een meisje uit Clanton. Je weet hoe er geroddeld wordt.'

'Harry Rex zweert dat hij geen contact met je heeft gehad.'

'Klopt. Ik dacht dat de mensen die me wilden vinden waarschijnlijk mijn advocaat in de smiezen zouden houden. Ik heb geen contact opgenomen met mensen die een fout zouden kunnen maken. Geen enkel contact, tot nu toe.'

'Wie zou er naar je op zoek kunnen zijn?'

'Daarom ben je hier, Jake. Ik wil naar huis, maar ik kan niet riskeren dat ik gepakt word.'

De salades werden gebracht, grote bamboe borden met garnalensalade op een bedje van bladgroenten. Ze begonnen te eten. Na een tijdje vroeg Jake: 'Waarom heb je contact met mij gezocht?'

'Omdat ik je vertrouw. Dat kan ik van de meesten van de oude balie niet zeggen. Hoeveel advocaten zijn er nu in Clanton?'

'Ik weet het niet. Dertig, veertig, misschien wel meer. Ze komen en gaan. In tegenstelling tot de meeste plaatsen in de staat is Clanton niet op sterven na dood. Het is nou ook weer geen bloeiend stadje, maar het houdt stand.'

'Het waren er bijna vijftig toen ik wegging, veel te veel, zodat geen van ons er een behoorlijke boterham aan kon verdienen. En ik vertrouwde degenen die ik kende niet, behalve jou en Harry Rex.'

'De crème de la crème, natuurlijk.'

'Leeft Lucien nog?'

'Jazeker. Ik zie hem heel vaak.'

'Ik kon die ouwe rotzak niet uitstaan.'

'Je behoort tot de overgrote meerderheid.'

Ze schoten ten koste van Lucien in de lach terwijl de ober hun glazen bijvulde. Jake vroeg: 'En wat is precies mijn missie?'

'Die is er niet. Ik wil dat Harry Rex en jij ervoor zorgen dat er daar niemand is die op me wacht. Ik heb geruchten gehoord over een of andere aanklacht.'

'Harry Rex en ik hebben er uitgebreid over gesproken sinds ik je brief heb gekregen. Hij denkt dat de grand jury bijeen is gekomen en dat ze een beetje hebben lopen stoeien met jouw zaak, als je het al zo mag noemen, maar er is niks uitgekomen. Een maand later kwam de FBI rondsnuffelen en met Harry Rex praten, maar ze gingen met lege handen weg. Verder al ruim twee jaar helemaal niks meer.'

Mack fronste zijn voorhoofd en legde zijn vork neer. 'De FBI?'

'Ze hebben het echtscheidingsdossier doorgenomen en je gegevens bekeken, zoals die daar lagen. Die vijftigduizend in contanten voor Lisa zorgde voor wat opgetrokken wenkbrauwen. Niemand leek te weten waar het geld vandaan kwam. Volgens de geruchten heb je wat geld gejat en ben je de stad uit gevlucht.'

Jake zweeg en nam een hap. Dit was het ideale moment voor Mack om de nogal substantiële gaten in het verhaal op te vullen, maar hij koos ervoor om dat niet te doen. In plaats daarvan vroeg hij: 'Denkt Harry Rex dat de FBI weg is?'

'Ja, daar lijkt het wel op. Volgens mij maakt hij zich nergens zorgen om, maar die faillissementsfraude zou een probleem kunnen zijn. Kennelijk heb je ergens wat geld vandaan gehaald en dat niet samen met je andere activa opgegeven.'

Zo te zien had Mack geen eetlust meer. 'En de scheiding?'

'Die is al heel lang definitief en hij betwijfelt of Lisa nog zin heeft om de strijd weer aan te gaan. In elk geval niet in haar huidige toestand. Maar ja, als je activa voor haar verborgen hebt gehouden, dan zou dat een probleem kunnen worden. Zeg, Marco, ik ben hier de enige die de hele tijd praat.'

'En ik luister heel goed, Jake. Ik neem elk woord in me op en verwerk het. Sinds mijn vertrek vraag ik me elke dag urenlang af wat ik heb achtergelaten en probeer ik elk scenario voor me te zien waarin iemand naar me op zoek zou kunnen zijn.'

'Harry Rex is ervan overtuigd dat er niemand is.'

'En jij? Wat is jouw mening?'

'Ik word betaald om meningen te geven, Mack, en ik ben je advocaat niet. Ik ga me er niet mee bemoeien, maar het zou wel helpen om de feiten te kennen. Ik zal ze aan Harry Rex doorgeven, uiteraard in strikt vertrouwen.'

Mack schoof zijn bord een eindje van zich af en vouwde zijn handen voor zich op tafel. Hij keek terloops om zich heen, zonder een spoor van argwaan. Op gedempte toon begon hij: 'Ik had vier zaken, vier cliënten, allemaal pulphoutzagers die gewond waren geraakt door hetzelfde model kettingzaag. Eén vent was een oog kwijtgeraakt, een andere zijn linkerhand, weer een andere een paar vingers en de vierde had alleen een groot litteken op zijn voorhoofd. Aanvankelijk dacht ik dat het om een ondeugdelijke beschermkap ging. De rechtszaken zagen er veelbelovend uit, maar uiteindelijk verslapten ze. Ik probeerde te bluffen om het bedrijf tot een schikking te dwingen, maar dat lukte niet. Er verstreken maanden en daarna jaren. En toen kreeg ik op een prachtige dag het magische telefoontje uit New York, van een groot advocatenkantoor, Durban & Lang. Hun cliënt, een Zwitsers bedrijf, wilde een snelle, vertrouwelijke schikking om de boel uit hun boeken te krijgen. Honderdduizend per zaak, en nog een keer dat bedrag voor proceskosten. Een half miljoen, Jake, zomaar. Een droom die uitkwam. Omdat ik nooit een zaak had aangespannen, waren er nergens dossiers, behalve op mijn kantoor en in New York. De verleiding lag vlak voor mijn neus en zag er prachtig uit. Ons huwelijk was voorbij, al heel lang, en alles viel op zijn plek. Het leek het perfecte tijdstip voor het perfecte misdrijf. Ik kon het geld pakken terwijl ik de echtscheiding afrondde en voor de laatste keer mijn kantoor uit liep. Een leven achterlaten dat niet fijn was, zacht uitgedrukt.'

Jake had de helft van zijn salade op en schoof de rest weg. De ober kwam de tafel afruimen. Mack zei: 'Ik heb drank nodig. Wil je een biertje?'

'Lekker.'

'Heb je weleens Imperial geproefd, het nationale bier?'

'Jazeker. Doe er maar eentje.'

Mack bestelde twee tapbiertjes en staarde naar de oceaan ver beneden hen. Jake wachtte tot de biertjes kwamen. Hij nam een teug, veegde het schuim van zijn bovenlip en vroeg: 'En de vier cliënten?'

Mack rukte zich los uit zijn dagdroom en richtte zich op zijn bier. Na een slok zei hij: 'Er was er een dood en een ander werd vermist. De twee die ik vond, namen maar al te graag vijfentwintigduizend in contanten aan en vonden het prima om het aan niemand te vertellen. Ik tekende de papieren en gaf hun het geld.'

'Ik weet zeker dat hun handtekeningen gelegaliseerd moesten worden.'

'Ik heb ze ook gelegaliseerd. Herinner je je Freda, mijn oude secretaresse?'

'Natuurlijk.'

'Nou, ik had haar ontslagen en heb haar naam en zegel op de documenten vervalst. Van de twee cliënten die ik niet kon vinden heb ik de handtekeningen ook vervalst. Niemand wist ervan. De advocaten in New York hadden er maling aan. Die vonden het allang best dat ze het papierwerk konden afronden en de dossiers konden sluiten.'

'Maakte je je geen zorgen om die vervalsingen?'

'Jake, ik heb me overal zorgen om gemaakt. Als je iets

verkeerd hebt gedaan en je op de vlucht bent, kijk je altijd over je schouder omdat je je afvraagt wie er achter je loopt.'

'Daar twijfel ik niet aan. De buit was zo'n vierhonderd-duizend dollar.'

'Yep.'

'Indrukwekkend.'

'Wat is de grootste fee die jij ooit verdiend hebt, Jake?'

'Nou ja, ik heb duizend dollar opgestreken voor Carl Lee Hailey.'

'Je mooiste moment.'

'Heb je weleens gehoord van een man met de naam Seth Hubbard?'

'Ik ken die naam wel. Grote houthandelaar.'

'Dat is 'm. Hij is overleden en er was een enorme strijd om zijn testament. Ik vertegenwoordigde zijn nalatenschap en heb in twee jaar tijd zo'n honderd mille gefactureerd.'

'In de zeventien jaar dat ik heb meegedraaid in het wereldje was mijn grootste fee twintigduizend dollar na een fijn auto-ongeluk. En opeens lag er twintig keer zoveel vlak voor mijn neus, als een pot met goud. Ik kon de verleiding niet weerstaan.'

'Spijt?'

'Heel veel. Alleen lafaards lopen weg, Jake. Het was fout, allemaal. Ik had in Clanton moeten blijven, de echtscheiding moeten doorstaan en enigszins aanwezig moeten blijven in het leven van mijn dochters. En ik heb mijn moeder ook in de steek gelaten. Ik heb ze al drie jaar niet gezien.'

'Dus wat zijn je plannen?'

'Nou, ik wil graag naar Lisa om mijn excuses aan te bieden. Ze zal het me waarschijnlijk niet vergeven, maar ik wil het toch proberen. Ik wil op zijn minst een poging wagen om weer contact te krijgen met Margot en Helen. Ze zijn nu zeventien en zestien en hebben straks waarschijnlijk geen moeder meer. En ook jij en Harry Rex maken deel uit van mijn plannen. Ik vraag niet of je erbij betrokken wilt raken, alleen om je ogen en oren open te houden. Als er geen aanklachten in de boeken staan en geen hangende onderzoeken zijn, en als er geen arrestatiebevelen op mijn naam staan, dan wil ik voorzichtig het land weer in gaan. Ik zal niet in Clanton verblijven, dat is een vreselijke gedachte. Ik zal me waarschijnlijk in Memphis verschansen, over de grens van de staat. Als er ook maar een spoortje van problemen is, verdwijn ik weer. Ik ga niet naar de gevangenis, Jake, dat kan ik je wel vertellen.'

'Je kunt het niet stilhouden, Mack. Als je waar dan ook in Ford County opduikt, weet iedereen het een dag later.'

'Klopt, maar ze krijgen me niet te zien. Ik kom en ga 's nachts. De twee cliënten die de vijfentwintigduizend cash hebben gekregen, waren Odell Grove en Jerrol Baker. Vraag Harry Rex om navraag naar hen te doen. Baker was stoned door de meth toen hij die schikkingsovereenkomst tekende, dus hij kan best dood zijn of weer in de bak zitten. Ik verwacht geen problemen van hun kant.'

'En die andere twee?'

'Doug Jumper is inderdaad dood. Travis Johnson is al jaren weg uit die streek.'

Jake dronk zijn bier op en leunde achterover. 'Wat voor tijdschema heb je in gedachten?'

'Ik heb geen tijdschema. Jij en Harry Rex kunnen een paar weken rondneuzen. Als de kust veilig is, kom ik op een gegeven moment wel opdagen. Dan bel ik je op een dag op kantoor.'

'En als we onraad ruiken?'

'Stuur dan per expresse een brief hier naar de lodge, geadresseerd aan Marco Larman.'

'Dat komt aardig in de buurt van hulp en medeplichtigheid.'

'Maar net niet dicht genoeg. Hé Jake, doe niks waarvan je niet zeker bent. Ik beloof dat ik je nooit in de problemen zal brengen.'

'Ik geloof je.'

'Hoeveel mensen weten van deze korte vakantie van jullie?'

'Harry Rex en mijn ouders. Hanna en Luke logeren bij hen. Verder hebben we het aan niemand verteld, we hebben gewoon gezegd dat we een paar dagen de stad uit gingen.'

'Top. Blijf bij dat verhaal. Ik waardeer het enorm, Jake.'

'Dank je wel voor de reis. We zullen dit nooit vergeten.'

'Kom terug wanneer jullie maar willen, altijd op mijn kosten.'

10

Na een dag vol massages en verwennerij was Carla klaar voor de bergroutes. Ze vertrokken vroeg uit de lodge, op de fiets en zonder gids, en reden op platgetreden paden door de jungle. Ze bleven staan om foto's te maken op plekken met idyllisch uitzicht, vaak met de glinsterende oceaan aan de horizon, en dronken mangosap terwijl ze bij de opening van een grot zaten. Na twee uur waren ze buiten adem en zochten een plekje om uit te rusten, toen ze op de Zweden stuitten. Olga en Luther logeerden in de lodge, maar waren daar zelden te vinden, vooral omdat ze ofwel aan het wandelen of aan het fietsen waren op een andere berg, of gingen kajakken op een woeste rivier. Ze waren minstens dertig jaar ouder dan Jake en Carla, mager en pezig, en ze hadden een uitstekende conditie. Ze aten alleen fruit en groente, dronken geen alcohol en hadden twee nachten in een hut boven in een heel hoge boom geslapen, waar ze in moesten klimmen met hun rugzakken vol beddengoed, eten en water. Ze beweerden dat ze ecotoeristen van wereldklasse waren en dat ze overal waren geweest. Jake en Carla benijdden mensen die de hele wereld hadden gezien, laat staan als die, op hun zeventigste, zo fit waren dat ze nog wel dertig jaar meekonden.

Nadat de Zweden waren weggespurt, zei Jake: 'Ik heb een biertje nodig. Door die mensen wil ik drinken.' Hij zat onderuitgezakt aan een picknicktafel met een strodak aan de rand van een beekje.

'Drink je mangosap maar. Zijn we uitgepraat over Mack en zijn plannen?'

'Ik denk het wel. Zijn plannen zijn vaag. Hij mist thuis en wil zijn moeder en zijn dochters zien.'

'Ja, daar hebben we het over gehad.'

'Denk je dat Lisa het goedvindt?'

'Dat kan ik niet voorspellen. Als ze gezond was, zou ze het hem misschien lastiger maken. Ik kan me alleen niet voorstellen wat hij tegen Margot en Helen wil zeggen.'

'Hé meiden, ik ben terug. Hebben jullie me gemist?'

'Dat kan nog weleens een zwaar gesprek worden. Laten we gaan, cowboy. Hoe gaat het met je kruis?'

'Het zadel van deze fiets zit nog minder lekker dan dat van het paard.'

'Kom op, verman je.'

Ze bereikten een top, of een punt ergens in de wolken,

waar Jake het eindelijk opgaf, en ze draaiden om en reden zonder te trappen de paden af, waarna ze terugkeerden in de lodge, op tijd voor een late lunch. Die werd gevolgd door een lange middag, hun laatste, bij het zwembad, waar Ricardo zorgde dat ze steeds een koel drankje hadden.

Hun laatste diner was net als de andere: buiten op de veranda, vlak bij het zwembad, met een schitterende zonsondergang samen met de andere gasten, die uitstekend in vorm waren.

Hun weekje paradijs zat erop en ze vielen in slaap bij het geluid van de rieten plafondventilators en in de verte de krijsende ara's.

Ricardo wekte hen om zes uur, de afgesproken tijd, en bracht hun eten voor onderweg. Hij laadde hun bagage in zijn karretje en ze hobbelden naar de receptie, waar een bestelbusje stond te wachten.

Jake zei: 'Ik ga uitchecken.'

'Nee, meneer Jake, dat is al geregeld,' reageerde Ricardo.

'Maar het eten en drinken dan?'

'Alles is inbegrepen, meneer Jake.'

Dat was precies wat Jake al had verwacht, maar hij voelde zich toch verplicht om een poging te wagen. Hij gaf Ricardo een heel gulle fooi en ze gingen op weg naar San José.

11

Er verstreken twee maanden zonder dat er iets gebeurde. Harry Rex spoorde Odell Grove op en ontdekte, niet verrassend, dat er maar weinig was veranderd in zijn wereldje. Hij runde met zijn twee zoons een houthakkersbedrijf aan de westrand van Ford County en was erg op zichzelf. Hij bezat ruim twee hectare bosgrond en woonde met zijn vrouw in een caravan. Zijn zoons hadden even verderop allebei een eigen caravan. Jerrol Baker diende een gevangenisstraf van tien jaar uit wegens het maken van crystal meth. Harry Rex nam contact op met de FBI onder het voorwendsel dat hij informatie over een verduisteringszaak zocht, en kreeg te horen dat de agent die hij had ontmoet nadat Mack was verdwenen, was overgeplaatst naar Pittsburgh. Hij wist een andere agent zover te krijgen dat hij rondvraag deed op het bureau en uiteindelijk werd hem verteld dat er geen openstaand dossier was voor iemand met de naam J. McKinley Stafford uit Clanton.

Jake ging met sheriff Ozzie Walls lunchen bij Claude en wist Mack Stafford in het gesprek te wurmen. Ozzie zei dat niemand iets van hem had gehoord en dat er geen openstaande dossiers bij hem op het bureau waren. Om de een of andere reden geloofde hij niet dat de geruchten dat Mack een berg geld achterover had gedrukt op waarheid berustten.

Carla gaf les aan de derde klas van de lagere school, en het schoolhoofd was bevriend met Lisa Stafford. De tien jaar daarvoor had Lisa als conrector op een middelbare school gewerkt. Ze was nu met ziekteverlof en haar toestand verbeterde niet. Op de laatste schooldag, eind mei, hadden haar collega's in de aula een feestje gegeven ter ere van haar. Ze werd omschreven als broodmager en bleek, en ze droeg een mooie sjaal om haar kale hoofd. Ze verwachtten niet dat ze haar in het najaar zouden terugzien.

Naarmate de weken voorbijgingen, spraken Jake en Harry Rex steeds minder over Mack. Ze correspondeerden niet met hem, want ze hadden niks te melden. En ze waren het er stiekem over eens dat hij het beste weg kon blijven. Zijn aanwezigheid in Mississippi zou hun leven alleen maar moeilijker maken, om van dat van hem nog maar te zwijgen. Ze waren ervan overtuigd dat niemand naar Mack op zoek was, maar zijn terugkeer zou gebeurtenissen in gang kunnen zetten die noch hij, noch zij in de hand hadden.

De complicaties begonnen op een donderdag rond het middaguur met een telefoontje naar Jakes kantoor. Alicia nam op en belde Jake via de intercom. 'Het is ene Marco Larman, die zegt dat je zijn telefoontje verwacht. Nooit van gehoord.'

'Verbind maar door.'

Jake slikte hevig en staarde naar het knipperende lampje op zijn telefoon. Daarna glimlachte hij en zei bij zichzelf: 'Ach, wat kan mij het ook schelen. Dit kan leuk worden.' Hij drukte op het knopje en zei: 'Jake Brigance.'

'Meneer Brigance, met Marco Larman,' begon Mack stijfjes, alsof er iemand zou kunnen meeluisteren.

'Hallo, Marco. Wat kan ik voor je doen?'

'Kunt u morgenmiddag met meneer Vonner naar me toe komen in Oxford voor een borrel?'

Dat zou vrijdagmiddag zijn, en Jake nam niet de moeite om in zijn agenda te kijken, want hij wist dat er niks in stond. Als het warm was, werden er op vrijdagmiddag in Clanton geen juridische zaken gedaan. Harry Rex zou niet in de rechtszaal zijn, want er zou binnen een straal van tachtig kilometer van de rechtbank geen rechter te vinden zijn. En als hij afspraken had, zou hij die afzeggen vanwege dit avontuur.

'Ja, hoor. Waar en hoe laat?'

'Een uur of vijf. De bar van de Ramada Inn.'

'Oké. Dus u bent in de vs?'
'We praten morgen wel.' De verbinding werd verbroken.

12

Jake stond erop dat hij zou rijden, en wel om twee redenen. Ten eerste was Harry Rex achter het stuur net zo gevaarlijk als Harry Rex in de rechtszaal. Hij reed of te snel of te langzaam, negeerde de basisverkeersregels en ontplofte van woede om de minste of geringste overtreding van andere weggebruikers. Ten tweede was het vrijdagmiddag en zat hij nu al aan de Bud Light. Jake sloeg een drankje af en vond het prima om te rijden.

Zodra ze buiten de bebouwde kom van Clanton waren, zei hij: 'Eerlijk gezegd vind ik dit wel leuk. Geen alledaagse afspraak met een cliënt.'

Harry Rex kauwde op een onaangestoken zwarte sigaar die in zijn mondhoek bungelde. 'Ik vind die jongen maar dom. Hij is spoorloos verdwenen, niemand op de hele wereld wist waar hij zat, en nu wil hij terug en staat hem een en al ellende te wachten. Wat voor werk wil hij gaan doen? Een advocatenkantoor beginnen?'

'Ik denk niet dat hij van plan is om hier te komen wonen. Hij had het over Memphis, ergens buiten de staat.'

'Fantastisch. Alsof de problemen ophouden bij de staatsgrens.'

'Hij verwacht geen problemen.'

'Dat snap ik, maar laten we eerlijk zijn, hij weet niet wat hij kan verwachten. Ik weet dat het ernaar uitziet dat alles rustig is, maar het kan best zijn dat haar familie een hoop stampij gaat maken.'

'Het zijn fatsoenlijke mensen. Ze maken zich meer zorgen om Lisa's gezondheid dan om de slechte herinneringen aan Mack Stafford.'

'Dat kun je wel zomaar aannemen, maar niemand kan voorspellen wat er gaat gebeuren.'

'Wat kunnen ze Mack dan aandoen?'

'Nou, ik betwijfel of ze warme gevoelens voor hem hebben, toch? Ze hebben te maken met de harde realiteit dat ze twee pubermeiden moeten opvoeden, en dat waren ze niet bepaald van plan na hun pensioen. En dat allemaal omdat hun gewiekste ex-schoonzoon er met het geld vandoor is gegaan. Ik zou pislink zijn, jij niet?'

'Waarschijnlijk wel.'

'Stop even hier bij Skidmore. Ik heb een koud biertje nodig.'

'Hoeveel heb je er al op?'

'Je lijkt mijn vrouw wel.'

'Hou er gewoon mee op, lul.'

Ze bekvechtten een uur lang, tot Oxford in zicht kwam. Aan de westkant van de stad reed Jake om vijf voor vijf het parkeerterrein van de Ramada Inn op. Hij kende de bar uit zijn studententijd, maar was er al in geen jaren meer geweest. De studenten waren weg en het was er leeg. Ze haalden bier en vonden een tafeltje in een hoek. Er gingen vijftien minuten voorbij en Mack was in geen velden of wegen te bekennen.

'Die leeft zeker nog op eilandtijd,' mompelde Harry Rex, alsof hij zelf het toonbeeld van punctualiteit was. Hij stak nog een sigaar op en blies rook naar het plafond. Mack dook ineens uit het niets op en gaf zijn oude maatjes een hand. Hij wilde op een plek zitten vanwaar hij de deur kon zien. Harry Rex rolde met zijn ogen naar Jake, maar zei niks. Ze namen hun biertjes mee en bestookten elkaar met beledigingen over gewichtstoename en -verlies, verschillende haarstijlen, baarden en kleding. Harry Rex was onder de indruk van Macks veranderde uiterlijk: zijn diepgebruinde huid, zijn baard, zijn langere haar, zijn hippe bril, een andere dan die die Jake twee maanden daarvoor had gezien. Mack was niet verbaasd over Harry Rex' verschijning. Er was weinig veranderd en niets verbeterd. Ze barstten een paar keer in lachen uit en werkten hun biertje weg.

Daarna werd Jake serieus en vroeg: 'Hoe ben je het land in gekomen?'

'Legaal, met een paspoort.'

Harry Rex zei: 'Jake zegt dat je nu Braziliaan bent.'

'Dat klopt. Braziliaan, en ook Panamees, al is mijn Spaans niet zo best. Ik heb ook mijn Amerikaanse paspoort nog en ik neem aan dat dat nog werkt. Maar ik wilde geen risico nemen.'

'Dus staatsburgerschap is te koop?' vroeg Jake vol ongeloof. Daar had hij nooit bij stilgestaan. 'Is het zo eenvoudig?'

Ze dachten er even over na. Ze hadden zoveel vragen, er viel zoveel te bespreken, maar alleen Mack wist waar ze naartoe gingen.

Harry Rex vroeg: 'Hoe veilig voel je je nu je weer in Mississippi bent?'

'Ik ben twee dagen geleden onze fijne staat binnengekomen en ben naar Greenwood gereden om mijn moeder op te zoeken. Daarna ben ik weer vertrokken.' Waarnaartoe? Hij liet ze even in het ongewisse. Ze wilden weten waar hij logeerde, of woonde, maar dat ging hij kennelijk nog niet vertellen.

'Dus je voelt je veilig?'

'Ik maak me geen zorgen. Moet dat wel? Ik bedoel, er loopt geen actief onderzoek. Niemand zoekt me toch?'

Harry Rex blies wat rook uit en zei: 'Nou ja, we geven geen garanties, snap je? Maar het ziet ernaar uit dat de bloedhonden nog in hun hok zitten.'

Jake voegde eraan toe: 'Er is niks veranderd in de twee maanden sinds ik je in de jungle heb gezien, maar niks is zeker.'

'Ik snap het. Ik weet dat er wat risico bij komt kijken.'

'Wat wil je precies, Mack?' vroeg Harry Rex.

'Ik moet mijn dochters zien. Ik betwijfel of Lisa iets met me te maken wil hebben, en dat is prima. Dat gevoel is wederzijds. Maar ze is erg close met de meiden, en als ze doodgaat, krijgen ze het erg zwaar. Ik had ze nooit in de steek moeten laten.'

'Wil je de voogdij?' vroeg Jake met opgetrokken wenkbrauwen.

'Niet zolang zij leeft. Wie weet, misschien gebeurt er wel een wonder en overleeft ze het. Maar als dat niet zo is, wat dan? Ik weet niet of de meisjes bij hun opa en oma willen wonen. God sta hen bij.'

'Waarom denk je dat ze wel bij jou zouden willen wonen?' vroeg Harry Rex.

Jake grinnikte. 'Of waarom denk je dat jij twee pubermeiden wilt opvoeden?'

'Laten we dit stap voor stap doen, jongens. Eerst probeer ik een afspraak te maken met Lisa, gewoon om gedag te zeggen. Daarna probeer ik met de meiden af te spreken en mezelf min of meer opnieuw voor te stellen. Tuurlijk, het wordt pijnlijk en ongemakkelijk en waarschijnlijk gewoon afschuwelijk, maar we moeten ergens beginnen. Er is een financiële kant die belicht moet worden. Voor je het weet gaan ze studeren.'

Ze zwegen even terwijl Harry Rex zijn sigaar opnieuw aanstak en nog een wolk naar het plafond blies. Jake dronk van zijn bier en wist niet zeker waar dit gesprek op zou uitdraaien. Uiteindelijk zei Mack: 'Jake, ik wil graag dat jij contact opneemt met de familie en zegt dat ik terug ben en dat ik Lisa graag wil zien.'

'Waarom ik?'

'Het is of jij, of Harry Rex, en jij bent beter in het afhandelen van gevoelige zaken.'

Harry Rex knikte instemmend. Hij had geen zin om met Lisa en haar familie te praten.

'Ga verder,' zei Jake.

'De beste manier om het aan te pakken is dr. Pettigrew bellen, Lisa's zwager. Dean is niet mijn favoriete persoon, nooit geweest ook, een hoop aangetrouwde ellende, maar misschien is dat nu allemaal verleden tijd.'

'Dat hoop je,' zei Harry kreunend.

'Ja, dat hoop ik. Dean is redelijk evenwichtig, geen slechte jongen eigenlijk, en ik wil graag dat je hem belt om door te geven dat ik weer in de buurt ben en dat ik Lisa graag wil zien.'

Harry Rex fronste zijn voorhoofd en vroeg: 'Wat komt er na "hallo"? Ik zou niet graag in die kamer willen zijn.'

'Nou, dat gaat ook niet gebeuren, dus bemoei je er niet mee. Laat die zorgen maar aan mij over.'

Harry Rex nam een flinke teug bier en veegde een dikke schuimsnor van zijn bovenlip.

Mack vervolgde: 'Jij bent niet mijn advocaat, Jake, maar gewoon een vriend, dus de Bunning-kliek zal geen hekel aan je hebben zoals ze mij haten en Harry Rex verachten.'

Harry Rex schudde het van zich af. Het kon hem niks schelen. Het hoorde er nu eenmaal bij.

'En waar zou die ontmoeting met Lisa dan moeten plaatsvinden?' vroeg Jake.

'Dat weet ik niet. Haar artsen hebben misschien wel wat

restricties als het gaat om waar ze naartoe gaat en wie ze ontmoet. Dat weet Dean allemaal wel. Zorg maar gewoon dat je dat eerste telefoontje pleegt, dan leidt dat hopelijk tot een tweede en een derde. Niks hieraan zal makkelijk zijn, jongens.'

'Zeg dat wel.'

Jake zei: 'De familie zal wel wat vragen hebben. Zoals: hoe lang blijf je? Is het permanent? Waar ga je wonen? Waarom ben je weggegaan? Hoeveel geld heb je weggenomen? Dat soort dingen. Je kunt niet zomaar vanaf de maan komen binnenvallen en zeggen: "Hallo, hier ben ik weer."'

Mack knikte en nam een slok. Hij keek naar de deur, inmiddels uit gewoonte, maar er was niemand. 'Ik leef vanuit mijn koffer, in hotels en zo. Geen vast adres in de nabije toekomst. Ik blijf niet in Ford County, dus ze kunnen rustig ademhalen, en ik zal geen poging doen om Lisa en de meisjes te zien zonder toestemming van de familie. Beloof ze dat, Jake.'

'Wat je maar wilt.'

'Het wordt binnen de kortste keren rondgebazuind en er wordt geroddeld als een gek, dat weet je toch, hè?' vroeg Harry Rex.

'Ja. Ik ken Clanton. Er wordt een hoop geroddeld terwijl er absoluut niks gebeurt. Ik weet zeker dat het gonsde toen ik gevlogen was.'

Er verscheen een glimlach op de gezichten van Jake en Harry Rex toen ze eraan terugdachten. Jake schoot in de lach en zei: 'We waren op een ochtend bij de arrondissementsrechtbank met rechter Atlee, op de dag dat de rol werd doorgenomen en een stelletje advocaten de gebruikelijke poppenkast opvoerde. Die ouwe Stanley Renfrow helemaal uit Smithfield stond op en zei: "Meneer de rechter, ik heb een echtscheidingszaak met meneer Stafford aan de andere kant, maar hij belt me maar niet terug. Het gerucht gaat dat hij de stad uit is. Heeft iemand hem gezien?" Een paar van ons keken elkaar lachend aan. Rechter Atlee zei: "Nou, meneer Renfrow, ik denk niet dat zijn telefoon het nog doet. Het lijkt erop dat meneer Stafford het licht heeft uitgedaan en is weggelopen. Er is al een paar weken niks van hem vernomen."

"En mijn echtscheidingszaak dan?"

"Ik denk dat meneer Vonner zijn oude dossiers heeft."

"Oké. Zeg, meneer de rechter, hoe kun je zomaar je kantoor verlaten?"

"Geen idee. Nog nooit meegemaakt."

"Nou, ik wou dat iemand me dertig jaar geleden had verteld hoe het moest."

We moesten ontzettend lachen en vroegen ons fluisterend af waar je toch uithing. Niemand had enig idee.'

'Die stotterende Stanley Renfrow,' zei Mack. 'Ik kende hem goed en kan in alle eerlijkheid zeggen dat ik hem totaal niet heb gemist.'

'Wie heb je wel gemist?' vroeg Jake.

'Jullie twee. Dat is alles.'

Harry Rex zei: 'Jezus, Mack, er waren tien advocaten nodig om de boel op te pakken nadat jij weg was.'

'Leuk geprobeerd, ouwe reus, maar ik weet wel beter. Misschien hebben een paar vrienden en wat familieleden me gemist, maar ik kan je verzekeren dat het mijn cliënten koud liet.'

Jake moest lachen en zei: 'De geruchten gingen maar door. Als ze net verstomd waren, was er weer iemand die je had gezien en dan laaiden de verhalen weer op in de hele stad.'

'Gezien?' vroeg Mack. 'Nooit gebeurd. Tenminste, niet dat ik weet. Ik heb het eerste jaar in Belize gezeten en ik weet bijna zeker dat niemand me daar gezien heeft. Eén keer scheelde het niet veel, maar dat was niemand van hier.'

'Waar ben je daarna naartoe gegaan?' vroeg Harry Rex.

Mack glimlachte, nam een slok bier en bestudeerde de donkere ruimte. Na een lange pauze zei hij: 'Heel veel plekken. Ik vertel het jullie nog weleens, maar niet nu.'

13

Dr. Dean Pettigrew was een van de drie orthopedisch chirurgen in Clanton. Twintig jaar eerder was hij met Stephanie Bunning getrouwd, een knappe studente die hij op Ole Miss had ontmoet. Ze kwam uit een prominente familie in de stad en wilde daar wonen. Hij kwam uit Tupelo, een uur verderop, en dat was dicht genoeg bij zijn familie. Hij werkte hard en kreeg succes, en hij woonde met Stephanie en hun twee zoons in de betere kringen, in een fraai modern huis op de veertiende fairway van de countryclub. Vrijwel alle artsen woonden in de buurt, achter hekken.

Nadat Dean zaterdagochtend achttien holes had gespeeld, reed hij in zijn golfkarretje terug naar huis en kreeg van Stephanie te horen dat Jake Brigance had gebeld. Voor zover ze zich herinnerden had Jake hen nog nooit thuis gebeld. Ze kenden Jake en Carla wel, maar gingen niet met hen om. Als arts dacht hij eerst dat Jake, een advocaat, een potentiële claim wegens medische wanpraktijken met hem wilde bespreken. Het was een reflexmatige reactie die hij al snel verwierp. Jake was alom geliefd en sleepte geen artsen voor de rechter, in elk geval geen artsen uit de omgeving. Maar met advocaten wist je het maar nooit.

Dean ging in zijn leren fauteuil in de woonkamer zitten en pakte de telefoon. Na een snel, ongemakkelijk kletspraatje zei Jake: 'Hoor eens, Dean, ik zal het maar meteen vertellen: ik heb Mack Stafford gisteren ontmoet. Hij is weer in de buurt.'

Dean liet bijna de telefoon vallen en wist een paar seconden niks uit te brengen. Eindelijk zei hij: 'Oké. We hadden gehoopt dat hij voorgoed vertrokken was.'

'Ja, ik stond er ook van te kijken. Ik ben niet zijn advocaat, begrijp me goed, gewoon een vriend. Ik zou je nooit hebben gebeld als hij het me niet had gevraagd.'

'Duidelijk. Wat is er?'

'Nou, Mack wil Lisa graag zien.'

'Dat meen je niet.'

'Ik ben bloedserieus. Maar nogmaals, ik breng alleen de boodschap over.'

Stephanie luisterde mee. Ze kwam behoedzaam de woonkamer binnen en ging naast haar man zitten, die fronsend naar haar keek en zijn hoofd schudde. Dean zei: 'Ik kan me niet voorstellen dat Lisa hem ooit nog wil zien, Jake.'

'Dat begrijp ik.'

'Weet hij dat ze ziek is?'

'Ja. Vraag me niet hoe hij het weet.'

'Waar heeft hij gezeten?'

'Ergens ten zuiden van hier. Meer weet ik niet.'

'Ik weet niet wat ik moet zeggen.' Stephanie schudde ongelovig haar hoofd.

Na een lange stilte vroeg Jake: 'Mag ik vragen hoe het met haar gaat?'

Dean ademde uit en zei: 'Niet goed, Jake. De laatste chemo is niet aangeslagen. Er valt verder weinig meer aan te doen. Maar dit zal hoe dan ook niet helpen.'

'Daar twijfel ik niet aan. Hé Dean, ik heb je nu in elk geval gebeld. De rest is aan Lisa.'

'En waar zou Mack dan over willen praten?'

'Dat weet ik niet. Hij wil Lisa zien en daarna misschien de meisjes.'

'Hier komt niks dan ellende van, Jake.'

'Ik weet het.'

'Ik kan me niet voorstellen dat Lisa hem wil zien, en ik weet zeker dat ze de meisjes bij hem weghoudt.'

'Dat kan ik haar niet kwalijk nemen.'

Weer een stilte, en daarna zei Dean: 'Ze komt vanavond hier eten met de meisjes. Ik zal het hier met de familie over moeten hebben.'

'Natuurlijk. Het spijt me dat ik hierbij betrokken ben, Dean.'

'Dank je, Jake.'

Later die middag kwam Lisa met de twee meisjes, Margot en Helen. Ze was zwak en fragiel en kon niet meer autorijden. Margot van zeventien wilde maar al te graag voor chauffeur spelen. Helen en zij trokken snel hun bikini aan en sprongen in het zwembad. Hun twee neven, de jongens van de familie Pettigrew, waren in Oxford bij een honkbalwedstrijd van Ole Miss.

Lisa ging liever op de veranda zitten, in de koele schaduw, waar een zware plafondventilator langzaam boven haar hoofd draaide. Stephanie serveerde limonade en ging naast haar zus zitten. Dean trok een stoel bij en ze keken hoe de meisjes van de duikplank sprongen. Hoewel Margot maar een jaar ouder was dan Helen, was het verschil verbluffend. Margot was rijp en volledig ontwikkeld en kon doorgaan voor een jongedame van twintig. Haar bikini was een en al touwtjes, nogal een niemendalletje in Deans ogen, en zou niet in de smaak vallen bij haar opa en oma, die over een uur zouden komen. Dean wist dat het Margot niks kon schelen hoe zij erover dachten, en dat ze het afgelopen jaar steeds manieren had gevonden om hen teleur te stellen. Helen was de stillere van de twee, soms zelfs verlegen, en had nog steeds het lijf van een meisje van twaalf. Net als hun moeder waren ze vernederd door Macks grote avontuur, zijn plotselinge verdwijning, het feit dat hij hen in de steek had gelaten. De hele familie was erdoor vernederd.

Toen het afgelopen jaar de ene behandeling na de andere niet aansloeg om de heel agressieve vorm van kanker te bestrijden, werd er in de familie gefluisterd wat er met de meisjes moest gebeuren. Er waren slechts twee opties, die geen van beide aanlokkelijk waren. Ze konden bij hun grootouders gaan wonen of naar het ruime huis van de familie Pettigrew verhuizen. Niemand wilde ze eigenlijk, vooral Margot niet. Maar ze zouden hoe dan ook op een gezellige plek belanden, omringd door liefdevolle familieleden.

Was er nu een derde optie? Was Mack teruggekomen om de meisjes te redden als hun moeder dood zou gaan? Daar had Dean ernstige twijfels bij. Mack had hen in de steek gelaten en het leek ondenkbaar dat hij zich in Clanton zou vestigen en een vader zou proberen te zijn.

Dean zei: 'Laten we dit afhandelen voor je ouders er zijn. Lisa, ik kreeg eerder vanmiddag een telefoontje van Jake Brigance. Hij heeft contact gehad met Mack, die nu hier in de buurt is.'

Hoe broos ze ook was, Lisa flapte er snel en vinnig uit: 'Wat een klootzak.'

'En het wordt nog erger. Hij wil met je afspreken en hij wil ook de meisjes zien.'

Verbouwereerd liet ze haar mond openvallen en haar

treurige ogen werden twee keer zo groot. 'Wat?'

'Je hebt me wel gehoord.'

'Wanneer is hij teruggekomen?'

'Dat weet ik niet, en volgens mij is hij ook niet in de stad, maar wel in de buurt. De details zijn nogal vaag.'

'Kunnen ze hem niet arresteren?'

'Daar hebben we het niet over gehad, zover zijn we niet gekomen.'

Ze zette haar limonade op een bijzettafeltje, deed haar ogen dicht en haalde diep adem. Ze zag er triest uit en Dean en Stephanie hadden medelijden met haar. Ze wist dat ze zou sterven, en nu dit. De afgelopen tien jaar waren hels geweest. Het instortende huwelijk met een man die hard had gewerkt maar nooit veel had verdiend. Zijn hang naar drank. Zijn schandelijke verdwijning. De eindeloze stroom geruchten dat hij ervandoor was gegaan met een stapel geld die van zijn cliënten was. De maanden en jaren zonder contact. Het besef dat die schoft echt gevlogen was en niet meer terugkwam. Ze gaf hem de schuld van haar slechte gezondheid. De stress van de vernedering en de druk om als alleenstaande moeder twee pubermeiden groot te brengen had een vreselijke tol geëist. Ze was het huilen zo zat en probeerde haar emoties onder controle te houden, maar er rolde toch een traan over haar wang en ze veegde haar gezicht af. Ze snufte, beet op haar lip en liet niet nog meer tranen toe.

Ze deed haar ogen open en lachte naar haar zus. Ze keek naar Dean en zei: 'Ik neem aan dat je Jake terug moet bellen met een antwoord.'

'Ja.'

'Nou, het antwoord is nee. Er valt niks te zeggen. De scheiding was praktisch achter de rug toen hij 'm smeerde. Gelukkig is het sindsdien allemaal rond. Ik wil zijn gezicht niet zien en zijn stem niet horen. Hij heeft niks te zeggen en we hebben niks te bespreken. En als hij contact opneemt met de meisjes of ze op de een of andere manier probeert te zien, bel ik de politie en sleep hem zo nodig voor de rechter.'

Dean glimlachte en zei: 'Helemaal duidelijk.'

14

Maandagochtend vroeg, stipt om vijf uur, de afgesproken tijd, rolde Jake uit bed, strompelde de slaapkamer uit, liep naar de keuken en drukte op het knopje van het koffiezetapparaat. Hij liep naar de logeerkamer beneden, waar hij douchte en zich aankleedde. Hij haalde de kranten uit Memphis, Tupelo en Jackson van de oprit en ging aan de ontbijttafel zitten met zijn eerste kop koffie van de dag en het ochtendnieuws. Om kwart voor zes ging hij terug naar de slaapkamer, gaf Carla een klopje op haar billen, kuste haar wang, zei dat hij van haar hield en vertrok. Ze kroop dieper onder de dekens, er zoals altijd van overtuigd dat hij gek was om zo vroeg op te staan. Hij keek even om een hoekje bij Hanna en Luke en liep het huis uit. Hij reed in zeven minuten naar het plein van Clanton, parkeerde voor zijn kantoor en liep om zes uur de Coffee Shop binnen, waar Dell stond te lachen met een tafeltje boeren die een tafeltje fabrieksarbeiders beledigden. Verder droeg er niemand een jas en een das. Hij liep naar zijn vaste stoel aan een tafeltje waar Andy Furr, een monteur bij de Chevrolet-garage, zat te wachten. Dell gaf hem een tikje op zijn hoofd, bonkte tegen hem aan met haar aanzienlijke achterwerk en schonk hem koffie in. Marshall Prather, een *deputy*, zei: 'Zeg Jake, heb je gehoord dat Mack Stafford weer in de stad is?'

Hij stond er altijd weer versteld van dat de roddels zo bliksemsnel door de stad werden verspreid. Hij besloot het spelletje mee te spelen om te zien 'wat ze zeiden'.

'Je maakt een grapje, toch?'

'Nee, volgens mij is het echt zo. Het gerucht gaat dat mensen hem hebben gezien, en hij schijnt contact te willen met zijn ex-vrouw.'

Een van de boeren vroeg: 'Jij was toch zijn advocaat, Jake?'

'Nee, hoor. Het laatste wat ik gehoord heb, was dat Harry Rex zijn zaken afhandelde. Wie heeft hem gezien?'

Prather zei: 'Weet ik niet. Ik hoorde dat het gisteren rondging in de baptistenkerk.'

'Nou, dan moet het wel waar zijn.'

'Wordt hij niet gezocht door justitie?' vroeg Andy Furr.

'Ik heb geen idee.'

'Marshall, weet jij daar iets van?'

'Nee, maar daar kom ik wel achter.'

'Hij heeft toch een zak met geld gepikt en is 'm gesmeerd?'

Jake zei: 'Dat was altijd het gerucht.'

Vanachter de toonbank zei Dell: 'We doen hier niet aan geruchten. Al onze roddels zijn echt waar.'

Daar werd om gelachen. De Coffee Shop was berucht om de beginnende roddels, vaak om te kijken hoe snel ze het plein rondgingen en in een heel andere versie weer terugkwamen. Jake vond het grappig dat niemand Mack echt gezien had. De Bunning-kliek had kennelijk in de Eerste Baptistenkerk, waar ze sinds jaar en dag naartoe gingen, rondgebazuind dat Mack contact had gezocht. Dat had ongetwijfeld een schok teweeggebracht in de congregatie, waarna er vlammende geruchten als bliksemschichten door de zondagsschool en de dienst waren geschoten. Jake zag al helemaal voor zich hoe er na de kerk honderden telefoontjes waren gepleegd. En terwijl het onweerstaanbare verhaal steeds meer werd opgezweept, werd er door iemand – en ze zouden nooit weten wie – het pikante detail aan toegevoegd dat Mack daadwerkelijk gezien was.

Het leed geen twijfel dat er maandag rond het middaguur, nadat de stad het verhaal had verwerkt en opgeleukt, iemand zou zijn die ook nog met Mack had gepraat.

Een van de boeren was jaren daarvoor door Mack aangeklaagd en koesterde nog steeds wrok. Dat bracht het gesprek op het onderwerp rechtszaken, liefst onbenullige, en de noodzaak van juridische hervormingen. Jake at zijn ontbijt en zei niks.

Binnen de kortste keren hadden ze het over het weer en was Mack vergeten, tenminste, voorlopig.

15

Stipt om tien uur 's ochtends liep Herman Bunning het advocatenkantoor van Sullivan & Sullivan binnen en zei tegen de receptionist dat hij een afspraak had. Hij kreeg een stoel aangeboden, maar sloeg die beleefd af. Hij was niet van plan om te wachten. Hij had zijn advocaat de avond ervoor gebeld en ze hadden het tijdstip afgesproken. Als hij op tijd kon zijn, kon de advocaat dat ook. Hij liep naar het grote raam en keek naar de rechtbank. Hij probeerde zich de laatste keer te herinneren dat hij juridisch advies had ingewonnen bij Walter Sullivan. Voor tweehonderd dollar per uur hoopte hij op een kort bezoek.

Zijn bedrijf, Clanton Redi-Mix, was al vijftig jaar in de

familie. Doordat de vraag naar beton niet meer zo groot was in zo'n klein stadje, had zijn bedrijf nu een paar serieuze juridische problemen. Hij had nooit iemand voor het gerecht gedaagd en was zelf ook nooit aangeklaagd, afgezien van een sporadisch ongeval waarbij een van zijn vrachtwagens betrokken was. Walter stelde strakke contracten op en hield de juridische zaken onder de duim. De meeste succesvolle zakenmannen in de stad leunden op Walter, samen met de bankiers, de verzekeringsmaatschappijen, de spoorwegen, grote boeren en mensen met wat geld.

Daarom hadden Jake en de andere advocaten in de stad een bloedhekel aan de firma Sullivan. Die had cliënten met geld.

Een secretaresse kwam hem halen en hij volgde haar naar het grote kantoor. Hij zei ja tegen koffie, met één schepje suiker, en ging tegenover Walter zitten, met het enorme bureau tussen hen in.

Walter zei: 'Ik kan niks vinden. Ozzie zegt dat er geen uitstaande arrestatiebevelen zijn. De grand jury is destijds een paar keer bijeengekomen, maar er was niet echt bewijs.' Hij tilde een stapel papieren op en vervolgde: 'Ik heb kopieen van de scheidingsaanvragen en het vonnis, en van zijn faillissementsverzoek. Daar staat weinig in.'

'Vertel mij wat,' gromde Herman. 'Die jongen heeft nooit geld verdiend. Ze leefden van dag tot dag, ik weet niet eens meer hoe vaak ik ze uit de brand heb moeten helpen.'

'Hoe gaat het met Lisa?'

'Nog hetzelfde als vorige week toen je naar haar vroeg.'

Walter knikte en wist meteen weer dat Herman altijd de neiging had om bot te doen.

'Sorry.'

'Dank je. Hoor eens, Walter, het is onder jullie advocaten

toch algemeen bekend dat Mack wat geld achterover heeft gedrukt dat niet van hem was en daarna de stad uit is gegaan? Ik bedoel, dat klinkt toch ook logisch? Hoe had hij ervandoor kunnen gaan als hij geen geld had? En waarom zou hij? Lisa kreeg het huis en de auto's en de bankrekeningen en zo, en alles was toch al verpand, maar hij gaf haar ook nog eens vijftigduizend in contanten. Die jongen had nooit zulke bedragen. Dus als hij haar ineens cash kon geven, moet je wel tot de conclusie komen dat hij waarschijnlijk nog veel meer had, dat hij verborgen hield. Volg je me?'

'Ja, natuurlijk.'

'En als hij zijn trustaccounts of wat dan ook heeft geplunderd om dat geld te krijgen, heeft hij dat in elk geval niet opgegeven bij zijn activa toen hij de scheiding aanvroeg.'

'En ook niet bij zijn faillissementsaanvraag. Dat is een ernstigere aanklacht. Faillissementsfraude.'

'Geweldig. Dus hoe ga je dat bewijzen?' De secretaresse kwam binnen en gaf beide mannen een kop koffie. Ze liep weg en deed de deur achter zich dicht. Herman nam een slok en smakte met zijn lippen.

'Dus als ik het goed begrijp, Herman, wil je achter Mack aan?'

'Dat wil ik verdomme zeker, sorry voor mijn taalgebruik. Hij heeft mijn dochter en mijn kleindochters in de steek gelaten en is ervandoor gegaan met een zak met geld. Hij was een waardeloze echtgenoot, Walter, dat heb ik je weleens verteld. Hij dronk te veel. Verdiende nooit een cent. Hij was niet lui, maar hij snapte de wet gewoon niet.'

'Ik kende Mack goed, Herman, en ik mocht hem graag.'

'Ik mocht hem eerst ook, maar je zag dat huwelijk gewoon de mist ingaan. Hij is echt zo'n Delta-jongen, Walter, je kent ze wel. Ze zijn gewoon anders.'

'Ik weet het, ik weet het.'

'Maar goed, hoe kunnen we bewijzen dat hij fraude heeft gepleegd?'

'Waarom zou je je daar druk om maken, Herman?'

Dat irriteerde de cliënt, en even kookte hij van woede. Hij dronk zijn koffie en kwam tot bedaren. Daarna zei hij met een glimlach: 'Omdat hij een oplichter is, Walter, en een slecht mens. Omdat mijn dochter het eind van het jaar waarschijnlijk niet haalt, waarschijnlijk niet eens de zomer, en ze twee pubermeiden achterlaat, die Honey en ik zullen moeten opvangen. En dat kunnen we wel, en we zijn er klaar voor, maar het was niet echt ons plan. Het zal duur zijn, en een hoop werk, en nou ja, we dachten al aan ons pensioen. Dat kan wel wachten. Maar als Mack geld heeft, dan is hij dat Lisa en de meisjes verschuldigd.'

'Hoeveel ben je bereid uit te geven om daarachter te komen?'

'Hoeveel gaat het kosten?'

'Ik zal een privédetective moeten inhuren om te beginnen met graven. Ik ben niet zeker van het juridische werk, maar er gaan wel wat uren in zitten.'

'Hoeveel, al met al?'

'Tienduizend.'

Hermans gezicht vertrok alsof hij geplaagd werd door een prikkelbare darm. Hij ging knarsetandend verzitten en zei: 'Ik dacht eerder aan vijfduizend?'

Walter vond het niet erg om te onderhandelen, want hij dacht aan meer potentiële cliënten. Als Mack anderen had besodemieterd, hadden die misschien ook wel claims. Als Walter de pot met goud zou vinden, kon hij daar maar beter de baas over zijn. Hij krabbelde wat op een papiertje, fronste en kreeg het rekensommetje niet rond. 'Luister,

Herman, dit is niet echt iets voor mij, snap je? Ik krijg het wel voor elkaar, maar het wordt lastig, oké? Laten we het eens worden over vijfenzeventighonderd.'

'Dat is nog steeds te veel, maar ik wil niet moeilijk doen.'

'Goed dan, schrijf maar een cheque uit.'

'Die stuur ik je morgen wel.' Herman wierp een blik op zijn horloge. Tot dusver had het gesprek nog geen kwartier geduurd. Dat was dan vijftig dollar, toch? Hij zou Walters maandafrekening eens goed uitpluizen als die kwam, om de tijdsduur en de kosten te verifiëren.

Hij bedankte hem voor de koffie en haastte zich het kantoor uit.

Aan de overkant van het plein zat Jake te lanterfanten achter zijn bureau toen het telefoontje kwam. Een bekende stem zei: 'Goedemorgen Jake, met Walter Sullivan.'

Op dat moment was er geen enkel dossier in Jakes kantoor dat ook maar enigszins interessant zou kunnen zijn voor wie dan ook van de firma Sullivan. Hij was ietwat argwanend, maar goed, telefoontjes uit het niets waren niet ongebruikelijk. 'Goedemorgen, Walter. Waar heb ik deze eer aan te danken?'

'We vertegenwoordigen Herman Bunning en zijn bedrijf al eeuwen.'

Natuurlijk, Walter. Jij krijgt alle grote bedrijven in de stad.

'En hij loopt net mijn kantoor uit. Zoals je wel kunt raden, is de familie momenteel nogal van streek. Wat kun je me over Mack vertellen?'

'Ik ben zijn advocaat niet, Walter. Je moet een babbeltje maken met Harry Rex.'

'En wat kan die me vertellen?'

'Niks.'

'Dat dacht ik al. Geen idee waar Mack is?'

'Geen enkel idee. Wat kan jou het schelen waar Mack is, Walter?'

'Niks. Ik geef alleen de waarschuwing door dat hij uit de buurt moet blijven van Lisa en de meisjes.'

'Nou, fantastisch. Ik heb die waarschuwing ook al luid en duidelijk van dr. Pettigrew gekregen. Ik heb het aan Mack doorgegeven. Hij heeft het gehoord. Ik vraag me serieus af of je je ergens druk om moet maken, Walter. Mack is niet van plan om problemen te veroorzaken.'

'Dat is moeilijk te geloven.'

'De boodschap is overgebracht, Walter. Ontspan.'

'Ik zie je wel weer.'

Na het telefoontje dacht Jake er lange tijd over na. Het idee dat Mack Stafford op de een of andere manier met opzet zijn dochters kwaad wilde doen, was belachelijk. Het was een intimiderend telefoontje, typisch Sullivan. Ze hadden het geld en de macht en vonden het niet erg om die te gebruiken.

Hij herinnerde zich dat Harry Rex nog niet zo lang geleden een barbecue had gehouden bij zijn jachthut in het bos ten zuiden van de stad. Hij had iedere advocaat en rechter uitgenodigd, zelfs degenen die hij verachtte, en hij had ook Ozzie en zijn deputy's en de plaatselijke politie uit Clanton gevraagd. Het grootste deel van de rechtbankbende was er, samen met een verzameling rechercheurs, loopjongens, gerechtsdeurwaarders en zelfs sleepwagenchauffeurs. Er waren vaten met koud bier en er was genoeg voor op de barbecue. Er speelde een bluegrassband op de veranda. Harry Rex' timing was perfect; er gebeurde die dag verder niks in de county, en de menigte was gigantisch. Hij wilde een rasecht boerenkinkelfeest en dat kreeg hij ook. Jake en Carla waren Mack en Lisa tegen het lijf gelopen en hadden geprobeerd een vriendelijk praatje te maken. Ze vond het duidelijk ongemakkelijk om zich te mengen onder de mensen van een lagere klasse. De countryclub was ver te zoeken. Later zag Jake haar in haar eentje op de achterveranda zitten, waar ze een slok van haar lightfrisdrank nam en volkomen uit de toon viel. Later hoorde hij het gerucht dat ze was weggegaan zonder het tegen Mack te zeggen. Een vriend had hem een lift naar huis gegeven.

Het was algemeen bekend in de stad dat het geen gelukkig huwelijk was, vooral omdat Lisa's dromen groter waren dan alles wat Mack zou kunnen bieden. Terwijl Stephanie en dr. Pettigrew floreerden en het ene huis verruilden voor het andere, nog grotere, bleven de Staffords achter in het stof en hadden het nakijken.

Zijn dagdromen werden onderbroken door het volgende onverwachte telefoontje. Het was Dumas Lee, de opdringerige, vasthoudende hoofdverslaggever van *The Ford County Times*.

'Wat een verrassing, Dumas,' zei Jake.

'Ik hoorde dat Mack terug is,' zong Dumas, alsof hij iets groots op het spoor was. 'Wat kun je me vertellen?'

'Mack wie?'

'Ja, ja. Luister, volgens een van mijn bronnen heb je Mack ontmoet en hem in levenden lijve gesproken.'

Dumas beweerde altijd dat hij een bron had, of die nu wel of niet echt bestond. 'Geen commentaar.'

'Kom op, Jake, je kunt wel iets beters verzinnen.'

'Geen commentaar.'

'Oké, ik stel je een simpele vraag waar je met ja of nee op kunt antwoorden, en als je "geen commentaar" zegt, is het duidelijk dat het antwoord ja is. Heb je Mack Stafford de afgelopen maand in eigen persoon gezien?'

'Geen commentaar.'

‘Met andere woorden, het is zo.’

‘Wat jij wilt, Dumas. Ik speel jouw spelletjes niet mee. En wat stelt het nou helemaal voor? Het staat Mack vrij om te gaan en staan waar hij wil. Hij wordt niet gezocht.’

‘Hij wordt niet gezocht. Dat bevalt me wel. Mag ik het gebruiken?’

‘Ja, hoor.’

‘Bedankt, Jake.’

‘Graag gedaan.’

16

Macks noodlottige beslissing om het geld te pakken en ervandoor te gaan, de echtscheiding en vervolgens zijn faillissement aan te vragen, zijn kantoor te sluiten, alles op Lisa’s naam te zetten, afscheid te nemen van haar en de meisjes en te verdwijnen, was voorafgegaan door één telefoontje. Een New Yorkse advocaat met de naam Marty Rosenberg belde op een dag rond lunchtijd en was bereid snel geld te bieden voor het schikken van een paar stoffige zaken die Mack al bijna vergeten was. Mack nam de telefoon op omdat Freda, zijn secretaresse, er niet was. Als zij er wel was geweest en had geweten over het gesprek over de schikking, dan had Macks leven niet zo’n dramatische wending genomen. Vijf jaar lang had Freda zich ontfermd over telefoontjes, typewerk, cliënten, de boeken en alles wat een secretaresse maar doet in een kantoor in een klein stadje.

Mack had haar die dag ontslagen en ze was nijdig vertrokken. Hij had een paar biertjes op en was behoorlijk aangeschoten op kantoor gekomen. Ze snauwde hem toe omdat hij die middag twee afspraken niet was nagekomen.

Het liet hem koud. Ze maakten ruzie, zeiden te veel en hij ontsloeg haar op staande voet, waarna hij haar dertig minuten de tijd gaf om haar bureau uit te ruimen en te vertrekken. Na het donker verliet hij zijn kantoor en ging naar een bar. Toen hij eindelijk naar huis ging, zat Lisa op de veranda op hem te wachten en ze was op oorlogspad. Hij gleed uit op wat ijs op de oprit, stootte zijn hoofd en bracht twee dagen in het ziekenhuis door. Terwijl hij bedrust hield, keerde Freda terug naar kantoor en ging door de boeken en de dossiers. Ze verwachtte weinig te vinden en werd niet teleurgesteld. Ze was beter op de hoogte van zijn zaken dan hijzelf. Zoals de meeste advocaten in de stad ritselde Mack vaak contante betalingen voor cliënten bij de stads- en de countyrechtbank, honoraria die handig uit de boeken werden gehouden. Eén reden waarom ze door zijn boeken ging, was om zich ervan te vergewissen dat er geen officiële vermeldingen in stonden van contant uitbetaalde honoraria. Bovendien wilde ze weten of hij bankrekeningen had waar Lisa niks van wist, maar er was niks te vinden over verborgen geld. Freda had altijd een register bijgehouden van zijn huidige dossiers en daarbij had ze een kopie voor zichzelf gemaakt. Het was geen indrukwekkend rijtje hangende zaken. Toen Mack ervandoor was gegaan, hoorde ze geruchten dat hij een stel cliënten zou hebben opgelicht en bedragen zou hebben verdonkeremaand. Destijds vertegenwoordigde hij drie voogdijzaken met in totaal tweeëntwintigduizend dollar op zijn trustrekening. Op zijn derdenrekening voor onroerend goed stond driehonderdvijftig dollar. Die bedragen waren onaangeroerd toen Mack verdween.

De enige mogelijke bronnen van substantiële fees waren vier oude productaansprakelijkheidszaken die Mack had geregistreerd en vervolgens jarenlang had verwaarloosd. De kettingzaagzaken, ooit een potentieel goudmijntje, dat dacht hij tenminste. Ze was ze bijna vergeten, al herinnerde ze zich wel dat ze lang geleden zijn voortvarende brieven aan de fabrikant had getypt. Toen zijn enthousiasme was vervlogen, verdwenen de zaken onderaan de stapel.

Terwijl hij in het ziekenhuis lag, vroeg Freda zijn belgegevens op en zag de mysterieuze telefoontjes van en naar een advocatenkantoor in New York City. Ze maakte aantekeningen en archiveerde ze. Ongeveer een maand nadat Mack vertrokken was, kreeg ze bezoek van twee FBI-agenten die haar wat willekeurige vragen stelden, maar het was duidelijk dat ze maar wat deden. Hoewel ze nog steeds boos was vanwege haar ontslag, voelde ze totaal geen loyaliteit jegens de FBI en dus gaf ze hun niks.

Ze verliet Clanton en vestigde zich uiteindelijk in Tupelo, waar ze als juridisch vastgoedmedewerkster bij een succesvol advocatenkantoor werkte. Ze zat op een dinsdagmiddag achter haar bureau toen er een privédetective langskwam. Strak tweed jasje, stevig geknoopte das, puntlaarzen, pistool op de heup. Het was duidelijk wat voor werk hij deed. Zo had ze er wel honderden gezien in haar carrière als juridisch secretaresse, en ze herkende ze van mijlenver.

Hij stelde zich voor als Buddy Hockner en gaf haar een visitekaartje. Hij zei dat hij wat onderzoek verrichtte voor een advocaat in Clanton.

‘Welke?’ vroeg ze. In het recente verleden had ze hen allemaal gekend.

‘Walter Sullivan.’

Dus dit was geen vechtscheiding of huis-tuin-en-keukenongeval. Als de firma Sullivan erbij betrokken was, stond er waarschijnlijk wel meer op het spel. Ze kon geen enkele reden bedenken waarom Walter Sullivan iets van haar nodig zou hebben.

'Die herinner ik me nog wel,' zei ze. 'Wat kan ik voor u doen?'

Zonder het te vragen plofte Buddy neer op de enige stoel aan de andere kant van haar bureau.

'Ga zitten,' zei ze.

'Hebt u onlangs nog contact gehad met uw oude baas, Mack Stafford?'

'Waarom zou ik dat aan u vertellen?'

'Ik kom in vrede.'

'Dat zeggen ze allemaal.'

'Mack is terug. Iets van hem gehoord?'

Dat vond ze grappig en ze schonk hem een glimlach, voor het eerst. 'Nee, ik heb niks meer van Mack gehoord sinds de dag dat hij me ontslagen heeft. Bijna drie jaar geleden. Hoor eens, ik heb het druk en ik wil dit liever niet op mijn werk bespreken.'

'Snap ik. Mag ik u trakteren op een borrel na het werk?'

'Eén borrel dan. Ik ben niet zo'n prater.'

Ze zagen elkaar twee uur later in een bar in het centrum. Ze vonden een donker hoekje en bestelden iets te drinken. Buddy legde alles op tafel en bezwoer haar dat hij niks te verbergen had. Hij werkte van tijd tot tijd voor meneer Sullivan, die door Lisa's familie was ingehuurd om in Macks vuile was te poeren. Ze hadden sterke vermoedens dat er wat geld achterover was gedrukt en buiten de scheidings- en faillissementsprocedures was gehouden.

Freda vond het triest om te horen dat Lisa's gezondheid achteruitging. De twee waren nooit close geweest, maar ze konden wel met elkaar overweg, wat geen geringe prestatie was in Macks wereldje.

Ze zei: 'Mack had nooit geld. Er viel niks te stelen.'

Buddy stak zijn hand in zijn zak, haalde er een vel papier uit en gaf het haar. Het was een kopie van een gewaarmerkte cheque van vijftigduizend dollar, uitgeschreven op een bank in Memphis en te innen door Lisa. Hij zei: 'Dit was een deel van de echtscheidingsregeling, zo'n beetje het enige van waarde wat ze gekregen heeft.'

Freda schudde haar hoofd en zei: 'Mack had nooit zoveel geld. Hij liet zo'n vijfduizend dollar op de rekening van het advocatenkantoor staan, maar zelfs dat was soms op. Hij betaalde me dertigduizend per jaar, ik heb nooit opslag gekregen, en er waren jaren dat ik bijna net zoveel verdiende als hij.'

'Had hij een rekening bij die bank in Memphis?'

'Niet dat ik weet. Hij bankierde in Clanton, al vond hij dat vreselijk. Hij vond het vreselijk dat iemand bij de bank wist hoezeer hij echt aan de grond zat.'

'Dus waar kwam dat geld dan vandaan?'

Freda was altijd verontwaardigd geweest over de manier waarop Mack zomaar verdwenen was en zijn vrouw en kinderen in de steek had gelaten. Nadat hij met de noorderzon vertrokken was, was ook zij doelwit geworden van de plaatselijke roddels. Er gingen geruchten dat ze betrokken was geweest bij zijn oplichterspraktijken. Dat was een van de redenen geweest dat ze de stad had verlaten. Ze was hem niks verschuldigd. Jezus, hij had haar op staande voet ontslagen en had toegekeken terwijl ze haar bureau uitruimde.

Ze nam een slok van haar wodka-soda en zei: 'Ik heb zijn belgegevens, vraag me niet hoe. Op de dag dat hij me ontsloeg, heeft hij om tien over twaalf, toen ik aan het lunchen was, een telefoontje gekregen van een advocatenkantoor uit New York, en daarna is hij blijkbaar het kantoor uit gelopen om een paar biertjes achterover te slaan. Toen hij rond vijf uur terugkwam, hadden we ruzie. Hij was twee afspraken niet nagekomen, wat niks voor hem was, want hij had de cliënten nodig. Ik heb hem nooit meer gezien en ik wil hem ook niet meer zien.'

Ze stak haar hand in haar tas en haalde zelf ook een vel papier tevoorschijn. 'Dit is een kopie van zijn cliëntenregister, met al zijn openstaande zaken. Ik heb er vier gemarkeerd, de kettingzaagzaken. Bovenaan staat de naam Marty Rosenberg met zijn telefoonnummer. Hij is de advocaat in New York die, naar ik aanneem, gebeld heeft toen ik er niet was. Ik weet niet waar ze het over gehad hebben, maar het was voldoende om Mack het laatste zetje te geven. Ik weet het niet zeker, maar ik vermoed dat meneer Rosenberg de rest van het verhaal kent.'

17

Het was komkommertijd in Clanton. Toen *The Ford County Times* op woensdag bij het krieken van de dag werd bezorgd, stond er op de voorpagina onder de vouw een artikel met de kop IS MACK STAFFORD TERUG IN DE STAD?. Volgens verslaggever Dumas Lee hadden verschillende 'niet nader te noemen bronnen' bevestigd dat ex-advocaat Mack Stafford weer was opgedoken. Niemand had hem daadwerkelijk gezien, tenminste, niemand die dat ook officieel wilde bevestigen. Het artikel ging grotendeels over Macks verleden: zijn eigen advocatenkantoor dat hij zeventien jaar had gehad, zijn scheiding en zijn faillissement, en zijn mysterieuze verdwijning. Sheriff Walls werd geciteerd: 'Voor zover ik weet is er geen onderzoek gaande.' Toen hem gevraagd werd of het waar was dat er een grand jury naar de bizarre zaak had gekeken, had Ozzie geen commentaar. Er stonden twee zwart-wit-foto's bij, een van Mack met een colbertje en een das, afkomstig uit het baliebestand. De andere was van Jake Brigance, die gekleed in een donker pak de rechtbank verliet. Onder Jakes foto stond de vetgedrukte quote: 'Hij wordt niet gezocht'.

Jake las het 's ochtends bij de koffie en vervloekte zichzelf omdat hij Dumas te woord had gestaan. Het was stom om die vent iets te geven wat ook maar enigszins geciteerd kon worden. De implicatie was duidelijk: Jake was erbij betrokken en was waarschijnlijk Macks advocaat.

Hij verheugde zich niet op de Coffee Shop. Maar wegblijven was geen optie. Hij had wel geleerd dat wegblijven alleen maar ergere roddels opwekte.

18

Later die woensdagochtend belde Walter Sullivan de New Yorkse vestiging van Durban & Lang, een megafirma met duizenden advocaten over de hele wereld. Hij vroeg naar meneer Marty Rosenberg en kreeg van een van de secretaresses te horen dat de grote man niet beschikbaar was, wat Walter ook precies had verwacht. Hij zei dat hij een brief zou faxen waarin hij uitlegde waarom hij belde en dat hij het zou waarderen als ze een paar minuutjes konden bellen. Nadat hij had opgehangen, faxte hij de brief. Er stond in:

Beste meneer Rosenberg,

Ik ben advocaat in Clanton, Mississippi, en ik ben op zoek naar informatie omtrent een mogelijke productaan-

sprakelijkheidsschikking van ruwweg drie jaar geleden.
Ik geloof dat uw firma een Zwitsers bedrijf vertegenwoordigt, Littleman AG, dat een afdeling heeft die bekend is onder de naam Tinzo Group, in de Filipijnen. Tinzo heeft, naast vele andere artikelen, kettingzagen geproduceerd die ondeugdelijk zouden zijn. Verschillende eisende partijen hebben hier een plaatselijke advocaat in de arm genomen, J. McKinley Stafford, of gewoon Mack, zoals wij hem kennen, om hun ongevallenclaims in te dienen. Mack heeft zijn kantoor gesloten en de stad verlaten kort nadat u hem gesproken hebt.
Ik heb enkele ogenblikken van uw tijd nodig. Belt u alstublieft wanneer het u uitkomt. Uw secretaresse heeft mijn nummer.
Hoogachtend,
Walter Sullivan

De woensdag ging voorbij zonder een teken van leven uit New York. De volgende ochtend om negen uur belde Walters secretaresse hem over de intercom. Marty begon met een vriendelijk: 'Goedemorgen, meneer Sullivan, hoe gaat het daar in het Zuiden?'

'Kon niet beter, meneer Rosenberg. Fijn dat u terugbelt.'

'Uiteraard. Ik ben getrouwd met een meisje uit Atlanta en we komen er weleens.'

'Geweldige stad,' antwoordde Walter. Atlanta lag in vele opzichten dichter bij New York dan bij Clanton.

'Hoe dan ook, ik heb uw brief ontvangen en een van mijn juridisch medewerkers heeft het dossier gevonden.' Walter zag voor zich dat de grote advocaat een heel legertje juridisch medewerkers in rijen voor zijn deur had staan. 'Wat kan ik voor u doen?' vroeg Marty.

'Nou, het lijkt erop dat onze vriend meneer Stafford een

of andere schikking heeft weten te treffen en daarna de stad heeft verlaten. Kunt u bevestigen of er inderdaad een schikking is getroffen?'

'O jee,' zei Marty, en hij ademde uit, alsof ze nu op gevoelig terrein kwamen. 'Kijk, we vertegenwoordigen het Zwitserse bedrijf, Littleman, nog steeds en ze hebben een paar jaar geleden inderdaad Tinzo overgenomen. Destijds stonden er in de boeken van Tinzo wel wat van die productclaims, maar er was geen sprake van rechtszaken. De Zwitsers wilden met een schone lei beginnen. Ze vinden ons aansprakelijkheidssysteem maar niks, wat ik ze niet kwalijk kan nemen, dus zeiden ze tegen ons dat we de claims die er lagen uit de weg moesten ruimen. Ze werden op mijn bureau gedumpt met instructies om voorstellen te doen. Meer kan ik niet zeggen, vrees ik. De schikkingen waren vertrouwelijk, zoals u wel zult begrijpen, en mijn cliënt heeft helemaal geen aansprakelijkheid toegegeven.'

'Aha. Is het mogelijk om kopieën van de schikkingsovereenkomsten te krijgen?'

'O, nee. De Zwitsers houden hun lippen net zo stijf op elkaar als iedereen. Ze zouden nooit akkoord gaan met het vrijgeven van details. Ik zou niet weten waarom, na zo'n lange tijd, en het was toch al een druppel op een gloeiende plaat. Littleman heeft vorig jaar veertien miljard aan sales gedaan, dus dit was peanuts. Maar goed, zo werken ze nu eenmaal. We hebben het toch niet over een misdrijf, hè?'

'Aan jullie kant absoluut niet. Jullie cliënt heeft niks verkeerd gedaan.'

'Natuurlijk niet. Wie vertegenwoordigt u?'

'Meneer Staffords ex-vrouw. Ze lagen in scheiding en hoewel we het absoluut niet zeker weten, lijkt het erop dat hij wat geld heeft achtergehouden.'

'Hij zou de eerste niet zijn,' zei Marty met een lach, en Walter voelde zich gedwongen om mee te lachen. Toen de humor voorbij was, drong Walter aan: 'Dus het is onmogelijk om die schikkingsovereenkomsten in te zien?'

'Alleen met een dagvaarding, meneer Sullivan. Alleen met een dagvaarding.'

'Duidelijk. We gaan ermee aan de slag. Ik waardeer het echt dat u de tijd hebt genomen, meneer.'

'Graag gedaan. Fijne dag, meneer.' En weg was Marty, ongetwijfeld meteen belaagd door zijn personeel.

19

Jake was weer eens een eenvoudig testament aan het opstellen, het zoveelste van een ouder echtpaar dat vrijwel niets had om achter te laten. Het waren leden van zijn kerk en Jake kende de familie al jaren. Zijn secretaresse klonk over de intercom: 'Jake, ik heb een jonge vrouw aan de telefoon zonder naam, ze zegt dat het dringend is.'

Zijn eerste gedachte was: *zeg maar dat ik het druk heb.* Iedere advocaat in een klein stadje was doelwit van dat soort telefoontjes, en die gaven altijd problemen. Maar jaren eerder, toen hij pas was afgestudeerd, had hij zo'n telefoontje afgewimpeld en later kwam hij erachter dat die vrouw zich verstopte voor haar man, die haar mishandelde. Die kerel vond haar, sloeg haar in elkaar en draaide de gevangenis in. Jake had zich lange tijd schuldig gevoeld.

'Verbind maar door,' zei hij en hij pakte de telefoon.

Een zachte stem zei: 'Meneer Brigance, met Margot Stafford. Ik ben Macks oudste dochter.'

'Hallo, Margot.' Hij had haar nooit ontmoet, maar een

paar jaar eerder waren Carla en hij naar een basketbalwedstrijd van het meisjesteam van de middelbare school gaan kijken, samen met vrienden van wie de dochter in dat team zat. Margot speelde ook, en ze was heel goed, en iemand had gezegd dat ze Macks dochter was. 'Wat kan ik voor je doen?'

'Is dit gesprek privé?'

'Ja.'

'Mooi. Ik wil graag weten of u Mack hebt gezien.'

Niet 'mijn vader', maar 'Mack'.

'Ja, dat klopt.'

'Dus hij is echt terug in het land?'

'Ja.'

Na een lange stilte zei ze: 'Zou het mogelijk zijn dat ik hem ontmoet, ergens achteraf? Mijn moeder heeft geen idee dat ik u bel.'

'Ik weet zeker dat Mack je heel graag wil zien, Margot. Ik kan wel een ontmoeting regelen, als je dat wilt.'

'Dank u. Eh, waar kunnen we afspreken?'

Jack pijnigde zijn hersens vanwege dit ongebruikelijke verzoek en kon geen geheime plek bedenken. 'Wat dacht je van mijn kantoor, hier op het plein?'

'Dat weet ik niet, hoor. Zien mensen ons dan niet?'

'Nee. Er is een achterdeur.' Achter het keukentje was een deur die Jake heel vaak gebruikte om lastige cliënten te ontlopen. Hij kwam uit op het steegje achter zijn kantoor, en dat steegje liep naar een doolhof van smalle paadjes waar hij soms andere advocaten tegenkwam die hun werk of hun slechtgehumeurde secretaresses ontvluchtten.

Hij gaf Margot instructies en ze spraken af op vrijdagmiddag om twee uur.

20

De federaal aanklager van het noordelijke district van Mississippi had een hele verdieping met kantoren in de federale rechtbank van Oxford. Zijn senior aanklager was Judd Morrissette, de jongere broer van Walter Sullivans beste vriend uit zijn studententijd. Op donderdagochtend werd Walter in zijn fraaie Cadillac naar Oxford gebracht door Harriet, zijn secretaresse en chauffeur. Buiten Clanton, en tijdens zijn werk, gaf Walter er de voorkeur aan om gereden te worden. Hij zei dat hij daardoor meer tijd had om te werken – om lijvige documenten te lezen, belangrijke telefoontjes te plegen en juridische strategieën uit te werken – maar dat was niet waar, want terwijl de kilometers wegtikten en er zachte countrymuziek uit de radio klonk, deed Walter meestal een dutje.

Hij kende Judd Morrissette al jaren, en het eerste kwartier zaten ze bij te kletsen en herinneringen op te halen aan oude vrienden. Toen het gesprek eindelijk op Mack kwam, werd Walter door Judd verrast met een verhaal waarin hij, Judd, een bookmaker uit Greenwood had aangeklaagd. De advocaat van de verdediging was Mack Stafford, die was opgegroeid in dat stadje. Dus Judd had Mack jaren daarvoor ontmoet en had, net als iedere andere advocaat in de staat, het verhaal van zijn verdwijning gehoord.

Walter legde uit dat hij door 'de familie' was ingehuurd om de mysteries te onderzoeken van hoe en waarom Mack de stad had verlaten. Macks ex-schoonvader, Herman Bunning, was al sinds jaar en dag cliënt van hem en hij was ervan overtuigd dat Mack tijdens de scheiding geld voor zijn dochter had verborgen. En als dat zo was, dan had hij dat geld ongetwijfeld ook achtergehouden in zijn faillissementszaak.

Op gedempte toon begonnen ze ook over het laatste nieuws van Lisa's gezondheid. Het ging niet goed met haar en er werd geen verbetering verwacht.

Uit beleefdheid en respect luisterde Judd en maakte aantekeningen, maar aanvankelijk had hij weinig belangstelling voor de zaak. Faillissementsfraude was gewoon niet zo opwindend. De zaak, als die er al was, was drie jaar oud. Het echte slachtoffer was stervende. Het was een familiekwestie die Judd liever uit de weg ging.

Walter zei: 'We hebben een van de vier eisers gevonden, een man met de naam Odell Grove. Die arme kerel is een oog kwijtgeraakt bij het ongeval met de kettingzaag. Hij wilde niet met mijn detective praten, maar misschien heeft hij iets te zeggen tegen de FBI.'

'En je theorie luidt?'

'Stafford heeft de zaken snel geschikt, heeft het grootste deel van het geld gehouden, of in elk geval meer dan zijn aandeel, heeft het buiten de scheiding en het faillissement gehouden en heeft de benen genomen.'

'Hoeveel?'

'Dat weet ik nog niet. Ik heb een advocaat in New York gesproken die de schikkingen voor de fabrikant heeft afgehandeld, een of ander Zwitsers bedrijf, maar die liet niet veel los. Stuur de FBI op hem af, dan ouwehoert hij erop los.'

Judd lachte en zei: 'Ja, die hebben zo hun manieren om de tongen los te maken, hè?'

'Als we die schikkingsovereenkomsten eenmaal hebben, valt alles op zijn plek. Dan weten we hoeveel geld er op tafel lag en hoeveel Mack voor zichzelf heeft gehouden.'

Judd begon warm te lopen voor het idee. 'Het zou eigenlijk een eenvoudige zaak kunnen zijn, weet je dat? De eisers opsporen en kijken wat voor deal die hadden met

Mack. En tegelijkertijd het papierwerk uit New York achterhalen. Laat ik maar eens een babbeltje met de FBI gaan maken.'

21

De enige lunchgelegenheid in de county waarvan Jake absoluut zeker wist dat geen advocaat – geroyeerd of anderszins – er ooit herkend zou worden, was een boerentent met de naam Sawdust. Het was een rustiek eethuis dat favoriet was bij houthakkers en boeren, allemaal wit, want zwarte mensen kwamen er allang niet meer. Jake was er pas één keer geweest, met Harry Rex, die op zoek was naar een getuige in een gewelddadige echtscheidingszaak. Mack Stafford was er nooit geweest en kon zich niet eens herinneren wanneer hij er voor het laatst langs was gereden.

Ze ontmoetten elkaar om halftwaalf op de onverharde parkeerplaats, vroeg om de drukte van het middaguur te vermijden, en bleven even staan om naar de twee zwarte beren in een kooi bij de veranda aan de voorkant te kijken. Aan een scheve vlaggenmast wapperde een confederatievlag in de wind.

Jake keek naar Macks auto, een hoekige Volvo DL met heel wat kilometers op de teller, en zei: 'Leuk karretje.'

'Van Rent-A-Wreck. Zes maanden huur, allemaal in contanten, verzekering inbegrepen.'

'Onder de radar, hè?'

'Volledig.'

'Kentekenplaten uit Tennessee.'

'Ik logeer tegenwoordig in Memphis, in een piepklein flatje dat niemand kan vinden. Ook contant betaald.'

Ze liepen door de voordeur en kwamen in een overvolle plattelandswinkel met krakende vloerplanken, gerookte lappen vlees die boven de kassa hingen, lage plafonds en een stuk of vijf schommelstoelen rond een potkachel die niet in gebruik was. Ze knikten naar de caissière achter de toonbank en liepen naar het eetgedeelte, een grote aanbouw met een linoleum vloer die naar achteren toe duidelijk langzaam afliep. De muren hingen vol met footballroosters van de universiteiten Ole Miss, Mississippi State en Southern Miss, en van hogescholen en middelbare scholen.

Ze gingen aan een tafeltje in een hoek zitten en er kwam een serveerster achter hen aan.

'Heren, heren, alles goed vandaag?' tjirpte ze.

'Geweldig. We stikken van de honger.'

'Het menu van de dag is runderstoofpot en jalapeñomaïsbrood. Daar kan niks tegenop.'

Jake knikte. 'En ijsthee, zonder suiker.'

'Voor mij hetzelfde,' zei Mack. Ze liep weg zonder iets op te schrijven.

Mack wilde graag met zijn rug naar de muur zitten, zodat hij naar de deur kon kijken. Hij droeg een pet waarvan hij de klep laag over zijn voorhoofd had getrokken, en had een andere zonnebril op. De kans op herkenning was in het eetgedeelte van Sawdust zo'n beetje net zo groot als in de regenwouden van Costa Rica.

'Hoe lang ben je al terug?' vroeg Jake.

'Dit is mijn elfde dag.'

'En hoe gaat het tot nu toe?'

'Nogal heftig, moet ik zeggen. Het is fantastisch om mijn moeder weer te zien. Ik rij af en toe naar Greenwood en hou haar gezelschap. Ze is bijna tachtig en nog prima in vorm, en ze rijdt nog auto. Ze heeft Helen en Margot niet meer gezien sinds mijn vertrek, dus dat is nog een punt in mijn nadeel. Het tikt aan. Het was echt een rotstreek. Zomaar aftaaien. Ik bedoel, destijds wilde ik wanhopig graag weg, zo ver mogelijk bij Lisa en het advocatenwerk vandaan, maar je kunt niet zomaar weglopen bij de mensen van wie je houdt. Ik had van haar moeten scheiden, mijn kantoor moeten sluiten, naar Memphis of Jackson moeten verhuizen en een baan als makelaar of verkoper van nieuwe Chevrolets moeten nemen, iets, wat dan ook om mezelf te onderhouden. Ik had het heus wel overleefd, jezus, met grasmaaien had ik zelfs meer kunnen verdienen.'

Er werden twee grote plastic glazen ijsthee op tafel gezet. 'Citroen ligt daar,' zei de serveerster met een knikje.

Jake zei: 'Het is niet te laat om het nog eens te proberen. Je bent niet bepaald een ouwe kerel.'

'We zien wel. Ik probeer me nu vooral aan te passen. Soms is het overweldigend. En er is altijd de angst dat er op de deur wordt geklopt.'

'Dat is niet waarschijnlijk.'

Mack nam een slok en zei: 'Ik kan niet geloven dat Margot je zomaar gebeld heeft. Ik vraag me af wat ze wil.'

'Misschien wil ze haar vader zien. Haar moeder gaat dood. Haar wereld staat op zijn kop. Hadden jullie een hechte band?'

'Volgens mij was het een typische vader-dochterrelatie. Niet echt bijzonder. De meisjes brachten altijd liever tijd door met hun moeder, en dat vond iedereen prima. Eerlijk gezegd, Jake, bleef ik zo veel mogelijk weg van huis. Ons huwelijk was al vanaf dag één waardeloos. Om het te redden, besloten we kinderen te krijgen, wat geen ongebruikelijke vergissing is. Hoe vaak heb je dat wel niet gehoord van echtscheidingscliënten?'

'Minstens honderd keer.'

'Het werkte niet. Niks werkte.'

'Het is vreselijk om te zeggen, Mack, maar het zou weleens makkelijker voor je kunnen worden als Lisa er niet meer is. Denk je ook niet?'

'Veel erger kan het niet worden. De meisjes zullen er kapot van zijn. Toen ik nog in beeld was, waren de meisjes close met hun moeder, maar toen zaten ze pas net in de puberteit. Wie weet wat er sindsdien is gebeurd.'

'Ga je proberen de voogdij te krijgen?'

'Daar is het nog te vroeg voor. Ik wil nu geen problemen veroorzaken. Trouwens, de meisjes zijn oud genoeg om te kiezen waar ze willen wonen. Bij mij of bij hun opa en oma. Ik vermoed dat Herman er keihard voor zal vechten om de meisjes te houden. Ik ben niet bepaald een sympathieke vader, hè? Als ze bij de Bunnings blijven, zal ik ergens in de buurt zijn en proberen weer iets van vertrouwen op te bouwen. Het wordt een lang proces, maar ik moet toch ergens beginnen.'

Jake dronk zijn ijsthee en wist niet wat hij moest zeggen. Er kwamen luidruchtig een stel boeren in overalls binnen, die aan een tafel gingen zitten die kennelijk hun bezit was.

'Herken je iemand?' fluisterde Mack.

'Geen kip. Ik sta steeds weer versteld van het aantal mensen dat ik niet ken in deze county met dertigduizend mensen.'

Het kostte dezelfde serveerster zo'n vijftien seconden om de boeren te irriteren, en algauw klaagden ze over de service. Ze trok zich terug in de keuken. Iemand begon over de wedstrijd van de Cardinals van de avond ervoor, en snel werd honkbal het gespreksonderwerp.

Mack luisterde met een glimlach en zei: 'Weet je, Jake, soms is het moeilijk te geloven dat ik terug ben. De eerste twee jaar dat ik daar was, dacht ik er nooit over na om terug te komen. Ik probeerde het verleden uit te wissen, maar hoe langer ik weg was, des te meer heimwee ik kreeg. Ik was een keer ergens in Belize op viskamp en zag een kerel met een Auburn-petje. Het was in oktober en opeens miste ik de footballwedstrijden op Ole Miss. Het picknicken in de Grove. De feestjes voor en na de wedstrijden. Ik miste mijn vrienden uit die tijd en ik miste mijn moeder heel erg. We begonnen elkaar brieven te schrijven. Ik was voorzichtig en stuurde ze via Panama. Hoe vaker ik haar brieven las, des te meer ik besefte dat ik terug moest.'

'Hoe kwam je erachter dat Lisa ziek was?'

'Dat had iemand tegen mijn moeder gezegd. Een vriend van de familie uit Greenwood heeft connecties in Clanton. Er sijpelde wat nieuws door.'

De serveerster zette twee grote borden voor hen neer. Dampende kommen, elk met genoeg stoofpot voor een klein gezin, en dikke sneden maïsbrood die besmeerd waren met boter. Ze dachten totaal niet meer aan praten en begonnen te eten. Aan de tafel naast hen kwamen een paar mensen uit de buurt zitten en een van hen keek lange tijd naar Mack, maar verloor zijn belangstelling.

Toen ze uitgegeten waren, betaalden ze bij de toonbank in de winkel. Mack liet zijn auto bij de Sawdust staan. Jake reed in vijftien minuten naar Clanton en toen ze vlak bij het plein waren, vroeg hij: 'En, wat gaat er nu door je heen? Nostalgie? Opluchting? Opwinding omdat je terug bent?'

'Geen van alle. Zeker geen fijne herinneringen. Ik was hier ongelukkig, gevlucht op mijn tweeënveertigste, omdat ik de gedachte niet kon verdragen dat ik datzelfde leven zou leiden tot ik zestig of zeventig zou zijn.'

'Die gedachten heb ik ook gehad.'

'Natuurlijk. Die heeft iedereen. En het eind is nooit in zicht, want je kunt niet met pensioen, dat kun je je niet veroorloven.'

'Wil je je oude kantoor zien?'

'Nee. Wat zit er nu?'

'Een yoghurtwinkel. Yoghurtijs. Niet slecht.'

'Ik mijd die kant van het plein liever.'

Jake parkeerde in een zijstraat. Ze doken een steegje in en binnen een paar tellen maakte Jake zijn keukendeur open. De voordeur van het kantoor zat op slot, zoals Jake had opgedragen. Alicia stond op en glimlachte, maar stelde zich niet voor. Ook dat had Jake opgedragen. Ze mocht de naam Mack Stafford niet noemen. Ze knikte naar de gesloten deur van de kleine vergaderruimte beneden.

Mack liep ernaartoe en haalde diep adem.

22

Margot stond bij het raam door de jaloezieën te kijken. Ze draaide zich niet om toen hij binnenkwam. Het leek wel of ze hem helemaal niet hoorde.

Mack deed de deur dicht, liep in haar richting en bleef een eindje bij haar vandaan staan. Hij had zich voorbereid op een ongemakkelijke omhelzing en een nog ongemakkelijker gesprek van een uur. Hij had zich voorbereid op tranen en verontschuldigingen en hoopte op een beetje vergiffenis.

Ze was veel groter geworden en had lang, donker haar dat op haar schouders viel. Ze was nog steeds slank. Lisa had nooit een pondje willen aankomen en hield heel goed in de gaten wat de meisjes aten. Die discipline wierp zijn vruchten af, en Margot zag er, van de zijkant tenminste, ouder uit dan zeventien.

Hij had zichzelf zo geprogrammeerd dat hij de emoties en de herinneringen niet toeliet, en niet dacht aan de dierbare foto's van kleine meisjes met staartjes en mooie jurkjes en danskostuums. De verhaaltjes voor het slapengaan, de eerste dag op de peuterspeelzaal, de gebroken arm, de nieuwe puppy. Hij had die beelden zo lang weggestopt, dat hij ervan overtuigd was dat hij ze eeuwig kon begraven, maar toen hij haar zag, knikten zijn knieën en werd zijn keel dichtgeschroefd. Hij slikte hevig en spande zijn kaak aan en dwong zichzelf om sterk te zijn, om zich erdoorheen te vechten. Er hing heel veel van haar af.

Ze draaide zich eindelijk om en keek naar hem. Haar ogen waren vochtig. 'Waarom ben je terug?'

'Ik hoopte op een knuffel.'

Ze schudde heel licht haar hoofd en zei zonder een spoor van emotie: 'Geen knuffels, Mack. Nog niet, tenminste.'

Hij schrok toen hij Mack werd genoemd door zijn dochter, maar goed, hij had geprobeerd zich voor te bereiden op heel wat verrassingen.

Ze staarde hem kil aan en haar vochtige ogen leken helderder te worden. Ze wees naar een stoel aan de tafel, aan zijn kant, en zei: 'Ga jij maar daar zitten, dan zit ik wel hier.'

Zonder een woord te zeggen ging Mack zitten en dat deed zij ook, met de tafel tussen hen in. Hij bestudeerde haar gezicht en genoot van de aanblik. Ze bestudeerde zijn gezicht en leek op haar hoede. Ze had Lisa's zachte bruine ogen, volle lippen en volmaakte huid. Ze had zijn hoge jukbeenderen en ronde kin. Omdat ze nog geen lach had laten zien, wist hij niet hoe haar gebit eruitzag, hoewel hij zich vol afgrijzen herinnerde dat de orthodontistkosten een rib uit zijn lijf waren geweest toen ze een jaar of twaalf was. Die tanden konden maar beter kaarsrecht staan.

'Vanwaar die baard?' vroeg ze op een toon die er geen twijfel over liet bestaan dat ze het maar niks vond.

'Ik was dat gezicht zat.'

'Onderdeel van je vermomming?'

'Jazeker, net als die bril.'

'Je ziet er ouder uit dan in mijn herinnering.'

'Dank je. Jij ook. Hoe gaat het met je moeder?'

'Waarom vraag je dat?'

'Omdat ik ooit met haar getrouwd ben geweest en ik me zorgen maak.'

Ze keek hem spottend aan en wendde daarna haar blik af. 'Ze is heel ziek, ze weegt nog geen veertig kilo. Ik kan maar moeilijk geloven dat het je echt interesseert.'

Hij knikte dapper en bewonderde haar lef. Hij verdiende alles wat ze over tafel zou kunnen smijten. Hij vroeg: 'En Helen? Hoe houdt zij zich staande?'

'Geef je echt om ons, Mack?'

'Weet je, ik vind "pap" beter klinken dan "Mack", dus kunnen we dat aanhouden?'

'Waarom? Probeer je weer een vader te zijn? Je hebt het vader-zijn opgegeven toen je ons in de steek liet. Je hebt het recht niet om jezelf als mijn vader te beschouwen.'

'Dat is wel hard. Ik ben nog steeds je vader, in elk geval biologisch gezien. Over de rest valt te twisten.'

'Emotioneel gezien ben je het niet. Daar heb je afstand van gedaan toen je bij ons wegging. Nu ben je terug, Mack, dus wat voor spelletje speel je? Waar ben je op uit?'

'Niks. Ik ben terug omdat ik er klaar mee was om op de vlucht te zijn, omdat het verkeerd was dat ik ben weggelopen en omdat ik wil dat je me hoort zeggen dat ik fout zat. Ik heb een fout gemaakt, Margot, een vreselijke vergissing, en daarvoor bied ik mijn excuses aan. Ik kan de afgelopen drie jaar niet overdoen, maar ik kan in elk geval zorgen dat ik er de komende drie, vijf, tien jaar voor jullie ben. Ik ben teruggekomen omdat ik hoorde dat Lisa ziek is en ik me zorgen maak om jou en Helen. Ik verwacht niet dat jullie me met knuffels en open armen verwelkomen, maar als jullie me wat tijd geven, zal ik mezelf bewijzen.'

Haar strakgetrokken mond begon te trillen en haar kille ogen werden weer vochtig. Ze wachtte even en zette zich eroverheen. 'Verhuis je weer hierheen?'

'Ik weet niet wat ik op dit moment ga doen, maar nee, ik kom in elk geval niet terug naar Clanton.'

'Waar gaan we dan naartoe als mama doodgaat? Een pleeggezin? Voogdij van de staat? Of wat dacht je van een leuk weeshuis?'

Mack was dol op dit meisje. Ze was vlot en stoer en was waarschijnlijk door een hel gegaan door hem. Maar in plaats van een emotioneel weerzien had ze Mack in een hoek gedrukt en haalde ze uit.

'Misschien naar de Bunnings?' vroeg hij.

Ze rolde met gespeeld ongeloof met haar ogen en schudde haar hoofd. 'O, dat zal het grote plan wel zijn. Je weet vast nog wel dat Hermie de wereld onder de duim heeft en de opperheerser is. Aangezien we nergens naartoe kunnen, staat het vast dat we in het grote huis gaan wonen en zijn regels moeten opvolgen.'

'Hermie?'

'Zo noem ik hem, achter zijn rug om natuurlijk. Helen niet. Die is nog steeds het perfecte meisje en kirt "papa" tegen hem.'

Er viel een lange stilte terwijl Mack genoot van de bijnaam 'Hermie' en wilde dat hij het lef had gehad om minder respectvol tegen zijn ex-schoonvader te zijn.

'Ik vroeg naar Helen,' zei hij.

'O, het gaat prima met haar. Ze is zestien en ongeveer net zo volwassen als een meisje van tien. Ze begint elke dag met een flinke huilbui omdat haar moeder ziek is en wentelt zich vervolgens het grootste deel van de tijd in ellende. Je praat anders.'

'Ik heb het accent gladgestreken, als onderdeel van mijn vermomming.'

'Klinkt nep.'

'Dank je.'

Ze pakte haar tasje en zei: 'Vind je het erg als ik rook?' Het was geen vraag. Ze tikte behendig zo'n lange, vrijgevochten sigaret uit het pakje en stak hem met een aansteker aan met een beweging die zo vloeiend was dat Mack wel zag dat ze heel wat ervaring had.

'Sinds wanneer rook jij?'

'Een jaar of zo. Wanneer ben jij begonnen met roken?'

'Op mijn vijftiende. Ik ben gestopt na mijn rechtenstudie.'

'Ik ga heus wel een keer stoppen, maar nu is het in. Maar een pakje per dag, hoor.'

'Je moeder gaat dood aan kanker en jij rookt sigaretten.'

'Is dat een vraag? Het is borstkanker, geen longkanker. En ik hou ook van bier.'

'Verder nog iets?'

'Wil je het over seks hebben?'

'Ander onderwerp.'

Ze lachte en wist heel goed dat hij van zijn stuk was gebracht. Ze nam een lange trek, blies een wolk uit en vroeg: 'Heb je enig idee hoe afschuwelijk het is om als meisje van veertien in de steek te worden gelaten door je vader, een man van wie je hield en die je bewonderde, een man van wie je dacht dat hij heel wat was omdat hij een grote advocaat in een klein stadje was? Een man die deel uitmaakte van je leven en die er meestal was: thuis, in de kerk, op school, bij je familie, overal waar een vader hoorde te zijn. Overal waar de andere vaders nog steeds zijn, behalve de mijne. Enig idee hoe dat voelt, Mack?'

'Nee. Het spijt me. Het is vreselijk.'

'Nou en of. Je bént vreselijk, Mack. Meer dan vreselijk. Ik kan heel wat kleurrijke benamingen bedenken.'

'Leef je uit. Ik zal er niet tegen ingaan. Wil je dat ik wegga?'

'Doe maar. Dat doe je toch altijd. Vluchten. Als het te moeilijk wordt, ga je ervandoor.' Ze was sterk en vastberaden, maar veegde wel een traan weg. Ze blies weer een rookwolk uit en vermande zich.

Hij was hier de volwassene, dus beet hij op zijn lip en hield zijn stem kalm en zacht. 'Ik ga niet meer weg, Margot, tenzij ik daartoe gedwongen word. Ik heb gezegd dat het me spijt, meer kan ik niet doen. Ik vind het geweldig om je te zien en wil je graag weer zien. En Helen ook.'

'Vraagje, Mack. Toen je hier midden in de nacht wegging, was je toen van plan om ons ooit nog te zien?'

Hij haalde diep adem en staarde naar het raam. Ze wachtte en hield de dunne sigaret elegant tussen twee vingers, klaar voor het volgende trekje. Haar ogen boorden een gat in hem.

'Ik weet niet wat ik dacht. Herinner je je die avond dat ik dronken thuiskwam, uitgleed op het ijs op de oprit, mijn hoofd stootte en in het ziekenhuis belandde?'

'Hoe zou ik dat kunnen vergeten? We waren zo trots op je.'

Wat een bijdehandje, maar hij liet het los. Het was eigenlijk heel geestig, maar hij lachte niet. 'Je moeder heeft jullie zo gehersenspoeld dat jullie denken dat ik een afschuwelijke zuiplap was, en daarmee een afschuwelijke vader.'

'Zo herinner ik me jou niet.'

'Nou, dank je. Als je bij de familie Bunning twee biertjes drinkt, ben je volgens hen rijp voor de afkickkliniek. Ze zocht steun en ze zorgde er wel voor dat Helen en jij wisten dat ik dronk. Ze heeft het ook aan haar familie en vrienden verteld.'

'Ja, inderdaad. Ze deed er nogal lelijk over.'

Dank je wel, lieverd. 'Om je vraag te beantwoorden: toen ik de stad verliet, was mijn enige gedachte gewoon om weg te komen. Ik wist zeker dat ik jullie weer zou zien, maar dat maakte geen deel uit van mijn plannen. Toen nog niet, tenminste. Ik wilde gewoon naar een plek hier ver vandaan om mijn leven weer op orde te krijgen. Ik had niet echt een plan, behalve dan weggaan bij Lisa.'

'Heb je ooit van haar gehouden?'

Die vraag had hij niet zien aankomen. Hij staarde weer uit het raam. 'Ik dacht op een gegeven moment, in het begin, dat ik van haar hield, maar de romantiek was gauw voorbij en er bleef niks over. Zoals je weet, waren we echt ongelukkig.'

'Waarom was je ongelukkig?'

'Er zitten minstens twee kanten aan het verhaal, Margot. Ik weet zeker dat je de andere kant luid en duidelijk hebt gehoord. Lisa was ontevreden over mij en mijn carrière. Ik probeerde een advocatenkantoor te vestigen, en ik ben er wel achter gekomen dat dat heel moeilijk is in een klein stadje zoals dit. Kijk maar rond op het plein, er zitten zoveel advocaten. Lisa wilde veel meer. Ze is opgegroeid met geld en werd verwend door haar ouders. Stephanie trouwde met een dokter en ze woonden binnen de kortste keren in een groter huis. Lisa keek naar alles wat ze kochten, praatte over elke reis die ze maakten, enzovoorts. Haar ouders waren duidelijk meer gecharmeerd van Stephanie en Dean en maakten vaak vergelijkingen, vooral haar moeder. Ik kon er nooit tegenop, ik was nooit goed genoeg. Zoals jij maar al te goed weet, zijn het rasechte baptisten en ze verwachtten dat ik minstens drie keer per week naar de kerk ging.'

'Dat is niet veranderd.'

'Daar twijfel ik niet aan. Het werd me te veel. Ik werd doodziek van hun hypocrisie, hun materialisme en hun racisme, allemaal in naam van God. Ik probeerde hun te ontlopen, en Lisa en ik groeiden uit elkaar. We wilden geen ruziemaken waar Helen en jij bij waren, dus vervielen we in een routine waarbij we de schijn ophielden en probeerden elkaar te negeren. We voelden ons allebei ellendig. Dus nu weet je het. Dat is mijn kant van het verhaal. Ons huwelijk was voorbij en we wilden er allebei mee ophouden. Ik zag mijn kans schoon en ging ervandoor.'

Ze hield haar hoofd scheef en nam een lange trek van haar sigaret, als een mooie actrice in een misdaadfilm, een sexy beweging die ze goed onder de knie had. Ze stak haar onderlip naar voren en blies een sliert rook uit die naar het plafond kringelde. Ze had nog steeds niet het kleinste glimlachje laten zien. Ze zei: 'Helen had het natuurlijk niet in de gaten, maar ik wist al sinds mijn tiende dat het niet goed zat. Je kunt niet alles voor kinderen verborgen houden.'

'Ik heb je ongetwijfeld heel vaak in verlegenheid gebracht.'

Ze rolde met haar ogen alsof ze zeggen wilde: *je moest eens weten*, legde haar sigaret in de asbak en zei: 'Inderdaad, maar het is niet allemaal slecht, Mack. Het heeft echt mijn ogen geopend en ik heb daardoor veel over mensen geleerd. De rijke kinderen, mijn oude groepje, vonden het heel leuk om achter mijn rug om te roddelen, me omlaag te halen en sarcastische opmerkingen te maken, dingen die ze thuis hoorden. De kinderen uit de middenklasse willen bij de rijke kinderen horen, dus die deden daaraan mee. De arme kinderen hebben zelf genoeg problemen. De zwarte kinderen vinden het eigenlijk wel cool dat mijn vader onder het systeem uit is gekomen en ervandoor is gegaan. Die weten hoe het is om veroordeeld te worden, dus die veroordelen niet. Ze zijn een heel stuk leuker. Ik heb veel over mensen geleerd en het meeste is niet best. Op een rare manier zou ik je moeten bedanken, Mack.'

'Graag gedaan.'

'Altijd bijdehand doen, hè?'

'Sorry.'

'Je hoeft je niet te verontschuldigen. Ik heb het van jou. Mama zegt altijd dat ik van nature een wijsneus ben, net als mijn vader.'

'Dat is het aardigste wat ze in jaren over me heeft gezegd.'

'Zie je wel.' En eindelijk lachte ze. Haar dure tanden waren oogverblindend.

Een hele tijd zeiden ze geen van beiden iets. Er viel zoveel te zeggen, maar ze hadden al heel wat afgehandeld.

Ze pakte haar tasje en zei: 'Ik moet weg. Ik heb tegen mama gezegd dat ik wat boodschappen moest doen. Ze wil dat we in de buurt blijven.'

'En ze heeft geen idee dat wij hier hebben afgesproken?'

'Nee, absoluut niet. Ze zou woedend worden als ze het wist. We hebben een preek van haar gekregen, en ook van Hermie, dat we het moeten melden als jij het waagt om contact met ons op te nemen.'

'Dat verbaast me niks.' Mack was bang geweest dat deze ontmoeting een list van de familie was om de geruchten te bevestigen dat hij inderdaad terug was. Nu hij was gezien, konden ze de volgende stap zetten, wat die ook mocht zijn. Maar die zorgen waren nu voorbij. Zijn mooie dochter was eerlijk en recht voor z'n raap, en ze was te vertrouwen.

Hij zei: 'Ik zal aan jou en Helen denken, en aan Lisa. De komende weken zullen moeilijk worden.'

'Dank je wel, zal ik maar zeggen. Ik kan je wel vertellen, Mack, ik heb schoon genoeg van al het huilen. Ik hou van mijn moeder en ik zal er kapot van zijn als ze doodgaat, maar op een gegeven moment zal ik wakker worden en mijn leven weer oppakken. En dat zal niet in deze omgeving zijn.'

'Heb je een plek in gedachten?'

Ze schudde haar hoofd alsof ze er klaar mee was. 'Niet echt. Hé, laten we het daar de volgende keer over hebben.'

'Dus we spreken nog een keer af?'

'Tuurlijk.' Ze stond op en liep naar de deur, waar ze bleef staan om hem aan te kijken. 'Misschien ben ik volgende keer wel klaar voor een knuffel, Mack.'

'Ik hou van je, Margot.'

Zonder antwoord te geven deed ze de deur open en vertrok.

23

Van de vier *special agents* die aan het FBI-kantoor in Oxford waren toegewezen, was degene met de minste ervaring een groentje met de naam Nick Lenzini. Hij was een arrogant type uit Long Island, en toen hij van de opleiding in Quantico afkwam, was Mississippi wel de laatste plek waar hij naartoe wilde. Maar hij wist maar al te goed dat het nu eenmaal zo werkte bij het Bureau. Hij zou zijn vijf jaar uitdienen en zich zo snel mogelijk laten overplaatsen naar een grotere klus. Het dossier belandde op zijn bureau nadat de andere drie agenten het snel hadden afgeschoven. Ze hadden het te druk met de strijd tegen terreur, haatgroepen, cybercrime en drugskartels. Faillissementsfraude had geen prioriteit.

Lenzini bekeek de faillissementszaak van Stafford, ging naar Clanton en haalde een kopie van het echtscheidingsdossier bij de griffie van de arrondissementsrechtbank. Bij de stadsbibliotheek keek hij in de archieven van *The Ford County Times* en vond drie artikelen over Staffords verdwijning. Hij ging behoedzaam te werk, kleedde zich casual en zei tegen niemand dat hij van de FBI was. Hij ging er, terecht, van uit dat elk teken van zijn aanwezigheid de geruchten zou aanwakkeren en Mack, waar hij ook mocht zijn, het verkeerde signaal zou krijgen.

Lenzini was dolblij toen zijn baas hem groen licht gaf voor een tripje naar New York. Nu kon hij zijn familie opzoeken maar, belangrijker nog, hij kon aanpappen met doorgewinterde agenten van het kantoor in Manhattan.

Twee van hen vergezelden hem bij het binnengaan van een hoog gebouw in het financiële district in hartje Manhattan. Ze namen de lift naar de zeventigste verdieping en stapten in de vergulde wereld van Durban & Lang, op dat moment het op twee na grootste advocatenkantoor van de hele wereld. Er stond een juridisch medewerker op hen te wachten in de chique receptieruimte, en ze volgden hem naar een vergaderruimte met een schitterend uitzicht op New York Harbor. Marty Rosenberg begroette hen hartelijk en een secretaresse bood hun koffie aan. Toen ze allemaal zaten, nam Marty de leiding en was een en al charme. 'Sorry dat ik hier zo lastig over moet doen, jongens, maar ik heb orders gekregen van mijn cliënt, Littleman AG. Een prima bedrijf dat niks te verbergen heeft, hoor. Dit is gewoon een kwestie van een schikking inzake een paar dubieuze productaansprakelijkheidszaken van jaren geleden. Ik heb de dagvaarding bekeken en al het papierwerk ligt hier.'

Hij wuifde naar een stapeltje midden op tafel.

'We hebben kopieën voor jullie gemaakt. U hebt ongetwijfeld vragen.'

Lenzini schraapte zijn keel en zei: 'Dank u, meneer Rosenberg. Misschien kunt u de hoofdlijnen belichten voordat we het papierwerk doorspitten.'

'Natuurlijk. We hebben honderdduizend dollar per claim betaald, vier in totaal, en hebben er nog eens honderdduizend tegenaan gegooid voor juridische kosten. Al met al een half miljoen. Ik heb het rechtstreeks met meneer Stafford afgehandeld en het was zo gepiept. Hij leek er erg op gebrand om het geld te krijgen.'

'En dat hebt u naar hem overgemaakt?'

'Ja, naar een bank in Memphis. Ik heb hem deze schikkingsovereenkomsten gestuurd en die heeft hij laten ondertekenen, schijnbaar door zijn vier cliënten. De handtekeningen staan hier op de overeenkomsten, gelegaliseerd en wel, en hij heeft ze teruggestuurd, vrij snel, kan ik wel zeggen. Ik heb ze bekeken en het geld vrijgegeven. Geen centje pijn tot nu toe.'

'En er zit ook een kopie bij van de overboeking?'

'Ja. U hebt nu kopieën van alles wat wij in onze dossiers hebben, inclusief de oorspronkelijke sommatiebrieven van meneer Stafford. Alles ligt hier.'

'Dank u, meneer Rosenberg. We nemen deze mee en zullen ernaar kijken.'

'Graag gedaan, heren. Ik ben de FBI altijd graag van dienst.'

De koffie werd gebracht en ze kletsten nog even. Marty zei: 'Onder ons gezegd, het lijkt erop dat meneer Stafford de stad kort na de schikkingen in allerijl verlaten heeft, hè?'

Alle drie de agenten verstijfden bij die vraag. Meneer Rosenberg verkeerde niet in een positie om veel over het onderzoek te weten.

Lenzini zei behoedzaam: 'Daar lijkt het op. Had u reden tot argwaan?'

'In het geheel niet. Die schikkingen waren puur een formaliteit voor mijn cliënt, gewoon een vrij royale manier om wat oude dossiers te sluiten. Littleman hoefde die eisers geen cent te bieden en meneer Stafford was absoluut niet van plan om de claims door te zetten.'

'Waren er nog meer klachten over het product?' vroeg Lenzini om tijd te rekken. Het zou zo jammer zijn om zo'n prachtige omgeving al zo snel weer te verlaten.

Marty tikte met zijn vingers tegen elkaar en probeerde het zich te herinneren. 'Ja, ik geloof dat er enkele tientallen waren over het hele land. Kijk, het is nu eenmaal een kettingzaag. Een gevaarlijk product als deskundigen ermee werken. Nu ik erover nadenk, zijn we volgens mij wel naar de rechtbank gegaan, ergens in Indiana. Die arme kerel was een hand kwijtgeraakt en wilde een paar miljoen. De jury was meelevend, maar oordeelde toch in het voordeel van Littleman. Als je een kettingzaag gebruikt, brengt dat risico's met zich mee.'

Het leek gek om hoog boven Wall Street koffie uit porseleinen designerkopjes te drinken en te praten over... kettingzagen!

Marty keek op zijn horloge en moest opeens dringend ergens naartoe. De agenten begrepen de hint, bedankten hem, raapten hun papieren bij elkaar en werden naar de liften gebracht.

24

Uit verveling nam Mack een baantje als barman aan waarvoor hij cash werd betaald, zonder papierwerk, vijf dollar per uur plus fooien. Het was een studentenkroeg die de Varsity Bar & Grill heette, vlak bij Memphis State, en studenten gaven natuurlijk nooit al te veel fooi. En ze waren evenmin nieuwsgierig naar wie hun drankjes mixte. Ze waren minstens vijfentwintig jaar jonger dan Mack, het liet hen koud wie hij was of waar hij vandaan kwam, en ze waren geen van allen ooit in Clanton, Mississippi geweest.

Hij schatte in dat de kans op herkenning nihil was. Hij gebruikte de naam Marco bij de eigenaar en de andere barmannen.

Binnen enkele dagen nam Marco stilletjes de bar over, voornamelijk omdat hij altijd op tijd kwam, hard werkte als het druk was, zo nodig tot laat bleef en niks uit de kassa jatte. Hij werkte tussen de andere barmannen, grotendeels studenten, en genoot van de vriendelijke plaagstootjes die hij uitwisselde met de klanten. Marco had alle cocktails leren mixen toen hij in een strandtent in Costa Rica werkte. Met toestemming van de eigenaar voegde hij wat kleurige tropische drankjes met goedkope rum toe aan het aanbod, en de vrouwelijke studenten waren er gek op. Hij verlengde het happy hour, vond calypso- en reggaebands voor de weekends, maakte het menu hipper met pittig fingerfood, en de Varsity werd nog populairder.

Mack verhuisde naar een tweekamerappartement boven een garage die aan een oud huis in hartje Memphis was gebouwd. De eigenaar van de Varsity kende de mensen daar en deed een goed woordje voor Mack. Het was een krot, maar voor tweehonderd dollar per maand inclusief gas en licht verwachtte hij ook weinig. Het was tijdelijk en er stond niets op papier.

Het was voor hem routine om vroeg op te staan, ondanks de late nachten, en meestal reed hij 's ochtends dan in anderhalf uur naar het zuiden, via de Delta naar Greenwood, om met zijn moeder te ontbijten. Ze hadden nog veel te bespreken, maar hadden al een aardige inhaalslag gemaakt. Na ongeveer een uur bij haar te zijn geweest, maakte hij graag uitstapjes dieper de staat in, en dan ging hij langs bij oude vrienden uit zijn studententijd en zijn advocatenjaren. Hij belde nooit van tevoren. Als ze het druk hadden, vertrok hij zonder zijn naam achter te laten. Als hij ze op het juiste moment trof, dronk hij koffie met ze en beantwoordde hun vragen. Ze vonden het allemaal geweldig om hem te zien en bekenden allemaal dat ze soms jaloers waren geweest omdat hij ertussenuit was geknepen. Nadat ze hadden gelachen en zoveel hadden gepraat als hun agenda toestond, vertrok hij met de belofte om contact te houden.

Rond het middaguur was hij weer in de Varsity, waar hij bier en drank bestelde, de koelkasten bijvulde, alvast vruchtensappen mixte, de bar voorbereidde en een inventarisatie maakte van bekers, glazen en serviesgoed. Er ging elke avond wel iets stuk. Na twee weken gaf de eigenaar Marco groen licht om de menukaart te herzien.

De huidige kok had zijn langste tijd gehad, al wist hij dat zelf nog niet. Marco had hem in de smiezen. De kok stal eten uit de keuken en zodra Marco genoeg bewijs had, zou hij een babbeltje maken met de eigenaar.

25

Freda stond niet te springen om nog een keer een borrel te gaan drinken met Buddy Hockner. Ze had het de eerste keer niet echt leuk gevonden en trouwens, ze had hem alles verteld wat ze zich kon herinneren over Macks laatste dagen.

Maar Buddy was nogal aanhoudend aan de telefoon en de zaak was beklonken toen hij haar informeerde dat de FBI een praatje wilde maken. De meeste burgers, vooral gezagsgetrouwe, schrikken bij het horen van zulk onheilspellend nieuws en verzetten zich meteen. Buddy legde ook nog uit dat de FBI ofwel kon binnenvallen bij het advocatenkantoor waar ze werkte en de boel overhoop kon halen, ofwel heimelijk met haar kon afspreken op een plek waar niemand vanaf wist.

Nick Lenzini was zo verstandig geweest om Buddy Hockner te gebruiken om de afspraak te maken. Hij sprak de taal van de lokale bevolking en had Freda al eens ontmoet. Als Nick naar haar toe was gegaan, met zijn pasje had gezwaaid en had gepraat zoals ze dat op Long Island doen, had Freda daar niet goed op gereageerd.

Dus spraken ze af in een hotelbar aan de rand van Tupelo. Buddy en Freda bestelden drankjes met alcohol. Lenzini niet, want hij had dienst. Hij was een en al charme toen hij haar bedankte en haar ervan verzekerde dat de FBI haar niet als verdachte zag.

Buddy luisterde met grote ogen, verrukt omdat hij met een FBI-agent werkte en nauw betrokken was bij de zaak.

Nick zei: 'Goed, ik ben vorige week naar New York geweest voor een ontmoeting met de advocaten, een grote firma, en ik heb ze onder druk gezet met een dagvaarding. Ze bonden in en hebben ons kopieën van al het papierwerk gegeven.' Hij tikte op een keurig stapeltje documenten van zo'n twee centimeter dikte. 'Wilt u even kijken?'

Freda haalde haar schouders op en nam een slok. Buddy lachte naar haar.

Nick hield de eerste schikkingsovereenkomst omhoog en zei: 'Deze is voor Odell Grove, eiser nummer één. Hij zou zestigduizend dollar moeten krijgen. Hier op de laatste pagina staat zijn handtekening en uw legalisering. Kijk er even naar, alstublieft.'

Voordat ze ergens naar keek, zei Freda: 'Nou, ik kan u verzekeren dat ik nooit een handtekening van Odell Grove heb gelegaliseerd. Ik heb die man nog nooit ontmoet.'

Ze namen alle vier de schikkingsovereenkomsten door. Freda gaf toe dat degene die haar handtekening had gezet – en ze namen aan dat dat Mack Stafford was geweest, simpelweg omdat er geen andere verdachte was die ook maar enigszins te maken had met de kwestie – een redelijk goede vervalsing had gemaakt. Alle vier de legaliseringen waren gedaan met een verlopen stempel en zegel, en bekrachtigd met Freda's vervalste handtekening.

Ze zei: 'Toen ik vertrok, nam ik mijn geldige stempel en zegel mee, en die heb ik nog steeds. Ik had nog wel een paar oude in een la in de dossierkamer liggen. Het lijkt erop dat Mack er daar een van heeft gebruikt en dat niemand in New York dat heeft gezien.'

'Ik moest een vergrootglas gebruiken om het zegel te lezen,' zei Nick.

'Niemand kijkt zo nauwkeurig. Zoals u weet sta je, als je iets wilt legaliseren, in eigen persoon tegenover de daartoe bevoegde juridisch medewerker. Het is allemaal routine.'

Buddy vroeg: 'Wat is de strafmaat voor het vervalsen van een legalisering?'

'Maximaal vijf jaar,' zei Nick. 'Maal vier, en misschien heeft hij de handtekeningen van de eisers ook wel vervalst. Dat weten we nog niet.'

'Wie gaat hem vervolgen?' vroeg Freda, opeens bezorgd.

Nick borg de schikkingsovereenkomst op en zei: 'Geen idee. We moeten afwachten en kijken waar het onderzoek toe leidt. Ik wil u vragen om een verklaring te tekenen waarin alles staat wat we zojuist besproken hebben.'

Ze aarzelde en zei: 'Oké, maar ik wil echt niet voor de rechtbank verschijnen, hoor. Ik wil niet tegen Mack getuigen. Gaan ze hem echt opsluiten?'

Nick fronste en keek om zich heen. Ze stelde vragen die

hij niet kon beantwoorden. 'Dat weet ik niet. Nogmaals, we moeten eerst dit onderzoek afronden. Ik vraag u om dit gesprek onder ons te houden, oké? Als Mack in het land is, gaat hij er misschien weer vandoor als hij lucht krijgt van onze inmenging.'

Freda knikte somber en kwam in de verleiding om deze jongeman uit Long Island uit te leggen hoe snel de roddels rondgingen in Clanton, maar ze liet het zitten.

Hij vroeg: 'En u hebt geen van de vier eisers ooit ontmoet?'

'Nee. Volgens mij kwamen die kerels niet vaak naar de stad. Ik weet nog dat ik jaren geleden de originele brieven naar de fabrikant heb getypt.'

'Ik heb die brieven hier. Ze zijn alle vier gedateerd op 17 april 1984.'

'Zeven jaar geleden,' antwoordde ze. 'Het lijkt langer.'

'Er is weinig gebeurd na de eerste brieven. Weet u nog waarom Mack zijn enthousiasme voor de zaken kwijtraakte?'

'Niet echt. Mack deed nooit productzaken zoals deze. Ik meen me te herinneren dat hij probeerde ze aan grotere advocatenkantoren te slijten, maar er gebeurde niks. Hij vergat ze. Ik ook.'

'En u weet niks over de schikkingen?'

'Nee, helemaal niks. Zoals ik al zei, hij had me ontslagen en ik heb het kantoor onmiddellijk verlaten.'

Nick ritste zijn aktetas dicht en hield hem op schoot. De bespreking was afgelopen.

26

De FBI had weinig zaken in Ford County en kwam er maar zelden. Het telefoontje van special agent Lenzini werd aangenomen door een secretaresse en doorverbonden naar sheriff Ozzie Walls. Lenzini belde met grote aarzeling, aangezien het zijn eerste officiële contact met iemand in Clanton was. Hij legde de sheriff uit dat hij een routineonderzoek deed, maar dat het wel erg gevoelig lag. Discretie was geboden, en dat soort dingen.

Ozzie was geïntrigeerd en stond te popelen om te helpen. Elke betrokkenheid bij de federale jongens was een opwindend verzetje. Toen hij naar de aard van het onderzoek vroeg, zette Lenzini hem op het verkeerde been door te zeggen: 'Het zou iets met drugs te maken kunnen hebben. Ik leg alles morgen wel uit.'

De volgende dag reden Ozzie en Marshall Prather, zijn chief deputy, naar het kleine stadje Karaway, de enige andere grote gemeente in de county. Ze troffen Lenzini halverwege de ochtend in een koffiebar in Main Street en namen plaats aan een tafeltje, zo ver mogelijk bij nieuwsgierige oren vandaan. De meeste oude heren die er koffiedronken en over politiek praatten, hadden trouwens toch gehoorproblemen.

Lenzini praatte hen bij over zijn onderzoek naar Mack Stafford en vroeg ze om hulp. Hij had vastgesteld dat Jerrol Baker, een van de vier eisers, in de gevangenis zat. Er was geen spoor van Travis Johnson of Doug Jumper.

'Die is dood,' zei Prather. 'Die jongen is een paar jaar geleden omgekomen bij een auto-ongeluk in de buurt van Tupelo. Mijn neef kent zijn familie.'

Daar maakte Lenzini een aantekening van en hij zei: 'Dan blijft Odell Grove over. Enig idee waar hij kan zijn?'

'Yep, hij woont hier niet ver vandaan,' zei Prather. 'Hij hakt nog steeds hout met zijn zoons.'

Ze besloten dat de verstandigste aanpak was om Prather aan het eind van de middag naar Odell te laten gaan, omdat hij dan waarschijnlijk thuis zou zijn. Een FBI-agent in een donker pak was misschien niet zo welkom. Tijdens zijn twee verkiezingsrondes als sheriff had Ozzie het in de kiesdistricten rondom Karaway goed gedaan, maar hij was nog altijd zwart en was steevast voorzichtig als hij moest aankloppen bij huizen diep in de bossen.

In de auto terug naar Clanton zei Ozzie: 'Weet je, Jake vroeg naar Mack Stafford. Hij wilde weten of de zaak nog openstond. Ik zei van niet. Hij vroeg of ik het hem wilde laten weten als ik iets hoorde.'

'Ga je het hem vertellen?'

'Geen sprake van. Het is een onderzoek naar een misdrijf. Het gaat hem niks aan. Trouwens, hij is niet eens Macks advocaat.'

'Heeft iemand Mack gezien?'

'Niet dat ik weet. Heel veel roddels en zo, maar je moet niet alles geloven wat je hoort.'

'Nou, hij zit nu in de stront, met de FBI achter zich aan.'

'Dat kun je wel zeggen,' zei Ozzie. 'Ik denk dat de geruchten over Mack klopten. Hij heeft geld achterovergedrukt en is weggegaan. Ik heb het nooit geloofd.'

'Ik vond die vent altijd al onbetrouwbaar, net als de meeste advocaten hier.'

'Ja, en bovendien heeft hij Harry Rex ingehuurd. Dat is altijd een slecht teken.'

'Iemand moet die arrogante papzak aanklagen.'

Ze lachten smakelijk ten koste van Harry Rex.

Laat in de middag parkeerde deputy Prather aan de rand van een grindweg en liep over de onverharde oprit naar een stacaravan die betere tijden had gekend. Vanachter een gaashekwerk blaften er vier of vijf beagles, die iedereen in de wijde omgeving waarschuwden, hoewel het dichtstbijzijnde huis niet te zien was. Jaren geleden was er een gammele veranda aan de caravan gebouwd, en voordat Prather bij de voordeur was, stond Odell al op hem te wachten. Zoals de meeste mannen die de hele dag bezig waren met het omhakken van bomen en het slepen met houtblokken, waren zijn schouders en borstkas breed en had hij enorme, harige armen die onder een schoon wit T-shirt uitpuilden. Hij droeg een lapje op zijn linkeroog, met dank aan Tinzo. Hij stapte de veranda op en zei: 'Middag.'

'Odell, ik ben Marshall Prather, deputy sheriff.'

'Ik weet wie je bent, Prather.' Hij floot scherp naar de honden en ze stopten met blaffen.

Odell kwam naar beneden en ze gaven elkaar een hand. Marshall hield wat papieren in zijn linkerhand.

'Wat brengt jou hier?' vroeg Odell onbekommerd.

'Mack Stafford. Ken je hem nog? De advocaat.'

'Zijn naam doet een belletje rinkelen. Wat heeft hij gedaan?'

'Ik weet het niet precies. Heeft hij een paar jaar geleden een zaak voor jou geschikt?'

Odell wees naar het lapje voor zijn linkeroog en glimlachte. 'Hij was mijn advocaat, hij zei dat hij het kettingzaagbedrijf zou aanklagen voor een hoop geld. Er is weinig gebeurd.'

'Was er een schikking? Heeft hij geld gekregen?'

'Een paar dollar, hij zei dat het vertrouwelijk was. Hoe weet jij dat?'

Marshall hield de papieren omhoog, vier vellen papier die aan elkaar waren geniet. Hij bladerde naar de achterste pagina en wees naar een handtekening. 'Heb jij dit ondertekend?'

Odell pakte de papieren voorzichtig aan en bestudeerde de handtekening. 'Die is van mij, ja.'

'Heb je die getekend in het bijzijn van een bevoegd juridisch medewerker?'

'Een wat?'

'Onder je handtekening staan een stempel en een zegel, en daaronder staat de handtekening van een bevoegd juridisch medewerker. Een vrouw. Was die erbij toen je tekende?'

'Nee. Alleen Mack en ik. Ik had met hem afgesproken bij de vrachtwagenstandplaats. Er was niemand bij hem.'

'Hoeveel geld heb je gekregen?'

'Ik heb toch niks verkeerds gedaan?'

'Nee, maar Mack misschien wel.'

'Dus ik hoef hier niet over te praten, hè?'

'Nee, nu niet. Maar als je het niet doet, komt de FBI hier over een paar dagen vragen stellen. Misschien willen ze dat je voor verhoor naar Clanton komt.'

Odell stopte een tandenstoker in zijn mond en stak hem tussen zijn tanden terwijl hij de situatie overpeinsde. Prather nam de papieren weer over, bladerde naar de tweede pagina en zei: 'Dit is je schikkingsovereenkomst. Heb je hem gelezen?'

Hij schudde zijn hoofd en kauwde op de tandenstoker.

'Er staat dat jullie tot een schikking van honderdduizend dollar zijn gekomen. Hoeveel heeft Mack je gegeven?'

'Zweer je dat ik niks verkeerd heb gedaan?'

'Ik zweer het. De FBI denkt dat Mack je wat cash heeft gegeven en het grootste deel van het geld voor zichzelf heeft gehouden.'

'Die schofterige dief.'

'Daar lijkt het wel op. Hij had vier van deze zaken.'

'Ik heb een ander naar hem toegestuurd. Een jongen met de naam Jerrol Baker is zijn hand kwijtgeraakt.'

'Klopt. Jerrol zit in Parchman. Drugs.'

'Dat hoorde ik.' Odell schudde zijn hoofd en mompelde: 'Die klootzak.'

'Hoeveel heb je gekregen?'

Odell haalde diep adem en zei: 'Vijfentwintigduizend, allemaal in contanten. Hij zei dat niemand er ooit achter zou komen. Hij zei dat het een snelle schikking was en dat het daar ter plekke moest worden geregeld, er was geen kans op meer geld. Hij zei dat ik alles stil moest houden. Klootzak.'

Prather gaf de papieren terug en zei: 'Deze kopie is voor jou. In paragraaf vier, bladzijde twee, zie je het bedrag van honderdduizend dollar.'

'Waar is de rest?'

'Dat weet alleen Mack. Misschien wil je een advocaat in de arm nemen om het na te gaan.'

'Ik hoef geen advocaat. Ik heb een honkbalknuppel onder mijn stoel.'

'Dat zou ik je niet aanraden, Odell. Dat leidt alleen maar tot een hoop problemen waar je niet op zit te wachten.'

'Waar is hij?'

'Dat weet ik niet precies, maar het gerucht gaat dat hij weer in de stad is.'

'Gaan jullie hem in de bak gooien?'

'Weet ik nog niet. Op dit moment ligt het bij de FBI.'

'Oké, Prather. Hou me op de hoogte.'

'Doe ik.'

Ze schudden elkaar de hand en Marshall liep terug naar zijn auto.

27

De tweede ontmoeting vond eveneens plaats in Jakes kleine vergaderruimte beneden, en ook deze begon zonder omhelzingen. Mack stond te wachten toen ze de kamer binnenkwam, tien minuten te laat. Ze lachten naar elkaar en verder eigenlijk niks. Deze keer was haar haar strak naar achteren getrokken in een paardenstaart en droeg ze een stijlvolle designerbril die haar nog mooier maakte. Ze gingen aan weerskanten van de tafel zitten en ze brak het ijs met: 'Vind je het erg als ik rook?'

'En als ik nou ja zeg?'

Daar dacht ze een seconde of twee over na en zei: 'Nou ja, dan zou ik waarschijnlijk toch roken.'

'Dat dacht ik al. Ga je gang. Het zijn jouw longen.'

Ze haalde een pakje dunne sigaretten tevoorschijn en stak er een op.

'Mag ik vragen hoe het met je moeder gaat?'

'Natuurlijk, je mag alles vragen, en ik ook. Deal?'

'Deal.'

'Nou, ze gaat in elk geval niet vooruit. Ze vertelt ons niet alles wat de dokters zeggen, maar ik hoor veel. Ze hebben besloten niet nog een chemokuur te doen. Daar is ze te zwak voor.'

'Red jij het een beetje?'

Ze nam een trekje en veegde haar ogen af. Haar stem trilde toen ze zei: 'Het gaat wel, Mack. Ik moet sterk zijn, want Helen is het niet. Ze zit de hele tijd bij mama in de kamer om haar voor te lezen, te bidden en te huilen. Maar ik moet gewoon naar buiten. Ik word doodziek van dat huis.'

'Dat had ik ook.'

'Haha. Maar ik heb niet de mogelijkheid om voor mijn problemen weg te lopen. Het is echt shit dat je dat hebt gedaan, Mack.'

'Daar ben ik het mee eens en ik dacht dat ik mijn excuses had aangeboden.'

'Dat is ook zo, en ik aanvaard je excuses, maar een paar

oprechte woorden hier en daar kunnen niet uitwissen wat je gedaan hebt.'

'Wat wil je dat ik doe?'

'Ik wil dat je hier blijft zitten en het over je heen laat komen terwijl ik tekeerga. Dat geeft me een goed gevoel.'

'Oké.'

Ze blies een rookwolk naar het plafond. Hij zag haar handen trillen en haar ogen vochtig worden. Hij vond het zo erg voor haar en zo stom van zichzelf. Ze snufte en ineens klonk haar stem sterker. 'Kon jij vroeger goed opschieten met Hermie?'

'Hermie. Ik heb nooit geweten dat dat zijn bijnaam was. We konden met elkaar overweg, maar alleen omdat het moest. Vroeg in mijn carrière werd ik gedreven door het verlangen om meer geld te verdienen dan Herman. Je weet hoeveel status voor hem betekent.'

'Vertel mij wat. Ze praten nog steeds over mensen met grotere huizen. Vorige week was Honey van slag omdat een vriendin van haar een nieuwe Mercedes van haar man had gekregen. Zal ik je een geheimpje verklappen, Mack?'

Hij grinnikte en zei: 'Sorry hoor, maar het is nogal grappig om Mack genoemd te worden door mijn eigen dochter. Maar goed, vertel me dat geheimpje maar.'

'Het geld is er niet.'

Mack kon een glimlach niet onderdrukken en zei: 'O, echt? Wat voor smeuïg verhaal zit daarachter?'

'Twee jaar geleden probeerde een bedrijf uit Tupelo Hermie uit te kopen, voor een mooi bedrag. Natuurlijk zei hij nee, hij zei dat hij hen wel zou kopen. Je weet hoe arrogant hij is. Maar hij kon het niet klaarspelen. Dat bedrijf uit Tupelo zette een betonmortelcentrale aan de zuidkant van de stad, de eerste concurrentie waar Hermie ooit mee te maken heeft gekregen.'

'Ze hadden tientallen jaren het monopolie.'

'Nou, nu niet meer. Dat nieuwe bedrijf kwam met lagere betonprijzen en sindsdien maken de twee bedrijven elkaar het leven zuur. Hermie denkt dat ze hem uit de markt willen drukken zodat ze de scherven kunnen oprapen als hij weg is. Dat zou zomaar kunnen gebeuren. Er zijn tekenen dat ze de broekriem aantrekken. Hermie heeft zijn jachthut aan het meer verkocht en ze hebben het erover om hun strandhuis in Destin te verkopen. Hij lijkt de laatste tijd veel gestrester. Die arme man staat op het punt zijn dochter te verliezen en nu staat zijn zakenimperium aan de rand van de afgrond.'

'Je hoort wel veel, jij.'

'Je weet hoe het daar gaat tijdens de zondagslunch. Ze praten veel en denken dat wij kinderen te dom zijn om te luisteren en het te begrijpen. En nu mama ziek is, ben ik daar vaker dan ik zou willen. Ik hou van Honey en we kunnen goed met elkaar opschieten, maar Hermie is er steeds vaker en als hij aan de telefoon is, vergeet hij dat er mensen in huis zijn die meeluisteren.'

'Heb je verder nog iets gehoord?'

'Wij zijn toch de roddel? We hadden een paar dagen geleden enorme ruzie. Ik weet zeker dat je het wilt horen.'

'Vertel.'

'We hadden weer zo'n afschuwelijk gesprek over hoe het straks moet als Lisa er niet meer is. Mama was er, in de woonkamer, en ze zei dat ze wilde dat ze het huis verkopen en het geld in een trustfonds stoppen voor onze studie. Ik zei dat ik in het huis wilde blijven wonen. Helen en ik redden het wel alleen, denk ik, en ik wil hoe dan ook echt niet bij Hermie wonen. Natuurlijk gingen de volwassenen door het lint bij de gedachte dat twee pubermeisjes alleen zouden wonen, in Clanton. Wat zou de rest van de stad wel niet denken? Goed, dat leidde dus nergens toe. Zoals gewoonlijk werd iedereen helemaal opgefokt en er kwam niks goeds uit. Maar er werd onverbiddelijk besloten dat het huis verkocht wordt.'

'Ik kan die beslissing niet echt afkeuren. Als ik er iets over te zeggen had, zou ik ook niet willen dat jullie tweetjes alleen zouden gaan wonen.'

'Waarom niet? Ik ga volgend jaar studeren, in mijn eentje, en ik weet verdomd zeker dat ik hier niet terugkom.'

'Waar ga je naartoe?'

'Weet ik niet. Ik vind wel ergens een zomerstage zodat ik deze stad kan vermijden. Studeren weet ik nog niet. Hermie heeft laten weten dat hij betaalt voor State of Ole Miss, maar verder niet. Het moet hier in de staat zijn. We weten niet hoeveel het huis opbrengt voordat het verkocht is, maar het zal geen vetpot zijn. Er zit een hypotheek op en het moet worden opgeknapt. Komen er al herinneringen boven, Mack?'

'Ik herinner het me heel goed. Het was altijd te klein voor Lisa en ik wilde er geen geld aan uitgeven. Ik had het geld niet. En ik was geen handige klusser.'

'Ik wil weg, Mack. Weg van hier. Weg uit Mississippi. Weg uit het Zuiden.'

Ze drukte het restje van haar sigaret uit in de asbak.

'Heb je een plaats in gedachten?' vroeg hij.

'Het westen. Californië, misschien Colorado. Ik wil daar ergens, ver weg, naar een kleine kunstacademie. Als ik na mama's dood gedwongen word om een tijdje bij Hermie en Honey te wonen, ben ik klaar om uit Ford County weg te sprinten en nooit meer terug te komen. Die arme Helen blijft dan achter, maar die is er nog niet klaar voor om weg te lopen. Ik wel.'

'Kunstacademie?'

'Ja, de kunstacademie. Iets anders, Mack, iets heel geks. Alle meisjes die ik ken, en ik noem ze niet eens meer vriendinnen, kunnen niet wachten om lid te worden van een studentenvereniging en op zoek te gaan naar een echtgenoot. Dan kunnen ze terugverhuizen naar Clanton of Tupelo, een paar kinderen krijgen, naar de countryclub gaan en net zo leven als hun moeder. Ik niet, Mack. Ik ga hier weg.'

Mack was ontroerd door haar rebelse houding en kon een glimlach niet verhullen. 'Ik zal een deal met je maken. Kies een kunstacademie in het westen, zorg dat je wordt aangenomen, en dan help ik met je schoolgeld.'

Ze sloeg haar handen voor haar mond en deed haar ogen dicht, alsof ze niet kon geloven dat haar droom uit zou kunnen komen. Toen ze ze opendeed, vroeg ze zachtjes: 'Zou je dat echt doen?'

'Het is het minste wat ik kan doen, Margot.'

Daar leek ze het mee eens te zijn. 'Ik heb nog nooit de bergen gezien.'

Weer een trieste reminder, maar o, zo waar. Toen de meisjes klein waren, gingen ze altijd met het hele gezin een week op vakantie naar de familieflat in Florida. Lisa droomde ervan om de wereld te zien, net als haar zus, maar hun creditcard kon nooit zo ver reiken.

Op dat moment nam Mack zich heilig voor om zijn dochters de wereld te laten zien.

Hij zei: 'Ik heb een plan. Probeer zo veel mogelijk uit Hermie te persen. Pak wat je pakken kunt na de verkoop van het huis, dan zorg ik dat ik het gat overbrug om het te realiseren.'

'En als Hermie voet bij stuk houdt en geen cent weggeeft?'

'Margot, ik zei dat ik het zou realiseren.'

Haar stekels werden iets minder scherp en ze ontspande

zich en lachte. Het begon te dagen dat die ouwe Mack misschien wel haar kans was om uit Clanton weg te komen.

'Ik weet niet wat ik moet zeggen,' zei ze.

'Je hoeft niks te zeggen. Je bent mijn dochter en ik sta gigantisch bij je in het krijt.'

Ze pakte nog een sigaret en keek naar hem terwijl ze hem opstak.

Mack zei: 'Ik heb een idee. Het is zomer en je zou nu naar universiteiten moeten gaan kijken, toch?'

'Ja.'

'Goed, zeg tegen Lisa dat je volgende week zaterdag een dagje naar Memphis gaat om Rhodes College te gaan bekijken. Dat is een heel mooie, kleine privéopleiding in de stad. Ik logeer daar niet ver vandaan. Dan gaan we samen iets leuks doen en lunchen.'

'Ze worden helemaal gek bij het idee dat ik in mijn eentje naar Memphis rij.'

'Je bent zeventien, Margot, je zit bijna in de laatste klas van de middelbare school. Ik was vijftien toen ik naar Memphis reed. Hou je poot stijf en neem geen genoegen met nee.'

'Ik vind het leuk, maar Hermie wordt gek als ik over een privéopleiding begin.'

'Het is gewoon een smoes om de stad uit te gaan. Wie weet? Misschien vind je Rhodes wel leuk.'

'Het is te dichtbij. Ik heb het over serieuze afstand, Mack.'

'Dus we gaan samen lunchen?'

'Ik doe mijn best.' Ze keek op haar horloge en pakte haar tas. 'Ik moet weg. Ik ben boodschappen aan het doen voor mama.'

'Koestert ze argwaan?'

'Ik denk het niet. Je was een paar dagen het nieuws van de dag omdat ze in paniek raakten, maar nu is alles bedaard. Niemand heeft je hier gezien, Mack.'

'Mooi zo. En ik heb geen zin meer om hier af te spreken. Ik krijg de kriebels van dit stadje.'

'Dan kunnen we elkaar een hand geven.'

28

De nieuwe openbaar aanklager van het tweeëntwintigste juridische district was Lowell Dyer uit het kleine stadje Gretna in Tyler County. De FBI had al weinig belangstelling voor Ford County, maar nog minder voor Tyler, en Dyer was er behoorlijk enthousiast over dat hij de federale jongens mocht verwelkomen in zijn kantoor in de countyrechtbank. Aan de telefoon had special agent Nick Lenzini niets losgelaten over de reden van zijn bezoek. Hij kwam alleen en werd in de vergaderruimte onthaald met koffie en gebak. Dyer en zijn assistent, D.R. Musgrove, stonden volledig tot zijn beschikking.

Lenzini begon met de mededeling dat hij onderzoek deed naar de verdwijning van Mack Stafford en dat hij wilde weten hoeveel Dyer van de zaak af wist. Ze waren verbaasd om te horen dat er iemand naar Mack zocht. Ze hadden hem destijds gekend en waren ervan uitgegaan dat hij voorgoed vertrokken was. Voor zover ze wisten was er nooit een onderzoek geweest. Dus ze hadden niks.

Lenzini aanvaardde het met overdreven zelfingenomenheid, alsof ze werkeloos hadden zitten toekijken terwijl ze overduidelijke criminele misstappen over het hoofd hadden gezien. Nu was het aan de FBI om in te grijpen en de zaak tot op de bodem uit te zoeken. Hij begon zijn verhaaltje over de kettingzagen van Tinzo, de vier zaken die Mack had aangenomen, zijn jammerlijke verwaarlozing ervan, enzovoort. Hij maakte er nogal een punt van dat hij naar

New York was gevlogen en de FBI daar ter plaatse had gesproken, en dat ze gezamenlijk de bron van de schikkingen en het papierwerk hadden weten te achterhalen. Hij haalde de documenten uit zijn aktetas.

Het eerste was de schikkingsovereenkomst die was ondertekend door Odell Grove. De handtekening was echt, de legalisatie was vervalst. Volgens het contract voor juridische diensten dat Odell had getekend, kreeg Mack veertig procent van elk bedrag dat zou worden uitgekeerd. Odell had vijfentwintigduizend gekregen, maar had eigenlijk zestigduizend moeten opstrijken.

Het tweede was van Jerrol Baker, die nu een gevangenisstraf uitzat. Lenzini had hem daar opgezocht en zijn verklaring afgenomen. De handtekening was van hem – nou ja, voor zover die er was, want hij was het grootste deel van zijn linkerhand kwijt en kon niet zo goed schrijven, dankzij de kettingzaag – maar ook hier was de legalisatie van Freda Wilson vervalst. Jerrol had vijfentwintigduizend in contanten gekregen, geen zestigduizend.

Nummer drie was Travis Johnson, verblijfplaats onbekend. Vervalste handtekening, vervalste legalisatie. De vierde was Doug Jumper, overleden. Een handschriftanalist van de FBI had de handtekeningen bestudeerd en was er zeker van dat Mack Stafford alle handtekeningen op de schikkingsovereenkomsten van Johnson en Jumper had vervalst. Er bestond weinig twijfel over dat hij de volle tweehonderdduizend dollar had gehouden.

Al met al leek het erop dat Macks buit van zijn frauduleuze plan in totaal vierhonderdduizend dollar was in plaats van de tweehonderdduizend waar hij recht op had: veertig procent van de half miljoen dollar die meneer Marty Rosenberg naar hem had overgemaakt.

Lenzini zei: 'Noem het zoals je wilt: verduistering, ontvreemding of diefstal, en dan heb ik het nog niet eens over de vervalsingen. Het is een misdrijf van tweehonderdduizend dollar. En het is een staatsaangelegenheid, geen federale zaak. Met andere woorden: het is jullie pakkie-an, jongens.'

'En wat wordt u daar wijzer van?' vroeg Dyer.

'Faillissementsfraude is wel een federale kwestie. De documenten spreken voor zich, heren. Het is een uitgemaakte zaak, hij kan zich er niet onderuit wurmen. Hij heeft de handtekeningen vervalst, Odell Grove en Jerrol Baker afgekocht en de rest in zijn eigen zak gestoken.'

Dyer bestudeerde wat papieren en Musgrove vroeg: 'En u denkt dat hij weer in het land is?'

'Nou, we hebben hem niet gezien. Hebben jullie bronnen in en om de stad?'

'Niet echt, alleen de plaatselijke roddels. Ik ken Jake Brigance vrij goed, ik ben hem vorige week nog tegen het lijf gelopen in de rechtbank, maar hij wil er niks over zeggen.'

Lenzini pakte nog een vel papier en keek er fronsend naar. 'We hebben de luchtvaartmaatschappijen gecheckt, maar niemand met die naam is de afgelopen maand het land binnengekomen. Ik weet zeker dat hij een andere naam gebruikt.' Hij legde de papieren neer, nam een slok koffie en zei ernstig: 'Heren, ik hoef jullie niet te vertellen hoe gevoelig dit ligt. Zodra jullie de grand jury bijeenroepen...'

'Je bedoelt: áls we besluiten de grand jury bijeen te roepen,' onderbrak Dyer hem.

'Nou, dat doen jullie toch zeker w...'

'Ik ga over onze grand jury, meneer Lenzini. Ik bepaal of en wanneer die bijeen wordt geroepen, zonder bemoeienis van de FBI. Ik weet zeker dat de federaal aanklager in Oxford ook niet zou willen dat ik me met zijn grand jury zou bemoeien.'

'Natuurlijk niet, meneer Dyer, maar deze misdrijven zijn ernstig en ze zijn een uitgemaakte zaak.'

'Daar lijkt het wel op, hè? Maar goed, we zullen onderzoek doen en daarna beslissen we. We komen vast wel tot een aanklacht, maar dan wel op onze manier.'

'Prima. Zoals ik al zei: dit is een lastige situatie, want we hebben te maken met een man die weet hoe hij moet verdwijnen.'

'Snap ik,' snauwde Dyer.

'We moeten heel goed uitkijken met wie we over Stafford praten.'

'Snap ik,' snauwde Dyer nog sneller.

Nadat hij vertrokken was, keken Dyer en Musgrove een halfuur naar het papierwerk en het werd hun allemaal nog duidelijker dan het al was. Ze kenden Mack allebei al jaren, al waren ze geen goede vrienden van hem, en ze hadden niet veel zin om betrokken te raken bij een zaak waarbij een collega-advocaat de gevangenis in zou draaien. Het was duidelijk dat de slachtoffers, de cliënten die waren opgelicht, niets van Macks misstappen hadden geweten tot de FBI ze dat had verteld.

Maar hoe meer ze erover praatten, des te leuker ze de zaak begonnen te vinden. Het was een leuk verzetje naast hun dagelijkse agenda vol methadonmakers, drugsdealers, autodieven en mannen die hun vrouw mishandelden. Ze kregen zelden een witteboordencrimineel op hun bordje en hadden er nog nooit een meegemaakt die zo brutaal was. Mack had ervoor gekozen om zijn cliënten te bestelen en het was hun plicht als vertegenwoordigers van de staat om het misdrijf op te lossen en het recht te laten zegevieren.

Het zou een uitdaging worden om het stil te houden.

29

Op een drukkend hete zaterdag was Mack druk bezig in de Varsity Bar & Grill, en terwijl hij aan het redderen was en het handjevol klanten bediende, hield hij het parkeerterrein in de gaten. Stipt om één uur zag hij een bekende auto vanaf Highland afslaan en aan de voorkant parkeren.

Het was een Mercury Cougar uit 1983 die hij twee jaar voor zijn vertrek tweedehands had gekocht. Lisa had de auto natuurlijk gekregen na de scheiding, samen met al het andere, en nu was hij kennelijk naar zijn dochter gegaan. Margot stapte uit en ze leek opgetogen door het idee dat ze een studentenkroeg binnenging. Ze was als studente gekleed in een strakke spijkerbroek, sandaaltjes en een bloes met een decolleté dat bijna onbehoorlijk was. Hij prentte zich in dat hij niks moest zeggen over haar uiterlijk.

Hij wachtte op haar bij de deur en ze gingen achter in het eetgedeelte zitten. Mack wenkte een ober die hij niet mocht en die iets te lang naar zijn dochter loerde, en ze bestelden cheeseburgers en ijsthee.

'Mag ik geen biertje?' vroeg ze; haar eerste poging om hem uit te dagen.

'Je bent zeventien, jongedame. Volgens de wet moet je eenentwintig zijn, en bovendien moet je nog rijden.'

'Ik heb een ID waarop staat dat ik vierentwintig ben. Wil je hem zien?'

'Nee. Ik ben de halve dag bezig om valse ID-bewijzen te controleren. Hoe kom je eraan?'

'Dat ga ik je nooit vertellen.'

'Dat verbaast me niks.'

'Iedereen heeft er een, Mack.'

'Dus ik ben nog steeds Mack.'

‘Ik vind Mack leuker. Je bent nooit een papatype geweest.’

‘Mag ik het laatste nieuws over je moeder weten?’

De glimlach verflauwde en haar ogen werden vochtig. De ijsthee kwam in hoge glazen en ze nam een slok. Ze staarde uit het raam en zei: ‘Er is niet echt iets veranderd, alleen eet ze niet veel. Ze is zwak en broos en, nou ja, gewoon zielig, eigenlijk.’ Haar lip trilde en ze deed haar ogen dicht terwijl ze haar hand voor haar mond sloeg. Mack gaf haar een klopje op haar arm en zei: ‘Ik vind het zo erg.’

Het moment ging voorbij en Margot rechtte haar rug, glimlachte en zette haar tanden op elkaar. Een stoere meid op wie Mack trots was.

Ze zei: ‘Natuurlijk maak ik het haar niet makkelijk. Gisteren vroeg ik of ik in m’n eentje hier naar Memphis mocht rijden, ik zei dat ik een afspraak had met iemand die over de toelatingen op Rhodes gaat en zo. Wat nog waar is ook. Ze vond het maar niks, zei nee, ik mocht niet alleen. We gingen gisteravond in het grote huis eten en ze zei tegen Hermie en Honey dat ik in m’n eentje naar Memphis wilde. Ze gingen helemaal door het lint, zoals altijd. Je zou zweren dat ik had gezegd dat ik in mijn nakie door een getto wilde lopen. Het werd een pittige ruzie. Ik herinnerde hen eraan dat ik al twee jaar mijn rijbewijs heb en dat ik een paar keer met vrienden naar Tupelo ben gereden. Hermie gromde en siste en zei dat ik niet eens wist hoe ik bij Rhodes College moest komen. Dus vroeg ik hem of hij zelf wel wist waar het was. Hij gokte en had het mis, dus legde ik het hem haarfijn uit: je neemt Highway 78 naar Memphis, vijfentachtig kilometer rijden, je blijft op de 78 als die overgaat in Lamar Avenue, dan sla je rechts af op South Parkway, je rijdt in noordelijke richting voorbij Union, voorbij Poplar, slaat links af en rijdt in westelijke richting op Summer Avenue tot de volgende zijstraat, met de dierentuin aan je linkerhand, en dan zie je Rhodes aan de rechterkant. Ik wist het precies. Zelfs Helen moest lachen. Mama glimlachte. Onnodig te zeggen dat ik niks zei over de kleine omweg die ik naar de Varsity maakte – linksaf op Park, naar het noorden op Highland, twee straten naar het oosten op Southern – om jou te ontmoeten. Dan zouden ze pas echt uit hun plaat zijn gegaan.'

'Dus mijn naam wordt nog steeds door het slijk gehaald?'

'Dat is zacht uitgedrukt. Hoe dan ook, Hermie was niet onder de indruk van mijn navigatietalent. Hij zei dat ik niet in mijn eentje naar Memphis mocht. Ik besloot tegen hem in te gaan, want hij moet me respecteren. Voor je het weet wonen Helen en ik daar onder zijn heerschappij en dat kan ik niet uitstaan. Hij is niet mijn vader en hij is niet de baas over me.'

Mack kon alleen maar glimlachen. *Goed zo, meid.*

'Dus dat werd knokken.'

'Wie heeft er gewonnen?'

'Niemand wint een knokpartij in de familie, dat zou jij moeten weten. Iedereen verliest. Ik ben vanochtend opgestaan en het huis uitgegaan. Ik ben op het plein gestopt om mama te bellen en zei dat ik onderweg was naar Memphis. Ze zei dat ik voorzichtig moest doen en we zeiden dat we van elkaar hielden.'

'Dus je opa en oma weten het niet?'

'Nou, ze zullen het inmiddels wel weten. Begrijp me niet verkeerd, Mack. Ik hou van mijn opa en oma, maar ik moet er niet aan denken om bij ze te wonen. Ik bid elke dag dat mama nog een paar maanden bij ons mag blijven. Ik weet dat het een egoïstisch gebed is, maar dat geldt voor de meeste, denk je ook niet?'

'Waarschijnlijk wel.'

Er werden twee grote borden met cheeseburgers voor hen neergezet en ze waren enkele ogenblikken in de weer met de sausjes. De ober was bijzonder hulpvaardig en wilde maar al te graag met Margot flirten. Mack keek hem dreigend aan en zat klaar om hem af te blaffen.

Nadat de ober weg was, vroeg Mack: 'Je bent er toch zeker van dat niemand weet dat we hier hebben afgesproken, hè?'

'Nou, ik heb het aan niemand verteld. Wat jij hebt gedaan weet ik niet.'

'Geen argwaan?'

'Nee. Ik bedoel, een maand geleden was je het nieuws van de dag, maar dat is zo'n beetje overgewaaid. Ik hoorde Hermie van de week tegen Honey zeggen dat er voor zover hij weet niemand in Clanton is die je heeft gezien.' Ze at een half frietje en kauwde als een puber. 'Dus je woont in Memphis, hè?'

'Op dit moment wel.'

'Wat zijn je plannen, Mack?'

'Volgens mij heb ik die niet. Ik blijf hier een tijdje rondhangen om zeker te weten dat alles veilig is.'

'Veilig? Hoezo?'

'Ik wil me ervan vergewissen dat niemand me zoekt. Er zitten wat lijken in de kast en die wil ik daar graag houden.'

'Dat dacht ik al. Je hebt een pak geld gejat en bent ervandoor gegaan, toch?'

'Dat klopt aardig. Ik ben er niet trots op.'

'Maar je hebt het geld gehouden, toch? Waarom geef je het niet gewoon terug aan de mensen van wie je het gestolen hebt?'

'Zo eenvoudig is het niet.'

'Niks is eenvoudig met jou, Mack. Alles is zo ingewikkeld.'

Om een antwoord te vermijden nam Mack een grote hap

van zijn burger en keek het restaurant rond. Twee studenten aan de bar zaten naar zijn dochter te gapen. Hij slikte en zei: 'Ja, Margot, het is me prima gelukt om mijn leven extreem gecompliceerd te maken. Maar ik wil het verleden graag overslaan en het over jouw leven hebben; studeren en dat soort dingen. Dat is veel spannender.'

'Ga je me ooit de waarheid vertellen?'

'Ja, als je eenentwintig bent, kom ik naar je toe op de universiteit en dan zal ik je tijdens een etentje, met drank, alles vertellen wat ik heb uitgespookt. Oké?'

'Ja, hoor. Tegen die tijd kan het me waarschijnlijk niks meer schelen.'

'Laten we het hopen. Heb je al een universiteit gekozen?'

'Ik ben aan het kijken. Rhodes is misschien wel leuk, maar het is te dicht bij huis. Toen Hermie gisteren aan het grauwen en snauwen was, maakte hij duidelijk dat "de familie", zoals hij die nu altijd noemt, alsof hij de baas is en alle grote beslissingen voor ons neemt nu mama op haar sterfbed ligt... hoe dan ook, hij zei dat "de familie" niet het collegegeld van een privéopleiding gaat betalen. Hij zegt dat dat belachelijk is aangezien er zoveel goede openbare opleidingen zijn in Mississippi. Ik denk dat de echte reden is dat hij zich geen privéopleiding kan veroorloven.'

'Dat kan ik me bijna niet voorstellen.'

'Ik zei het toch, Mack, het geld raakt op en hij zit steeds krapper bij kas. De spanningen lopen op. En ik snap het ook wel. Hun dochter ligt op sterven. Ze krijgen straks twee pubermeiden op wie niemand zit te wachten. Hermies bedrijf heeft concurrentie. Ze hadden een leuk pensioen voor ogen, maar nu kijken ze naar de komende paar jaar en dat bevalt ze niks.'

'Is het idee weleens geopperd om bij de Pettigrews te gaan gaan wonen?'

Ze rolde met haar ogen en zei: 'Ach, schei toch uit. Ik ga nog liever naar de daklozenopvang. Die mensen zijn onmogelijk.' Ze kauwde weer op een frietje en Mack zag dat haar ogen weer vochtig werden. Dat arme kind was een emotioneel wrak.

'Gaat het wel?' vroeg hij.

'Geweldig, Mack. Het voelt echt fantastisch als je niet gewenst bent. Als mama doodgaat, zijn we gedwongen het enige huis te verlaten dat we ooit gehad hebben en moeten we bij iemand anders gaan wonen, waar we niet thuishoren. En de schuld ligt deels bij jou, Mack.'

'Ja, dat is waar, en daar hebben we het al over gehad.'

Ze haalde diep adem, klemde haar tanden op elkaar, veegde haar wangen af en zei: 'Ja, dat is zo. Sorry.'

'Je hoeft je niet te verontschuldigen.'

'Ik neem aan dat je niet terug kunt verhuizen om ons te redden, hè?'

'Nee, nu niet in elk geval. Ik kan niet in Clanton wonen en ik weet niet of het hier helemaal veilig is. Trouwens, Hermie zou iedere advocaat in de stad inhuren om me uit de buurt te houden.'

'Heb je Hermie ooit gemogen?'

'Niet echt.'

Ze had alleen de randen van haar cheeseburger afgeknabbeld en op wat frietjes gekauwd, maar ze was klaar. Ze schoof haar bord een stukje naar het midden van de tafel en keek om zich heen. Op zachtere toon zei ze: 'Ik moet je iets vertellen, Mack. Mam gaat daar graag naartoe en dan gaat ze op de patio onder de ventilators zitten. Dat is lang niet zo deprimerend als bij ons thuis zitten, dus we zijn er vaak. Ik rij haar erheen, Helen en zij gaan met Honey op de veranda zitten en iedereen doodt de tijd terwijl de klok doortikt. Hermie hangt er ook rond en de afgelopen week heb ik hem twee keer over de FBI horen praten. Ik heb geen idee waarom.'

Mack slikte moeizaam en keek om zich heen. 'Met wie sprak hij?'

'Weet ik niet. Hij was aan de telefoon en wist niet dat ik in huis was. Toch wel gek, hè?'

'Iets om in de gaten te houden, denk ik.'

'Ik hou mijn oren open.'

Als de FBI werd genoemd, zat Mack dat altijd dwars. Hij leek onverschillig, maar ook hij had geen eetlust meer.

Margot keek op haar horloge en zei: 'Ik moet maar eens gaan. Ik heb over een uur afgesproken.'

'Wil je dat ik meega?'

'Als een echte vader, bedoel je? Vader en dochter op weg om universiteiten te bezoeken?'

'Zoiets.'

Ze lachte hem toe en zei: 'Zeker, pa, ik voel me vereerd.'

'Jij rijdt. Ik wil je in het stadsverkeer zien.'

'Dat kan ik beter aan dan jij.'

'We zullen zien.'

30

Zeven uur nadat ze van huis was gegaan, keerde Margot weer terug, en het leek wel of ze dagen weg was geweest. Ze kon niet geloven dat een eenvoudig, rustig ritje naar Memphis en terug zo stimulerend kon zijn, zo bevrijdend. Toen ze Ford County binnenreed minderde ze zelfs vaart tot tachtig kilometer per uur en negeerde het verkeer achter haar. In de stad reed ze rondjes bij een fastfoodtent, op zoek naar een vriendin, maar ze zag niemand.

Ze zat nu al maandenlang vast aan de dodenwacht en

de beproeving was nog niet voorbij. Het laatste wat ze die zaterdagmiddag wilde, was in hun naargeestige huisje zitten wachten op het onvermijdelijke. De familie had eindelijk de realiteit aanvaard dat Lisa niet beter zou worden, dat de dokters alles hadden gedaan en het uiteindelijk hadden opgegeven. Het wachten was onmenselijk; de onzekerheid wanneer alles voorbij zou gaan, het toekijken hoe ze elke dag dunner en bleker werd, het gruwelijke om je moeder steeds een stapje dichter naar het graf te zien kruipen, de pure angst om zonder haar te moeten leven. Het afmeten gebeurde op de vreemdste manieren: vorige maand kon ze nog autorijden; vorige week was ze nog in de keuken koekjes aan het bakken; gisteren kon ze amper uit bed komen. Binnenkort zouden ze de verpleegkundige laten komen; een oude babysitter die haar de laatste dagen zou verzorgen. Dat was allemaal geregeld door de Bunnings. Margot en Helen moesten dan bellen en hun grootouders op de hoogte brengen als het zover was.

Helen zat in de woonkamer een film te kijken. Op gedempte toon zei ze: 'Ze is even gaan liggen. Het was een rustige dag.'

Margot ging naast haar zus op de bank zitten en vroeg: 'Is ze boos op me?'

'Nee. Ze heeft een goede dag gehad. We hebben vooral bij Honey op de patio gezeten, maar daardoor is ze wel uitgeput.'

'Zijn ze kwaad?'

'Dat waren ze wel, maar mama heeft ze tot bedaren gebracht en gezegd dat ze moesten ophouden en dat je wel voor jezelf kunt zorgen. Hoe was Rhodes?'

'Mooi, echt een leuke plek. Aardige mensen. Maar wel heel klein.'

'Ik kan me gewoon niet voorstellen dat je volgend jaar gaat studeren.'

'Ik ook niet.'

'Mag ik met je mee?'

Ze grinnikten, en daarna verstarden ze toen ze Lisa's stem hoorden. Ze gingen naar haar kamer en zagen dat ze met een brede glimlach rechtop in bed zat. Margot omhelsde haar zachtjes. Ze klopte aan weerszijden op haar kussens en de meisjes gingen bij haar op bed zitten. Ze wilde alles weten over Rhodes College en het uitstapje naar Memphis, en Margot vertelde alles tot in de details, behalve natuurlijk over de nogal belangrijke omweg naar de Varsity en haar lunch met Mack. Ze pakte de kleurige brochures van de universiteit erbij en vertelde over een gesprek dat ze had gehad met een echte professor. Rhodes stond absoluut op haar lijstje. Lisa zei dat ze later wel over het geld zouden praten.

Aan de ene kant was het een opluchting dat ze zo enthousiast was omdat haar oudste dochter zou gaan studeren, maar aan de andere kant was het hartverscheurend om te weten dat ze er niet meer zou zijn om het mee te maken. Margot noemde nog een paar universiteiten die ze de komende weken misschien wil bezoeken; opleidingen die verder van huis waren. Lisa moedigde dat aan. Ze wist zeker dat haar ouders wel zouden bijdraaien en ervoor zouden zorgen dat de meisjes een goede opleiding zouden krijgen, ongeacht de kosten. Margot had Macks belofte, de troef achter de hand waar ze niets over kon zeggen.

Lisa doezelde weer weg en de meisjes slopen de kamer uit. Helen begon te huilen en zei: 'Ze heeft de afgelopen vijf dagen nauwelijks iets gegeten.'

Ze bespraken of ze hun grootouders moesten bellen en besloten te wachten. Het was een lange nacht, want Lisa werd prikkelbaar en klaagde over pijn. De meisjes weken bijna niet van haar zijde en sliepen onrustig als ze wakker was. Bij het ochtendgloren belde Margot naar Honey om haar op de hoogte te brengen. Twee uur later kwam de verpleegkundige, die de dosis morfine verhoogde. De Bunnings kwamen langs voordat ze naar de kerk gingen en babbelden met Lisa, die toevallig wakker en helder was. Ze sloegen nooit een kerkdienst over en piekerden er nu ook niet over, zelfs niet nu hun dochter wegzakte.

Natuurlijk vroegen ze tijdens de dienst om een gebed en ze gaven het sombere nieuws door dat Lisa's toestand verslechterde. Er waren maar weinig dingen waar een stelletje baptisten zo van opfleurden als de rituelen van een overlijden, en op zondagmiddag om drie uur was de karavaan van ovenschotels onderweg. De meeste vrienden waren wel zo invoelend dat ze bij de veranda bleven staan, de gerechten overhandigden en hen huilend omhelsden, maar er waren ook drammerige types die de grens overschreden en naar binnen gingen, waar ze in de overvolle keuken bleven treuzelen en met papieren borden balanceerden terwijl ze door de gang naar de slaapkamers tuurden. Een paar van de oudere roddeltantes, ware veteranen op het gebied van de glorie van begrafenissen, vroegen zelfs aan Honey of ze even met Lisa mochten praten. Honey wist donders goed dat ze alleen maar wilden kijken, zodat ze snel konden gaan rondbazuinen hoe uitgemergeld Lisa eruitzag. Honey weigerde en posteerde zich zelfs in de doorgang om indringers bij hun kladden te grijpen.

Helen trok zich terug in de slaapkamer en waakte aan haar moeders zij. Margot, die de slaapkamer spuugzat was, ontfermde zich over de voorkant en verwelkomde iedere bezoeker met een brede, trieste glimlach die volkomen nep was, maar dat wist alleen zij. Ze stelde zich op als de vrouw des huizes en Hermie, die haar de dag ervoor nog een standje had willen geven vanwege haar rit naar Memphis, straalde nu van trots omdat zijn vaak eigenzinnige kleindochter nu de menigte om haar vinger wond. De dag sleepte zich voort terwijl het eten zich opstapelde in de keuken, maar de menigte begon uit te dunnen toen het tegen zessen liep en hun vrienden teruggingen naar de kerk.

De verpleegkundige nam haar intrek in Helens kamer voor zolang het duurde. De meisjes sliepen in Margots bed en wisselden elkaar 's nachts af om bij Lisa te kijken en met de verpleegkundige te fluisteren. Maandagochtend reageerde ze niet meer en ging haar ademhaling nog langzamer.

31

Nick Lenzini liep dinsdagochtend het FBI-kantoor in Oxford uit voor een snelle rit naar Clanton toen hij hoorde dat Lisa Stafford was overleden. Twee uur later parkeerde hij in de buurt van de rechtbank en glipte het kantoor van de firma Sullivan binnen. Zijn meeting met Walter was om halftwaalf.

Zodra de koffie was gebracht, begon Nick ernstig: 'Gecondoleerd met mevrouw Stafford. Ik weet dat ze een vriendin van u was.'

'Dank u,' zei Walter bedroefd. 'Een fantastische meid. Ik heb haar haar hele leven gekend. Ons kantoor vertegenwoordigt haar familie al dertig jaar. Geweldige mensen.'

'Wat gaat er met de meisjes gebeuren?'

'O, de familie vangt ze op, ze maken er het beste van.'

'Geen spoor van Mack?'

Walter gromde en nam een slok. 'Dat wilde ik net aan u vragen. Wat is het laatste nieuws?'

'Hebt u Judd Morrissette gesproken?'

'Niet in de afgelopen twee weken.'

'Nou, die is er klaar voor om naar de grand jury te gaan. Ons onderzoek zit er praktisch op. Het lijkt een beklonken zaak. Het enige probleem is dat we Mack niet kunnen vinden. Daarom ben ik hier. Ik neem aan dat u geen idee hebt waar hij kan zijn.'

'Dat is toch uw werk?'

'Ja, dat is het ook. En we zoeken wel, maar we hebben de bloedhonden nog niet uitgezet. Gezien zijn neiging om te verdwijnen wil de federaal aanklager hem graag in het zicht hebben voordat er een aanklacht ligt.'

'Slim. Maar nee, ik ken niemand die Mack daadwerkelijk heeft gezien sinds hij volgens de geruchten weer is opgedoken. We kunnen veilig aannemen dat hij ergens anders woont. Zijn moeder woont toch nog steeds in Greenwood?'

'Ja, en die houden we in de gaten. Is de begrafenis geregeld?'

'Ja, zaterdag om twee uur.'

'Ik neem aan dat Mack daar niet zijn opwachting zal maken, hè?'

Walter moest lachen en zei: 'Meneer Lenzini, ik kan u verzekeren dat de Eerste Baptistenkerk de laatste plek op aarde is waar u Mack Stafford aanstaande zaterdag zult vinden.'

'U zult wel gelijk hebben. Is het goed als we langskomen en op het balkon gaan zitten?'

'Zondaars zijn altijd welkom. Het is er open voor publiek.'

32

Zondagochtend, de dag na de begrafenis, kwam Lucien Wilbanks via de achterdeur Jakes kantoor binnen. Hij gebruikte de sleutel die hij al tientallen jaren had. Het was Jakes kantoor, maar toch ook weer niet. Het advocatenkantoor Wilbanks & Wilbanks was hier in de jaren veertig door Luciens opa gevestigd. Lucien had de scepter gezwaaid tot hij in 1979 werd geroyeerd, een jaar nadat hij de jonge Jake Brigance direct na zijn rechtenstudie had aangenomen.

Lucien was nog steeds de eigenaar van de ruime kantoren en verhuurde ze voor een zacht prijsje aan Jake. Onderdeel van de overeenkomst was dat hij naar believen kon komen en gaan. Hij had een klein kantoortje zonder ramen op de begane grond voor zichzelf gehouden, ver weg van Jakes domein boven, en hij zonderde zich af terwijl hij de zondagskrant las, zijn pijp rookte en zijn koffie met bourbon dronk. De zondagochtenden waren bij hem favoriet, want dan was het plein verlaten, de winkels waren dicht, er was geen verkeer en iedereen zat in de kerk. Lucien had de georganiseerde religie op zijn veertiende al de rug toegekeerd.

Hij zat in de vergaderruimte die Mack en Margot hadden gebruikt toen hij exact om veertien over negen de eerste geluiden hoorde. Hij keek op zijn horloge en wist heel goed dat Jake in de kerk was en er die ochtend niemand anders naar kantoor zou komen. Aangezien hij praktisch in het gebouw was opgegroeid, kende hij elk raam, elk gangetje en elke schuilplaats. Hij liep naar de kopieerruimte en gluurde tussen de jaloezieën door naar het steegje dat achter de rij gebouwen tegenover de rechtbank liep. Tot zijn verbazing stonden er twee mannen aan de keukendeur te morrelen. Ze waren gekleed in identieke marineblauwe shirts met de woorden CUSTOM ELECTRIC in dikke letters op hun rug. Ze droegen zwarte rubberhandschoenen en zwarte schoenbeschermers.

Er klopten een aantal dingen niet. Ten eerste woonde Lucien al zijn hele leven in Clanton en hij had nog nooit van dat bedrijf gehoord. Ten tweede was er niemand die op zondag werkte. Ten derde: als ze door Jake waren ingehuurd, waarom probeerden ze dan stiekem via de achterdeur binnen te komen? Ten vierde bleven ze maar om zich heen kijken alsof ze zo schuldig waren als de pest. Ten vijfde gebruikten reparateurs in Clanton nooit rubberhandschoenen en schoenbeschermers.

Ze wisten de deur open te krijgen en liepen de keuken in. Lucien trok zich in de schaduwen terug en luisterde aandachtig. De twee mannen fluisterden tegen elkaar terwijl ze snel over de benedenverdieping bewogen. Ze zagen Lucien niet, want hij kroop tussen een paar boekenkasten. Ze haastten zich naar boven, deden zachtjes alle deuren open en dicht en kwamen weer terug bij het bureau van de receptioniste, waar ze hun gereedschapskisten openmaakten en hun voorbereidingen troffen. Naast de kopieerruimte was een grote kast vol draden die overal naartoe liepen: thermostaten, airco-units, telefoons, stoppenkasten, elektriciteitsmeters.

Lucien bleef in het donker staan luisteren. De mannen fluisterden iets over telefoonlijnen, ontvangers en zenders, met wat vaktermen die voor een leek niet te volgen waren. Ze gingen snel en efficiënt te werk, duidelijk met verstand van zaken, en om negen uur eenendertig waren ze weer verdwenen. Lucien ving een glimp van hen op toen ze door dezelfde keukendeur weer vertrokken en hem achter zich dichtdeden. Hij wachtte een paar minuten en liep langzaam naar de keuken, waar hij de deur controleerde. Er stond een pot verse zwarte koffie op het aanrecht, deels aan het zicht onttrokken door een rol keukenpapier. Als de mannen de koffie hadden gezien, zouden ze geweten hebben dat iemand die net had gezet. Ze hadden de geur moeten ruiken.

Hij schonk nog een kopje in en liep terug naar zijn bureau. Wie zat er achter Custom Electric? De plaatselijke politie zou er de capaciteit niet voor hebben. De staatspolitie wel, maar er was op dat moment niks in Jakes kantoor waar ze belangstelling voor zouden kunnen hebben. Lucien kende zo'n beetje elke zaak, want hij en Jake spraken elkaar wekelijks en vonden het leuk om over zijn cliënten te praten. Ging Jake soms vreemd? Of bedroog Carla hem juist? Beide scenario's leken hoogst onwaarschijnlijk. Ze waren dol op elkaar en Lucien kon niet geloven dat ze aan het rotzooien waren. Zou het een andere advocaat kunnen zijn die zo doortrapt was dat hij Jakes telefoons aftapte? Hoogst onwaarschijnlijk. Zulk ongehoord gedrag zou tot royering leiden, iets waar Lucien alles van af wist. In al zijn jaren als advocaat, en nu als toeschouwer, had hij nog nooit van een zaak gehoord waarbij het ene advocatenkantoor illegaal het andere afluisterde.

Het moest de FBI zijn. Ze zaten achter Mack Stafford aan en dachten dat Jake wist waar hij was.

Lucien schrok, maar moest toen lachen. Jake kon een hoop lol trappen als hij wist dat de FBI meeluisterde.

Hij las zijn kranten uit en spitte een paar oude wetboeken door. Hij rookte zijn pijp, ging op het balkon buiten Jakes grote kantoor zitten en keek naar de rechtbank, en rond het middaguur nam hij een flink glas Jack Daniel's. Hij deed een dutje van een uur en liep om twee uur naar het huis van Jake, in de veronderstelling dat die wel klaar zou zijn met lunchen. Carla vroeg of hij binnen wilde komen, maar hij ging liever achter het huis op het terras zitten, in de schaduw. Jake schoof bij hem aan en Carla bracht hun ijsthee, en nadat ze de deur achter zich dicht had gedaan, beschreef Lucien wat er die ochtend was gebeurd.

Jake was verbijsterd en kon geen reden bedenken waarom de FBI, of wie dan ook, zijn telefoon wilde afluisteren. Het was juist zo rustig op kantoor dat hij het zoveelste pijnlijke bezoekje aan de bank overwoog om te smeken om een kredietverhoging.

'Dus het moet wel om Mack gaan, hè?' vroeg Lucien.

Jake was volkomen onthutst en ook boos vanwege de binnendringing. Toen hij zijn gedachten weer op een rijtje had, was zijn eerste impuls om een privédetective in te huren om de telefoons te inspecteren en de boel te bevestigen. Lucien vond het geen goed idee, want hij twijfelde niet aan wat hij gezien had. En waarom zouden ze er nog iemand bij betrekken? Iemand zou loslippig kunnen worden. Hij kon het spelletje maar beter meespelen en oppassen met wat hij aan de telefoon zei. Er waren geen zendertjes in het kantoor geplaatst, alleen de telefoons werden afgeluisterd.

Hij zei: 'Je kunt rustig aannemen dat ze hier ook meeluisteren. Dat kun je maar beter aan Carla vertellen.'

'Natuurlijk,' zei Jake, die nu al tegen het gesprek opzag.

'En je moet het tegen Harry Rex zeggen.'

'Ze kunnen telefoons van zijn advocaat toch niet afluisteren, hè?'

'Dat kunnen ze wel en dat zullen ze ook doen. De FBI is niet te vertrouwen. Jezus, niemand is te vertrouwen.'

'Moet ik het aan Mack vertellen?'

Lucien nam een slok ijsthee en dacht erover na. 'Daar zou ik voorzichtig mee zijn. Ik zou het Harry Rex influisteren en het aan hem overlaten.'

'Fluister jij het hem maar in. Ik durf de telefoon niet te gebruiken. Zeg maar dat ik hem vanmiddag om vijf uur bij jou op de veranda zie.'

Zodra Lucien weg was, liep Carla de patio op en vroeg: 'Waar ging dat over?'

'Je zult je oren niet geloven.' Hij vertelde haar alles en ze kon het niet geloven. Zijn waarschuwende woorden werden niet goed ontvangen. Ga er altijd van uit dat er iemand meeluistert aan de telefoon, ook thuis. Praat zoals altijd, doe gewoon, maar snijd geen gevoelige onderwerpen aan. En wat je ook doet, begin niet over Mack Stafford of wie dan ook in zijn familie.

Carla was woest over de inbreuk op haar privacy en wilde iemand inhuren om te bevestigen dat de telefoons werden afgetapt. Het moest wel illegaal zijn en ze wilde dat er iets aan gedaan werd. Jake beloofde dat hij het tot op de bodem zou uitzoeken, maar dat hij tijd nodig had. Hij was zelf ook verbijsterd en moest zijn gedachten op een rijtje zetten. Hij zou naar Lucien gaan om Harry Rex te zien en daarna besluiten wat hij zou doen.

Die middag zagen ze elkaar bij Lucien, maar konden het niet eens worden over wat ze moesten doen. Ze namen aan dat ook de telefoons van Harry Rex werden afgetapt, en hij was klaar voor de strijd. Het afluisteren was volgens hem illegaal en hij wilde de regering aanklagen. Lucien bewaarde zijn kalmte en dacht dat ze het in hun voordeel konden gebruiken, of er in elk geval wat lol aan konden beleven.

33

Maandagochtend pleegde Jake zijn eerste telefoontje, en het eerste met mogelijke toehoorders, naar de griffie van de circuitrechter aan de overkant van de straat, gewoon een routinegesprekje. Hij belde nog naar drie anderen en probeerde gewend te raken aan het idee dat er iemand meeluisterde. Hij paste op met wat hij zei en probeerde natuurlijk te klinken. Het was nog steeds moeilijk te geloven. Hij ging naar beneden, naar de keuken, schonk nog wat koffie in, liep naar de meterkast en staarde naar de telefoonkabels en de draden die overal naartoe liepen, en vervloekte zichzelf omdat hij geen snars begreep van zijn eigen systemen. Ergens in een van die kastjes zat een afluisterapparaatje verstopt. Zonder iets aangeraakt te hebben, liep hij weer terug naar zijn kantoor. Stipt om elf uur belde hij Harry Rex, zoals ze hadden geoefend, en ze discussieerden over een kwestie met betrekking tot een bestemmingsplan waar ze al drie maanden onenigheid over hadden. Zoals gewoonlijk was er bij Harry Rex geen sprake van dat hij zijn tong in bedwang hield, het kon hem niet schelen wie het hoorde.

Toen zei Jake: 'Hé, er is iets gebeurd. Je bent toch alleen, hè?'

'Natuurlijk ben ik alleen. Ik heb me opgesloten in mijn kantoor. Het is maandagochtend en de helft van mijn stapelgekke cliënten loopt rond met een pistool of een mes. Hoezo, wat is er?'

'Ik heb Mack gesproken.'

Een lange stilte, waarin Jake en Harry Rex zich allebei met een glimlach voorstelden hoe er een of andere slaperige FBI-loopjongen met een headset als door een wesp gestoken rechtop ging zitten zodra de naam Mack viel.

Zachtjes vroeg Harry Rex argwanend: 'Waar zit hij?'

'Hij zegt dat hij in een goedkoop flatje in het zuidelijke deel van Tupelo woont. Hij wil dat we vanmiddag naar hem toe rijden voor een borrel.'

'Waar heeft hij al die tijd gezeten?'

'Hij strooit niet bepaald met feiten, maar hij had het wel over een verblijf in Florida. Nu is hij terug en hij zegt dat hij een baan heeft gevonden.'

'Een baan? Wat moet hij met een baan? Ik dacht dat hij genoeg had gestolen.'

Dat vond Harry Rex wel slim, een soort halfslachtige bekentenis dat zijn cliënt inderdaad iets had gestolen. Jake glimlachte ook. Ze moesten allebei bijna gniffelen om het grappige spelletje.

'Daar hebben we het niet over gehad, maar hij zei dat hij zich verveelde en dat hij iets omhanden moet hebben. Hij zei dat hij als juridisch medewerker bij het advocatenkantoor van Jimmy Fuller gaat werken.'

'Fuller? Waarom wil hij voor zo'n oplichter werken?'

'Ik mag Jimmy wel. Hoe dan ook, hij wil dat we om zes uur naar het Merigold komen.'

'Er liggen vier stapels shit op mijn bureau en ik heb morgenochtend vroeg een vechtscheidingszaak.'

'Sinds wanneer bereid jij je rechtszaken voor?'

'En ik heb een wachtkamer vol snotterende vrouwen die allemaal willen dat ik hun handje vasthou.'

'Dat is toch niks nieuws? We kunnen echt geen nee zeggen. Ik kom je om halfvijf ophalen.'

'Oké, oké.'

Met zijn steeds meer uitdijende omvang en zijn natuurlijke gebrek aan coördinatie stapte Harry Rex niet gewoon in aan de passagierskant, maar knalde op de stoel neer waardoor de hele auto heen en weer schommelde. Zodra hij de deur had dichtgeramd, vroeg hij: 'Denk je dat je auto ook wordt afgeluisterd?'

'Dat betwijfel ik,' zei Jake.

'Wel raar om door de telefoon te praten met de FBI op de achtergrond.'

'Vertel mij wat.'

'Ik moet een biertje hebben.'

'Het is halfvijf.'

'Je lijkt mijn vrouw wel.'

'Welke?'

'Ga je de hele weg naar Tupelo zitten zaniken?'

'Waarschijnlijk wel. Nog nagedacht over de straf vanwege het verhinderen van een federaal onderzoek?'

'Tuurlijk. Jij?'

'Yep. Ik heb vanmiddag wat speurwerk verricht en volgens mij zitten we goed. We bemoeien ons niet met het onderzoek, als dat er al is. We spelen gewoon een kat-en-muisspelletje met de FBI.'

'Lijkt mij ook onschuldig, tenzij we gepakt worden natuurlijk.'

'We rijden naar Tupelo om iets te drinken met Mack, naar wie, voor zover we weten, geen onderzoek loopt. We hebben de FBI niet ontmoet en weten niet wat ze willen. Dus we zitten goed. Voorlopig.'

'Oké, waarom doen we dit dan?' Harry Rex wees naar een benzinestation. 'Stop daar even. Biertje?'

'Nee. Ik moet rijden.'

'Nou en? Kun je niet rijden met een biertje in je hand?'

'Liever niet. We doen dit om te kijken of de FBI komt opdagen bij die bar, zodat we kunnen bevestigen dat het de FBI is.'

'Briljant. En hoe denk je te weten of de FBI in die bar is? Vraag je naar hun pasje?'

'Zover ben ik nog niet. Doe mij maar een cola light.'

Harry Rex liet zich uit de auto rollen en liep naar binnen.

34

De Merigold Lounge was een van de drie bekende bars aan de westkant van Tupelo, in Lee County, waar alcohol vrij verkrijgbaar was. In een straal van tachtig kilometer hadden alle andere county's de drankverkoop aan banden gelegd. De drinkers die daar in de dorpen en boerengehuchten woonden, hadden weinig andere keus dan naar de grote stad rijden voor een drankje. Eenmaal thuis bleven de meesten van hen wel het verbod op de verkoop van alcohol steunen.

Om zes uur stonden er dertien auto's op het parkeerterrein naast de lounge. De hoofdingang keek niet uit op de snelweg, waardoor de mensen die er in en uit gingen niet zo in het zicht liepen. Van de dertien waren er zes sedans, zes pick-uptrucks en één wit bestelbusje. Een snelle blik op de nummerborden leerde dat de eigenaars afkomstig waren uit vier verschillende county's. In het busje waren twee FBI-techneuten in de weer met de camera's, een Minolta XL met een telelens en een Sony high-definition videorecorder. Door het glas, waar alleen vanuit de binnenkant doorheen kon worden gekeken, maakten ze foto- en filmopnames van iedereen die het Merigold in en uit liep.

Het probleem met het busje was dat iemand CUSTOM ELECTRIC op de buitenkant had geschilderd, samen met het telefoonnummer. Jake en Harry Rex grinnikten toen ze het zagen en konden niet geloven dat ze zoveel geluk hadden, en dat de FBI zo laks was geweest.

'Kijk eens aan,' zei Jake terwijl hij parkeerde. 'Ze zijn er al.'

'Niet lachen naar het vogeltje,' zei Harry Rex terwijl ze uitstapten en naar binnen liepen. In een hoekje vonden ze een tafeltje met vier stoelen en ze gingen met hun rug naar de muur zitten. Er kwam een serveerster aan en ze bestelden bier en een bord friet. Uit een jukebox bij de dansvloer klonk countrymuziek. De Merigold was een vrij chique lounge en stond niet bekend om slecht gedrag. Jake was er in de loop der jaren een paar keer geweest. Harry Rex kwam er zodra hij de kans kreeg. Ze negeerden de andere gasten en begonnen een kennelijk serieus gesprek. Om kwart over zes wierp Jake een blik op zijn horloge en keek om zich heen. Er waren geen duidelijk zichtbare elektriciens. Er waren zelfs wat mannen met een stropdas.

Nick Lenzini zat in zijn eentje aan de frisdrank en deed of hij de krant las. Hoewel hij Jake en Harry Rex nooit had ontmoet, vertelden de jongens in het busje via de radio dat ze binnenkwamen. Hij was opgetogen dat hij eindelijk Mack Stafford zou zien, maar wist een verveelde houding aan te nemen. Hij was nogal met zichzelf ingenomen omdat hij een federale magistraat had weten over te halen om akkoord te gaan met het aftappen.

Jake en Harry Rex dronken bier uit ijskoude glazen en knabbelden op hun frietjes, terwijl ze met de minuut geïrriteerder raakten. Geen spoor van Mack.

Er kwamen meer drinkers binnen en de lounge zat bijna vol. Om halfzeven ging Jake naar het herentoilet en liep langs Nicks tafeltje. De twee mannen maakten heel even oogcontact en Jake dacht dat die kerel wel kon doorgaan voor een agent: gladgeschoren, donker pak, geen das, een beetje uit de toon vallend. Toen hij terugliep, haalde hij nog twee biertjes bij de bar en zette ze voor Harry Rex neer. Ze keken allebei fronsend op hun horloge. Degene die ze zouden ontmoeten was te laat. Nog later, om zeven uur, betaalden ze de rekening en verlieten de lounge, waarbij ze zo veel mogelijk frustratie toonden. Het busje stond er nog. Jake startte de motor en toetste het nummer van Custom Electric in. Wat het ooit ook geweest mocht zijn, het was nu afgesloten.

Ze lachten zich rot terwijl ze wegscheurden, ervan overtuigd dat ze de FBI te slim af waren geweest zonder dat ze iets verkeerd hadden gedaan. Toen ze uitgelachen waren, bespraken ze wat hun volgende stap zou zijn. De federale jongens zaten achter Mack aan, wat alleen maar kon betekenen dat er aan een aanklacht werd gewerkt.

35

De volgende dag reed Jake naar het huis van de Staffords om een chocoladetaart af te geven die Carla had gebakken, samen met een bloemstuk van hun lievelingsbloemist. Margot deed open en nodigde hem uit om naar de woonkamer te gaan. Daar was Honey, haar oma, en Jake condoleerde haar ernstig. Het huis was zo naargeestig als een rouwkamer. Ze waren hoffelijk en dankbaar en boden hem koffie met cake aan. Daar had hij eigenlijk geen trek in, maar hij moest Margot spreken. Ze gingen aan de keukentafel zitten en konden wel lachen om al het eten dat op het aanrecht stond.

'Wil je een kilootje gebraden kip?' vroeg Honey met een glimlach.

'Of een stuk of vijf ovenschotels?' deed Margot een duit in het zakje.

Helen kwam binnen om gedag te zeggen en Jake zei weer hoe erg Carla en hij het vonden. Ze zagen er alle drie uit alsof ze een week hadden gehuild, wat waarschijnlijk ook zo was. Helen liep algauw weer weg en Honey fluisterde: 'Ze heeft het er echt heel moeilijk mee. Wij allemaal, trouwens.'

Jake wist niet wat hij moest antwoorden en nam nog een hap. De telefoon ging en Honey ging opnemen. Jake gaf Margot snel een kleine envelop en fluisterde: 'Lees dit straks. Het is vertrouwelijk.'

Ze knikte alsof ze het wist en propte het in de zak van haar spijkerbroek.

Hij at zijn cake en dronk zijn koffie en zei dat hij weer naar kantoor moest. Honey bedankte hem nogmaals en Margot liep met hem mee naar de voordeur en de veranda. Hij zwaaide naar haar terwijl hij wegreed.

In het briefje stond de instructie dat ze hem niet meer kon bellen. Als ze wilde praten, moest ze naar kantoor komen of zijn secretaresse thuis bellen. En hij gaf haar Macks nummer.

36

De federale grand jury kwam in de Amerikaanse rechtbank in Oxford bijeen voor de gebruikelijke maandelijkse sessie. Achttien geregistreerde stemgerechtigden uit elf county's dienden momenteel voor een periode van zes maanden, en de meesten konden niet wachten tot het erop zat.

De agenda begon met de gebruikelijke reeks drugszaken – verkoop, productie, distributie – en binnen een uur waren er veertien aanklachten goedgekeurd. Het was deprimerend werk en de grand-juryleden waren drugsmisdrijven zat. Daarna kwam er een iets interessantere zaak die betrekking had op een bende autodieven die het afgelopen jaar bezig was geweest. Weer vijf aanklachten.

De volgende was J. McKinley Stafford. Judd Morrissette, de assistent-federaal aanklager, presenteerde de feiten en las ze op zoals hij ze op dit moment begreep. Advocaat Stafford had een aantal schikkingsbedragen van zijn cliënten achterovergedrukt en op zijn eigen rekeningen gezet, en dat was op zichzelf een staatsmisdrijf en geen federale kwestie, maar daarna vroeg hij zijn faillissement aan en hield het geld verborgen.

Special agent Nick Lenzini nam het over en kwam met

kopieën van de schikkingsovereenkomsten, de faillissementsaanvraag, beëdigde verklaringen van de opgelichte cliënten Odell Grove en Jerrol Baker, een beëdigde verklaring van Freda Wilson, en de bankoverschrijvingen.

Morrissette presenteerde bewijs van de fiscus dat meneer Stafford niet de moeite had genomen om de afgelopen vier jaar belastingaangifte te doen.

Eén jurylid vroeg: 'Is hij die advocaat uit Clanton die het geld heeft gestolen en ervandoor is gegaan?'

'Dat klopt,' antwoordde Morrissette.

'Hebben jullie hem gevonden?'

'Nog niet, maar we komen in de buurt.'

In minder dan een uur tijd werd Mack aangeklaagd voor faillissementsfraude, met een maximum gevangenisstraf van vijf jaar en een boete van tweehonderdvijftigduizend dollar. Voor de goede orde klaagde de jury hem ook aan wegens belastingontduiking, met gelijkaardige straffen. Op aandringen van Morrissette stemde de jury ermee in om de aanklachten tot nader order op te schorten. Meneer Stafford vormde een aanzienlijk vluchtrisico.

37

Jake zat samen met minstens tien andere advocaten in de arrondissementsrechtbank te wachten tot rechter Reuben Atlee plaatsnam en begon met het tekenen van routineopdrachten. Harry Rex liet zijn aanzienlijke achterwerk op een tafel rusten en trakteerde de menigte op het verhaal van een echtscheidingscliënt die hem zojuist voor de derde keer had ontslagen. Jake luisterde voor de derde keer naar het verhaal. Terwijl de gerechtsdienaar opriep tot orde, fluisterde Harry Rex: 'Kom zo snel mogelijk naar me toe in de rechtbankbibliotheek boven.'

De bibliotheek bevond zich op de tweede verdieping van de rechtbank en werd zelden gebruikt. Er kwamen zelfs zo weinig mensen dat het countybestuur met de gedachte speelde om de gedateerde, stoffige collectie van stokoude boeken weg te doen en de ruimte te gebruiken voor opslag. De advocaten en rechters gingen daartegen in, wat weer zo'n rancuneuze schermutseling opleverde waar kleine stadjes berucht om zijn. In het verleden had Harry Rex weleens juryberaadslagingen afgeluisterd via een verwarmingsrooster, maar na een renovatie waren de muren potdicht gemaakt.

Zodra ze alleen waren, zei hij: 'Lowell Dyer roept morgen zijn grand jury bijeen voor een buitengewone vergadering, en de meeting vindt plaats in Smithfield. Niet te geloven, hè?'

Jake was volkomen verbouwereerd. 'Wát?'

'Je hebt me wel gehoord. De grand jury van Ford County komt bijeen in de rechtbank van Smithfield.'

'In een andere county?'

'Dat klopt. Nog nooit zoiets gehoord. Ik heb de statuten bekeken en het is allemaal nogal vaag, maar er staat nergens dat het niet mag.'

'Enig idee waarom?'

'Jazeker. Het is allemaal groot geheim. Hij heeft zijn grand jury meegedeeld dat de bijeenkomst extreem vertrouwelijk is en dat ze het aan niemand mogen vertellen.'

'Mack?'

'Ik durf te wedden van wel. Kun jij een ander misdrijf uit het afgelopen jaar bedenken waar iemand ook maar een moer om geeft? Er is niks gebeurd. Inbraken, berovingen, kroeggevechten, de gebruikelijke akkefietjes, maar niks wat ook maar in de verste verte interessant is.'

Jake schudde zijn hoofd. 'Nee, de mensen gedragen zich keurig. Ik zit al een hele tijd uit mijn neus te eten op kantoor. We hebben meer misdaad nodig.'

'Het moet wel om Mack gaan. Dyer is bang dat Mack weer een grote verdwijntruc gaat opvoeren. Dus hij zorgt dat hij buiten de stad een aanklacht krijgt, blijft erop zitten broeden tot iemand Mack vindt, en dan arresteert hij hem. En ik durf te wedden dat hij dat in opdracht van de federale jongens doet.'

Naast dit schokkende nieuws was de hamvraag natuurlijk: hoe wist Harry Rex van die geheime bijeenkomst van de grand jury? Jake zou het willen vragen, maar hij wist toch al dat hij geen antwoord zou krijgen. Zijn goede vriend bewoog zich in mysterieuze kringen en had een groot netwerk van informanten. Soms deelde hij de sappige vertrouwelijkheden, vaak ook niet, maar hij gaf hoe dan ook nooit een bron prijs.

Jake vroeg: 'Dus je denkt dat de FBI ons een stap voor is?'

'Ik durf te wedden dat ze al een tenlastelegging hebben en dat ze daarop zitten te broeden. Ze hebben Dyer groen licht gegeven. Dat is logisch, en het is een slimme zet. Dan heb je federale aanklachten en aanklachten van de staat, meerdere tenlasteleggingen, en ineens is iedereen op zoek naar Mack.'

'Jij bent zijn advocaat. Wat raad je hem aan?'

'Zorg dat je als de sodemieter de stad verlaat. Alweer.'

38

Twee weken na de begrafenis van haar moeder en tien dagen nadat ze bij haar opa en oma was ingetrokken, werd Margot op een zaterdagochtend om acht uur wakker

– vroeg voor haar doen – en ging douchen, waarna ze een spijkerbroek en sneakers aantrok. Aan de ontbijttafel deed ze beleefd tegen Hermie en Honey omdat ze ook beleefd tegen haar probeerden te doen, maar de spanning was om te snijden. Ze wilden haar een paar regels opleggen, maar Margot leek vastbesloten om die naast zich neer te leggen. Een van de regels had te maken met respect: respect voor ouderen, voor haar grootouders, die nu haar voogden waren. Dat accepteerde ze en ze verwachtte dat zij haar ook respecteerden, als een jonge vrouw van zeventien met een eigen mening. Ze had die dag om één uur een afspraak met een toelatingsadviseur van Millsaps College in Jackson, en ze was heel goed in staat om daar zelf naartoe te rijden. De rit naar Rhodes in Memphis was van een leien dakje gegaan. Hermie en Honey vonden het maar niks en hadden de fout gemaakt om nee te zeggen. Er volgde een twistgesprek en hoewel ze allemaal beheerst bleven en geen dingen zeiden waar ze later spijt van zouden kunnen krijgen, werden er twee dingen duidelijk: ten eerste waren de Bunnings niet snel genoeg om verbaal tegen Margot op te kunnen, en ten tweede was ze niet van plan om het komende jaar naar hun pijpen te dansen.

Ze vertrok om tien uur en genoot met volle teugen van de weg die voor haar lag, helemaal in haar eentje met de muziek die ze zelf leuk vond, terwijl ze de hele dag kon doen waar ze zin in had.

Ze was nog nooit in Millsaps geweest, kende er niemand en wist zeker dat ze zich er niet thuis zou voelen. Net als Rhodes was het te dicht bij huis. Maar ze zou ernaartoe gaan om de brochures op te halen die ze op de keukentafel kon leggen. En ze zou zich er in het najaar inschrijven, net als op Rhodes en Ole Miss, en misschien nog een paar andere die niet zo ver weg waren. Ze zou doen alsof ze naar

Ole Miss neigde, omdat Hermie gerustgesteld zou worden als ze een opleiding in dezelfde staat zou volgen. Ze zou de gebruikelijke ophef maken over het toelatingsproces, de gebruikelijke spanning en zenuwen veinzen en haar grootouders er zo nu en dan bij betrekken zodat ze er een goed gevoel bij kregen, maar ze zou hun niks vertellen over de twee kunstacademies in het westen van het land. En dat zou ze ook niet tegen Helen zeggen, althans, niet op korte termijn. Ze wachtte tot Helen wat volwassener zou worden en dat hele pubergedoe achter zich zou laten, maar er was weinig vooruitgang te bespeuren.

Door de verdwijning van hun vader, gekoppeld aan de scheiding van hun ouders, was Margot noodgedwongen snel volwassen geworden en trok ze de beweegredenen van vrijwel iedereen in twijfel. Ze schermde haar emoties en gevoelens af en sloot vrijwel nooit vriendschap. Ze had de beslissing genomen om uit huis te gaan en alleen terug te komen als het echt nodig was, en het contact met de meisjes met wie ze was opgegroeid zou algauw verwateren. Hoe sneller hoe beter. De wijde wereld wachtte. Ze wilde dat haar zusje volwassen werd en ook weg zou gaan na de middelbare school, maar Helen leek gevangen te zijn in een bijna prepuberale toestand van rare emoties en eeuwige mistroostigheid. Sinds de dood van Lisa was ze meer naar Honey toegegroeid. Ze huilden nog steeds samen, iets wat Margot beu was geworden.

Ze vond Millsaps midden in Jackson en stopte bij een cafetaria voor een snel broodje. Om één uur ontmoette ze een toelatingsadviseur die het standaardriedeltje met haar doornam: kleine universiteit, duizend studenten, serieus bezig met alfawetenschappen, heel veel extracurriculaire activiteiten, sport, schoolwedstrijden, elke club die je maar kon bedenken. Ze sloot zich aan bij een groepje van vijf middelbare scholieren en liep over de campus met een derdejaarsstudent die het er heerlijk vond en er nooit meer weg wilde. Ze gingen op een bankje onder een oude eik zitten en dronken frisdrank terwijl hun gids hun vragen beantwoordde.

Na twee uur op een campus die ze nooit meer zou zien, was Margot er wel klaar mee. Haar groepje ging uiteen en toen ze wegliep, dook haar vader opeens op tussen twee gebouwen. Ze liepen langzaam weg tot ze ver genoeg bij iedereen uit de buurt waren.

'En, hoe vind je Millsaps?' vroeg hij.

'Het is heel leuk. Ik ga me hier zeker inschrijven. Waar heb jij gezeten?'

'Hier en daar.' Hij wees en zei: 'Het footballveld is daar en het is niet afgesloten.'

'Hoe lang ben je hier al?' vroeg ze.

'Lang genoeg om de campus te bekijken.'

'Je gedraagt je alsof je wordt achtervolgd.'

'Je weet maar nooit tegenwoordig.'

Ze liepen door een openstaand hek, klommen over tien tribunerijen en gingen naast elkaar zitten, maar wel met wat ruimte ertussen. Helemaal aan de andere kant tufte een onderhoudsman langs op een grasmaaimachine en maaide de onberispelijke grasmat.

Na een ongemakkelijke stilte vroeg Mack: 'En, hoe is het thuis?'

Een hele tijd gaf ze geen antwoord, en uiteindelijk zei ze: 'Het gaat wel, hoor. Iedereen doet heel erg zijn best.'

'Ik vind het heel erg van je moeder, Margot.'

'Dat klinkt raar uit jouw mond.'

'Oké, maar wat moet ik dan zeggen? Nee, ik mis Lisa niet, maar ik ben wel bedroefd om haar dood. Ze was veel te jong. Ik probeer beleefd te zijn en je te condoleren.'

'Condoleance aanvaard. We overleven het wel op de een of andere manier.'

Weer een ongemakkelijke stilte. 'Hoe gaat het met Helen?'

'Die huilt nog steeds veel. Beetje overdreven, eigenlijk.'

'Heb je haar verteld over onze ontmoetingen?'

'Nee. Dat trekt ze niet. Het is haar nu allemaal al te veel. Als ik ook nog zou vertellen dat jij terug bent en weer op slinkse wijze in de picture probeert te komen, zou ze waarschijnlijk helemaal instorten.'

'Slinks?'

'Hoe zou jij het dan noemen?'

'Ik probeer weer een soort relatie met mijn dochters op te bouwen, te beginnen met jou. Ik heb mijn excuses aangeboden en zo, en als je me nog verder wilt uitkafferen omdat ik een lafaard en een lamzak en een schoft ben, ga dan gerust je gang.'

'Ik ben het ook zat.'

'Goed om te horen. Ik wil graag je vader zijn.'

'Ik denk dat we aardig op weg zijn.'

'Dat is fijn, want ik heb slecht nieuws.'

Ze haalde haar schouders op alsof het haar niks kon schelen. 'Kom maar op.'

'Ik moet weer weg.'

'Dat verbaast me niks. Dat doe jij nu eenmaal, Mack. Als het te moeilijk wordt, knijp je er weer tussenuit. Waarom nu weer?'

'Nou, ik weet het niet zeker, maar ik denk dat de politie me op de hielen zit. Ik moet een tijdje uit beeld verdwijnen en de boel laten afkoelen.'

Ze haalde weer haar schouders op en werd stil.

'Het spijt me, Margot. Mijn leuke, onopvallende thuiskomst is niet helemaal volgens plan verlopen.'

‘Ik heb geen idee waar je het over hebt, dus wat zou ik hierop moeten zeggen?’

‘Niets, probeer het gewoon te begrijpen. Ik wil niet weer weggaan. Ik zou veel liever hier blijven, dicht bij jou en Helen, om een normaal leven te leiden. Ik heb geen zin meer om op de vlucht te zijn, Margot. Dat is geen fijn leven en ik heb mijn meisjes echt gemist.’

Langzaam bracht ze haar hand omhoog en veegde haar ogen af. Lange tijd staarden ze omlaag naar het veld en luisterden naar de grasmaaier. Eindelijk zei ze: ‘Hoe lang blijf je weg?’

‘Dat weet ik niet. Waarschijnlijk word ik beschuldigd van een paar misdrijven en daar zul je vast wel iets over in de krant zien staan. Ik bied nogmaals mijn verontschuldigingen aan. Ik wil niet naar de gevangenis, Margot, en daarom ga ik weg. Mijn advocaten handelen alles af en mettertijd sluiten ze wel een deal.’

‘Wat voor deal?’

‘Geld. Boetes. Teruggave.’

‘Kun je problemen afkopen?’

‘Zoiets, ja. Het is niet altijd eerlijk, maar zo werkt het nu eenmaal.’

‘Het zal wel. Ik snap er helemaal niks van en ik wil het niet weten ook.’

‘Dat kan ik je niet kwalijk nemen. Weet alleen dat ik geen andere keus heb dan “ertussenuit knijpen”, zoals jij het noemt.’

‘Prima.’

‘Ik wil contact houden. Meneer Brigance heeft een secretaresse, Alicia.’

‘Die heb ik ontmoet.’

‘Als je bij haar langsgaat op kantoor, geeft ze je een paar enveloppen die aan mij geadresseerd zijn in een gebouw in

Panama. Als ik je schrijf, stuur ik de brieven naar Alicia. Bel haar thuis op als je iets nodig hebt, maar gebruik niet het nummer van kantoor.'

'Is dit illegaal of zo?'

'Nee, ik zou je nooit vragen iets illegaals te doen. Vertrouw me alsjeblieft.'

'Dat begon ik nou net te doen, en nu ga je er weer vandoor.'

'Het spijt me, Margot, maar ik heb geen keus.'

'En mijn studiegeld?'

'Ik heb je iets beloofd en ik ben van plan me daaraan te houden. Heb je een studie gevonden?'

'Yep. Rocky Mountain College of Art and Design, in Denver.'

'Klinkt heel exotisch.'

'Ik wil een opleiding tot modeontwerper doen. Ik heb al iemand gesproken van de toelatingscommissie.'

'Goed van je. Ik zie dat je heel enthousiast bent.'

'Ik kan niet wachten, Mack. Verpest het niet met dat studiegeld.'

'Dat regel ik. Mag ik je komen opzoeken?'

'Meen je dat nou?'

'Ja, dat meen ik. Hé Margot, ik ben vastbesloten om deel uit te maken van je leven.'

'Weet je wel zeker dat dat iets positiefs is?'

'Bijdehandje.' Mack grinnikte onwillekeurig. Ze glimlachte en algauw barstten ze allebei in lachen uit.

Ze liepen zonder iets te zeggen naar de auto.

Toen het tijd werd om afscheid te nemen, zei Mack: 'Ik moet gaan. Hou me alsjeblieft op de hoogte.'

Haar ogen werden vochtig terwijl ze hem aankeek. 'Wees voorzichtig, Mack.'

'Altijd.' Hij deed een stap naar haar toe en zei: 'Ik ben en blijf je vader en ik zal altijd van je houden.'

Ze stak haar armen uit voor een omhelzing en Mack kreeg eindelijk zijn knuffel.

Ze snufte en zei: 'Ik hou van je, pap.'

39

Mack reed een uur lang in westelijke richting over de Interstate 20 naar het stadje Vicksburg aan de rivier en nam daar een afslag. Hij reed het terrein op van het nationale militaire park ter herinnering aan de cruciale Slag bij Vicksburg, weer een die door het Zuiden was verloren. Hij parkeerde in de buurt van het bezoekerscentrum, liep over de begraafplaats en volgde een pad op de top van een kleine heuvel waar op een open plek een paar picknicktafels waren neergezet, met een hele batterij kanonnen als wachters ernaast. In de verte slingerde de rivier de Mississippi kilometers lang. De tafels waren allemaal leeg, op één na. Daar zaten twee witte kerels met een schoenendoos vol geroosterde pinda's tussen hen in. De grond lag bezaaid met lege doppen. Harry Rex dronk bier uit een groot blik. Jake had een flesje water. Ze droegen allebei een spijkerbroek, een golfshirt en een petje.

Het was kwart voor zeven. Harry Rex keek op zijn horloge en zei: 'Je bent een kwartier te laat.'

'Goedemiddag, jongens,' zei Mack en hij graaide een handvol pinda's uit de doos.

'Hoe was Millsaps?' vroeg Jake.

'Leuk, maar te dicht bij huis. Ze wil afstand.'

'Geen slecht idee,' zei Harry Rex smakkend.

'Wat ben je te weten gekomen?' vroeg Mack.

'Aanklachten, grand jury van Ford County. Ik weet niet

hoeveel punten, maar één is voldoende. Ik vermoed dat de FBI hetzelfde doet.'

'Ik durf te wedden dat Herman hierachter zit,' zei Mack. 'Iemand is flink aan het pushen.'

'Hij is er wel het type voor,' zei Harry Rex.

'Ja, inderdaad. Hij is gekwetst omdat zijn dochter dood is en hij nu twee pubermeiden moet opvoeden. Ik denk dat ik het gevaar onderschat heb.'

Jake zei: 'Wij allemaal.'

Mack zei: 'Hoe groot is de kans op een schikking?'

Harry Rex kraakte nog een pinda, gooide de dop op de grond bij de rest en keek naar Jake. 'Jij bent de strafrechtkerel.'

'Wat denk je, Jake?' vroeg Mack.

'Als vriend, en niet als advocaat, zou ik het op zijn beloop laten. Het komt in de krant en is een maand lang nieuws, en als je gearresteerd wordt...'

'Er komt geen arrestatie.'

'Oké, als ze je niet kunnen vinden, is het binnen de kortste keren niet meer interessant. Laat er een paar maanden overheen gaan, een jaartje misschien, en kijk dan hoe het ervoor staat. Kijk of ze genoegen nemen met een paar boetes en wat teruggaven en het dan vergeten.'

'Zo denk ik er ook over.'

Harry Rex zei: 'Als je advocaat raad ik je aan om jezelf aan te geven en de consequenties onder ogen te zien. Ik kan je niet adviseren om het land uit te vluchten.'

'Jake, als vriend?'

'Vlucht het land uit. Er komt niks goeds van als je hier blijft. Ga terug naar Costa Rica en geniet van het goede leven.'

Mack glimlachte en nam nog een pinda. Hij keek ze allebei aan en zei: 'Bedankt voor alles, jongens. Ik hou jullie op de hoogte.' En daarmee draaide hij zich abrupt om, liep weg en verdween over het pad.

Hij reed zes uur en stopte bij een motel langs de snelweg bij Waco, waar hij zondagochtend uitsliep. Hij at beschuit met ei bij een truckerscafé en reed daarna zeven uur tot aan Laredo. Hij liet de Volvo DL op het parkeerterrein van een goedkoop motel achter, niet op slot en met de sleutel in het contact, en nam een taxi. Hij had een kleine rugzak bij zich met wat kleding, veertigduizend dollar cash en vier paspoorten.

Bij het invallen van de schemering stak hij te voet de brug over de Rio Grande over en verliet het land.

Aardbeienmaan

1

Er moest een federale rechtszaak aan te pas komen om de planken voor Cody's verzameling paperbacks te regelen, waarvan hij er bijna tweeduizend had. Ze besloegen drie wanden van zijn cel van tweeënhalf bij drie, en stonden nagenoeg perfect op volgorde van auteursnaam. Hij had ze stuk voor stuk gelezen en herlezen en kon elk boek in een oogwenk vinden. Het was bijna allemaal fictie. Hij had weinig belangstelling voor wetenschap, geschiedenis of religie; saaie onderwerpen, naar zijn mening. Fictie bracht hem naar andere werelden, andere plekken, en het grootste deel van zijn drieëntwintig uur per dag in eenzame opsluiting zat hij met zijn neus in een roman.

De boeken lagen overal; alleen paperbacks, want de wijze mannen die leiding hadden over de gevangenis hadden lang geleden bepaald dat een boek met een harde kaft kon worden gebruikt als wapen, tenminste, door gedetineerden. In de misdaadhistorie van de Verenigde Staten was nog geen enkele keer melding gemaakt van een slachtoffer dat was vermoord met een boek met een harde kaft, maar zo was het leven buiten de muren nu eenmaal. In de dodengang werd bijna iedereen bestempeld als potentieel gevaarlijk. Trouwens, de stukgelezen boeken waren geschenken van een dame die van een pensioentje moest rondkomen en die het zich echt niet kon veroorloven om zwaardere romans te kopen en te versturen. Bovendien was er altijd nog de kwestie van de plankruimte. De verzameling was nu twaalf jaar oud en alles wees erop dat er binnenkort een eind aan kwam. Als Cody de laatste kogel zou ontwijken, en het leek erop dat dat niet het geval zou zijn, zou zijn cel binnenkort dichtgroeien met boeken. Verhuizen naar een grotere behoorde niet tot de mogelijkheden; ze waren allemaal tweeënhalf bij drie.

In een hoek stonden een roestvrijstalen wasbak en toilet, en daarboven was een kleine kleuren-tv aan de muur bevestigd. Er waren boeken opgestapeld naast het toilet en op de tv. Het was een Motorola, een geschenk van een liefdadigheidsvereniging in België, en toen hij bijna tien jaar geleden werd bezorgd, was Cody in tranen uitgebarsten en had urenlang gehuild, overmand door dit grote geluk. Hij en de andere gevangenen die het geluk hadden om een tv te hebben, mochten tussen acht uur 's ochtends en tien uur 's avonds alles kijken wat er te zien was, een willekeurig rooster dat zonder enige verklaring door de wijze mannen was ingesteld.

Zijn bed was een betonnen plaat met een schuimrubber matras, en de laatste veertien jaar had hij moeite gehad om lekker genoeg te liggen om te kunnen slapen. Er had ooit een ander bed boven gehangen met een metalen frame, in de tijd dat er nog twee mannen in een dodencel zaten. Daarna waren de regels veranderd, en Cody had de muur boven het bed volgestouwd met rijen boeken.

De ruggen van de paperbacks waren een levendige mengeling van allerlei kleuren en fleurden zijn trieste wereldje op. Als hij even pauze nam van het lezen, ging hij vaak op zijn bed zitten en keek hij naar de muren, die van onder tot boven, zo hoog als hij kon reiken, bedekt waren met een duizelingwekkende collectie verhalen die hem al vele malen hadden meegenomen over de hele wereld. De meeste mannen in de dodengang waren krankzinnig. Dat doet eenzame opsluiting met ieder mens. Maar Cody's geest was hyper, scherp en actief, en dat allemaal dankzij zijn boeken.

Bij gelegenheid leende hij er weleens een uit aan een van de jongens in de andere dodencellen, maar alleen aan degenen die hij graag mocht. Een kort lijstje. Het niet op tijd teruggeven bracht een enorm protest teweeg, waarbij de bewakers moesten ingrijpen. Eén keer per week kwam er een beheerder met een karretje uit de gevangenisbibliotheek en die bood dan twee titels aan, nooit meer dan twee. Ze bewaarden het lelijkste altijd voor de dodencel en de paperbacks waren allemaal stukgelezen en smoezelig, ze hadden ezelsoren en er ontbraken vaak kaften en zelfs pagina's. Welke rotzak verwijdert er nou zorgvuldig een of twee bladzijden om de volgende lezer dwars te zitten? De gevangenis zat er vol mee.

Hoewel Cody de gevangenisbibliotheek nog nooit had gezien, vermoedde hij dat die van hem er veel beter aan toe was en ook meer titels had.

Zijn vierde muur bestond slechts uit dikke tralies, met een deur in het midden en een gleuf voor dienbladen met maaltijden. Pal aan de overkant van de gang zat Johnny Lane, een zwarte jongen die zijn vrouw en twee stiefkinderen had vermoord in een vlaag van door drugs veroorzaakte woede. Toen hij negen jaar eerder was gearriveerd, was hij praktisch ongeletterd. Cody had hem geduldig leren lezen en veel boeken met hem gedeeld. Daarna was Johnny gelovig geworden en las hij alleen nog de Bijbel. Jaren geleden had hij besloten dat God hem opriep om te prediken, en hij gaf op volle kracht lange preken in de hele dodengang, tot het geklaag hem uiteindelijk het zwijgen oplegde.

Toen duidelijk werd dat God hem niet zou komen redden, trok hij zich nog verder terug in zijn cel en dekte de tralies af met lakens en oud karton, zodat zijn isolatie compleet was. Hij weigerde de tweewekelijkse douche en het ene uurtje lichamelijke oefening per dag op de binnenplaats. Hij sloeg de meeste maaltijden af en had zich in geen jaren geschoren. Cody kon zich niet herinneren wanneer hij Johnny, die op een betonnen plaat twintig meter verderop sliep, voor het laatst had gezien of gesproken.

De gevangenis had strikte regels over wat er in een dodencel mocht worden bewaard. Tien boeken was het maximum tot Cody een aanklacht had ingediend. De toenmalige gevangenisdirecteur was woest geweest toen hij de zaak voor de federale rechtbank had verloren. In veertien jaar tijd had Cody in zijn eentje en zonder advocaat in totaal vijf rechtszaken aangespannen. Boeken, tv, eten, sporten, en hij had ze allemaal gewonnen, behalve die voor airco en behoorlijke verwarming.

Maar de tijd dat hij processen aanspande was voorbij. Of eigenlijk was al zijn tijd voorbij. Hij had nog drie uur te leven. Zijn laatste maaltijd was besteld: een pizza pepperoni en een aardbeienmilkshake.

2

De baas van de dodengang is Marvin, een potige Afrikaans-Amerikaanse bewaker die al meer dan tien jaar de orde bewaart. Hij vindt dit een fijne plek, want de mannen zijn geïsoleerd en veroorzaken weinig problemen. De algemene regel is dat hij hen goed behandelt; datzelfde verwacht hij ook van de andere bewakers, en de meesten houden zich daaraan. Maar sommigen zijn keihard, en een paar zelfs ronduit wreed. Marvin is er geen vierentwintig uur per dag en kan niet alles in de gaten houden.

Er gaat een zoemer aan het einde van de gang, en een zware deur gaat met een bons open. Algauw verschijnt Marvin bij de cel. Hij kijkt door de tralies en vraagt: 'Hoe gaat het, Cody?'

Het is voor de verandering stil in de dodengang, en het enige wat er te horen is, zijn de gedempte geluiden van een paar televisies. De gebruikelijke plaagstootjes blijven uit. Dit is een belangrijke avond, tijd voor een executie, en de gedetineerden hebben zich teruggetrokken in hun eigen wereld, hun eigen gedachten, en de realiteit dat ze allemaal ter dood veroordeeld zijn en dat dit moment onvermijdelijk is.

Cody zit op zijn bed naar de tv te staren. Hij knikt naar Marvin terwijl hij opstaat en de afstandsbediening op het scherm richt. De stem van de nieuwslezer wordt luider: 'De executie van Cody Wallace verloopt nog steeds volgens schema. Ondanks de gebruikelijke lastminuteverzoeken door de advocaten, zou de executie over ongeveer drie uur moeten plaatsvinden, om precies te zijn om tien uur vanavond. Er ligt nog steeds een verzoekschrift voor clementie op het kantoor van de gouverneur, maar daar is nog niet op gereageerd.'

Cody zet een stap dichter naar de televisie.

'Het is nu veertien jaar geleden dat Wallace, nu negenentwintig, werd veroordeeld voor het vermoorden van Dorothy en Earl Baker in hun huis op het platteland, tijdens een mislukte inbraak en overval.'

Op het scherm verdwijnt de nieuwslezer, die wordt vervangen door de twee gezichten van de slachtoffers.

'De broer van Wallace, Brian, overleed ter plaatse. Wallace was pas vijftien toen hij werd veroordeeld voor moord met voorbedachten rade, en als alles volgens plan verloopt, zal hij de jongste man zijn die ooit in deze staat is geëxecuteerd. Deskundigen verwachten geen verdere vertraging van de executie.'

Cody drukt op een knop, zet de tv uit en doet een stap naar de tralies. 'Nou, dat is het dan, Marvin. Als Channel 5 zegt dat het gaat gebeuren, ben ik al zo goed als dood.'

'Ik vind het heel erg,' zegt Marvin met zachte stem. Misschien proberen er anderen mee te luisteren.

'Hoeft niet, Marvin. We wisten dat deze dag eraan zat te komen. Laten we het maar afhandelen.'

'Kan ik iets voor je doen?'

'Nu niet meer. Je had me jaren geleden kunnen helpen ontsnappen. We hebben onze kans gemist.'

'Tja, nu is het te laat. Hé, je advocaat is er. Kan ik hem hierheen sturen?'

'Jazeker. En bedankt, Marvin, voor alles.'

Marvin loopt terug en verdwijnt. De zoemer gaat weer en Jack Garber komt eraan met dikke dossiers. Hij heeft zijn lange haar naar achteren getrokken in een paardenstaart en draagt een verkreukeld pak, het perfecte plaatje van een radeloze doodstrafadvocaat die op het punt staat er weer eentje kwijt te raken.

'Hoe gaat het, man?' vraagt hij bijna fluisterend.

'Geweldig. Vertel me maar iets fijns.'

'Het hooggerechtshof kan maar geen beslissing nemen, die clowns draaien in kringetjes rond. En de gouverneur wil geen ja of nee zeggen, maar die vindt het leuk om te wachten tot de rechtbanken alle deuren dicht hebben gesmeten, zodat hij uit zijn hol kan komen voor een dramatische bekendmaking.'

'Heeft hij ooit op het laatste moment clementie verleend?'

'Nee, natuurlijk niet.'

'En draaide zijn campagne niet om de belofte van meer en snellere executies?'

'Ik geloof het wel.'

'Waarom verspillen we dan tijd aan de gouverneur?'

'Heb jij een beter idee? We zijn door onze opties heen, Cody. Het wordt een beetje link.'

Cody lacht en zegt: 'Link?' Dan houdt hij zich in, dempt zijn stem en zegt: 'Het duurt nog drie uur voor ik met mijn reet op een brancard word gebonden en er een naald in mijn arm wordt gestoken, dus ja, Jack, het wordt inderdaad een beetje link. Op de een of andere manier voel ik me, geloof ik, nogal kwetsbaar.'

Cody loopt dichter naar de tralies toe en kijkt naar Garber. Ze kijken elkaar lange tijd aan. 'Het is voorbij, hè?'

Jack schudt zijn hoofd en zegt op lage toon: 'Nee, maar het is bijna voorbij. Ik doe nog steeds weesgegroetjes.'

'Mijn kansen?'

Jack haalt zijn schouders op en zegt: 'Weet ik niet. Eén op honderd. Het wordt laat.'

Cody komt nog dichter naar hem toe en hun neuzen raken elkaar bijna. 'Het is voorbij en ik heb er vrede mee. Ik ben het drama zat, ik ben het wachten zat, ik ben het eten zat, ik ben een heleboel zat, Jack. Ik ben klaar om te gaan.'

'Zeg dat nou niet. Ik geef nooit op.'

'Ik zit hier al veertien jaar, Jack. Ik ben deze plek zat.'

'Op een dag zal het hooggerechtshof zeggen dat het niet goed is om minderjarigen terecht te stellen wegens moord met voorbedachten rade, maar dat gaat niet vanavond gebeuren, vrees ik.'

'Ik was vijftien in die rechtszaal, en ik had een belabberde advocaat. De jury haatte mij en haatte hem. Ik heb nooit een eerlijke kans gekregen, Jack. Was jij mijn advocaat maar geweest tijdens het proces.'

'Ja, inderdaad.'

'Nu ik erover nadenk, Jack, heb ik eigenlijk nooit echt ergens een kans gehad.'

'Ik vind het echt heel erg, Cody.'

Cody doet een stap naar achteren en weet een glimlach te produceren. 'Sorry voor mijn zelfmedelijden.'

'Geeft niks. Daar heb je alle reden toe.'

'Hoeveel executies heb je bijgewoond, Jack?'

'Drie.'

'Is dat genoeg?'

'Meer dan.'

'Mooi, want ik wil niet dat je kijkt hoe ik doodga. Geen getuigen aan mijn kant van de kamer. Hoor je me? Laat de familie Baker maar bidden en huilen en juichen als ik ophou met ademhalen. Dat zal ik wel verdienen. Misschien voelen ze zich daarna beter. Maar ik wil dat er niemand voor mij huilt.'

'Weet je het zeker? Ik zal er zijn als je me nodig hebt.'

'Nee, mijn besluit staat vast, Jack. Je hebt gevochten als een gek om me in leven te houden en je gaat nu niet toekijken hoe ik doodga.'

'Zoals je wilt. Het is jouw feestje.'

'Inderdaad.'

Enigszins opgelucht kijkt Jack op zijn horloge. 'Ik moet gaan, ik moet de rechtbank bellen. Ik ben over een uur terug.'

'Pak ze, tijger.'

Jack vertrekt en ergens in de gang gaat met een metalige klank een deur dicht. Cody gaat op de rand van zijn bed zitten, diep in gedachten verzonken. De zoemer klinkt weer en Marvin is terug. Cody loopt weer naar de tralies en zegt: 'Wat nu weer?'

'Nou, kijk, Cody, de directeur is hier om de laatste dingen door te nemen.'

'Ik dacht dat we dat gisteren al gedaan hadden.'

'Nou, hij wil het nog een keer doen.' Marvin buigt zich dichter naar de tralies toe. 'Weet je, Cody, hij is nogal zenuwachtig omdat dit zijn eerste executie is.'

'Dat geldt ook voor mij.'

'Ja, maar goed, hij moet nog wat dingen doornemen, regels en procedures, dat soort dingen. Wees aardig tegen hem, want hij is mijn baas.'

'Waarom zou ik aardig moeten zijn tegen de directeur? Over drie uur ben ik dood.'

'Kom op, Cody. Hij heeft een dokter bij zich, dus ga niet moeilijk doen.'

'Een dokter?'

'Ja. Een van de regels. Ze moeten zeker weten dat je gezond genoeg bent om de naald te krijgen.'

Cody lacht en zegt: 'Je maakt een grapje, hè?'

'Ik ben bloedserieus, Cody. Niemand maakt vanavond grapjes.'

Cody loopt achteruit en lacht hysterisch. Terwijl hij dat doet, komen de directeur en een arts in een witte jas bij de deur staan, en Marvin verdwijnt naar de achtergrond. De directeur heeft een schrijfblok bij zich waar zijn checklist op staat en is zichtbaar nerveus. Cody loopt weer terug naar de tralies. De dokter blijft behoedzaam op afstand.

De directeur zegt: 'Oké, Wallace, zoals ik gisteren al zei, moeten we bepaalde procedures volgen. Als je ze niet leuk vindt, moet je mij niet de schuld geven. Ze stonden al op papier voordat ik hier kwam. Dit is dokter Paxton, de hoofdarts hier in de gevangenis.'

'Een waar genoegen,' zegt Cody.

Paxton knikt, maar alleen omdat het moet.

De directeur zegt: 'Voor elke executie is een lichamelijk

onderzoek vereist, en daarom is dokter Paxton hier.'

'Volkomen logisch, directeurtje. Net als al je andere regels.'

'Ik heb ze niet gemaakt, zei ik toch.'

'Dit is je eerste executie, hè? Je lijkt een beetje zenuwachtig.'

'Ik weet wat ik doe.'

'Relax, directeurtje. We slaan ons er samen doorheen.'

'Wil je alsjeblieft hierheen komen en meewerken?'

Cody gaat dichter bij de tralies staan en steekt zijn rechterarm erdoor. Paxton trekt snel een paar plastic handschoenen aan en slaat de bloeddrukband om Cody's rechterbiceps heen. Met zijn stethoscoop luistert hij hier en daar, een vluchtig onderzoek.

De directeur houdt zijn schrijfblok omhoog en zegt: 'Je hebt nog steeds geen goedgekeurde getuigen, hè? Niet één?'

'Man, ik zit hier nu veertien jaar, twee maanden en vierentwintig dagen en ik heb niet één bezoeker gehad, behalve mijn advocaat. Ik heb geen moeder, vader, broers, zussen, neven, nichten, helemaal geen familie. Geen vrienden, niet hier en niet buiten. Dus wie zou ik in godsnaam moeten uitnodigen voor mijn executie?'

'Oké, we gaan verder. Wat moet er geregeld worden?'

'Geregeld? Met mijn lijk bedoel je? Verbrand maar. Cremeer het. Spoel de as maar door de plee, want ik wil niet dat er een spoor van me achterblijft op deze aarde. Duidelijk?'

'Glashelder.'

Paxton laat zijn stethoscoop zakken en haalt de band weg. 'Bloeddruk is honderdvijftig over honderd, een beetje aan de hoge kant.'

Cody trekt zijn arm terug en zegt: 'Aan de hoge kant? Jeetje, hoe zou dat nou komen?'

'Hartslag is vijfennegentig, hoger dan normaal.'

'Normaal? Wat is normaal als je over drie uur vermoord wordt? Krijg ik een kalmerend middel of iets om de scherpe kantjes eraf te halen?'

Paxton zegt op officiële toon: 'Je hebt recht op twee valiumtabletten.'

'Valium? Dat is niks. Hé, ik sta op het punt om vermoord te worden. Waarom mag ik niet een beetje crack, of op zijn minst een biertje?'

De directeur zegt snel: 'Sorry, we hebben regels.'

'Jaja, en een van die regels is dat ik gezond genoeg moet zijn om geëxecuteerd te kunnen worden.'

'Het staat hier zwart-op-wit.'

Cody lacht weer en schudt zijn hoofd vol ongeloof en walging. Zij mogen dan wel haast hebben, maar hij heeft het niet. 'Tien jaar geleden, lang voordat jullie hier kwamen, was er een slechte gast die Hacksaw – handzaag – Henderson werd genoemd. Iedereen noemde hem Hack. Hij had een stel mensen vermoord, en laten we het er maar op houden dat er een handzaag aan te pas was gekomen. Hoe dan ook, Hack had uiteindelijk een afspraakje met de naald en de dag voor de grote gebeurtenis nam hij een overdosis pijnstillers en valiumtabletten die hij had opgespaard. Ze vonden hem op de vloer van zijn cel, volkomen buiten westen. Ik weet zeker dat er een regel is, waarschijnlijk staat hij daar zwart-op-wit, die luidt dat je geen zelfmoord mag plegen in de dodencel, en zeker niet vlak voor het feestje en de opwinding van een executie, dus werden ze helemaal gek, brachten Hack razendsnel naar het ziekenhuis, waar zijn maag werd leeggepompt en ze op het nippertje zijn leven konden redden, en daarna brachten ze hem als een speer weer hiernaartoe, net op tijd voor zijn executie.'

De directeur zegt: 'Leuk verhaal. Ben je klaar?'
'Eerlijk gezegd kon ik die hufter niet uitstaan en was ik blij dat hij er niet meer was.'
'Ben je klaar?'
'Bijna, ik heb nog zo'n twee uur en veertig minuten.'
Dokter Paxton schraapt zijn keel en zegt: 'Als we de boel hier kunnen afronden.'
Cody kijkt hem kwaad aan en vraagt: 'Ben jij dezelfde dokter die me doodverklaart?'
'Ja. Dat is onderdeel van mijn werk.'
'Werk? Is dit het soort werk dat je voor ogen had toen je geneeskunde ging studeren?'
'Kom op, Wallace,' zegt de directeur.
'Je was zeker de slechtste student van je jaar, dat je in zo'n shitbaan als deze terecht bent gekomen.'
'Kappen nou, Wallace.'
'Hoeveel mannen heb je doodverklaard na een dodelijke injectie?'
'Drie.'
'En zit je daarmee?'
'Niet echt.'
Ineens pakt Cody de tralies vlak voor Paxtons gezicht beet en zegt: 'Hierbij verklaar ik mezelf gezond genoeg om door de staat te worden vermoord. Dit onderzoekje is voorbij. En nou wegwezen hier.'
Paxton geeft hem een plastic buisje en zegt: 'Oké, jongen. Hier is je valium.' Hij verdwijnt snel en in de verte sluit de deur met een metalige klank.
De directeur kijkt op zijn schrijfblok en zegt: 'We gaan verder. Je laatste maaltijd wordt om negen uur gebracht. Wil je echt een diepvriespizza?'
'Dat zei ik toch. Heb je daar problemen mee?'
'Nee, maar je kunt iets veel beters krijgen. Ik bedoel, wat

dacht je van een dikke biefstuk met friet en chocoladetaart. Zoiets?'

'Gaat alles vanavond zo moeilijk? Wat kan jou het nou schelen wat ik eet?'

'Oké, oké. En de kapelaan? Wil je die zien?'

'Hoezo?'

'Ik weet het niet. Misschien even kletsen.'

'Waar moet ik dan over praten?'

'Geen idee, maar hij heeft dit al een paar keer meegemaakt en kan vast wel iets bedenken.'

'Ik betwijfel of we veel gemeen hebben. Ik ben nog nooit van mijn leven naar de kerk gegaan, man; tenminste, niet om het geloof te belijden. Brian en ik hebben er wel een paar beroofd op het platteland, toen we honger hadden. Echt waardeloze etenswaren. Pindakaas, goedkope koekjes, dat soort dingen. Het spul was zo slecht dat we zijn opgehouden met het beroven van kerken en ons weer op huizen zijn gaan richten.'

'Aha. De meeste mensen die op dit punt zijn aanbeland, als het einde nabij is, willen zich ervan verzekeren dat ze op goede voet staan met God, en dan biechten ze hun zonden op en zo.'

'Waarom zou ik mijn zonden opbiechten? Jezus, ik kan me ze niet eens meer herinneren.'

'Goed, dus de kapelaan niet?'

'Ach, het boeit me niet. Als hij daardoor het gevoel krijgt dat hij zijn werk goed doet, laat hem dan maar komen, hoor. Verder nog iemand op je checklist? Verslaggevers, politici, nog iemand anders die een stukje van me hebben wil voor ik het loodje leg?'

De directeur negeert de vraag en vinkt iets af op zijn schrijfblok. 'En je nalatenschap?'

'Mijn wat?'

'Je nalatenschap. Je bezittingen. Je spullen.'

Cody lacht en zwaait om zich heen. 'Dit is het, baas. Kijk maar rond. Tweeënhalf bij drie, mijn wereld van de afgelopen veertien jaar. Alles wat ik heb is hier.'

'En al je boeken dan?'

'Wat is daarmee?' Cody doet een stap naar het midden van zijn cel en bewondert zijn collectie. 'Mijn bibliotheek. Negentienhonderdveertig boeken. Allemaal naar me toe gestuurd door een lief dametje uit North Platte, Nebraska. Voor mij betekenen ze alles, voor ieder ander niets. Ik zou zeggen: stuur ze naar haar terug, maar ik kan de verzendkosten niet betalen.'

'Wij betalen niet voor het transport.'

'Dat vroeg ik ook niet. Geef ze maar aan de gevangenisbibliotheek. Jezus, ik heb meer boeken dan zij.'

'De bibliotheek mag geen boeken van gevangenen accepteren.'

'Weer zo'n fantastische regel! Ik wil echt heel graag horen wat daar de logica van is.'

'Ik weet het echt niet.'

'Die is er niet, zoals voor de meeste van jullie regeltjes geldt. Verbrand ze maar, verdomme. Smijt ze samen met mij op het vuur, dan krijgen we de eerste literaire crematie in de geschiedenis van deze wonderschone staat.'

'En je kleren, je rechtbankdossiers, je tv, je brieven, je radio en je ventilator?'

'Verbrand ze, verbrand ze, verbrand ze. Het kan me niet schelen.'

De directeur schrijft iets op zijn lijstje, laat zijn schrijfblok zakken, schraapt zijn keel maar praat zachtjes. 'En Wallace, heb je nog nagedacht over je eindverklaring, je laatste woorden?'

'Ja, maar ik heb nog niks besloten. Ik bedenk wel wat.'

'Sommige jongens gaan heel veerkrachtig ten onder en houden tot het bittere eind vol dat ze onschuldig zijn. Anderen vragen om vergiffenis. Er zijn er die huilen, er zijn er die vloeken, er zijn er die de Bijbel citeren.'

'Ik dacht dat dit je eerste executie was.'

'Dat is ook zo, maar ik heb mijn huiswerk gedaan. Ik heb een paar laatste woorden opgeschreven. Die worden vastgelegd, wist je dat? Er wordt een dossier van bijgehouden.'

'Waarom leggen jullie ze vast?'

'Ik heb geen idee. Gewoon weer een procedure.'

'Natuurlijk. Hoe lang mag ik praten als ik mijn laatste woorden uitspreek?'

'Daar is geen limiet voor.'

'Dus volgens jullie regels kan ik het blijven rekken en dagenlang praten terwijl jullie wachten?'

'Technisch gesproken wel, ja, maar dat word ik dan waarschijnlijk wel zat en dan geef ik de beul het eindsein.'

'Maar dat is tegen de regels.'

'Wat wil je eraan doen, me aanklagen?'

'Dat zou ik graag doen, geloof me. Ik heb vier van de vijf zaken gewonnen, wist je dat? Maar ik heb nooit de kans gekregen om jou voor de rechter te slepen.'

'Nu is het te laat.'

'En wie is de beul?'

'Zijn identiteit wordt altijd beschermd.'

'Is het waar dat hij in zijn donkere kamertje vlak bij mijn brancard zit te wachten en door het glas kijkt dat slechts aan één kant doorzichtig is en wacht tot jij je duim opsteekt? Gebeurt het op die manier, directeurtje?'

'Zo ongeveer.'

'Hij glipt naar binnen, glipt naar buiten, krijgt duizend dollar handje contantje en niemand weet zijn naam?'

'Niemand, behalve ik.'

'Ik heb een vraag voor je, directeurtje. Vanwaar al dat geheimzinnige gedoe? Als Amerikanen zo dol zijn op de doodstraf, waarom worden de moorden dan niet in het openbaar gepleegd? Dat deden ze vroeger wel, weet je. Ik heb heel wat gelezen over executies in vroegere tijden. De mensen smulden ervan, ze kwamen van heinde en verre voor een officiële ophanging of een vuurpeloton. Geweldig amusement. Het recht had gezegevierd. Iedereen reed op zijn wagen weer huiswaarts en had een goed gevoel over zichzelf. Oog om oog. Waarom doen we dat nu niet meer, directeurtje?'

'Ik maak de wetten niet.'

'Komt het omdat we ons schamen voor wat we doen?'

'Misschien.'

'Schaam jij je, directeurtje?'

'Nee, ik voel geen schaamte, maar ik vind dit deel van mijn werk niet leuk.'

'Dat kan ik maar moeilijk geloven, directeurtje. Ik denk dat je dit wel leuk vindt. Je hebt gekozen voor een carrière in het gevangeniswezen omdat je in straffen gelooft. En dit is het ultieme, het grote moment. Je eerste executie en jij bent de man. Hoeveel verslaggevers heb je vandaag gesproken, directeurtje? Hoeveel interviews heb je gegeven?'

'Ik moet kijken hoe het met je pizza gaat.' De directeur doet een stap naar achteren, zijn checklist is compleet.

'Dank je. Let op, het is pepperoni, geen worst.'

Nu de directeur en Marvin weg zijn en de deur dichtklapt, kijkt Cody zijn cel rond en mompelt: 'Mijn nalatenschap.' Hij gaat op de rand van zijn bed zitten en schudt de twee tabletten uit het plastic pillenflesje dat Paxton hem heeft gegeven.

Hij smijt ze tussen de tralies door.

3

Er kruipen tien minuten voorbij en het wordt nog stiller in de dodengang. Cody probeert een paperback te lezen, maar heeft moeite zich te concentreren. Hij gaat op de grond zitten, haalt diep en langzaam adem en probeert te mediteren.

De zoemer gaat opnieuw en hij vraagt zich af wie er nu weer aankomt.

Als een geest, zonder ook maar het minste geluidje, zelfs niet van zijn voetstappen, verschijnt Padre uit het niets en gaat bij de tralies staan. Zoals altijd draagt hij puntlaarzen die een centimeter of vijf toevoegen aan zijn geringe lengte, en een oude spijkerbroek die zo versleten is dat zelfs studenten hem niet zouden aantrekken. Maar vanaf zijn middel is hij volkomen zakelijk, met een zwart overhemd en een wit boordje. Het is juni, de eerste zomerdag, maar het is koel, dus draagt hij een smetteloos zwarte blazer.

Padre is een gepensioneerde priester die de veroordeelden al tien jaar bijstaat. Hij doet zijn ronde door de dodengang en blijft buiten de cellen staan om door de tralies te fluisteren tegen de paar gevangenen die met hem willen praten. De meesten willen het niet. De meeste veroordeelde mannen hebben het geloof in alles verloren, en God krijgt een flink deel van de schuld in Zijn schoenen geschoven.

Volgens de regels mag de kapelaan bij de veroordeelde blijven zitten in het laatste uur voordat hij wordt vastgebonden, dus in theorie is hij de laatste beschikbare vertrouweling. Ongeveer de helft van de mannen kiest ervoor om te biechten en op het laatste moment om vergiffenis te vragen. Anderen willen gewoon met iemand praten. Een paar vermijden het ritueel.

'Hoe gaat het, Cody?' vraagt hij zacht.

Cody staat op en loopt met een glimlach naar de deur. 'Hallo, Padre. Bedankt dat je langskomt.'

Vader, pastoor, eerwaarde, priester… alle gebruikelijke namen zijn voorbijgekomen, maar 'Padre' is blijven hangen sinds Freddie Gomez er was. Hij was een toegewijd katholiek, niettegenstaande zijn moorden, en hij wilde bij elke gelegenheid de priester bij zijn cel voor een rustige, korte mis. Hij bouwde een extreem hechte band op met Padre. Iedereen was dol op Freddie, en zijn executie kwam hard aan in de dodengang.

'Hoe gaat het, vriend?'

'Het gaat wel, naar omstandigheden. Mijn advocaat was er net en die zei dat onze munitie op is.'

'Och, wat vind ik dat spijtig, Cody. Niemand verdient dit.'

'Ik heb er vrede mee, Padre. Echt. Als ik mag kiezen tussen nog veertig jaar in dit hol leven of de naald, vind ik het prima om uit te checken. Blijkbaar heeft iemand anders de keuze voor me gemaakt.'

'Ik begrijp het, Cody. Wil je dat ik bij je kom zitten in de wachtruimte?'

'Niet echt, Padre. Ik wil liever alleen zijn.'

'Zoals je wilt.'

Beide mannen kijken even naar de grond. Dan zegt Cody: 'Gewoon uit nieuwsgierigheid, Padre. Hoeveel mannen willen dat je met hen bidt in de laatste minuut?'

'De meesten hebben het bidden opgegeven.'

'Geen dramatische bekeringen tot Jezus op het allerlaatste moment?'

'Nee, nooit. Mannen hebben in de dodengang tijd genoeg om ofwel naar het geloof toe te groeien, of het helemaal te verwerpen. Tegen de tijd dat het einde daar is, hebben ze goed nagedacht en zijn ze zeker van hun overtuigingen.

Dus, nee. Geen lastminutebekeringen, tenminste niet waar ik bij ben geweest.'

'Het gaat vanavond ook niet gebeuren.'

'Zoals je wilt, Cody. Vroeger praatten we de hele tijd, weet je nog?'

'Ja. We hebben een paar behoorlijk serieuze gesprekken gehad over God en al Zijn mysteriën, en we waren het niet al te vaak eens, als ik het me goed herinner.'

'Dat herinner ik me ook. Je hield nogal sterk vast aan de mening dat God niet bestaat.'

'Ja, inderdaad, en ik wil daar niet meer op terugkomen, Padre. Mijn mening is onveranderd gebleven.'

'Jammer om dat te horen, Cody. Lees je nog steeds de Bijbel?'

'Niet echt. Ik bedoel, ik heb hem minstens drie keer van begin tot eind gelezen, van Genesis tot Openbaring, en ik geniet er altijd van, vooral van het Oude Testament. Maar ik val er niet op terug voor inspiratie, als je dat soms bedoelt.'

'Je kent hem beter dan de meeste predikanten.'

'Dat betwijfel ik.'

'Wat denk je dat er met je zal gebeuren, Cody, na je dood?'

'Ze verbranden me, samen met mijn nalatenschap hier, en dan rapen ze de as op en spoelen alles door de plee. Dat is mijn wens. Ik wil niet dat er een spoor van me achterblijft op deze aarde.'

'Geen leven na de dood, geen hemel of hel of iets daartussenin waar je geest zal rusten?'

'Nee. We zijn dieren, Padre, levende zoogdieren, en als we sterven, is dat het einde. Al die onzin over geesten die uit ons lichaam opstijgen en omhoogzweven naar de glorie of in het vuur belanden, dat is een hoop bullshit. Als we sterven, zijn we dood. Niets van ons blijft leven.'

'Ben je niet van plan om Brian weer te zien?'

'Brian is vijftien jaar geleden overleden. Ik was erbij. Het was afschuwelijk. Er was geen uitvaart, alleen een armeluisbegrafenis op het achterste deel van het stadskerkhof. Ik mocht er nooit naartoe om zijn graf te zien. Waarschijnlijk heeft hij niet eens een grafsteen of een merkteken. Ik betwijfel of er ooit ook maar iemand boven zijn graf heeft gestaan en een traantje heeft weggepinkt. We waren uitschot, Padre, weesjongens, zielige kinderen die nooit geboren hadden moeten worden. En als we sterven, zijn we dood en worden we begraven of gecremeerd of wat dan ook, en dat is dan het einde. Nee, ik zal Brian niet zien, en ook niemand anders trouwens, en dat vind ik helemaal niet erg.'

Padre glimlacht en knikt, en hij aanvaardt het met liefde en compassie. Niets van wat Cody of iemand anders zou kunnen zeggen, kan hem van de wijs brengen of hem provoceren. Hij heeft alles al eens gehoord en heeft een eindeloos repertoire aan antwoorden, allemaal stevig geworteld in de Heilige Schrift, maar timing is alles. En dit is niet het moment om met Cody te discussiëren over het geloof of over theologie.

'Ik zie dat je overtuigingen niet zijn veranderd.'

'Nee, inderdaad. Je hebt eens gezegd dat God geen fouten maakt. Dat is niet waar, Padre. Daarvan ben ik het voorbeeld bij uitstek. Mijn moeder kreeg betaald voor seks. Mijn vader heeft een beetje geld en wat zaad achtergelaten. Hij heeft nooit geweten dat ik geboren ben en mijn moeder wist niet hoe snel ze van me af moest komen. Ik ben een vergissing.'

'Toch houdt God van je, Cody.'

'Nou, dat laat Hij dan op een rare manier blijken. Wat heb ik gedaan om dit te verdienen?'

'Hij handelt op mysterieuze wijze en we zullen nooit alle antwoorden krijgen.'

'Waarom moet het allemaal zo verdomd ingewikkeld en mysterieus gaan? Weet je waarom, Padre? Omdat hij niet bestaat. Hij is door mensen gecreëerd, ten gunste van de mensen zelf. Waar zijn we nou in hemelsnaam weer mee bezig? Weer een discussie?'

'Het spijt me, Cody. Ik kwam gewoon langs om je gedag te zeggen en afscheid te nemen, en om te kijken of je me nodig had.'

Cody haalt diep adem en komt tot bedaren. 'Dank je wel, Padre. Je was altijd een van de goeieriken.'

'Ik zal je missen, Cody. Ik bid voor je.'

'Als jij je daar beter bij voelt, blijf dan maar lekker bidden.'

4

Om acht uur zet Cody de tv aan, bekijkt de drie zenders, ziet niks interessants en zet hem weer uit. Hij gaat op zijn schuimrubber matras liggen en probeert zijn ogen dicht te doen.

Hij heeft een keer geprobeerd de gevangenis aan te klagen omdat die geen toegang tot kabelzenders toestond, maar volgens Jack was een soortgelijke rechtszaak in een andere staat verworpen.

Vroeger hadden Brian en hij een paar keer kleine tv's gejat, maar ze waren erachter gekomen dat die over het algemeen meer ellende opleverden dan ze waard waren. De helers wilden hun vingers er niet aan branden, want de politie controleerde de pandjeshuizen regelmatig, op zoek naar serienummers. Opslag was een ander probleem. Nadat Brian en hij hun slag hadden geslagen in een huis, wachtten ze altijd dagen of zelfs weken voordat ze hun buit naar een heler brachten. Laat de boel maar even afkoelen, zei Brian altijd. Laat de politie hun ronde maar doen. Geef de huiseigenaren de tijd om hun verzekeringsclaim in te dienen en nieuwe vuurwapens, televisies, radio's, stereo's en sieraden te kopen. En zelfs broodroosters, mixers, jezus, ze jatten alles, als ze er maar wat centen van een heler voor konden krijgen.

Terwijl ze geduldig afwachtten in de bossen, verstopten ze hun voorraad in oude schuren en verlaten huizen, en ze verplaatsten alles 's nachts voortdurend naar andere plekken. Televisies waren het moeilijkst om rond te zeulen en te verbergen.

Voor vuurwapens was de markt het grootst en die betekenden instant cash. Als ze geluk hadden en een wapenkast konden leeghalen, vergaten ze al het andere en lachten de hele weg naar hun schuilplaats diep in het bos. De dubbelloops Beretta 686 Silver Pigeon was hun topper geweest. De huiseigenaar had een stuk of tien jachtgeweren in zijn wapenkast, die om de een of andere reden niet op slot was en zich in de woonkamer bevond. Er waren Brownings en Remingtons, maar toen Brian de Beretta zag, floot hij bewonderend. Ze pakten ieder vier jachtgeweren en gewone geweren, plus twee Smith & Wesson-revolvers, en maakten dat ze wegkwamen. Ze hielden het huis nog drie dagen in de gaten en zagen geen beweging. Niemand kwam ernaartoe en de kranten stapelden zich op voor het huis. Er was geen alarmsysteem. Mensen waren soms zo onvoorzichtig.

Omdat hun inbraak nog niet ontdekt was, gingen ze terug en stalen de rest van de vuurwapens. De huiseigenaars waren blijkbaar langdurig op reis. Het was juli, vakantietijd. Brian besloot dat ze snel moesten handelen voordat er iemand thuiskwam. Ze reden op hun (gestolen) fietsen naar de stad en gingen naar een van hun favoriete lommerds. Ze kenden de eigenaar goed en beschouwden hem als betrouwbaar, of in elk geval als zo fatsoenlijk als iemand kon zijn in de schimmige wereld van de gestolen handelswaar. In het voorste gedeelte van het pandjeshuis wemelde het altijd van de klanten, tussen de planken vol met van alles en nog wat, van saxofoons tot stofzuigers. Maar in zijn achterkamer verdiende hij zijn geld, met zijn handel in gejatte wapens. Hij gaf ze vijftig dollar per stuk voor de revolvers. Toen Brian vroeg of hij belangstelling had voor een Beretta 686 Silver Pigeon sloeg hij steil achterover.

'Sodeju, man,' bracht hij uit. 'Waar heb je…?' Maar hij slikte zijn woorden in. Nooit aan een dief vragen waar hij zijn spullen vandaan heeft.

Brian lachte en verzekerde hem dat ze er echt een op voorraad hadden, en dat die in uitstekende conditie was.

'Ik vraag wel rond,' zei de handelaar duidelijk opgetogen.

Een week later kwamen ze terug met het jachtgeweer en verlieten het pandjeshuis met tweehonderd dollar cash, een recordbedrag voor hen. Ze gingen naar een oud motel aan de rand van de stad en betaalden dertig dollar per nacht. Ze douchten, wasten hun kleren, aten cheeseburgers bij een tent aan de overkant en leefden twee dagen als koningen.

Toen de tijd erop zat, trokken ze zich terug in het bos en verplaatsten hun kamp kilometers verderop. Ze hadden genoeg huizen leeggehaald in de buurt, en de politie patrouilleerde steeds vaker.

5

Het is halfnegen en Cody loopt heen en weer, ijsbeert als een zombie met zijn ogen dicht en raakt een boekenkast aan en daarna de tralies. Heen en weer. Hij is gespannen en wilde dat hij die pillen niet had weggesmeten. Hij vermoedt dat zijn advocaat straks voor de laatste keer zal terugkeren met het nieuws dat iedereen verwacht.

Er is gewoonlijk altijd een hoop zenuwachtig gedoe met verzoekschriften en smeekbedes, waarbij advocaten koortsachtig van de ene rechtbank naar de andere rennen, maar niet altijd. Een jaar geleden heeft Lemoyne Rubley alles doorlopen zonder veel bombarie. Hij zat twee deuren verderop en Cody en hij konden goed met elkaar opschieten. Ze kletsten urenlang terwijl de tijd wegtikte, ook al konden ze elkaar niet zien. De dag voor de executie trokken de rechtbanken alle stekkers eruit en gaven zijn advocaten het op. Het was de rustigste executie die Cody had meegemaakt in al die veertien jaar in de dodengang.

Nu hij aan de beurt is, is hij eerlijk gezegd dankbaar dat hij iemand heeft die nog steeds voor hem vecht, al heeft hij bijna geen munitie meer. Hij kijkt niet uit naar het laatste bezoek van Jack Garber.

Hij heeft die man niks betaald. De afgelopen tien jaar heeft Jack hem vertegenwoordigd met een loyaliteit die ongelofelijk is. Bij verschillende gelegenheden scheelde het maar één stem of Jack had een hof van appèl ervan overtuigd dat Cody een nieuw proces moest krijgen. Hij had Jack een keer gevraagd waarom hij ervoor had gekozen doodstrafadvocaat te worden. Het antwoord was kort en vaag en had iets te maken met wat verheven ideeën over de doodstraf. Hij vroeg aan Jack wie hem betaalde, en kreeg te horen dat hij voor een non-profitvereniging werkte die mensen als Cody vertegenwoordigt: gedetineerden in de dodengang.

In de verte klinkt de zoemer weer, en Cody schiet terug naar de werkelijkheid. Hij loopt naar de tralies en daar is

Marvin. Hij zegt met een glimlach: 'Cody, ik heb goed nieuws.'

'Dat betwijfel ik. Het enige goede nieuws kan op dit moment alleen maar van mijn advocaat komen.'

'Nee, niet zulk goed nieuws. Het is iets anders. Je hebt bezoek. Het is niet je advocaat of de kapelaan of een of andere verslaggever. Het is echt bezoek.'

'Ik heb nog nooit echt bezoek gehad.'

'Weet ik.'

'Wie is het?'

'Het is een klein, aardig dametje uit Nebraska.'

'Miss Iris?'

'Miss Iris Vanderkamp.'

'Ga weg!'

'Ik zweer het.'

'Maar die is tachtig en ze zit in een rolstoel.'

'Nou, ze heeft het gered. De directeur zegt dat je haar een kwartier mag spreken.'

'Wat een geweldige kerel. Ik kan het niet geloven, Marvin. Miss Iris heeft het eindelijk gered.'

'Hier is ze.' Marvin verdwijnt een seconde en komt dan weer terug, terwijl hij Miss Iris in haar rolstoel voortduwt. Hij parkeert haar bij Cody's deur en gaat op in de duisternis van de gang.

Cody is met stomheid geslagen. Hij komt iets dichter naar de tralies toe en kijkt naar haar lachende gezicht. 'Ik kan het niet geloven,' zegt hij eindelijk zacht. 'Ik weet niet wat ik moet zeggen.'

'Nou, wat dacht je van: "Hallo, leuk u na al die jaren te ontmoeten"? Zoiets?'

'Hallo, leuk u na al die jaren te ontmoeten.'

'Insgelijks. Ik ben zo snel mogelijk gekomen. Sorry dat ik er twaalf jaar over heb gedaan.'

'Ik ben heel blij dat u er bent, Miss Iris. Ik kan het niet geloven.'

Cody steekt langzaam zijn rechterhand tussen de tralies door. Ze pakt hem met beide handen en knijpt er stevig in. 'Ik kan het ook niet geloven, Cody. Is dit echt?'

Hij knikt terwijl hij langzaam zijn hand weer terugtrekt en naar haar kijkt. Ze zit in een rolstoel omdat ze, zoals ze in een van haar vele brieven heeft uitgelegd, last heeft van ernstige slijmbeursontstekingen in haar knieën en andere gewrichten. Haar onderbenen en voeten zijn bedekt met een dunne deken. Daarboven draagt ze een mooie groene bloemetjesjurk en heel veel sieraden; lange kettingen en dikke armbanden. De sieraden vallen Cody op omdat hij daar meer dan genoeg van gestolen heeft in zijn hoogtijdagen. Ze heeft een rond gezicht met een brede glimlach, een lange neus met op het puntje een bril met een rood montuur, en stralende blauwe ogen. Haar witte haar is dik en golvend en is helemaal niet uitgedund.

Zij ziet een magere jongen met een flinke bos haar, van wie niemand zou geloven dat hij negenentwintig is.

In twaalf jaar correspondentie hebben ze de meeste geheimen wel gedeeld.

'Ja, Miss Iris, dit is echt. Mijn advocaat, Jack, zegt dat we al ons kruit verschoten hebben, zoals ze zeggen. Dat heb ik uit een van die clichéboeken die u hebt gestuurd.'

'Je gebruikt veel te veel van die clichés en metaforen.'

'Weet ik, weet ik. Dat zegt u altijd. Maar ik hou van goede clichés, als ze maar niet te vaak gebruikt worden.'

'Nou, je kunt ze meestal maar beter vermijden.'

'Niet te geloven. Ik ben bijna aan het eind van mijn leven en u bent nog steeds mijn opstellen aan het beoordelen.'

'Nee hoor, Cody. Ik ben hier omdat ik om je geef.'

Dat raakt hem enorm en zijn knieën begeven het bijna.

Dit heeft hij nog nooit gehoord. Hij loopt naar de tralies, pakt er twee beet en steekt zijn gezicht ertussendoor, zo dichtbij als hij kan. Hij fluistert: 'Ik geef ook om u, Miss Iris. Ik kan niet geloven dat u er bent.'

'Nou, ik ben er, en ik heb kennelijk niet veel tijd.'

'Ik ook niet.'

'Waar zullen we het over hebben?'

'Hoe bent u hier gekomen?'

'Ik heb Charles overgehaald me met de auto te brengen. Hij is mijn nieuwe vriend.'

'Wat is er met Frank gebeurd?'

'Die is dood. Ik dacht dat ik dat verteld had.'

'Volgens mij niet, maar eerlijk gezegd valt het niet mee om al die romances van u bij te houden. U was nogal gek op Frank, als ik het me goed herinner.'

'O, ik ben altijd gek op hen allemaal, in het begin tenminste.'

'Er waren er nogal wat.'

'Ach, ja. Eerlijk gezegd, Cody, was ik Frank een beetje zat. Tot nu toe zou ik zeggen dat Charles veel meer potentie heeft. Je weet wat ze zeggen. Als je iemand echt wilt leren kennen, ga dan met diegene op vakantie. Nou, we zitten midden in onze reis, en tot nu toe gaat het prima.'

'Dank u wel, Miss Iris. Ik kan niet geloven dat u bent gekomen. Het is duizend kilometer, toch?'

'Negenhonderdzevenentwintig, volgens Charles, die de rare gewoonte heeft om alles te tellen. Dat is een beetje irritant, maar ik heb er nog niks van gezegd.'

'Wanneer bent u uit Nebraska vertrokken?'

'Gisteren rond het middaguur. We hebben vannacht in een motel geslapen, gescheiden slaapkamers uiteraard, en vandaag de hele dag gereden. Dat heb ik al eens eerder gedaan, zoals je misschien nog weet.'

'Hoe zou ik dat kunnen vergeten? Een jaar of acht, tien geleden. U kwam hier en ze wilden u niet binnenlaten.'

'Het was afschuwelijk. Mijn zoon Bobby had me helemaal hierheen gebracht, onze laatste roadtrip samen, dat kan ik je wel vertellen, en ze lieten ons wachten in zo'n klein, stinkend kamertje zonder airco, het was augustus als ik het me goed herinner, en toen zeiden ze nogal bruusk dat we weg moesten. Ze zeiden dat je iets verkeerd had gedaan en in een proeftijd zat en geen bezoek mocht. Het was vreselijk.'

'En het was een leugen. Ik heb nog nooit een proeftijd gehad. Ze mochten me gewoon niet omdat ik ze steeds voor de federale rechtbank sleepte en ze dwarszat. We hadden destijds een verschrikkelijke directeur die iedereen hier in de dodengang haatte. Op de een of andere manier wist hij ons miserabele leven nog ellendiger te maken.'

Ze haalt diep adem, kijkt om zich heen en probeert alles in zich op te nemen. 'Dus dit is de dodengang?'

'Bam, er middenin. Twintig cellen in deze vleugel, twintig in de andere, nergens een lege plek. Geen plekje vrij in de herberg. Om de hoek, achter de East Wing, die hier door de bewakers liefkozend de Beast Wing wordt genoemd omdat daar de minder aardige jongens zitten, is nog een klein vierkant bijgebouwtje dat bekendstaat als het Gashuis. Daar handelen ze het vuile werk af en vermoorden ze ons in afzondering, zodat de brave christenen die zo dol zijn op de doodstraf niet daadwerkelijk hoeven te zien hoe die wordt uitgevoerd. Ik ga daar over nog geen twee uur naartoe.'

Terwijl ze luistert, blijft ze om zich heen kijken. 'Nou, ik moet zeggen, mijn eerste indruk is niet best.'

Cody doet een stap naar achteren, laat de tralies los en barst hartelijk in lachen uit. 'Het is de bedoeling dat het hier afschuwelijk is, Miss Iris.'

'En hoe lang zit je al in deze cel?'

'Veertien jaar. Ik was vijftien toen ik werd veroordeeld, veertien toen ik werd gearresteerd. Dood op mijn negenentwintigste, de jongste die hier in de staat wordt geëxecuteerd sinds de tijd van het Wilde Westen, toen ze iedereen opknoopten.'

'Het is wel erg deprimerend. Kon je niet vragen of je mocht verhuizen?'

'Waarom? Waar zou ik naartoe moeten? Alle cellen zijn hetzelfde. Tweeënhalf bij drie. Zelfde regels, zelfde eten, zelfde bewakers, zelfde ondraaglijke hitte in de zomer, zelfde ijzige kou in de winter. We zijn gewoon een stelletje ratten die proberen in leven te blijven in het riool en elke dag langzaam sterven.'

'Je was nog maar een klein kind.'

'Nee, ik was geen klein kind. Ik was een stoere puber die vier jaar in het bos had gewoond. Ik had geen andere plek om te leven, behalve het weeshuis of weer een pleeggezin. Brian heeft me gevonden en we zijn ontsnapt en hebben een paar jaar geleefd zoals we wilden. Ik was geen klein kind, Miss Iris, maar ik was hier te jong voor.'

'Voel je je hier veilig?'

'Zeker. De dodengang is een heel veilige plek, al zit het hier vol met moordenaars. We zitten allemaal in eenzame opsluiting, dus er is niemand om mee te vechten, niemand om kwaad te doen.'

'Dat zei je al in een van je brieven.'

'Wat heb ik niet gezegd in mijn brieven, Miss Iris? Ik heb u alles verteld. En u bent ook altijd heel eerlijk tegen mij geweest.'

'Dat klopt, ja.'

'Dus als we ervan uitgaan dat we alles al besproken hebben in onze brieven, waar kunnen we het dan nu nog over hebben? We hebben nog maar een paar minuten.'

'Heb je mijn brieven bewaard?'

'Natuurlijk.' Cody laat zich snel op zijn knieën vallen, reikt onder zijn bed en haalt een lange, platte kartonnen doos vol kleurige enveloppen tevoorschijn. 'Allemaal, Miss Iris, en ik heb ze allemaal tien keer gelezen. Elke week één brief in de afgelopen twaalf jaar, plus kaarten voor mijn verjaardag, Kerstmis, Pasen en Thanksgiving. Alles bij elkaar zeshonderdvierenzeventig brieven en kaarten. U bent echt ongelofelijk, Miss Iris. Heeft iemand u dat weleens verteld?'

'Voortdurend.'

Cody kiest zorgvuldig een envelop en haalt de brief eruit. 'De allereerste, 22 april 1978. "Beste Cody, mijn naam is Iris Vanderkamp en ik woon in North Platte, Nebraska. Ik ben lid van de St. Timothy's Lutheran Church en onze dames-Bijbelklas is een nieuw project begonnen. We leggen contact met jongemannen in de dodencel. We zijn tegen de doodstraf en willen dat die wordt afgeschaft. Dit klinkt misschien een beetje gek, maar kan ik iets voor je doen? Schrijf me alsjeblieft terug en laat het me weten. Met vriendelijke groet, Iris."'

'Ik herinner het me als de dag van gisteren. We hadden een Bijbelavondje bij mij thuis en Geraldine Fisher zei dat ze een verhaal had gelezen over een dame in Omaha die ruim twintig jaar penvriendin was geweest met een gevangen in de dodencel, een arme kerel in het Zuiden. Ze stonden op het punt hem naar de gaskamer te sturen. Zo is het allemaal begonnen. We zochten wat namen op. Die van jou sprong eruit omdat je destijds pas zeventien was, zo jong. Dus schreef ik die brief, en wachtte en wachtte.'

'Ik las uw brief en kon het niet geloven. Iemand daarbuiten kende mijn naam, wist dat ik in de dodencel zat en wilde iets aardigs voor me doen. Bedenk wel, Miss Iris, en ik weet dat ik het al honderd keer verteld heb, dat ik helemaal geen familie heb. En geen vrienden. Geen enkele vriend, totdat u ineens kwam. Jack is ook een vriend, denk ik, maar dat telt niet echt, want hij is mijn advocaat.'

'En je hebt me teruggeschreven.'

'Ik was zo onder de indruk. Ik had nog nooit een brief geschreven en er ook nog nooit een ontvangen, behalve dan dingen van de rechtbank. Maar ik was vastbesloten. Ik heb een woordenboek geleend bij de bibliotheek en bestudeerde elk woord. Ik schreef in blokletters, zoals ze me in de eerste klas hebben geprobeerd te leren, denk ik.'

'Het was een prachtige brief. Geen enkel woord was verkeerd gespeld. Ik kreeg de indruk dat je er lang over had gedaan om hem te schrijven.'

'Urenlang, maar hé, ik heb tijd zat. Het hield me bezig, het gaf me een doel. Ik wilde indruk op u maken.'

'Je maakte me aan het huilen, en dat was niet de laatste keer.'

'Weet u, Miss Iris, toen ik hier als jongen kwam, kon ik niet zo goed lezen. Ik stopte met school toen ik tien was. Ik had zoveel scholen gehad, en zoveel leraren, dat leren me niet boeide. Brian ontsnapte uit een jongereninstelling en vond me bij het zoveelste pleeggezin, en we zijn weggelopen. Dat was het einde van mijn schooltijd. Ik kon een beetje lezen, maar niet zo heel goed. Toen ik deze brief kreeg, wist ik dat ik hem moest beantwoorden. Ik leende wat papier en een potlood, haalde het woordenboek en wilde dat elk woord perfect zou zijn.'

'Het was geweldig om je handschrift in de loop der jaren te zien verbeteren, Cody. In het begin schreef je blokletters, als een kind.'

'Op dat gebied was ik ook nog een kind.'

'Maar het duurde niet lang of je begon aan elkaar te schrijven.'

'Dat vroeg u, weet u nog? Of eigenlijk moet ik zeggen dat u me dringend aanraadde om schuinschrift te leren en te schrijven als een volwassene.'

'Dat klopt. En ik stuurde je een boek over schoonschrijven.'

Cody gooit de brief op zijn bed, tuurt even naar een muur van boeken en haalt er dan een van de plank. 'Hier staat het: *De kunst van het schoonschrijven* van Abbott. Ik ben uren zoet geweest met dit boek, Miss Iris. U hebt me wat geld gestuurd en ik heb potloden en papier gekocht en urenlang geoefend.'

Cody zet het boek terug en pakt een ander. Hij laat het haar zien en zegt: 'En dit is het eerste woordenboek, Miss Iris. *Random House Webster's College Dictionary*. Een paperback, natuurlijk, zodat we elkaar niet kunnen vermoorden met woordenboeken. Ik heb het helemaal gelezen, Miss Iris, van voor naar achteren, en meer dan eens.'

'Weet ik, weet ik. Ik weet niet of je het je kunt herinneren, maar ik moest je waarschuwen om niet te veel dure woorden te gebruiken. Je wilt je nog weleens uitsloven.'

Cody lacht en gooit het woordenboek op zijn bed. 'Natuurlijk sloof ik me uit, maar er zit verder niemand in het publiek. Wat was dat woord ook alweer dat u echt woest maakte?'

'Er waren er heel wat, maar ik denk meteen aan "recalcitrant".'

'Dat was het. Heerlijk woord. Onhandelbaar, tegendraads. Er waren nog meer bijvoeglijke naamwoorden waar u me voor waarschuwde. Scrupuleus, deplorabel, pernicieus, ubiquitair.'

'Ja, ja, genoeg. Wat ik wilde zeggen, is dat grote woorden

niet altijd grote emoties overbrengen, en een dure woordenschat kan goed schrijven in de weg staan.'

'Ik ben verliefd geworden op woorden, hoe groter, hoe beter.' Cody staart naar de muur van boeken.

Miss Iris zegt: 'Weet je, Cody, ik krijg de kriebels van deze plek, maar al die boeken geven je kamertje wel wat kleur.'

'Die boeken hebben mijn leven gered, tot nu toe. U hebt ze me allemaal gestuurd, Miss Iris, en u hebt geen idee wat ze voor me betekenen.'

'Wat was het eerste?'

Cody glimlacht, wijst en pakt een paperback. '*Mustang Man* van Louis L'Amour,' zegt hij trots en hij slaat het boek open. 'De eerste keer dat ik het las, of eigenlijk uitlas, was 10 juni 1978. Ik deed er twee maanden over, Miss Iris, want ik kende niet zoveel woorden. Als ik een woord tegenkwam dat ik niet kende, stopte ik met lezen en schreef het op, en dan pakte ik het woordenboek om het op te zoeken. Als ik een alinea uit had en elk woord kende, ging ik staan en liep ik heen en weer terwijl ik haar nog eens helemaal las. Het duurde eeuwen, ik was er uren mee bezig, maar ik genoot van elke minuut. Ik was dol op de woorden, vond het heerlijk om ze te leren, de lange en de korte. Ik hield een lijst bij van woorden die ik kende maar waarvan ik niet zeker wist hoe ik ze moest uitspreken, dus die bewaarde ik voor Jack of de kapelaan, of misschien zelfs Marvin. Ik oefende net zo lang tot ik ze allemaal kende, Miss Iris. Het hele woordenboek.'

'Weet ik, weet ik. Ik moest zelf het woordenboek pakken om een paar van je brieven te begrijpen.'

'Ik was dol op de woorden, maar hunkerde naar de verhalen. Ze namen me mee hiervandaan, ze brachten me over de hele wereld, in deze eeuw, de vorige eeuw, de volgende eeuw. Ze wakkerden mijn fantasie aan en ik besefte dat ik niet krankzinnig werd, zoals alle anderen hier.'

Hij zet het boek weer op zijn plek, draait langzaam rond en bewondert zijn collectie. 'En u bleef ze maar sturen, Miss Iris. Elke week een ander boek, soms zelfs twee of drie, en ik heb ze allemaal gelezen. Ik las ze keer op keer. Ik lees meestal tien tot twaalf uur per dag, allemaal dankzij u.'

'Wie is je lievelingsschrijver?'

Cody lacht om de vraag en schudt zijn hoofd. 'Te veel favorieten, denk ik. Maar als ik één naam moet noemen, is het Louis L'Amour.' Hij wijst naar de plank en vervolgt: 'Ik heb eenenveertig boeken van hem gelezen. Ik hou van Mickey Spillane, Ed McBain, Elmore Leonard, Raymond Chandler, John D. MacDonald.'

'Je zei altijd dat je van mysterie en misdaad hield.'

'Hé, ik ben een misdadiger. Ik heb de papieren om het te bewijzen.'

'Je bent geen misdadiger.'

'O, echt niet? Waarom zit ik hier dan?'

'Dat is een heel goede vraag, Cody. Ik zou willen dat iemand me daar eens een goed antwoord op kon geven.'

Cody staart in vervoering naar de boeken. Na een hele tijd vraagt hij: 'Waar hebt u al die boeken vandaan, Miss Iris?'

'O, ik weet zeker dat ik dat weleens in een brief heb verteld.'

'Nou, doe me een lol, verdomme. Mijn tijd raakt op.'

'Niet vloeken.'

'Sorry. Ik had toch die valium moeten nemen.'

'De wat?'

'Laat maar.'

'Ik heb ze hier en daar op de kop getikt. Garageverkopen, vlooienmarkten, bibliotheekacties, tweedehandswinkels. Ik heb er nooit meer dan een dollar per stuk voor betaald.'

‘En u hebt ze allemaal gelezen voordat u ze naar mij stuurde?’

‘Nou, bijna allemaal. Ik hou echt niet van de schunnige boeken, schrijvers als Harold Robbins, weet je wel? Pure vunzigheid. Maar ik heb ze je toch gestuurd.’

‘En daar ben ik u heel dankbaar voor, Miss Iris. Ik ben dol op de schunnige boeken.’

‘Pure vunzigheid.’

‘Weet u zeker dat u niet een paar hoofdstukken hier en daar gelezen hebt?’

‘Nou, misschien een klein stukje. Ik moest toch even kijken wat erin stond.’

‘En *Valley of the Dolls*? Ik heb het vijf keer gelezen en word er nog steeds opgewonden van.’

‘Laten we het ergens anders over hebben, oké?’

‘Hoezo? Wilt u niet over seks praten?’

‘Niet echt.’

‘Miss Iris, ik heb nooit seks gehad. Dat is toch niet te geloven? Ze hebben me in de gevangenis gegooid toen ik veertien was en ik kwam hier op mijn vijftiende. Brian zei altijd dat hij op zijn dertiende seks had gehad in een weeshuis, maar hij was vier jaar ouder dan ik en hij loog heel vaak. Ik heb nooit de kans gehad. Daarom zijn vieze boekjes zo leuk.’

‘Kunnen we het alsjeblieft ergens anders over hebben?’

‘Nee, Miss Iris. Ik heb nog minder dan twee uur te leven, dus ik praat over alles wat ik wil.’

‘Noem je drie lievelingsboeken.’

Daardoor wordt hij van zijn stuk gebracht en is hij even stil. Hij staart naar de boekenplanken, wrijft zich diep in gedachten verzonken in de handen en pakt eindelijk een boek. Hij laat haar de kaft zien en zegt: ‘*De druiven der gramschap* van John Steinbeck. Het verhaal van de familie

Joad uit Oklahoma en hun wanhopige reis naar Californië tijdens de Dust Bowl, de grote droogte. Hartverscheurend, maar ook opbeurend.' Hij slaat het open en kijkt op het titelblad. 'U hebt het me gestuurd in november 1984 en ik heb het zeven keer gelezen.'

Hij zet het boek voorzichtig weer op de plank en pakt er nog een. '*In koelen bloede* van Truman Capote. Een waargebeurd misdaadverhaal en een meesterwerk.' Hij laat haar het omslag zien. 'Hebt u het gelezen, Miss Iris?'

'Natuurlijk. Ik herinner me nog dat de familie Clutter werd vermoord in 1959. Alle vier de gezinsleden. Het gebeurde in Kansas, het westelijke deel, niet ver van waar ik woon.'

'Ze hebben die jongens opgehangen, Dick Hickock en Perry Smith. En weet u, Miss Iris? Ik was blij toen ze hen ophingen. U niet?'

'Nou, ik werd er niet heel verdrietig door.'

'Hoe raar is dat, Miss Iris? Zit ik hier in de dodencel een waargebeurd verhaal te lezen over een inbraak in een huis waar onschuldige mensen lagen te slapen en er een paar slechte jongens binnenkwamen die hen vermoordden. Komt het u bekend voor? En dan ben ik ook nog blij dat ze gepakt zijn en ter dood zijn gebracht.'

'Ja, dat is heel raar.'

'Dat is het gekke met de doodstraf, Miss Iris. Soms heb je er een hekel aan omdat het zo onrechtvaardig is, en soms betrap je jezelf erop dat je er stiekem blij mee bent, omdat die klootzak het verdiende om te sterven. Ik bedoel, ik zit hier al veertien jaar en er zijn acht mannen om zeep geholpen. Vier in de gaskamer, vier door de naald. Een van hen was waarschijnlijk onschuldig. De andere zeven zo schuldig als de pest. Ik had medelijden met zes van hen, maar de andere twee kregen hun verdiende loon.'

'Ik ben in alle gevallen tegen de doodstraf.'

'Nou, dan zou u een paar van mijn collega's hier in de dodengang eens moeten ontmoeten. Dan piept u wel anders.'

'En krijgen die jongens medelijden met jou?'

'Wie weet? Het kan me niet schelen. Ik kan me niet druk maken om hun gevoelens.'

Hij zet het boek weer op zijn plek en bewondert zijn collectie.

'En je derde lievelingsboek?'

Hij neemt de tijd en pakt er uiteindelijk nog een. 'Dit is waarschijnlijk het laatste boek dat ik ooit gelezen zal hebben. Ik heb het gisteravond uitgelezen, voor de vijfde keer. Het gaat over de dood en jong sterven.'

'*Sophie's keuze*?'

'Hoe weet u dat?'

'Je hebt het er meer dan eens over gehad in je brieven.'

'Ik ben hier door een hel gegaan, Miss Iris, maar dat is niks vergeleken met waar die mensen doorheen zijn gegaan. Alles is relatief, nietwaar? Zelfs lijden.'

'Dat zal wel, ja.'

'En het staat ook nog eens vol met seks.'

'Ik kon het niet uitlezen.'

'Het is schitterend. Zo'n krachtig verhaal, en het is een roman, een geweldig fictief werk, maar zo realistisch. Styron heeft er de Pulitzer voor gewonnen, weet u dat?'

'Nee, hij heeft de National Book Award gewonnen. Zijn Pulitzer was voor *De bekentenissen van Nat Turner*.'

'Dat klopt. U kent al die boeken, hè? Veertig jaar lang lerares Engels op de middelbare school geweest.'

'En ik heb genoten van elke minuut.'

Hij zet het boek weer op de plank en raakt de ruggen van andere boeken aan. 'Mijn favorieten. *Lonesome Dove, A Confederacy of Dunces, Catcher in the Rye, Catch-22*. En hier, een van mijn favorieten, de Travis McGee-reeks van John D. MacDonald. Ik kon maar geen genoeg krijgen van die ouwe Travis.'

'Weet ik, weet ik. Je ging er maar over door.'

'Eenentwintig boeken in de reeks en u, Miss Iris, hebt ze allemaal gevonden. U bent me er eentje, hoor.'

'Dat zeggen ze.'

'Maar echt, Miss Iris, ik heb van elk boek genoten. Kijk ze nou staan. Zo mooi. Kijk eens naar alle kleuren. Kijk hoe ze deze vreselijke plek hebben opgefleurd. Ik heb de mooiste cel in de dodengang.'

'Wat gaat ermee gebeuren?'

Cody schudt zijn hoofd, verstijft, glimlacht en zegt: 'Wacht even. Ik heb een geweldig idee. Ik wil dat u ze krijgt. Ik wil dat u mijn volledige nalatenschap erft: mijn bibliotheek, mijn brieven en mijn juridische dossiers. Al mijn bezittingen, Miss Iris. Ze zijn allemaal voor u.'

'O, nee. Ik zou niet weten wat ik...'

'U moet wel, Miss Iris. Anders verbranden ze al deze spullen. Er is niemand anders die het kan overnemen.'

'Dat kunnen ze niet doen.'

'O, jawel, dat kunnen ze en ze zullen het doen ook. Ze gooien dit spul samen met mij in het vuur en lachen zich rot. Ze moeten deze cel uitruimen voor de volgende.'

'Maar ik kan het niet meenemen.'

'Nee, natuurlijk niet. Luister, er staat zeventien dollar op mijn rekening, geld dat u me hebt gestuurd voor papier, postzegels en zo. Neem dat, doe er nog wat bij en dan kunt u het misschien allemaal naar Nebraska sturen. Alstublieft, Miss Iris. Het zou zoveel voor me betekenen als u mijn bibliotheek en mijn papieren bewaart. Al die prachtige boeken, en de kaarten en brieven en dossiers. U moet het doen, Miss Iris.'

'Nou, ik denk...'

'Natuurlijk, Miss Iris. Die clowns willen maar al te graag dat u mijn spullen meeneemt, zodat zij zich er niet druk om hoeven te maken. Alstublieft.'

'Nou, vooruit dan maar.'

'Geweldig, Miss Iris. Dit is fantastisch.'

'Ik regel het, Cody. Ik beloof het.'

'Dank u, Miss Iris. En u legt al onze brieven bij elkaar, hè?'

'Natuurlijk. Ik zit te denken: ik weet precies de juiste plek. Er is een muur in mijn studeerkamer die ik vrij kan maken, en dan hou ik je boeken daar voor altijd, Cody. Wat een heerlijk idee.'

'Dit is ongelofelijk, Miss Iris. Ik was van plan hier uit te checken en niks achter te laten, maar nu vind ik het een heel fijn idee om wel iets achter te laten, iets waardoor er aan me gedacht wordt.'

'Ik zal altijd aan je denken, Cody.'

Hij loopt naar de tralies en steekt zijn arm er weer tussendoor. Ze pakt zijn hand vast en ze delen een moment van stilte.

Marvin duikt op uit het donker en zegt zacht: 'De directeur zegt dat de tijd om is. Het spijt me.'

Cody slaat geen acht op hem. Hij kijkt naar haar gezicht en zegt: 'Dank u wel, Miss Iris. Bedankt dat u gekomen bent om afscheid te nemen.'

Met één hand veegt ze de tranen van haar gezicht. 'Dit is zo afschuwelijk, Cody, en zo verkeerd. Je zou hier niet eens moeten zijn.'

'Bedankt dat u gekomen bent, en dat u al die jaren zo zorgzaam bent geweest, en dat u mijn vriendin bent geweest, en voor alle boeken en kaarten en het geld, terwijl u dat eigenlijk niet kon missen.'

'Ik beschouw het als een eer, Cody. Ik wou alleen dat ik meer had kunnen doen.'

'U hebt meer gedaan dan wie dan ook.'

'Ik vind het zo erg.'

'Denk alstublieft aan me.'

Ze steekt haar hand uit en raakt zijn gezicht aan. 'Ik kan je nooit vergeten, Cody. Nooit.'

Marvin pakt zachtjes de handvatten van haar rolstoel en trekt haar naar achteren, en ze vertrekken. Cody tuurt haar na terwijl ze door de donkere gang verdwijnt. Hij probeert zich te beheersen. Als de deur in de verte met een metalig geluid dichtvalt, loopt hij naar zijn bed, gaat zitten en begraaft zijn gezicht in zijn handen.

6

Tien voor negen. In de verte klinkt de zoemer en Cody staat op om te kijken wie eraan komt. Het is Jack Garber, die langzaam loopt, met zijn handen in zijn zakken, zonder zijn gebruikelijke stapel dossiers en papieren. Hij blijft bij de tralies staan en Cody loopt naar hem toe.

Met lage, moedeloze stem zegt Jack: 'Het hooggerechtshof heeft nee gezegd. Het kantoor van de gouverneur belde zojuist met nog meer slecht nieuws.'

'Geen weesgegroetjes meer?' Hoe hard hij het ook probeert, Cody kan zijn schouders niet omhooghouden. Hij laat ze hangen, en zijn kin zakt omlaag.

'Niks, Cody. Ik heb niks meer over. Ik heb alles erop losgelaten, de hele trukendoos opengetrokken.'

'Dus het is voorbij?'

'Het spijt me, Cody. Ik had iets anders moeten doen.'

'Kom op, Jack. Je kunt jezelf niks verwijten. Je hebt tien

jaar lang voor me gevochten. Keihard gevochten.'

'Ja, gevochten en verloren. Je had moeten winnen, Cody. Je verdient het niet om te sterven. Je was gewoon een kind en je hebt niemand vermoord, je hebt nooit een trekker overgehaald. Ik heb je laten vallen, Cody.'

'Nietwaar. Je hebt gestreden tot het bittere eind.'

'Het spijt me.'

'Laat het los, Jack. Ik heb er vrede mee en ik ben klaar om te gaan.'

'Je bent altijd dapper geweest, Cody. Ik heb nog nooit zo'n dappere cliënt gehad.'

'Ik red het wel, Jack. En als er toch leven na de dood is, dan zie ik je aan de andere kant.'

Cody doet een stap dichterbij, steekt zijn arm door de tralies en legt zijn hand op Jacks schouder. De twee mannen omhelzen elkaar zo goed en zo kwaad als het gaat met de tralies tussen hen in. Ze blijven lange tijd zo staan en laten elkaar dan los. Uiteindelijk doet Jack een stap naar achteren en veegt zijn gezicht af. Hij draait zich om en loopt weg, en Cody kijkt hem na.

Hij doet zijn ogen dicht en haalt diep adem, waarna hij naar de tv loopt, de afstandsbediening pakt en hem aanzet. De gouverneur is te zien op het scherm. Buiten voor een chic kantoor, met een muur van somber kijkende strooplikkers achter zich, stapt hij naar een batterij microfoons en zegt zo ernstig mogelijk: 'Ik heb zojuist te horen gekregen dat het hooggerechtshof heeft geweigerd het laatste appèl van Cody Wallace aan te horen. Ik heb zijn verzoek om clementie zorgvuldig bekeken. De kwestie van zijn leeftijd is inderdaad zorgwekkend. Toch gaat mijn medeleven veel meer uit naar de slachtoffers van dit gruwelijke misdrijf, de familie Baker, en hun grote verlies. Zij hebben op dit moment onze gebeden nodig. Zij zijn tegen clementie. De mensen in deze staat hebben herhaaldelijk gezegd dat ze in de doodstraf geloven, en het is mijn heilige plicht om de wet na te leven. Daarom wijs ik het verzoek om clementie af. De executie zal zoals gepland om tien uur vanavond plaatsvinden.'

Hij buigt zijn hoofd alsof hij zelf elk moment kan gaan bidden en loopt weg. Verslaggevers beginnen onmiddellijk vragen te roepen, maar hij is te zeer aangeslagen om daarop te kunnen antwoorden.

Cody dempt het geluid van de tv en staart ernaar. Opeens verandert het scherm en daar is Jack, die ergens op het gevangenisterrein staat met aan weerszijden een bewaker. Cody drukt snel weer op de volumeknop.

Jack zegt in de camera: 'Cody was veertien, een kind, een weesjongen, een dakloze knul die in het bos woonde, een kind dat niemand wilde. Hij heeft nooit een trekker overgehaald en niemand vermoord. Het is barbaars dat deze staat hem als volwassene heeft berecht en het is immoreel om hem te executeren. Het systeem heeft Cody keer op keer laten vallen, en nu zal het systeem hem vermoorden. Mijn felicitaties aan de godvrezende, verstokte liefhebbers van wapens en gezag in deze treurige staat.'

Als de nieuwslezer in beeld komt, drukt Cody op de afstandsbediening en het scherm wordt zwart.

7

Marvin duwt een etenskarretje door de donkere gang. Het avondeten wordt normaal gesproken altijd om vijf uur 's middags gebracht, de middagmaaltijd om elf uur en het ontbijt om vijf uur 's ochtends. De rechtbank had lang geleden bepaald dat iedere man in de gevangenis recht heeft op 2.200 calorieën per dag en iedere vrouw op 1.800. In andere gedeelten van de gevangenis was het misschien eetbaar, maar in de dodengang was het een ondraaglijk smerig menu van instantvoedsel en verlepte groenten en smerig spul uit blik dat ver over de houdbaarheidsdatum was. De maaltijden bevatten vaak vijf of zes sneden oudbakken witbrood om de teller op te krikken naar de magische 2.200 calorieën om zo nog een rechtszaak te voorkomen. Cody's aanklacht van tien jaar daarvoor had voor enige verbetering gezorgd. Sommige mannen lieten het eten staan en aten alleen het hoognodige om in leven te blijven. Anderen werden dik van de extra sneden witbrood die heen en weer door de gang werden gegooid. Een handjevol van hen had het geluk om een beetje geld van thuis te krijgen, zodat ze lekkerdere dingen uit de kantine konden kopen.

'Je laatste maaltijd, Cody,' zegt Marvin terwijl hij een medium diepvriespizza met pepperoni door de etensgleuf in de deur schuift. Cody loopt ernaartoe en pakt hem aan. Marvin geeft hem een grote kartonnen beker met een rietje en zegt: 'Je aardbeienmilkshake.'

Cody gaat met een glimlach op zijn bed zitten. Hij pakt een pizzapunt en neemt een hap. 'Het is voorbij, Marvin. Het gaat echt gebeuren, hè?'

'Het lijkt er wel op, Cody. Ik vind het echt heel erg.'

Hij neemt nog een hap en zuigt daarna aan het rietje. Hij kijkt naar Marvin en zegt: 'Dit is een behoorlijk slechte diepvriespizza.'

'Wat had je dan verwacht?'

'Weet ik niet. Ik heb weleens een veel lekkerdere pizza gegeten.'

'Je hebt expliciet om een diepvriespizza gevraagd. Heb ik nog nooit gezien als laatste maaltijd.'

'Nou ja, het doet er ook niet echt toe, hoor. Ik heb toch niet echt trek. Wil jij een stuk pizza?'

'Nee, dank je.'

Cody zuigt weer aan het rietje en begint te lachen. 'Weet je nog toen ze Skunk Miller vermoordden, wat was het, twee jaar geleden?'

'Zeker. Dat weet ik nog heel goed. Ik mocht Skunk graag.'

'En wat was zijn laatste maaltijd?'

Marvin grinnikt bij de herinnering. 'Nou, dat was me wat. Skunk wilde alles, een lendenbiefstuk, frietjes, twee cheeseburgers, een dozijn oesters, gebakken aardappelen, eieren met ham, en chocoladetaart. En hij at alles tot op de laatste kruimel op.'

'Jij bracht het hem, toch?'

'Ja, en ik heb hem zien eten. Hij bleef me maar iets van zijn laatste maaltijd aanbieden, maar dat voelde gewoon niet goed.'

'Hij had ook een fles wijn besteld.'

'Ja, maar die kreeg hij niet. Geen alcohol, natuurlijk.'

Cody neemt een klein hapje, maar het is duidelijk dat hij er weinig belangstelling meer voor heeft. 'Weet je, een paar minuten nadat je dood bent gegaan, ontspannen je darmen en je blaas zich en laten alles gaan, echt een grote smeerboel. Ik denk dat Skunk het laatste lachte.'

'Ik geloof niet dat hij lachte.'

'Moet jij daarna alles opruimen?'

'Nee. Dat is de taak van iemand anders, goddank.'

'Wat gebeurt er met me nadat ze mijn kleren hebben uitgetrokken en me eraf halen?'

'Dat weet ik niet, Cody. Daar ben ik nooit nieuwsgierig naar geweest.'

'Kijk je weleens naar een executie, Marvin?'

'Nee. Dichterbij dan dit wil ik niet komen.'

'Ik wil graag dat je een stuk pizza neemt. Hij is niet zo lekker, maar het is wel een soort vulling.'

'Nee, dank je.'

'Laat me raden. Je houdt niet van diepvriespizza?'

'Inderdaad.'

Cody grinnikt en zuigt aan zijn rietje. 'Dat kan ik nauwelijks geloven, Marvin. Als Brian en ik ergens inbraken, gingen we altijd eerst voor de vuurwapens; vuurwapens en sieraden, waardevolle spullen die makkelijk mee te nemen zijn en nog makkelijker te verkopen. Nadat we heel snel hadden rondgekeken, was het altijd mijn taak om naar de koelkast en de vriezer te lopen om iets te eten te zoeken. We hadden meestal honger tegen de tijd dat we ergens inbraken. Als we geluk hadden, lag er pizza in de vriezer. We hadden een kleine houtskoolgrill die we hadden gejat, jezus, alles wat we hadden was gejat, tot de schoenen aan onze voeten aan toe, maar goed, dan grilden we midden in de nacht een diepvriespizza en keken naar de sterren.' Hij staat op, kijkt naar Marvin en doet zijn ogen dicht voor een lange stilte. Dan lacht hij en zegt: 'Dat waren gelukkige tijden, Marvin. Brian en ik, zo vrij als een vogeltje, en we leefden van het land, bij wijze van spreken, sliepen in een tentje en waren altijd onderweg, zodat niemand ons kon vinden. Denk je eens in, Marvin. Niemand op de wereld wist waar we waren, en het kon ook niemand iets schelen. En wij gaven ook geen moer om wie dan ook. Volledige vrijheid daarbuiten, verscholen in het bos. Dat waren de mooiste dagen, en ik was nog maar een kind.'

Marvin heeft niks te zeggen. Er verstrijkt een volle minuut en het lijkt of Cody in trance is. Verderop in de gang slaat de deur weer met een metalig geluid dicht, maar er komt niemand naar hen toe. Uiteindelijk zegt Marvin: 'Zeg, Cody, ik wil niet lullig doen, maar je moet je maaltijd opeten. We moeten je over een paar minuten naar de wachtruimte brengen.'

'Waarom mag ik niet gewoon hier blijven tot het grote ogenblik aanbreekt?'

'Weet ik niet. Ik maak de regels niet.'

'Weet ik, weet ik.'

'Sorry.'

'Hé Marvin, ik deed daarnet nogal onaardig tegen Padre. Is hij er nog?'

'Ja, hij zit aan de voorkant met de directeur.'

'Wil je vragen of hij bij me komt zitten in de wachtruimte?'

'Tuurlijk. Dat zal hij fijn vinden.'

'Ga jij naar mijn executie kijken? Ik heb nog genoeg kaartjes.'

'Nee, dank je.'

Cody lacht breeduit en begint te gniffelen. 'Hé Marvin, mag ik je om een gunst vragen?'

Dat is grappig, en Marvin moet lachen. 'Een gunst in de dodencel?'

'Ja. Je kunt het. Een simpele gunst die heel veel voor me zou betekenen.'

'Wat dan?'

Cody loopt naar de tralies en dempt zijn stem. 'Marvin, ik heb de maan al veertien jaar niet meer gezien en zou hem heel graag nog één keer willen zien.'

'Kom op, Cody.'

'Nee, kom op jij, Marvin. Over minder dan een uur ben ik dood, dus wie heeft er nou last van als ik stiekem naar buiten glip voor wat frisse lucht? Wat kan dat voor kwaad?'

'Het is tegen de regels.'

'Jij maakt de meeste regels hier, Marvin. Niemand zal jou in twijfel trekken. We lopen door de gang, nemen de zijdeur naar de binnenplaats, en daar is-ie. Een grote maan, mooi vol, de eerste zomermaan. Recht daarboven in de lucht in het oosten.'

'Het is te riskant.'

Cody lacht en zegt: 'Doe normaal. Wat ga ik dan doen, Marvin? Jou op je kop slaan, over een stuk of vijf hekken springen, duizend kogels ontwijken, de bloedhonden achter me laten en waar zou ik daarna precies naartoe moeten, Marvin? Jezus, de helft van de politiemacht van de staat is daarbuiten aan het wachten tot het feest losbarst, want we zijn dol op executies. Kom op, Marvin, doe iets aardigs. Ik ben bijna dood, hoor.'

Marvin kijkt onzeker om zich heen. 'Ik vraag het aan de directeur.'

'Nee! Verspil je tijd niet aan die sukkel. Je weet toch al dat hij nee zegt. Loods me gewoon door de zijdeur, niemand die het ziet. Vijf minuutjes maar, Marvin. Alsjeblieft.'

'Ik kan het niet doen.'

'Tuurlijk wel. Voor wie ben je bang?'

'Echt niet. Ik word ontslagen.'

'Nee, niet waar. Niemand komt het te weten.'

'Sorry, Cody.'

'Vijf minuutjes.'

'Twee minuten. En daarna meteen weer hierheen.'

8

De binnenplaats is een kleine buitenruimte met een picknicktafel op een strook beton, omringd door een paar grassprietjes. Zevenenhalf bij zes meter, om precies te zijn, en de gevangenen uit de dodengang weten de exacte afmetingen omdat ze dagelijks langs het hek lopen. Er waren paadjes uitgesleten tussen het beton en het gaashekwerk, en onder het glanzende scheermesdraad. Ze mochten elke dag een uur alleen en zonder toezicht frisse lucht inademen, in de verte staren en dagdromen, en over de paadjes schuifelen. Zeven of acht grote stappen, dan een hoek van negentig graden en weer hetzelfde. Vroeger was de binnenplaats veel groter, met wat oude gewichtjes en een basketbalring. Er mochten vier mannen tegelijk pauze houden en ruwe twee-tegen-tweewedstrijdjes waren de norm. Maar toen kwam er een gevecht en werd er iemand met een dumbbell afgerost.

Er staan geen lampen rond de binnenplaats. Hij wordt nooit na het donker gebruikt. Het vierkante gebouw met het platte dak waar de dodengang is, staat ernaast en loopt veertig meter naar het oosten en het westen. Helemaal aan het eind is het Gashuis, nog een gezwelachtig aanbouwsel dat er tientallen jaren geleden aan is toegevoegd.

De dikke metalen deur gaat open en Cody loopt naar buiten, zonder handboeien en kettingen. Marvin loopt ongewapend achter hem en houdt hem nauwlettend in de gaten. In de verte zwiepen er zoeklichten door de lucht en er is ergens een helikopter te horen. Het is tijd voor een executie en de opwinding hangt in de lucht.

Cody gaat midden op de binnenplaats staan en staart naar de vollemaan, die zo groot is dat je hem bijna kunt pakken. 'Nou, hij is niet veranderd, hè? Dezelfde oude maan.'

Marvin leunt tegen de picknicktafel en vraagt: 'Had je iets anders verwacht?'

'Het lijkt of hij dichterbij staat, vind je niet?'

'Dat betwijfel ik. Hoe wist je dat het vollemaan was?'

'Omdat het 22 juni is, de eerste dag van de zomer. Dat noemen ze een aardbeienmaan.'

'Nooit van gehoord.'

'Kom op, Marvin. Meen je dat nou?'

'Echt nooit van gehoord. Waarom noemen ze het een aardbeienmaan?'

'Omdat in het late voorjaar en de vroege zomer eindelijk de aardbeien en ander fruit rijp worden. De inheemse bevolking heeft er de naam aardbeienmaan aan gegeven.'

'Wat betekent dat?'

'Het betekent dat de vollemaan een paar dagen dichterbij lijkt te staan.'

'Hoe weet je dat?'

'O, ik kende alle sterren en sterrenbeelden, Marvin. Brian en ik leefden in het wild, we sliepen overdag en zwierven 's nachts rond. Wil je een verhaal horen, een van mijn favorieten?'

'Ja, maar je moet wel snel praten. Als de directeur ons hier betrapt, zwaait er wat.'

'Ik maak me geen zorgen om de directeur.'

'Nou, ik wel. Ik weet niet of dit wel zo'n goed idee was.'

'Brian en ik waren een keer aan het inbreken en we vonden geen vuurwapens of sieraden of iets anders wat we konden verkopen. Jezus, ze hadden niet eens diepvriespizza's. Maar de vent van wie het huis was, had wel een heel mooie telescoop in zijn woonkamer staan, voor een groot raam, zodat hij naar de sterren kon kijken. We waren kwaad op hem, dus namen we zijn telescoop mee en dachten dat we die wel voor een paar dollar konden verpatsen. Die nacht zetten we hem in een wei neer en begonnen ermee te spelen. Ik vergeet nooit de kick toen we het oppervlak van de maan zagen, met de kraters en de richels en de valleien. "Schitterende verlatenheid", zoals een astronaut het eens beschreef. We keken er uren naar, helemaal betoverd. Een week later of zo braken we in bij een ander huis en dat was een goudmijn. Vuurwapens, sieraden, radio's, een kleine tv. Een goede buit. Zelfs pizza. We verkochten het spul aan een heler en hadden een zak vol geld. We vonden een goedkoop motel, betaalden een kamer, gingen douchen, sliepen met airco. Het goede leven. Dat deden we af en toe als we geld hadden. Niet ver daarvandaan was een bibliotheek, een dependance van die in de binnenstad. We gingen ernaartoe – mijn eerste keer in een bibliotheek, neem dat maar van me aan – en waren verbaasd om te zien dat iedereen gewoon vanaf de straat naar binnen kon lopen en gratis kranten en tijdschriften kon lezen. We snuffelden wat rond en boven vonden we een prachtig boek vol plaatjes over het zonnestelsel en de constellaties, en de verschillende maanfasen. Dus we pikten het en namen het mee naar onze kampeerplek. We bestudeerden het van a tot z; ik kon niet goed lezen, maar Brian had de tweede klas van de middelbare school afgemaakt en we leerden alles over de sterren. We brachten elke heldere nacht uren met de telescoop door. We konden naar de maan kijken, zonder telescoop, en zeggen welke dag van de maand het was. Als er geen maan was en de hemel bezaaid was met sterren, konden we met het blote oog alle constellaties ontdekken. Orion, Scorpius, Gemini, het Noorderkruis, Taurus de stier, de Grote Beer, ook wel bekend als het steelpannetje. En met de telescoop vonden we sterren en zonnestelsels waar ze je op school niks over leren. We kregen een keer heel erge ruzie omdat Brian zwoer dat hij Pluto had gevonden. Niet te geloven, toch?'

'Ik weet niet zo goed wat ik moet geloven.'

'We hebben die telescoop gehouden, nooit verpatst, zelfs niet toen we honger hadden.'

'Dat is een leuk verhaal, behalve dan dat gedeelte over inbreken en stelen.'

'Wat hadden we dan moeten doen, Marvin? Doodgaan van de honger?'

'Daarom is het nog niet goed.'

'Wat jij wilt.' Cody wijst naar de maan. 'Brian hield van donkere nachten, de Melkweg, duizenden sterren, maar ik hield van de maan. En als die vol was, zoals vanavond, was het bijna onmogelijk om de constellaties te zien. Maakte mij niet uit. Ik was uren bezig het oppervlak te verkennen, ervan overtuigd dat er daar iemand woonde. Zie je dat donkere stukje daar rechts van het midden? Dat is de Mare Tranquillitatis, waar de Apollo 11 landde in juli 1969. Herinner je je dat nog, Marvin?'

'Dat herinnert iedereen zich. Jij was nog maar heel klein.'

'Ik was acht en ik woonde bij een pleeggezin, de familie Conway. Een van de vele, destijds. Ze waren best oké, hoor, maar een van de rotdingen als pleegkind is dat je altijd weet dat je er niet echt bij hoort. Hoe dan ook, het was zondagavond en meneer Conway zette ons allemaal voor de tv om naar de maanlanding te kijken. Het zei me niet zoveel. Jou wel?'

'Dat weet ik niet, Cody. Het is lang geleden. In die tijd droomden kleine zwarte jongetjes er nog niet van om later astronaut te worden.'

'Nou, ik was een klein wit jongetje en ik droomde er ook echt niet van om er een te worden. Het enige waar ik van droomde was een vader en moeder hebben en in een leuk huisje wonen.'

Cody doet een stap naar achteren en leunt naast Marvin tegen de picknicktafel. Ze kijken naar de zoeklichten die in de verte door de lucht zwiepen.

'Wat waren jouw dromen, Marvin?'

'Ik weet niet. Honkballen. Ik had leuke ouders, nog steeds trouwens, met veel broers en zussen, tantes en ooms, een grote familie, meestal heel gelukkig. In dat opzicht mag ik van geluk spreken.'

'Absoluut.'

'Willie Mays was mijn held en ik droomde ervan om met de grote competities mee te doen. Mijn vader speelde honkbal, hij heeft drie jaar in de lagere divisie gespeeld, maar dat was voor Jackie Robinson. Hij kon er geen geld mee verdienen, dus is hij gestopt en naar huis gekomen. Hij leerde me spelen en ik vond het geweldig.'

'Hoe ver ben je gekomen?'

Marvin vindt het vermakelijk. 'Niet ver. In 1965 selecteerden de White Sox me in de vijfenveertigste ronde, wat toevallig ook de laatste ronde was, en boden me tweehonderd dollar als ik wilde tekenen.'

'Heb je het gedaan?'

'Nee. Mijn vader zei dat ik het niet moest doen. Hij wist dat ik het niet tot de hoogste divisie zou schoppen, ik was te traag, en hij wilde niet dat ik vijf jaar zou verspillen aan het rondhobbelen in de lagere divisie. Hij wilde dat ik ging studeren, maar dat konden we ons niet echt veroorloven.'

'Hij was vast een slimme man.'

'Dat is hij nog steeds. Ik luister nog steeds naar hem, af en toe, en hij geeft me nog steeds graag advies.'

'En je moeder?'

'O, die is er ook nog. Ze zijn al meer dan vijftig jaar getrouwd. Zij geeft ook graag advies.'

Cody is te zenuwachtig om op één plek te blijven. Hij loopt naar het hek en kijkt naar de maan. 'Eén keer, ik was denk ik een jaar of twaalf, waren Brian en ik in het bos, we hadden honger en het was koud, het was winter, en we zochten huizen waar we konden inbreken. Het was avond, net na het donker, en we slopen naar een huis aan de rand van het bos, een nieuwe wijk. We klommen in een boom om beter te kunnen kijken. We waren 's nachts net katten, we bewogen ons heel snel. We keken omlaag naar het huis. Er was een groot keukenraam en daar zat een volmaakt gezinnetje om de tafel te eten. Vader, moeder, drie kinderen, een jongen van ongeveer mijn leeftijd. Ze zaten te eten, te praten, te lachen, en achter hen brandde een vuur in de open haard. Ik dacht: wat is er met me gebeurd? Waarom zit ik hier hongerig en koud in een boom en heeft dat kind een perfect leventje? Wat is er misgegaan, Marvin?'

'Daar heb ik geen antwoord op.'

'Dat weet ik, Marvin, dus doe me een lol, oké? Mijn biologische klok tikt. Ik bedoel, hij tikt echt.'

'We kunnen maar beter weer naar binnen gaan. Je hebt nog drieëndertig minuten. Straks betrapt de directeur ons nog.'

'Wat kan hij doen? Me een slechte aantekening geven? Me op een proeftijd zetten?'

'Dat weet ik niet, maar hij kan me overplaatsen naar de afdeling met het uitschot.'

Daar moet Cody om lachen. 'Ik denk dat het leven hier in de dodengang beter is.'

'Dat heb ik liever.'

'Dank je wel hiervoor, Marvin.' Hij wuift naar de maan. 'Dank je wel dat je zo aardig voor me bent. Sommige andere bewakers zijn klootzakken.'

'Ik heb je altijd graag gemogen, Cody, en ik heb nooit gevonden dat je het verdiende om hier te zijn.'

'Nou, dank je, Marvin, dat is fijn om te horen nu het einde nadert.'

Er komen auto's aanrijden op de weg die naar de centrale gevangenis loopt. Het is een soort karavaan, met een politiewagen met blauwe zwaailichten die voor drie identieke witte bestelbusjes uit rijdt. Er rijdt nog een politiewagen achteraan. Ze draaien het parkeerterrein vlak bij de voorkant van de dodengang op en komen tot stilstand. In de verte, te ver om te kunnen horen wat er gezegd wordt, stromen de busjes leeg en begeleiden de bewakers de mensen naar binnen.

Cody en Marvin kijken ernaar en als de mensen uit het zicht verdwenen zijn, zegt Cody: 'Zo, ik denk dat de getuigen gearriveerd zijn. Het uur nadert.'

'Dat klopt.'

'Heb jij de getuigenlijst gezien, Marvin?'

'Ja.'

'En, wie staan erop?'

'Dat mag ik niet zeggen.'

'Kom op, Marvin. Ik denk dat ik wel het recht heb om te weten wie me straks ziet sterven. God allemensen.'

'Een paar familieleden. De Bakers hadden drie kinderen.'

'Murray, Adam en Estelle. Goddank waren ze die avond niet thuis. Ik herinner me hen van mijn rechtszaak. Ik heb zelfs brieven aan hen geschreven, maar ze hebben nooit teruggeschreven. Dat kan ik ze niet echt kwalijk nemen.'

'Nou, ze zijn hier, samen met een paar van de aanklagers en wat agenten, denk ik. Ik ken niet iedereen op de lijst.'

'En niemand aan mijn kant van de kamer.'

'Dat wil je toch?'

'Ik denk het wel. Wil jij zien hoe ik doodga, Marvin?'

'Het antwoord is nog steeds nee.'

'Dat dacht ik al. Ik vraag me af hoe ze zich voelen als het achter de rug is. Zullen ze opgelucht zijn? Verdrietig misschien? Of echt blij dat ik er niet meer ben? Ik weet het niet. Wat denk jij?'

'Ik weet het niet. Ze willen je vast en zeker zien sterven, anders waren ze hier niet.'

'Nou, ik zal ze waar voor hun geld geven, net als de directeur.' Cody loopt een paar stappen en blijft naar het Gashuis kijken. 'Weet je, Marvin, ik heb medelijden met ze. Ze zijn hun ouders verloren en dat waren goede mensen, maar ik zweer dat ik niemand heb vermoord.'

'Dat weet ik.'

'Ik heb zelfs tegen Brian gezegd dat hij dat geweer moest wegdoen.'

'Ik heb jaren geleden een keer met je advocaat gesproken, Jack. Ik mag die vent graag. Hij vertelde me over jouw zaak, hij zei dat jij die mensen niet hebt vermoord, hij zei dat je broer heeft geschoten.'

'Dat klopt, maar ik was er wel bij, als medeplichtige, en volgens de wet van deze fantastische staat ben ik daarom net zo schuldig als mijn broer.'

'Het blijft onrechtvaardig.'

'Het was mijn schuld, Marvin. Allemaal mijn schuld.'

9

Het huis maakte deel uit van een soort nieuwbouwproject, percelen van bijna een hectare op het platteland, aan een verharde weg, aangesloten op de waterleiding en de riolering van de county, met buren die te ver weg waren om last van te hebben maar dichtbij genoeg om te kunnen helpen, driehonderd vierkante meter woonruimte met genoeg ruimte voor een zwembad, een tuin en honden. De buurt was een ideaal doelwit voor simpele inbrekers die uit de bossen kwamen sluipen en dag en nacht toesloegen. Tot nu toe was het maagdelijk terrein voor de kleine Wallace-bende. Er stonden veertien huizen aan de straat, allemaal binnen de afgelopen twintig jaar gebouwd, modern genoeg om te zijn uitgerust met beveiligingssystemen en camera's. Bij de meeste opritten stonden kleine blikken bordjes met de tekst ALERT, het populairste beveiligingsbedrijf in de omgeving.

Brian en Cody hielden de weg al weken in de gaten. Het was zomer, vakantietijd, altijd een drukke periode voor dieven. Bij zonsondergang raceten ze op hun fiets door de straat om te kijken in welke huizen het donker was. Laat op de middag klommen ze in bomen en gebruikten verrekijkers om de huizen te bekijken: welke campers er weg waren, op welke opritten de kranten zich opstapelden, waar er kinderen en honden ontbraken, waar de gordijnen dichtgetrokken bleven. Het was heel makkelijk om te zien welke huizen leeg waren.

Na een paar dagen werd duidelijk dat de familie Baker weg was. Ze woonden aan de noordkant van de weg, Cody's verantwoordelijkheid. Brian hield de huizen aan de zuidkant in het oog.

Ze wachtten tot twee uur 's nachts, het beste tijdstip om naar binnen te gaan. Er zaten ALERT-sensoren op alle ramen en deuren, wat betekende dat het telefoontje naar de centrale na ongeveer een minuut zou plaatsvinden, en dan zouden de sirenes of piepers of wat de Bakers ook maar hadden gekozen, gaan loeien in het huis. Je wist nooit of er ook buiten alarmen in werking werden gesteld, waardoor de buren wakker zouden worden. Als alles zou gaan zoals ze verwachtten, zou het minstens twintig minuten duren voordat er blauwe zwaailichten kwamen.

Twee minuten was lang genoeg. Ze hadden allebei een kleine zaklamp, omdat ze in het donker werkten. Ook nu weer konden zich slapelozen onder de bemoeizuchtige buren bevinden. Met een glassnijder haalde Brian snel een venstertje uit de patiodeur, stak zijn hand naar binnen, schoof de grendel opzij en deed de deur open. Hij had het zo vaak gedaan dat hij een afgesloten deur net zo snel open kreeg als ieder ander met een sleutel.

Een paar seconden later begon het alarm in het hele huis te piepen, maar het was niet hard. De jongens hadden geleerd kalm te blijven te midden van de herrie en gingen gewoon hun gang. Ze hadden nooit ingebroken in een huis waar mensen waren. Er was niemand die het alarm kon horen.

Maar op die noodlottige avond ging alles mis. Ze waren in de woonkamer toen iemand een lichtknopje aan het eind van de gang aanknipte. En man schreeuwde: 'Wie is daar?'

'Verdomme!' siste Brian, bijna fluisterend, maar toch hard genoeg om gehoord te worden, want een vrouw gilde: 'Er is daar iemand, Carl. Ik hoorde hem.'

Vijftien jaar lang had Cody die afschuwelijke seconden in zijn hoofd afgespeeld en hij had nooit kunnen verklaren waarom Brian geluid had gemaakt. Ze hadden elkaar wel honderd keer op het hart gedrukt dat als er iets mis zou gaan, ze snel terug zouden gaan naar de deur waardoor ze binnen waren gekomen, en dan als konijnen in de nacht zouden verdwijnen. Geen geluid maken, gewoon rennen. Ze waren in het zwart gekleed, zelfs hun sneakers, hadden hun gezicht zwart geverfd en droegen zwarte rubberhandschoenen. Ze waren kinderen, maar ze speelden een volwassen spelletje en dat namen ze serieus. Ze waren trots op hun successen.

En het pistool? Waarom het pistool? Ze hadden er wel honderd gestolen en hadden een hele berg munitie verspild doordat ze diep in de bossen aan het schijfschieten waren geweest. Cody werd een redelijke schutter, maar Brian kon alles raken. Ze hadden ruziegemaakt over het wel of niet meenemen van een pistool tijdens deze inbraken.

Er ging nog een lamp aan in het achterste deel van het huis. Cody trok zich terug en kroop naar de keuken, waar hij een barkruk omstootte.

'Ik heb een geweer!' schreeuwde de man.

Brian dook weg achter een leunstoel in de woonkamer.

De schietpartij duurde maar een paar seconden, maar

Cody, de enige overlevende, kon alles urenlang afspelen in zijn hoofd. De oorverdovende knal van een kaliber 12-geweer, en snelle schoten uit een 9mm-pistool. De vrouw gilde en haar man vuurde nog een keer.

Tijdens Cody's rechtszaak legde de ballistisch expert aan de jury uit dat Brian vijf schoten had weten te lossen voordat hij werd geraakt door het kaliber 12. Eén kogel raakte mevrouw Baker vlak onder haar linkeroog, waardoor ze op slag dood was. Meneer Baker werd twee keer in zijn borst geraakt, maar hij wist Brian toch nog uit te schakelen met zijn tweede schot.

Toen het schieten ophield, vond Cody een lichtknopje en gaapte vol afgrijzen naar het bloedbad. Meneer Baker lag kreunend op de grond en probeerde overeind te krabbelen. Mevrouw Baker leunde ineengezakt tegen de boekenkast, bloedend en wel. En Brian lag op de grond bij de tv, met zijn halve hoofd eraf geknald. Cody gilde en stak zijn hand naar hem uit.

Toen de politie kwam, troffen ze Cody zittend op de grond aan, terwijl hij het verminkte hoofd van zijn broer vasthield, helemaal onder het bloed zat en huilde.

Meneer Baker overleed de dag erna. Cody, die ongedeerd was, fysiek tenminste, werd voor de rest van zijn leven achter slot en grendel gezet. De foto's van de plaats delict werden aan de juryleden getoond en die hoefden niet lang te beraadslagen voordat ze terugkeerden met een veroordeling tot de doodstraf.

10

'Het was allemaal mijn schuld, Marvin. Ik dacht dat het huis leeg was, dat de Bakers nog weg waren. Eén fout van mij en alles werd anders. Het was zo verschrikkelijk.'

Cody loopt terug naar de picknicktafel en leunt ertegenaan, naast Marvin. Ze kijken allebei naar de maan. Er verstrijken een paar seconden en het is tijd om te gaan.

'Er was zoveel bloed. Ik zat helemaal onder en kon niet wegrennen. De agenten gooiden me achter in de auto en scholden me de hele weg naar de gevangenis uit, maar het kon me niks schelen. Ik kon niet stoppen met huilen. Brian was dood. Hij was de enige van wie ik ooit gehouden heb, Marvin, en de enige die ooit van mij heeft gehouden. En hij is al vijftien jaar dood.'

'Ik vind het zo erg voor je, Cody.'

Een andere bewaker kijkt om het hoekje en zegt: 'De directeur komt eraan.'

Marvin springt overeind en loopt naar de deur. Hij maakt hem open en wacht, maar Cody staat als aan de grond genageld. Langzaam veegt hij de tranen van zijn gezicht terwijl hij naar de maan staart.

'Je moet gaan, Cody.'

'Waarheen? Waar ga ik naartoe, Marvin?'

'Dat kan ik niet beantwoorden.'

'Denk je dat Brian daar is?'

'Geen idee.'

Cody staat langzaam op, veegt weer over zijn gezicht en werpt nog één lange blik op de maan.

Sparringpartners

1

Advocatenkantoor Malloy & Malloy was al toe aan de derde generatie, en vanaf de buitenkant leek het erop dat de zaken behoorlijk goed gingen, ondanks een nogal schokkend schandaal in het niet zo verre verleden. Al vijfenvijftig jaar lang voerde het processen vanaf de hoek van Pine Street en 10th Street in hartje St. Louis, in een fraai art-decogebouw dat een eerdere Malloy-advocaat had gestolen tijdens een gedwongen verkoop.

Maar achter de deuren ging het allemaal niet zo goed. De patriarch van de firma, Bolton Malloy, was nu vijf jaar weg; weggestuurd door een rechter nadat hij schuld had bekend voor de moord op zijn vrouw, een extreem onaangenaam mens die door niemand gemist leek te worden. Dat was dus het schandaal: een van de bekendste advocaten van de stad was veroordeeld wegens doodslag en zijn vergunning was hem afgenomen. Hij had tien jaar gekregen, maar was al een vervroegde vrijlating aan het beramen.

Zijn zoons leidden het advocatenkantoor, en ze leidden het naar de ondergang. Ze waren de enige partners en ze waren gelijken in de zin van statuur, autoriteit en verdiensten, maar hadden een hartgrondige hekel aan elkaar en praatten alleen als het echt moest. Rusty, de oudste met een verschil van zeventien maanden, ging er prat op dat hij een keiharde strafpleiter was; hij was dol op de rechtszaal en droomde van grootse, spetterende vonnissen waardoor hij nog meer zaken zou aantrekken en die een fikse hoeveelheid publiciteit zouden opleveren. Kirk, de rustigste van de twee, gaf de voorkeur aan een veiliger kantoorpraktijk met vette honoraria voor nalatenschappen en belastingzaken.

Rusty kocht elk jaar seizoenskaarten voor de Cardinals en ging naar minstens vijftig wedstrijden. 's Winters sloeg hij zelden een hockeywedstrijd van de Blues over. Kirk meed sporten en hield meer van theater, opera en zelfs ballet.

Rusty was dol op blondines en was er met drie getrouwd geweest. Alleen de tweede schonk hem nageslacht, zijn enige kind. Kirk was nog bij zijn eerste vrouw, een knappe brunette, maar het ging bergafwaarts. Ze hadden drie pubers die keurig waren opgevoed, maar die nu verschillende richtingen van het slechte pad verkenden.

Bolton en zijn inmiddels overleden vrouw hadden de jongens een streng katholieke opvoeding gegeven en Kirk ging nog steeds elke zondag naar de mis. Rusty had de kerk afgezworen tijdens alle seksschandalen, en hij kon vijandig reageren als de paus werd bejubeld. Hij beweerde dat hij zich had aangesloten bij de anglicaanse kerk, maar daar kwam hij nooit.

Als trotse Ieren droomden de jongens ervan om aan Notre Dame te studeren. Rusty, die een jaar voorliep op zijn broer, ging er als eerste naartoe en vertrok triomfantelijk naar South Bend. Toen al, op die leeftijd, waren de jongens zo jaloers op elkaar en zo competitief, dat Kirk stiekem hoopte dat Rusty niet zou worden aangenomen. Toen dat wel het geval was, besloot Kirk dat hij er keihard aan zou werken om naar een Ivy League-universiteit te gaan en zijn broer af te troeven. Hij kwam op de wachtlijst voor Dartmouth terecht en werd op het nippertje aangenomen.

Notre Dame-football versus Dartmouth-atletiek. De grove beledigingen waren niet van de lucht. Toen Rusty de familie meedeelde dat hij zich zou inschrijven voor rechten aan Yale, maakte Kirk een scherpe draai en besloot zich in te schrijven bij Harvard. Ze kwamen geen van beiden door de selectie, hoewel ze allebei goede cijferlijsten hadden. Rusty's tweede keus was Georgetown. Die van Kirk was Northwestern, dat destijds net ietsje hoger werd beoordeeld door een toonaangevend tijdschrift. Daardoor volgde Kirk dus een betere rechtenstudie, maar daar wilde Rusty niks van horen.

Bolton verwachtte volledig dat beide zoons zouden terugkeren naar het familiebedrijf in hartje St. Louis, en aangezien hij elke cent van hun bacheloropleidingen en rechtenspecialisaties had betaald, had hij hun toekomst stevig in de hand. Maar om te zorgen dat ze keihard werden, stond hij erop dat ze een paar jaar in de loopgraven doorbrachten om hun neus te stoten in de echte wereld. Rusty koos het kantoor van een pro-Deoadvocaat in Milwaukee. Kirk werd assistent-aanklager in Kansas City.

Malloy & Malloy had altijd tot over zijn oren in de politiek gezeten, waarbij Bolton twee gezichten had en doneerde aan de politici en rechters met de beste winkansen. Het had hem nooit uitgemaakt tot welke partij een kandidaat behoorde. Hij wilde alleen maar een ingang, en om die te krijgen schreef hij cheques uit en haalde hij geld op. Maar ook hierin verschilden de jongens. Rusty was een verstokte Democraat die een bloedhekel had aan grote bedrijven, mensen die hun aansprakelijkheid afwentelden en verzekeringsmaatschappijen. Zijn vrienden waren ook advocaten van de straat, stoere vechters die zichzelf als de beschermers van de armen en kwetsbaren zagen. Kirk verkeerde in rijkere kringen, lunchte op de bovenste verdieping van hoge gebouwen en tenniste op de countryclub. Hij was er trots op dat hij nog nooit op een Democraat had gestemd.

De firma was zo sterk verdeeld dat de twee facties letterlijk gescheiden waren. Als je vanaf Pine Street binnenkwam in de chique lobby, werd je begroet door een lieftallige receptioniste achter een stijlvolle, moderne balie. Voor degenen die op zoek waren naar Kirk knikte ze naar rechts, waar hij de scepter zwaaide in zijn kantoorvleugel. Voor Rusty knikte ze naar links, waar zijn domein was. Ze hadden allebei een eigen staf en medewerkers – compagnons, secretaresses, juridisch medewerkers en loopjongens – aan 'hun' kant van het gebouw. Er werd fronsend gekeken als er onderlinge vermenging plaatsvond.

Om eerlijk te zijn was het zelden nodig om contact te hebben met de andere kant. Rusty's zaken betroffen keiharde letselschadeprocessen, en zijn staf had ervaring met reconstructies van ongelukken, medische fouten, het ontwijken van voorlopige hechtenis, schikkingsovereenkomsten en het uiteindelijke werk in de rechtszaal. Kirk werkte op uurbasis voor de welgestelden en zijn staf was bedreven in het schrijven van lijvige testamenten en het manipuleren van belastingregels.

De firma had al in geen vijf jaar meer een feestje gegeven, sinds het vertrek van Bolton. Die ouwe had altijd per se op elke eerste vrijdag van de maand om vijf uur precies een borrel gegeven met wijn en kaas, om de staf wat losser te maken en het moreel wat op te krikken, en hij spoorde iedereen altijd aan om te veel te drinken op het jaarlijkse kerstfeest. Maar die bijeenkomsten waren tegelijk met Bolton verdwenen. Zodra hij was veroordeeld, trokken de twee kampen zich terug in hun respectieve vleugels en stelden stilletjes nieuwe regels in.

Om zijn broer te ontwijken, werkte Rusty op maandag,

woensdag, en op vrijdagochtend op kantoor. Tenzij hij natuurlijk in de rechtszaal zat. Kirk vond het prima om op die dagen kantooruren te vermijden en werkte op dinsdag, donderdag en af en toe op zaterdagochtend op kantoor. Er gingen vaak weken voorbij zonder dat ze elkaar spraken of zelfs maar zagen.

Om de boel te midden van al die vijandigheid nog enigszins in goede banen te leiden, leunde de firma op Diantha Bradshaw: hun rots in de branding, hun bemiddelaar, hun officieuze derde partner. Haar kantoor bevond zich in de gedemilitariseerde zone achter de receptie, precies tussen de twee vleugels in. Als Kirk iets nodig had van Rusty, wat zelden voorkwam, regelde hij dat via Diantha. Hetzelfde gold andersom. Als er een belangrijke beslissing moest worden genomen, overlegde ze met hen allebei afzonderlijk en daarna deed ze wat volgens haar goed was.

In een beroepsgroep waar er wekelijks advocatenkantoren op de fles gaan, hadden de Malloys uit elkaar moeten gaan en hun eigen roeping moeten volgen, zonder de last van familiecomplicaties. Maar dat kon om twee belangrijke redenen niet. De eerste was een keiharde partnerovereenkomst die Bolton hen had gedwongen te tekenen voor hij naar de gevangenis ging. Ze waren beiden, praktisch met een pistool tegen hun hoofd, overeengekomen dat ze de komende vijftien jaar gelijkwaardige partners zouden blijven. In het geval dat een van hen besloot op te stappen, zouden ál zijn zaken, cliënten en honoraria binnen het advocatenkantoor blijven. Ze konden het zich geen van beiden veroorloven om weg te lopen. De tweede reden betrof het onroerend goed. Het gebouw was volledig in het bezit van Bolton en hij verhuurde het voor één dollar per jaar aan de firma. Hij redeneerde dat hij geld verdiende aan de waardestijging. Een redelijke maandhuur zou ergens in de buurt van de veertigduizend dollar komen. Als de firma over de kop zou gaan, zou iedereen eruit worden gezet, de huur uit het verleden zou met terugwerkende kracht worden verhoogd, en het leven zou een en al ellende worden voor alle betrokkenen.

Bolton was altijd een dominante, konkelende en zelfs gewiekste vader, partner en baas geweest. Niemand miste hem. Zijn opmerkingen over vervroegde vrijlating waren verontrustend.

Beide vleugels van Malloy & Malloy wilden dat Bolton in de gevangenis bleef zitten.

2

Het was dinsdagochtend vroeg, een werkdag voor Kirk, en hij sloeg op 10th Street af naar de ondergrondse parkeergarage onder het Malloy-gebouw. Er stonden her en der wat auto's van Rusty's stafleden, die er allemaal al voor acht uur 's ochtends waren omdat de grote man zelf in de rechtszaal stond. Bij de liften waren vier gereserveerde plekken, met namen op grote borden om ze te bewaken. Op die van Rusty stond een enorme Ford-SUV, een auto die zo groot was dat hij nauwelijks op het krappe plekje paste. Op de bumper zat een nieuwe sticker met de tekst: HAL HODGE ALS GOUVERNEUR, STEM DEMOCRATEN.

Kirk parkeerde tegenover de Ford naast een glanzende Audi, die van Diantha was. Het feit dat ze al zo vroeg op kantoor was, betekende dat ze de voortgang van Rusty's nieuwste rechtbankavontuur in de gaten hield.

Als Rusty naar de rechtszaal ging, hield de hele firma, aan beide kanten, de adem in.

Kirk stapte uit, pakte zijn aktetas en liep naar de lift. Hij bleef staan om weer eens spottend naar Rusty's bumpersticker te kijken. Volgens hem was Hal Hodge een waardeloze bureaucraat die ruim twintig jaar voor de wetgevende macht van de staat had gewerkt en maar weinig had weten te bereiken. Kirk draaide zich om en bewonderde de nieuwe sticker op de achterbumper van zijn eigen smetteloze BMW. Daarop stond: KIES WEER VOOR GOUVERNEUR STURGISS, EEN ECHTE REPUBLIKEIN.

Kirk had Sturgiss vier jaar daarvoor gesteund door cheques uit te schrijven en fondsenwervers uit te nodigen. Hij was een redelijk innemende politicus wiens grootste kwaliteit op dat moment het feit was dat hij al gouverneur was en graag herkozen wilde worden. Missouri was van oudsher een rode, republikeinse staat.

In de lift fatsoeneerde Kirk zijn zijden das en streek zijn kraag glad. Kleding was ook zo'n twistpunt. Toen Bolton nog de leiding had, regeerde hij met ijzeren vuist, ook over de dresscode. Hij eiste colberts en stropdassen, kostuums in de rechtszaal, en nette kleding voor de vrouwen, al hield hij wel van korte rokjes. De dag nadat hij de gevangenis in was gegaan, kwam Rusty snel zijn jongere staf tegemoet en maakte alle regels ongedaan. Zijn medewerkers droegen nu spijkerbroeken, kakibroeken, laarzen en nooit stropdassen, in elk geval op kantoor. In de rechtszaal en bij belangrijke vergaderingen zagen ze er nog wel uit als echte advocaten. Kirk verafschuwde het gebrek aan professionaliteit en hield Boltons dresscode in stand voor zijn deel van het gebouw. Zijn medewerkers waren witheet vanwege de, in hun ogen, onrechtvaardige behandeling.

Bij Malloy & Malloy was er altijd wel een groep die ergens witheet over was.

De lift ging open in de receptieruimte, en even speelde Kirk met de gedachte om naar Rusty's vleugel te slenteren om te kijken hoe de rechtszaak verliep. Hij liep ernaartoe, maakte aanstalten om de brede gang in te lopen, maar realiseerde zich dat de advocaten en de staf in een meeting zaten. Hij hield zijn oor tegen de deur van de vergaderruimte, maar besloot het maar te laten zitten. Als hij onverwachts opdook, zou hij zijn broer alleen maar ergeren en de meeting verstoren.

Diantha was ook binnen en die praatte hem later wel bij. Ze ging niet naar de rechtszaak, maar een mol had gezegd dat het er niet goed voorstond voor de aanklager.

3

Aan de andere kant van de deur was Rusty aan het ijsberen terwijl hij praatte. De spanning was om te snijden. Zijn staf, allemaal keurig gekleed voor de rechtbank, leek om acht uur 's ochtends al moe, wat niet ongebruikelijk was tijdens een groot juryproces dat nu al een paar dagen duurde. De lange, marmeren vergadertafel was bezaaid met grote koffiemokken. Een schaal gebakjes leek onaangeroerd.

Rusty zei: 'Goed, Bancroft belde me gisteravond rond tien uur. Hij doorliep eerst de gebruikelijke bullshit en zei toen dat zijn cliënt bereid was om een miljoen te betalen om alles te schikken.'

Diantha zat niet aan tafel, maar in een hoekje, alsof ze er was omdat het moest, maar ze er niet echt bij betrokken was. Toen ze de magische woorden over het schikkingsbod hoorde, deed ze haar ogen dicht en probeerde een glimlach te onderdrukken.

'Natuurlijk zei ik dat hij kon opdonderen. Ik vertelde hem in niet mis te verstane bewoordingen dat we niet schikken, in elk geval niet voor een miezerig miljoen.'

Nog steeds met haar ogen dicht fronste Diantha haar wenkbrauwen en schudde lichtjes haar hoofd.

Hij zweeg en keek de kamer rond, alsof hij mensen wilde uitdagen hem in twijfel te trekken. 'Zijn we het hier allemaal mee eens?'

Carl Salter was een juryadviseur – geen advocaat en ook geen medewerker van de firma – en een oude vriend van Rusty. Ze hadden met zijn tweeën door de jaren heen heel wat rechtszaken meegemaakt en ontzagen elkaar nooit. Hij zei: 'Pak het geld, Rusty. Deze jury is niet op jouw hand. Misschien dat je juryleden één, drie en vijf meekrijgt, maar dat is maar de helft en dat is veel te weinig. Pak het geld.'

Rusty zei: 'Ik ben het niet met je eens. We hebben jurylid nummer twee in onze zak. Ik heb die vrouw nu een week geobserveerd en ze staat aan onze kant. Ze moest zelfs huilen toen mevrouw Brewster getuigde.'

'Ze huilt heel veel,' zei Carl. 'Jezus, ik zag haar gisteren nog huilen tijdens een pauze.'

Rusty keek naar een compagnon en vroeg: 'Ben?'

'Ik weet het niet, Rusty. Ze huilt inderdaad wel veel. Ik denk dat we vier van de zes aan onze kant hebben, maar we hebben er vijf nodig. Ik geloof niet dat we het magische getal hebben.' Ben Bush was al acht jaar Rusty's topassistent in de rechtszaal. Bij de meeste firma's van enige grootte zou hij al lang zijn gepromoveerd tot partner of iets van soortgelijk niveau, maar de Malloys waren niet zo goed in promoties. Ze waren royaal met salaris en arbeidsvoorwaarden, maar niet met eigendomsrechten.

Rusty keek hem afkeurend aan, alsof hij een lafaard zonder ruggengraat was, draaide abrupt zijn hoofd en keek naar de overkant van de tafel. 'Pauline?'

Dat had ze aan zien komen en ze gaf geen krimp. Er moest wel heel wat gebeuren wilde Pauline Vance haar kalmte verliezen. Ze behoorde al elf jaar tot Rusty's staf en had de reputatie van een strafpleiter met lef, die liever vocht dan schikte.

Ze zei: 'Ik weet het niet. De zaak is goed voor de rechter gebracht en we hebben de aansprakelijkheid aangetoond. De schade is verschrikkelijk. Ik denk dat er nog steeds potentieel is voor een gigantische veroordeling.'

Rusty glimlachte voor het eerst die ochtend.

Carl liet die glimlach verdwijnen toen hij een duit in het zakje deed. 'Mag ik iets vragen?' Zonder het antwoord af te wachten, praatte hij verder. 'Heb je je cliënten er toevallig van op de hoogte gebracht dat het ziekenhuis heeft aangeboden de zaak te schikken?'

'Nee. Het was al laat. Ik dacht dat ik het ze vanochtend wel kon vertellen.'

'Maar daarvoor is het te laat. Je hebt het aanbod toch al afgeslagen?'

'We nemen het bod niet aan, Carl. Begrijp je dat? Deze zaak is een fortuin waard, want over ongeveer twee uur sta ik tegenover onze geweldige juryleden en vraag om dertig miljoen dollar.'

Rusty liet zich nooit afschrikken door zijn staf, en trouwens ook door niemand anders. Hij had de stalen ballen en het onverschrokken temperament van een doorgewinterde strafpleiter. Het record van de jongste advocaat in de geschiedenis van Missouri die ooit een juryuitspraak van meer dan een miljoen dollar had gewonnen, stond nog steeds op zijn naam. Op zijn negenentwintigste had hij in een rechtszaal in Cape Girardeau een beloning van twee miljoen dollar weten af te troggelen van een jury van collega's. Dat inspireerde hem ertoe om bij het minste of geringste een rechtszaak aan te spannen, schikkingen uit de weg te gaan, zich aan te sluiten bij massazaken tegen aansprakelijkheidsontduiking, te adverteren, te netwerken, op te scheppen over juryuitspraken, op grote voet te leven en zijn geld over de balk te smijten. Typisch een strafpleiter.

Zijn carrière was volgens plan verlopen, tot de gunstige uitspraken uitbleven.

Hij dempte zijn stem en keek naar zijn staf. Hij hing altijd de acteur uit en zei ernstig: 'Jullie weten hoe hard we een grote uitspraak nodig hebben. Nou, vandaag krijgen we er een. Laten we de draak gaan verslaan.'

Ze raapten hun papieren bij elkaar, pakten hun aktetassen en liepen naar buiten. Bij de deur zei Diantha: 'Hé Rusty, heb je even?'

'Heel even dan,' zei hij met een nepglimlach. Ze waren goede vrienden en deelden veel geheimen, en Diantha was waarschijnlijk de enige naar wie Rusty af en toe luisterde.

Ze knikte naar Carl, die de deur dichtdeed en bij hen kwam staan. Toen ze alleen met zijn drieën waren, zei Diantha: 'We hebben een probleem, en niet zo'n kleintje ook.'

'Wat dan?' snauwde Rusty.

'Dat weet je verdomme heel goed, Rusty. Je hebt een aanbod gekregen om de zaak te schikken en je hebt niet met je cliënt overlegd voordat je het afwees.'

Carl kreunde en schudde gefrustreerd zijn hoofd. Rusty keek hen kwaad aan en zei: 'Het maakt toch niet uit, Diantha. Ik heb deze jury in mijn zak.'

'Daar denkt Carl anders over, net als je team. Ik heb naar hun gezichten gekeken.'

'Jij was er niet bij in de rechtszaal, Diantha.'

'Maar ik wel,' zei Carl. 'Pak dat geld en red wat er te redden valt.'

Rusty haalde diep adem en leek even van zijn stuk gebracht. Diantha maakte er handig gebruik van. 'Weet je hoeveel proceskosten we voor deze zaak maken?'

'Nee, ik...'

'Iets meer dan tweehonderdduizend dollar.'

'Het is een duur spelletje.'

'En we hebben een contract van vijftig procent met de cliënt. Met een miljoen dollar is de schuld afgedekt en dan delen we de rest met de cliënt. Dat is vierhonderdduizend dollar voor de firma, Rusty.'

'De Brewsters verdienen veel meer. Je had die juryleden naar Trey moeten zien kijken. Ze willen die knul een fortuin geven.'

Carl zei: 'Ja, dat klopt, ze zijn heel meelevend, maar het gaat niet gebeuren, Rusty. Je hebt die aansprakelijkheid niet bewezen. De schade is enorm, maar de aansprakelijkheid is niet overtuigend. Bancroft lust je rauw.'

Door dat soort taal werd Rusty meestal opgehitst, maar hij ademde nog steeds moeizaam en hij luisterde. Hij liet zijn schouders nog meer zakken en keek Diantha diep in de ogen. Wat hij zag, maakte hem van slag. Ze had er geen vertrouwen in. Ze twijfelde aan hem. Ze dacht dat hij weer zou verliezen.

'Carl heeft meestal gelijk, Rusty,' zei ze. 'Laten we het geld pakken en wegwezen. We zitten tot over onze oren in de bankleningen.'

Rusty ademde uit en toverde nog een nepglimlach tevoorschijn. 'Oké, oké. Ik wil geen ruzie met jullie.'

Carl zei: 'Pak het geld.'

4

Diantha liep met hen mee naar de lift en zag de deur dichtgaan. Ze haastte zich naar de rechterkant van het gebouw, knikte naar een jonge advocate die haar aktetas aan het uitpakken was en klopte op de deur van Kirks kantoor. Zonder te wachten duwde ze hem open. Kirk stond achter zijn bureau, alsof hij op haar had gewacht.

'Het ziekenhuis heeft gisteravond een miljoen geboden om te schikken en Rusty heeft er zojuist mee ingestemd om het geld aan te nemen.'

'Dank U wel, dank U wel,' zei Kirk, terwijl hij zijn ogen dichtdeed en zijn handen naar het plafond hief.

'Hij wilde niet, maar Carl zette hem onder druk.'

'Halleluja. Loof de Heer.'

'Maar er zou wel een probleem kunnen zijn.'

'Wat dan?'

'Bancroft belde gisteravond laat met het aanbod en Rusty heeft hem afgewimpeld. Hij zei dat hij moest opdonderen. En natuurlijk heeft hij er nooit aan gedacht om met de cliënt te overleggen.'

'Gisteravond laat betekent dat hij waarschijnlijk vier of vijf dubbele whisky's achterover had geslagen tegen de tijd dat Bancroft belde.'

'Ongetwijfeld. Hij zegt dat hij het aanbod direct heeft afgeslagen, maar dat hij van plan is om vanochtend het geld te pakken.'

'Ik weet zeker dat het ziekenhuis dolblij is om er met slechts een miljoen van af te zijn.'

'We zullen zien.'

'Hoeveel geld zit er in die zaak?'

'Tweehonderdduizend.'

'Tweehonderdduizend? Hoe kan hij nou zoveel geld in één zaak stoppen?'

'Dat heeft hij altijd gedaan, Kirk. Het verschil is dat hij het nu niet meer zo makkelijk terug lijkt te verdienen.'

'Hij heeft de laatste drie verloren, hè?'

‘Vier. Dit zou nummer vijf worden. Carl en Ben schatten zijn kansen niet hoog in.’

‘We kunnen het ons niet veroorloven om nog een keer te verliezen. Hij moet ophouden met mensen voor de rechter slepen.’

‘En dat ga jij hem vertellen?’ vroeg ze.

‘Nee. Dat zou absoluut niet werken. Rechtszaken zijn voor hem wat bloed voor een vampier is. Hij is dol op de rechtszaal.’

‘En er was een tijd dat dat wederzijds was.’

‘Maar hij is het verleerd.’

‘Ik hou je op de hoogte,’ zei ze en ze draaide zich om naar de deur.

‘Hou jij de zaak in de gaten?’ vroeg hij.

‘Nee, maar ik heb een mol in de rechtszaal.’

‘Ben of Pauline?’

‘Dat zal ik nooit vertellen.’

‘Je bent heel goed in geheimen bewaren, Diantha.’

‘Dat moet wel hier.’

5

Een secretaresse nam hem mee naar de raadskamer en liet hem binnen. Rechter Pollock had zijn toga al aan en praatte met Luther Bancroft, de hoofdadvocaat van de verdediging. Een klein groepje van zijn medewerkers stond bijeen in een hoek, helaas zonder de macht en de reputatie om deel te nemen aan het gesprek. Toen Rusty met zijn gebruikelijke bravoure binnen kwam banjeren, werden alle ogen op hem gericht en hij lachte hen toe. Ben en Pauline liepen vlak achter hem. Carl, de niet-advocaat, mocht niet bij de meeting aanwezig zijn.

Na een rondje zakelijke goedemorgens en snelle handdrukken zei rechter Pollock: 'Zo, heren, ik neem aan dat we klaar zijn voor de slotpleidooien.'

Rusty glimlachte weer en zei: 'Goed nieuws, meneer de rechter. Gisteravond laat kreeg ik een telefoontje van Luther hier en hij deed ons een aanbod voor een schikking. Ik heb het afgeslagen, maar nadat ik er een nachtje over heb geslapen, hebben we besloten het bedrag van een miljoen dollar te accepteren en de zaak te schikken.'

De edelachtbare was verrast en keek Bancroft kwaad aan. 'U hebt helemaal niks over een schikking tegen me gezegd.'

Bancroft zei: 'Tja, edelachtbare, ik heb er met geen woord over gerept omdat meneer Malloy mijn aanbod prompt afwees. Hij heeft niet eens met zijn cliënt overlegd. Hij was nogal bruusk en gebruikte taal die u niet in de rechtszaal zou tolereren.'

'Mijn excuses, Luther,' zei Rusty minzaam. 'Ik wist niet dat je zo gevoelig was.'

'Excuses aanvaard. Hoe dan ook, ik heb mijn cliënt geïnformeerd en het aanbod werd meteen ingetrokken. Ik heb instructies gekregen om de zaak tot het eind toe voor de rechter te brengen. We zijn nu zover gekomen. Laten we het afronden.'

Ben keek wanhopig naar Pauline, die onaangedaan leek.

Rusty was verbaasd, maar herstelde zich snel. Hij wreef zich in de handen alsof hij stond te popelen om het gevecht aan te gaan en zei: 'Geweldig! Laten we aan de slag gaan.'

Rechter Pollock keek fronsend naar beide advocaten en merkte op: 'Nou, een miljoen is een redelijke schikking, alles welbeschouwd.'

Bancroft knikte ernstig en zei: 'Daar ben ik het mee eens, meneer de rechter, maar mijn cliënt was, en is, vastbesloten. Geen schikking. Het ziekenhuis is er heilig van overtuigd dat het niets verkeerd heeft gedaan.'

'Laten we gaan!' zei Rusty, klaar om te knokken.

'Oké. Naar jullie tafels. Ik zorg dat de bode de jury haalt.'

Alle advocaten liepen de kamer uit en zetten koers naar de rechtszaal. Ben Bush dook een toilet in, sloot zichzelf op in een hokje en stuurde een berichtje naar Diantha: *Beklaagde heeft aanbod ingetrokken na R's afwijzing. Nooit aan cliënt verteld. Nu slotpleidooien. We zijn verneukt!!*

6

Onder de standvastige blik van alle aanwezigen – advocaten, strijdende partijen, toeschouwers, griffiers, bodes, en rechter Pollock – kwamen de zes juryleden binnen en namen plaats. De zevende, een invaller, ging naast de jurytribune zitten. Er kon geen lachje af, ze hadden allemaal de gestreste blik van mensen die wilden dat ze ergens anders waren.

De tafel van de aanklager stond dichter bij de jurytribune dan die van de verdediging, en gedurende het hele proces waren de juryleden gedwongen geweest om naar Trey Brewster te kijken. Hij was aan hun kant naast zijn advocaat gezet die hem natuurlijk zo duidelijk mogelijk zichtbaar wilde laten zijn. Trey was drieëntwintig, maar leeftijd deed er niet meer toe. Verjaardagen kwamen en gingen zonder dat hij er weet van had. Zijn ogen waren altijd dicht, zijn mond stond voortdurend open, zijn hoofd hing vreemd op zijn linkerschouder. Er liep een zuurstofslangetje naar zijn neus. Een ander slangetje, met voeding, liep door zijn keel. Hij had een voedingspoort in zijn maag, maar Rusty wilde dat de juryleden alle mogelijke slangetjes zouden zien. Hoeveel hersenschade hij ook had, Trey kon nog steeds zelfstandig ademhalen, dus er was geen luidruchtig beademingsapparaat om de juryleden op hun zenuwen te werken. Hij woog vijfenvijftig kilo, vijfendertig minder dan voor zijn operatie van twee jaar eerder. Hij was niets meer dan een verschrompeld omhulsel van een jongeman en er was geen enkele kans dat zijn toestand ooit zou verbeteren.

Zijn moeder zat rechts van hem, altijd met haar hand op zijn arm. Ze had de holle ogen en de vermoeide blik van een verslagen verzorgster die nooit kon opgeven. Zijn vader, links van hem, staarde wezenloos voor zich uit, alsof hij zich had losgemaakt van wat er gebeurde.

Rechter Pollock trok zijn microfoon dichter naar zich toe en zei: 'Dames en heren van de jury, we zijn nu aan het einde aanbeland, of daar heel dicht in de buurt. Jullie hebben alle getuigen gehoord, alle bewijsstukken gezien en naar de wet geluisterd zoals ik jullie heb geïnstrueerd. Dit is een lang proces geweest en het zit er bijna op. Nogmaals bedankt voor jullie dienstbaarheid en geduld. Beide kanten krijgen nu de kans om hun slotpleidooi te houden en daarna trekken jullie je terug voor beraadslaging. Voor de eisende partij, meneer Malloy.'

Rusty stond op en liep vol zelfvertrouwen naar het podium. Hij keek naar de zes juryleden en schonk hun een zakelijk lachje. Drie van hen beantwoordden zijn blik. Drie keken de andere kant op. Nummer twee leek op het punt te staan om te gaan huilen. Hij begon zonder in zijn aantekeningen te kijken.

'Toen mijn cliënt, Trey Brewster, in het GateLane Hospital werd opgenomen voor een blindedarmoperatie, had niemand van zijn familie, niemand van zijn medische team, niemand op de hele wereld kunnen voorspellen dat hij nooit meer bij bewustzijn zou komen en de rest van zijn leven verlamd zou zijn: hersendood, in een rolstoel, gevoerd door een slangetje, zijn blaas geleegd door katheters.'

Rusty's stem klonk diep en zwaar, zijn cadans was theatraal. Hij was de enige acteur op het toneel en hij zwolg in het moment. Zijn opening was krachtig. Alles was roerloos en stil in de rechtszaal.

Op de derde rij van de tribune keek Carl Salter in de richting van Rusty, maar eigenlijk keek hij naar alle zes de gezichten, alle twaalf de ogen.

En wat hij zag, beviel hem niet.

Tijdens de rechtszaak had Bancroft op meesterlijke wijze de verantwoordelijkheid afgeschoven. De nalatige partij was niet in de rechtszaal aanwezig. Een anesthesist met emotionele en financiële problemen had zitten slapen bij de schakelaar. Nee, erger nog: hij was het grootste deel van de operatie niet eens aanwezig geweest. Hij had drie keer de gebruikelijke dosis ketamine toegediend, waardoor de jongen buiten westen was geraakt, en had vervolgens helemaal niets meer in de gaten gehouden tijdens de dertig minuten durende operatie. Een week ervoor had hij zijn medische aansprakelijkheidsverzekering laten verlopen. Een week erna had hij zijn faillissement aangevraagd en was het gebied uit gevlucht. Het ziekenhuis kon verweten worden dat ze hem hadden ingehuurd, maar de eerste acht jaar had hij schitterend werk gedaan. Hij was te gronde gericht door een vechtscheiding, en noem maar op. Het ging erom dat hij niet in de rechtszaal was. Het GateLane Hospital wel, en dat had niks verkeerd gedaan.

Carl wist dat de juryleden medelijden hadden – wie zou dat niet hebben? Maar Rusty had de aansprakelijkheid van het ziekenhuis niet echt hard kunnen maken.

7

Voor de tweede keer in een uur stormde Diantha zonder echt te kloppen Kirks kantoor binnen. Ze verkondigde: 'Het ziekenhuis heeft het aanbod ingetrokken. Ze houden hun slotpleidooien.'

Zoals altijd was Kirk begraven in het papierwerk. Hij schoof er iets van opzij en gooide zijn handen in de lucht. 'Wat is er gebeurd?'

'Hoe moet ik dat nou weten? Gewoon een kort berichtje. Geen deal, aanbod ingetrokken, slotpleidooi.'

Ze plofte in een leren fauteuil aan de andere kant van zijn bureau en schudde haar hoofd.

Kirk zei: 'Goed, voor de duidelijkheid. Het aanbod kwam gisteravond laat en Rusty, die natuurlijk weer gedronken had, heeft het afgeslagen. Hij zei nee, of iets in die trant. Hij heeft zijn cliënt niet op de hoogte gebracht. Dus als hij weer verliest, heeft de cliënt een prachtige zaak tegen Malloy & Malloy. Ja?'

'Dat lijkt me duidelijk, toch?'

Kirk ademde verslagen en gefrustreerd uit en zakte dieper weg in zijn stoel. Hij keek hoofdschuddend naar Diantha, die al net zo geërgerd keek.

Kirk zei: 'Nou, misschien kan Rusty voor de verandering eens een keer winnen.'

'Misschien. Een keer winnen zou leuk zijn. Dan kunnen we wat van zijn procesleningen afbetalen.'

'Ik vind dat je naar het proces moet gaan kijken. Het is vlak om de hoek.'

Daar moest Diantha om lachen. 'Ik ga voor geen goud naar die rechtszaal.'

'Ik maakte maar een grapje. Dit is waarschijnlijk rampzalig, denk je ook niet?'

‘Waarschijnlijk wel, ja. Ik kreeg een slecht gevoel bij de meeting van vanochtend. De jury staat niet achter hem.’

8

De juryleden keken aandachtig naar hem. Ongeveer de helft leek overtuigd. De andere helft keek sceptisch.

Hij stond bij een groot whiteboard en hield een blauwe merkstift vast. ‘Goed, volgens onze deskundigen heeft Trey nog zo’n vijftien jaar te leven. Dat is behoorlijk triest voor een jongeman van drieëntwintig die aan motorcross deed voordat hij kennismaakte met het GateLane Hospital. Goed, geef hem vijftien jaar. Om fatsoenlijk voor Trey te kunnen zorgen, moet hij naar een instelling waar hij vierentwintig uur per dag in de gaten wordt gehouden. Zijn ouders kunnen het niet meer. Dat staat buiten kijf. Ik bedoel, welke getuige zou er overtuigender kunnen zijn dan Jean Brewster? Die arme vrouw is uitgeput en kan niet meer. Dus laten we Trey in een adequate faciliteit onderbrengen, met verpleegkundigen, verpleeghulpen, huishoudelijke hulp, technici, voldoende medicijnen en die substantie die sommige mensen voeding noemen. Het gemiddelde tarief voor zo’n instelling in het gebied rondom St. Louis bedraagt veertigduizend dollar per maand, een half miljoen per jaar, en dat vijftien jaar lang.’

Rusty schreef als een meester op het bord, telde alles bij elkaar op en liet het totaal van zevenenhalf miljoen dollar zien. Maar hij was nog niet klaar.

‘Rekening houdend met drie procent inflatie per jaar over een periode van vijftien jaar, kom je uit op een bedrag van…’ Hij schreef het in grote cijfers op en zei: ‘Negen miljoen dollar.’

Hij zweeg even en liep weg om dat getal goed door de rechtszaal te laten weergalmen. Hij nam een slok water uit een kartonnen bekertje op zijn tafel en nam de tijd om terug te lopen naar het podium. 'Negen miljoen dollar, alleen voor de zorg voor Trey.'

Het bleef stil in de rechtszaal, want iedereen wist dat er nog grotere bedragen aankwamen.

9

Kirk zei: 'Die ouwe heeft gisteravond gebeld.'

'Met wiens telefoon?' vroeg Diantha.

'Die van hem. Hij heeft een nieuwe mobiele telefoon.'

'Ik dacht dat hij in isolatie zat omdat ze hem hadden betrapt met een mobiele telefoon.'

'Ze hebben hem met meerdere telefoons betrapt. Hij koopt de bewakers om en die smokkelen telefoons naar binnen. Dat is blijkbaar big business in de gevangenis.'

'Ik weet zeker dat hij iedereen omkoopt.'

'Zonder enige twijfel. Het ene moment zit hij met de directeur te pokeren, het volgende moment zit hij in isolatie, zonder telefoon.'

'Waarom belde hij?'

'Je kent Bolton toch. Ik denk dat hij me gewoon wilde laten weten dat hij een nieuwe telefoon heeft. En hij verwacht me morgen. Het is mijn beurt om op bezoek te gaan. Daar hebben we het over gehad. En we hadden het over politiek. En over de kans dat hij volgend jaar vervroegd vrij kan komen.'

'Hij heeft nog maar vijf jaar gezeten.'

'Ja, maar hij droomt graag.'

'Ik vind het fijner als hij in de gevangenis zit.'

‘Wie niet?’

‘Wat is hij van plan?’

‘Dat wilde hij niet zeggen door de telefoon, maar ik weet zeker dat er omkoperij en politiek aan te pas komen.’

10

Rusty stond op het podium en richtte een rode laserpointer op een groot whiteboard. Hij keek naar de juryleden en daarna naar het whiteboard en zei: ‘Goed, voordat Trey de noodlottige beslissing nam om een routineoperatie te ondergaan in het GateLane Hospital, streefde hij naar een veelbelovende carrière als softwaredesigner, waarmee hij tachtigduizend dollar per jaar kon verdienen. Die carrière is weg. Dat salaris is weg. Alles is weg, behalve jullie uitspraak. Volgens de wet heeft hij recht op een vergoeding van zijn misgelopen inkomen. Tachtigduizend dollar maal vijftien jaar is één komma twee miljoen. Met inflatiecorrectie wordt dat twee miljoen. Voeg daarbij de toekomstige kosten van zijn zorg, en zijn pijn en leed, en ons totaalbedrag wordt zeventien miljoen dollar.’

Hij legde de rode laserpointer weg, pakte een zwarte markeerstift en voegde zorgvuldig het bedrag van twee miljoen dollar toe aan de negen miljoen voor ‘Zorg’, plus zes miljoen voor ‘Pijn en leed’. Hij telde het netjes bij elkaar op tot zeventien miljoen.

Alle zes de juryleden staarden naar het bedrag. Het was een schokkend geldbedrag, maar nu ze het in dikke cijfers zagen staan, zwakte het effect af. Rusty legde uit dat het geld gerechtvaardigd was.

Hij liep naar zijn tafel, pakte een rapport van een centimeter dik en bladerde erin terwijl hij terugliep naar het podium. 'Volgens zijn eigen financiële rapport had GateLane Hospital vorig jaar zeshonderd miljoen meer inkomsten dan uitgaven. We durven dat verschil niet aan te duiden met "winst", want we weten dat GateLane prat gaat op zijn non-profitstatus. Dat betekent dat ze geen inkomstenbelasting betalen. Dus na alle uitgaven, inclusief de zeven miljoen dollar die ze hun CEO betalen en de vijf miljoen dollar die de algemeen directeur heeft opgestreken, nadat alle vette salarissen betaald waren, had GateLane zeshonderd miljoen dollar meer op de bank staan dan aan het begin van het jaar. Wat doen ze met al dat extra geld? Ze kopen andere ziekenhuizen. Ze willen een monopoliepositie, zodat ze de prijzen kunnen blijven verhogen.'

Luther Bancroft stond hoofdschuddend op. 'Bezwaar, edelachtbare. Dit is geen antitrustzaak.'

'Toegewezen. Ga verder, meneer Malloy.'

Zonder ook maar een blik op de twee te werpen, vervolgde Rusty: 'De enige manier om de aandacht te krijgen van een gedaagde als het GateLane Hospital System, is het om de oren slaan met schadevergoedingen.'

Hij pauzeerde voor het dramatische effect en liep naar de zijkant van het podium. 'Schadevergoedingen. Vergoedingen die worden opgelegd aan een bedrijf, al dan niet met winstoogmerk, dat wandaden pleegt. Voor grove nalatigheid. Hoeveel zou er nodig zijn om de aandacht te krijgen van een gigantisch ziekenhuissysteem als GateLane? Eén procent van de jaarlijkse winst? Oeps, sorry, dat woord mogen we niet gebruiken, hè? Laten we het anders noemen. Laten we het een "buffer" noemen. Eén procent van de buffer zou zes miljoen dollar zijn. Dat is heel veel geld, maar de CEO zou er waarschijnlijk niet wakker van liggen, want hij verdient meer dan dat. Twee procent zou twaalf miljoen zijn. Weet je wat? Ik denk dat drie procent beter is, want dat is achttien miljoen dollar, en als ze met achttien miljoen dollar schadevergoeding om de oren worden geslagen, durf ik te wedden dat ze de boodschap wel begrijpen. Dan voelen ze de pijn. Dan gaan ze wel voorzichtiger om met wie ze inhuren en houden.'

Langzaam haalde hij de dop weer van de markeerstift en voegde achttien miljoen dollar toe aan het totaal.

Alle zes de juryleden staarden naar het whiteboard en probeerden te bevatten dat ze vijfendertig miljoen dollar van het geld van iemand anders konden overdragen.

Rusty sloot af met: 'Het is heel veel geld, dames en heren. Ik ben hier heel vaak geweest. Ik heb heel veel zaken voor de rechter gebracht en ik heb hier voor honderden juryleden gestaan. En ik heb nog nooit zoveel geld gevraagd.'

Hij liep naar Trey en legde een hand op diens rechterschouder. Hij keek hem medelijdend aan en zei met brekende stem: 'Maar ik heb ook nog nooit een cliënt gehad die het zo verdiende als mijn vriend Trey.'

Vechtend tegen zijn tranen keek hij naar de juryleden en zei: 'Dank u.'

11

Diantha zat achter haar bureau een document te lezen toen iemand zachtjes op de deur klopte. Voordat ze kon antwoorden, maakte Kirk hem open en deed hem achter zich dicht. Hij keek naar haar en zei: 'Ik kan me niet concentreren.'

'Ik ook niet,' zei ze.

'Ik haat het als hij in de rechtszaal staat,' zei Kirk, terwijl hij zich in een enorme leren fauteuil liet vallen.

'Ik haat het als hij verliest,' zei ze. 'Het is prima als hij wint, meen ik me te herinneren.'

'Nog niks gehoord uit de rechtszaal?'

'Nee. Mijn mol kan geen telefoon gebruiken in de rechtszaal. Hij of zij zal me zo wel een berichtje sturen.'

'Luister, Diantha, ik weet dat het morgen mijn beurt is om op bezoek te gaan bij die ouwe, maar ik kan niet. Rusty is vorige maand geweest en trouwens, die heeft het druk met het proces.'

Ze keek hem aan en vroeg: 'Waarom kun je niet?'

'Omdat ik een afspraak heb met mijn echtscheidingsadvocaat.'

'O, Kirk, wat erg. Ik dacht dat jullie een goede therapeut hadden gevonden.'

'We hebben de allerbeste therapeuten gevonden, Diantha, maar niets kan ons redden. Het is voorbij. Of eigenlijk is het nog maar het begin. Het zal niet makkelijk worden.'

'Ik hoopte gewoon...'

'Ja, wij ook. Maar eerlijk gezegd weten we het al heel lang. Het wordt steeds erger en we zijn bang dat het anders gevolgen heeft voor de kinderen.'

'Ik vind het echt heel erg voor je.'

'Weet ik. Dank je wel. Chrissy wil volgende week de aanvraag indienen.'

'Op welke gronden?'

'Ze haat me hartgrondig. Ik kan haar niet luchten of zien. Is dat goed genoeg?'

'Hangt van je advocaat af. Wie heb je ingehuurd?'

'Bobby Laker. Honderdduizend dollar als eerste voorschot.'

'Wie heeft zij ingehuurd?'

'Scarlett Ambrose.'

'Wow. Dat zal me wat worden. Jullie hebben de twee gemeenste pitbulls van de stad ingehuurd. Mag ik komen kijken in de rechtszaal?'

'Misschien wel. Ik denk dat we maar kaartjes moeten gaan verkopen.' Hij deed zijn ogen dicht alsof hij pijn had en kneep in zijn neusrug. Ongeveer een jaar geleden had hij Diantha voor het eerst toevertrouwd dat het thuis niet lekker liep. Hij vond dat ze dat moest weten, omdat het uiteindelijk invloed zou hebben op de firma. Op zijn aanwijzingen had ze Rusty ingelicht die, met drie scheidingen achter de rug, totaal geen medelijden met hem had gehad.

Hij haalde zijn vingers door zijn dikke haar, schonk haar een neplachje en vroeg: 'Wil jij naar die ouwe gaan?'

'Waarom ik?'

'Omdat er niemand anders is. Het is mijn beurt en Rusty zou zich nooit opwerpen als vervanger, zelfs niet als zijn proces achter de rug is. Ik zou het een week kunnen uitstellen, maar je weet hoe hij is als het over het bezoek gaat. Hij probeert de firma vanuit een gevangeniscel onder controle te houden.'

Ze fronste en bestudeerde de muur.

Hij vervolgde: 'Hé, je zou me een enorme dienst bewijzen, oké? Dus ik sta bij je in het krijt. Ik zweer dat ik je op geweldige wijze zal terugbetalen.'

Ze schudde haar hoofd en mompelde: 'Dat zul je zeker.'

12

Luther Bancroft maakte het bovenste knoopje van zijn fraaie zwart linnen jasje dicht terwijl hij naar de jurytribune liep. Hij verspilde geen tijd aan neplachjes of overdreven complimenten voor de goed uitgevoerde taak. Hij kwam meteen tot de kern van de zaak.

'Meneer Malloy verwart jullie, de jury, volgens mij met een pinautomaat. Hij staat hier voor jullie te glimlachen, te dromen, en heeft er enorm veel plezier in om op een paar knopjes te drukken en te wachten tot er opeens een stapel geld uitfloept. Hij wil, laten we zeggen, een miljoentje hier en een miljoentje daar. Hij drukt op nog meer knoppen en hup, daar komt nog meer geld. Het is allemaal plezier en spel, gratis en makkelijk geld. Pijn en leed? Wat dacht je van vijf of tien miljoen? Druk maar op de knop. Toekomstige medische kosten? Wat dacht je van nog vijf of tien? Wat heerlijk, het groeit aan de bomen, je hoeft het alleen maar te plukken. En het mooiste van alles: schadevergoedingen! Het kan niet op. Achttien miljoen klinkt goed, dus druk maar op die knop. En wat is het totaalbedrag? Hoeveel geld moet de pinautomaat van de beklaagde ophoesten? Vijfendertig miljoen! Is dat niet leuk?'

De juryleden namen het in zich op, en minstens drie van hen hadden een zweem van een glimlach om hun mond.

Bancroft draaide zich om en deed twee stappen naar Trey toe, waarna hij met diep mededogen naar hem keek. Hij schudde zijn hoofd, stond zo te zien op het punt om in tranen uit te barsten en zei tegen de jury: 'Dames en heren, wie heeft er niet enorm medelijden met deze jongeman en zijn familie? Hun ellende gaat maar door en is hartverscheurend. Ja, ze hebben veel geld nodig, voor zorg en levensonderhoud en alles wat meneer Malloy noemde. Natuurlijk, Trey heeft geld nodig, een heleboel.'

Hij pauzeerde even en liep terug naar het podium. 'Maar helaas zit Trey Brewster in hetzelfde bootje als zijn advocaat. Ze hebben allebei geen pinpas. Ze hebben geen van beiden het recht om te verwachten dat het GateLane een fortuin overdraagt. Waarom niet, vraagt u zich af?'

Hij liet de vraag een paar tellen nagalmen in de rechtszaal, liep naar de tafel van de verdediging en pakte nogal vormelijk een pak papier, waarmee hij naar de jury wapperde. ‘Dit worden juryinstructies genoemd. Dit is de wet, waar beide partijen en de rechter mee hebben ingestemd. Zo meteen, als de advocaten eindelijk klaar zijn en we allemaal gaan zitten, zal de rechter jullie de wet voorlezen. En jullie hebben een eed afgelegd om die te volgen. En de wet is hier heel eenvoudig. Voordat jullie de schade kunnen overwegen of, in mijn terminologie, voordat jullie pret kunnen beleven met de pinautomaat, moeten jullie eerst de aansprakelijkheid vaststellen. Jullie moeten eerst besluiten dat mijn cliënt, het GateLane Hospital, nalatig is geweest en zich niet aan de zorgstandaard heeft gehouden. Zonder aansprakelijkheid kan er geen schadevergoeding komen.’

Het was stil in de rechtszaal. Bancroft had iedereens aandacht, ook die van Rusty die luisterde terwijl hij net deed of dat niet zo was.

‘Dames en heren van de jury, dit is een tragische zaak met afgrijselijk letsel en vreselijke schade, maar, vergeef me dat ik het zeg, maar het is de kille, harde, juridische waarheid: in dit geval doet de schade er niet toe. Want... er is geen aansprakelijkheid.’

Hij gooide de juryinstructies op de tafel van de verdediging, keek nog een laatste keer naar de juryleden en zei: ‘Dank u.’

Carl bestudeerde de gezichten van de juryleden, deed zijn ogen dicht en schudde zachtjes zijn hoofd.

13

Er was gereserveerd voor vier mensen om twaalf uur ’s middags. Tony’s, een chique Italiaanse tent in de binnenstad, was elke dag van de week favoriet bij Rusty, maar vooral aan het eind van een zware rechtszaak, als hij lekker eten en goede wijn nodig had. Tijdens een proces waren de maaltijden vaak beperkt tot 's ochtends muffe zoete broodjes, 's middags tijdens het werk koude sandwiches, en 's avonds was iedereen aan het eind van zijn Latijn en smaakte niks meer lekker. Als de jury verdween om over hun uitspraak na te denken, was Rusty altijd wel aan een heerlijke maaltijd toe.

Zijn kleine team volgde de gastheer in zijn zwarte jasje naar een uitgelezen tafel en ging zitten. Zodra ze alleen waren, zei Rusty met een brede glimlach: 'Oké, kom maar op. Hoe fantastisch was mijn slotpleidooi?'

Het was niet het tijdstip om terughoudend te zijn, want de baas hunkerde naar complimenten. Pauline ging als eerste en zei: 'Ze zijn alle zes ongelofelijk meelevend en je hebt meesterlijk werk verricht door de angel uit zulke enorme bedragen aan schadevergoeding te halen.'

'Waren ze geschokt over die vijfendertig miljoen?'

Ben zei: 'Dat denk ik wel, aanvankelijk tenminste, maar daar komen ze wel overheen. Nummer vier rolde met zijn ogen.'

'Die rolt al vanaf het begin met zijn ogen. Hem krijgen we als laatste. Let wel, ik wilde hem lozen. Maar ik denk dat we wel kans maken met de andere vijf.'

Carl keek met een geërgerde blik naar Ben.

De ober kwam eraan en zei: 'Goedemiddag, meneer Malloy. Altijd een genoegen om u hier te zien.'

Rusty lachte naar hem en de afleiding gaf de andere drie de kans om elkaar fronsend aan te kijken.

'Hallo, Rocco,' zei Rusty. 'Hoe gaat het met je vrouw en kinderen?'

'Heel goed, meneer. Bedankt. Iets van de bar om mee te beginnen?'

'Nou, eigenlijk zijn we net klaar met een groot proces en

de jury is aan het beraadslagen. We zijn uitgedroogd en we hebben ook honger. Wat dachten jullie van champagne?' Hij lachte naar Ben en Pauline, alsof die nee zouden kunnen zeggen.

Carl zei: 'Misschien wat voorbarig.'

Dat negeerde Rusty en hij zei: 'Veuve Clicquot, twee flessen.'

'Uitstekende keuze, meneer. Ik haal ze meteen.'

Rusty keek fronsend naar Carl en zei: 'Ik krijg een slecht gevoel bij je, Carl. Wat is er?'

'Hetzelfde als waar jij aan denkt. Die verdomde jury. Ik heb er lang niet zoveel vertrouwen in als jij.'

'Wacht maar af. Je zult het zien.'

14

Nu de rechtszalen leeg waren en iedereen – advocaten, rechters, juryleden, strijdende partijen, bodes – was gaan lunchen, was de grote zaal op de begane grond vrijwel verlaten. Het was een lange, statige gang met een rij imposante rechtszalen aan de ene kant en hoge glas-in-loodramen aan de andere kant. De muren hingen vol met portretten van de belangrijkste rechters van de stad, allemaal wit, allemaal mannen, allemaal oud en saai. Geen hartelijk gezicht te bekennen. Er stonden oude, versleten houten bankjes langs de wanden en daartussenin stonden bronzen en granieten bustes van gouverneurs, senatoren en minder belangrijke politici. Nog zo'n wit wereldje.

Op een bankje aan het eind van de gang zat de familie Brewster; ze hielden zich schuil en wilden absoluut niet gezien worden. Trey zat te slapen, nog steeds met zijn slangetjes goed zichtbaar. Zijn moeder koos er voorzichtig een uit en begon het te vullen met een substantie uit een spuit. Toen hij gevoed was, ging ze achterover op het bankje zitten en borg de spuit op. Meneer Brewster zat naast haar en staarde zoals altijd naar een plek op de grond een eindje verderop; zijn treurige ogen voor eeuwig opgesloten in een starende blik van diepe verslagenheid.

Uit een boodschappentas haalde mevrouw Brewster twee kleine, in folie verpakte sandwiches en twee flesjes water. Armeluislunch.

Vlakbij pingde er een lift en de deuren gingen open. Luther Bancroft en een medewerker stapten naar buiten en sleepten allebei een propvolle aktetas mee. Ze zagen de Brewsters tegelijkertijd en bleven lang staan kijken naar het gezin dat aan het lunchen was. Daarna liepen ze snel verder door de lange gang. De Brewsters leken hen niet op te merken.

Bij de deur bleef de medewerker staan en zei: 'Weet je, Luther, het is nog niet te laat om te schikken. We zouden GateLane moeten bellen en proberen die lui wat geld toe te spelen.'

Bancroft lachte honend en zei: 'Dat hebben we gisteren geprobeerd en toen kregen we de middelvinger van Malloy.'

'Weet ik, ja. Maar ze zullen er kapot van zijn als ze hier met niks weggaan.'

'Dus je ruikt een grote overwinning voor het thuisteam?'

'Jazeker. Malloy werd inhalig en vervreemdde de jury. Je zag het aan hun ogen.' Hij knikte naar de andere kant, naar de Brewsters. 'Maar dat is niet hun schuld. Laten we zorgen dat ze een miljoen dollar krijgen om een deel van hun kosten te dekken.'

Bancroft lachte spottend. 'Malloy zou gewoon al het geld pakken. Die arme mensen zien geen cent.'

'Het zou wel zo eerlijk zijn, Luther.'

‘Ik sta van je te kijken. Het was een rechtszaak, sinds wanneer houden wij ons hier bezig met eerlijkheid? Dit gaat over winnen en verliezen, en wij staan op het punt om Malloy een schop onder zijn kont te geven. Schiet op, ouwe jongen. Dit is keihard een proces voeren en er is geen plek voor de meelevenden.’

Bancroft liep bozig weg. De medewerker keek nog één keer naar de familie en liep toen achter zijn baas aan.

De Brewsters aten hun sandwiches, in een andere wereld, zich niet bewust van het gesprek helemaal aan de andere kant van de gang.

15

Rusty hield een fles champagne omhoog en bood aan om meer in te schenken, maar iedereen sloeg het af. Dus schonk hij zijn eigen glas voor de laatste keer vol.

Rocco kwam langs en vroeg: ‘Dessert, meneer Malloy? Vandaag hebben we chocolademousse, uw favoriet. Hij is heerlijk.’

Ben pakte zijn telefoon, staarde ernaar en bracht uit: ‘Het is de griffier. De jury is tot een uitspraak gekomen.’

Het dessert was op slag vergeten en de vier keken elkaar aan. Rusty zei: ‘Sorry, Rocco, we moeten snel terug naar de rechtbank. De jury is klaar.’

‘Heel goed. Ik haal de rekening.’

Rusty keek naar zijn team en zei: ‘Dat was snel, vonden jullie niet?’

Hun nerveuze blikken spraken boekdelen.

Een halfuur later zaten ze op hun plek achter de tafel van de eisers, met de Brewsters vlakbij. Er ging een deur open en de bode ging de juryleden voor naar hun plek. Terwijl ze gingen zitten, durfde er niet één naar de eisende partij en hun advocaten te kijken.

De rechter trok zijn microfoon dichter naar zich toe en vroeg: 'Dames en heren van de jury, zijn jullie tot een oordeel gekomen?'

De voorzitter stond op en zei: 'Ja, edelachtbare.'

Hij gaf een stuk papier aan de bode, die het zonder ernaar te kijken aan de rechter gaf. Die las het met een uitgestreken gezicht, nam de tijd en zei: 'Het vonnis lijkt in orde. Het is unaniem en het luidt: wij, de jury, oordelen in het voordeel van de verdediging, GateLane Hospital.'

Het bleef een paar seconden stil in de rechtszaal, tot mevrouw Brewster instortte in de armen van haar man. Rusty deed zijn ogen dicht en probeerde de ramp te verwerken. Daarna keek hij kwaad naar de juryleden en wilde het liefst uithalen.

De rechter zei: 'Beide kanten hebben dertig dagen de tijd om moties in te dienen. Dames en heren van de jury, nogmaals dank voor jullie dienstbaarheid. Jullie kunnen gaan. Ik schors deze zitting.' Hij tikte met zijn hamer en stond op van zijn rechterstoel.

16

Kirk stond bij zijn raam met zijn handen in zijn zij naar het glas te kijken, zijn blik op oneindig, sprakeloos. Diantha zat in een van zijn leren fauteuils naar haar telefoon te turen, alsof het slechte nieuws op de een of andere manier zou veranderen in iets goeds.

Kirk mompelde: 'Weer tweehonderdduizend dollar weggegooid. We kunnen ons zijn carrière als roekeloze strafpleiter niet veroorloven.'

Diantha zei: 'We moeten hem uit de rechtszaal zien te houden.'

'We moeten hem uit dit advocatenkantoor zien te houden. Nog ideeën?'

'Niks, behalve moord.'

'Met die gedachte heb ik ook gespeeld.' Kirk draaide zich om, liep naar zijn bureau en plofte op zijn draaistoel neer. Hij keek haar vol afschuw aan en vroeg: 'Wanneer is zijn volgende proces?'

'Weet ik niet. Ik kijk wel in zijn agenda. Hopelijk pas over een paar jaar.'

'Met het tempo waarin hij verliest zal geen advocaat hem nog een cent als schikking bieden. Zou jij het doen?'

'Ik weet niet wat ik zou doen, Kirk. Echt niet. Het begint hier uit de hand te lopen.'

'Nou, dat kan wel zijn, maar als je morgen die ouwe ziet, moet je de dingen positief benaderen.'

'Hij is niet gek. Ik ga morgen, Kirk, maar daarna nooit meer. Het is aan jou en Rusty om jullie vader op te zoeken in de gevangenis. Het is niet eerlijk om mij daarmee op te zadelen.'

'Ik begrijp het.'

'Is dat zo?' Ze kwam overeind, liep naar de deur en vertrok zonder nog iets te zeggen. Terwijl ze door de gang aan Kirks kant van de firma liep, ving ze een paar blikken van de staf op. Inmiddels wist iedereen dat Rusty het bij nog een jury had verkloot. Het nieuws had zich in een mum van tijd verspreid. Aan zijn kant van het gebouw zou het allemaal nog naargeestiger zijn.

Diantha moest hier weg. Ze had een bureau vol papierwerk en haar telefoon ging, maar ze moest zich even ergens verstoppen. Ze stapte in de lift en drukte op de knop naar de zesde verdieping. Toen de deur dichtging, deed ze haar ogen dicht en haalde diep adem. Er klonk een belletje bij elke verdieping. De eerste drie waren het territorium van Malloy, de vierde was van een makelaar, de vijfde van een paar architecten en accountants. Naarmate ze hoger en verder bij de firma vandaan kwam, leek de lucht lichter te worden terwijl de spanning afnam. De zesde verdieping was een mengelmoes van kleine kantoren die werden verhuurd aan ingenieurs, verzekeringsagenten en allerlei professionals die kwamen en gingen.

Aan het eind van de lange gang bevond zich het kantoor van Stuart Broome, de accountant zonder vergunning die de boekhouding deed voor Malloy & Malloy. Ouwe Stu gaf de voorkeur aan de zesde verdieping omdat die zo ver mogelijk bij de rest van de firma vandaan was. Hij was geen bejaarde, maar gedroeg zich alsof hij dat graag zou willen zijn. Hij was tweeënzestig, om precies te zijn, maar met zijn warrige grijze haar, zijn witte, borstelige wenkbrauwen en de diepe rimpels op zijn voorhoofd, kon hij gemakkelijk doorgaan voor een man van twintig jaar ouder. Hij was van nature lang, maar had een bochel en werkte staand aan een bureau op een loopband die nooit bewoog. Iemand had Stu moeten influisteren dat hij dat verdomde ding moest aanzetten zodat hij wat calorieën kon verbranden, want daar was het voor ontworpen, maar hij verbrandde helemaal niks en hij kwam al tientallen jaren minstens twee kilo per jaar aan. Met een dikke pens aan de voorkant en een bochel op zijn rug was Stu een schoolvoorbeeld van menselijke misvorming, wat hij probeerde te verhullen onder een veel te wijde zwarte blazer die hij weigerde uit te trekken. Hij droeg hem elke dag, samen met een wit overhemd en altijd dezelfde zwarte das, dezelfde zwarte broek en dezelfde ongepoetste zwarte schoenen.

Dertig jaar geleden, toen Bolton Malloy een klapper maakte door Honda aan te klagen vanwege hun ondeugdelijke driewielers, had hij ouwe Stu ingehuurd om hem weg te houden bij problemen met de fiscus. Maar de fiscus bleek niet het probleem te zijn. Boltons vrouw, de inmiddels overleden en vergeten Tilda, terroriseerde het kantoor stelselmatig door op zoek te gaan naar geld. In samenspraak met Bolton leerde Stu wel om zo veel mogelijk voor Tillie verborgen te houden. Hier en daar met honoraria schuiven werd vaste prik bij Malloy & Malloy.

Om nieuwsgierige ogen te vermijden werkte ouwe Stu in zijn eentje in zijn kleine verborgen hoekje van het gebouw. Hij had door de jaren heen zoveel secretaresses en assistenten versleten dat hij al moe werd bij de gedachte om er nog een te moeten inwerken. Hij koesterde zijn privacy en deed zijn werk zonder een spoor van supervisie. Niemand van de firma kwam ooit bij hem in de buurt, vooral omdat niemand van de firma welkom was. Behalve Diantha. Hij had een zwak voor haar en ze konden over alles praten.

Tegenwoordig was het voornaamste gespreksonderwerp het voortbestaan van het advocatenkantoor.

Ze klopte op zijn deur en ging naar binnen voordat hij iets had gezegd. Hij stond op de loopband naar het scherm van een antieke computer te staren, hevig rekenend. Hij lachte zelden, maar voor haar had hij altijd een glimlach over.

'Kom binnen, liefje,' zei hij, opeens warm en hartelijk. Hij stapte van de loopband af en wuifde naar een stoffige bank in een hoek.

'Nog meer slecht nieuws,' zei ze zodra ze zat.

'Heeft Rusty er weer een verloren?'

'Ja. Hij vroeg de jury vijfendertig miljoen dollar. Hij kreeg niks. Nul. Uitspraak in het voordeel van de verdediging.'

Stu zuchtte en liet zijn schouders hangen. Hij plofte neer

in een stoel en keek haar volkomen verslagen aan. 'Tweehonderdzeventigduizend dollar bij de laatste telling. Zonder de eindafrekening van Carl mee te tellen, en we weten dat Carls eindafrekeningen om in te lijsten zijn, hè?' Hij gooide zijn handen in de lucht en zei: 'Poef.'

'Het wordt nog erger. Rusty had gisteravond de kans om voor een schamel miljoen te schikken, maar hij zei nee. Hij zei het snel, zonder erover na te denken om het eerst met zijn cliënt te overleggen. Een miljoen dollar zou onze kosten hebben gedekt en er zou nog wat wisselgeld overblijven voor de cliënten. Ik verwacht heel binnenkort een aanklacht wegens wanpraktijken.'

'Nou ja, die hebben we wel vaker gehad, hè?'

'Veel te vaak. Rusty is losgeslagen en ik weet niet hoe we hem weer in het gareel kunnen krijgen.'

'Het zit in zijn bloed, Diantha. Nog niet zo lang geleden was hij de meest gevreesde strafpleiter in de staat, in elk geval voor civiele zaken.'

'Ja, dat weet ik nog heel goed. Dat waren nog eens tijden. Nu heeft hij het niet meer in de vingers.'

Ze bestudeerden het stof op de salontafel. Even later zei ze: 'Nog meer slecht nieuws. Ik ga morgen op bezoek bij Bolton.'

'Hoezo?'

'Deze maand is Kirk aan de beurt, maar hij heeft 's ochtends een afspraak met zijn echtscheidingsadvocaat. Het wordt een vreselijke scheiding. Ik weet zeker dat al jouw gegevens op tafel worden gelegd.'

'Kom maar op. Welke versie moet ik ze laten zien?'

Ze lachte om zijn openhartigheid en wist dat hij geen grapje maakte. Ze vroeg: 'Als Kirk en Rusty op bezoek gaan bij Bolton, nemen ze toch de huidige financiële gegevens mee?'

‘Onder andere. Bolton wil de winst-en-verliesgegevens inzien en ook de jaarstukken. Hij zegt dat hij wil weten wat er in “zijn firma” gaande is. Rusty is er vorige maand geweest en volgens hem was die ouwe niet zo blij met de cijfers. Stijgende overheadkosten. Dalende inkomsten.’

‘Waar maakt hij zich druk om? Hij komt hier toch nooit meer. Hij krijgt zijn vergunning echt niet terug, en dan heeft hij ook nog het tabaksgeld.’

Ouwe Stu glimlachte en herhaalde: ‘Het tabaksgeld.’

17

Het tabaksgeld.

In 1998 kwamen de vier grootste tabaksfabrikanten van Amerika overeen om tot een schikking te komen in een reeks enorme rechtszaken uit zesenveertig staten om schadevergoedingen te krijgen voor de medische kosten door de gevolgen van roken. Het bedrag was ruim driehonderd miljard dollar, de grootste civiele schikking van die tijd. De fabrikanten besloten ook om ruim acht miljard dollar te betalen aan de advocaten die het proces in elkaar hadden gedraaid en de tabaksindustrie naar de onderhandelingstafel hadden gehaald. Dat was natuurlijk een ongehoorde meevaller voor de eisende partijen, of in elk geval voor de advocaten die de gok hadden gewaagd en al in een vroeg stadium hadden meegedaan.

Een bevriende strafpleiter die hij bewonderde had Bolton Malloy ervan overtuigd dat het proces het risico waard was. In het begin hadden de advocaten die het voortouw namen wanhopig geld nodig om de steeds grotere rechtszaak te financieren, en ze gingen met de pet rond en ronselden investeerders. Bolton schreef een cheque van tweehonderdduizend dollar uit, onder luid protest van zijn twee zoons en alle anderen in het gebouw. Vier jaar later wilden de tabaksfabrikanten, altijd in het defensief, een wapenstilstand en waren bereid daarvoor te betalen.

In de hectiek die volgde, werden sommige advocaten stinkend rijk. Degenen aan de top van de piramide hadden heel veel op het spel gezet en enorme risico's genomen, en zij werden als eersten gecompenseerd. Een klein advocatenkantoor in Texas kreeg vijfhonderd miljoen. Het geld werd verdeeld over de anderen en de betaling werd gebaseerd op de geïnvesteerde bedragen. Boltons aandeel kwam op eenentwintig miljoen, geld dat hij voor zichzelf wilde houden.

Zoals gewoonlijk wist zijn vrouw weinig van wat er in de firma gebeurde, want Bolton had altijd geprobeerd haar in het ongewisse te laten. Hij hield de roddels over de schikking onder de pet en weigerde erover te praten, hoewel hij zijn zoons er vertrouwelijk aan herinnerde dat ze het tabaksproces hadden weggehoond en hem hadden gewaarschuwd om zich er verre van te houden. Bolton wilde een echtscheiding, maar moest er niet aan denken om een langdurige strijd te voeren met hongerige advocaten die zijn gegevens doorspitten.

Zich inkopen in die rechtszaak bleek zijn eerste meesterlijke zet te zijn. De tweede was het uitstellen van de betaling van zijn honoraria en ze zodanig structureren dat ze werden geïnvesteerd, maar pas na tien jaar zouden worden uitbetaald. Misschien kon hij in de tussentijd scheiden of, beter nog, misschien zou zijn vrouw wel gewoon doodgaan. Ze had een zwakke gezondheid.

Ze ging inderdaad dood, op nogal mysterieuze wijze, zonder dat ze ooit iets van het geld had gezien, en Bolton belandde in de gevangenis wegens doodslag. Hij zat er een maand toen de eerste tabakscheques binnenkwamen: drie miljoen dollar per jaar, minstens twaalf jaar lang. Ouwe Stu opende over de hele wereld buitenlandse bankrekeningen en leidde het geld om via een doolhof van entiteiten die honderd agenten van de fiscus niet konden volgen. Hij liet voldoende echte inkomsten in de boeken van de firma zien om de belastinginners tevreden te stellen, maar de overgrote meerderheid van het tabaksgeld stapelde zich op in schimmige belastingparadijzen waar ze weinig ophadden met Amerikaanse belastingverdragen.

Hun geheime plannetje was heel eenvoudig. Zodra Bolton uit de gevangenis kwam, zou hij, hopelijk met een jong blondje aan zijn arm, verdwijnen naar een exotische speeltuin waar hij zijn geld zou krijgen en het kon zien groeien. Ouwe Stu zou ruimschoots gecompenseerd worden voor zijn moeite en eveneens in stijl zijn oude dag slijten.

Wettelijk en ethisch gezien was het geld van Malloy & Malloy. Alles. En technisch gezien was het onethisch als advocaten – Rusty en Kirk – hun honorarium deelden met niet-advocaten – Bolton. Maar de juridische en ethische details werden genegeerd en de zoons konden het gewoonweg niet eens worden over de manier waarop ze hun vader ermee moesten confronteren.

Niettemin was een confrontatie onvermijdelijk.

18

Diantha zei: 'Het is slechts een kwestie van tijd voor ze een deel van het geld willen, hoor.'

'Dat geloof ik graag,' zei ouwe Stu met een glimlach. 'Maar ze kunnen het niet vinden.'

'Nou, zet je maar schrap, want ze komen eraan. De firma verliest geld. Ze hebben allebei een zware hypotheek. En nu wil Kirk een echtscheiding, wat betekent dat er binnenkort wat vervelende gasten in je boeken willen snuffelen.'

'Luister, Diantha. Er staan heel wat schimmige dingen in die boeken. Dat weet ik, want ik heb het er zelf in gezet, op aandringen van mijn cliënt, uiteraard. Maar ik ga niet naar de gevangenis zoals mijn cliënt, of vanwege mijn cliënt.'

'Dat is fijn om te horen, Stu. Zorg gewoon dat het met ons allemaal goed komt.'

19

Elke middag rond vijf uur zat de bar van het Ritz-Carlton bomvol met welgestelde zakenreizigers die graag twintig dollar voor een drankje betaalden en dat ergens op hun royale onkostenvergoeding wegmoffelden. Om die reden kwamen er altijd aantrekkelijke jonge vrouwen die in de binnenstad op kantoor werkten naar de bar en de enorme lounge. En omdat de bar de reputatie had dat er lokale vrouwen uit de betere kringen kwamen, kwamen er ook lokale professionals uit de betere kringen naartoe, als die behoefte hadden aan een borrel.

Rusty was dol op deze bar en kwam er minstens één keer per week. Meestal ontmoette hij er andere advocaten en rechters die een paar drankjes achteroversloegen voordat ze weer naar de buitenwijken gingen. Omdat hij single was, bleef hij nog een tijdje rondhangen nadat zijn vrienden al naar huis waren, en dan begon hij vrouwen te versieren. Dat was zijn gebruikelijke routine.

Maar vandaag zat hij in zijn eentje aan de bar en ontfermde zich over zijn derde whisky, terwijl hij de zoveelste jury vervloekte. Hij was stom geweest om zoveel geld te vragen. Hij kende St. Louis net zo goed als ieder ander en wist dat het een conservatief stadje was, zonder een verleden van verbijsterende uitspraken. Sommige steden stonden erom bekend dat er met aansprakelijkheidsclaims werd gestrooid en er duizelingwekkende bedragen werden uitgekeerd. Miami, Houston, Boston en San Francisco, om er maar een paar te noemen. Maar St. Louis niet. Hij had moeten inbinden en om slechts tien miljoen moeten vragen. Hij had in voorbije jaren al eens vijf miljoen en vier miljoen weten te krijgen, en tien miljoen was logischer geweest. Maar het probleem was, en dat gaf hij toe terwijl hij dronk, dat zijn ego veel en veel meer wilde. Hij wilde St. Louis eigenhandig naar het tijdperk van verbijsterende uitspraken voeren. Hij, Rusty Malloy, zou in deze stad de Koning van de Schadevergoeding worden en glimlachen als de mindere goden naar hem toe kwamen rennen met hun rechtszaken. Hij zou ze zorgvuldig uitkiezen.

Drie jonge vrouwen maakten luidruchtig hun entree en Rusty taxeerde hen. Een van hen had hij al eens eerder gezien, misschien had hij zelfs weleens een drankje voor haar betaald. Ze waren rond de dertig, waarschijnlijk getrouwd en op zoek naar een verzetje voor ze naar huis gingen. Korte rokjes, hoge hakken, mouwloos, een hoop vlees te zien. Ze gingen in een hoekje zitten en keken de bar rond. Een van hen wierp een blik op Rusty en toen een tweede datzelfde deed, knikte hij naar Jose, de barman, en naar de vrouwen. Jose wist wat hem te doen stond voor meneer Malloy: het mocht op zijn rekening gezet worden.

Ze giechelden toen hij naar ze toeliep en zei: ‘Het eerste rondje is van mij. Wat mag het zijn?’

Als ze hun echtgenoten of vriendjes zouden verwachten, hadden ze hem afgewimpeld. Dat deden ze niet. De twee die op de bank zaten schoven iets op en een van hen klopte op het kussen. Hij plofte tussen hen in en bewonderde algauw hun benen. Er kwam een ober aan, die hun bestelling opnam.

Hij had drie keer een huwelijk geprobeerd en was er gewoon niet voor in de wieg gelegd. Hij was nog nooit een vrouw trouw gebleven en nu, op zijn zesenveertigste, was het te laat om daar nog verandering in te brengen.

20

Diantha verliet de stad bij het krieken van de dag en genoot voor de verandering van de rit, tenminste, de eerste paar minuten. Het was fijn om nu eens lekker door te kunnen rijden en aan de andere kant het drukke verkeer te zien dat de stad in kwam. Ze dronk van haar koffie en luisterde naar de BBC op Sirius.

Het Saliba Correctional Center was twee uur rijden, niet via de grote snelwegen. De wegen werden smaller tot ze uiteindelijk Kerrville naderde, een verlaten uithoek midden in het boerenland van Missouri. Grote borden wezen de weg naar hier en naar daar, en het werd duidelijk dat de gevangenis van levensbelang was voor de gemeente. Verder was er niet zoveel te beleven in Kerrville. Het werd een medium bewaakte instelling genoemd, ontworpen om negenhonderd gevangenen onder te brengen. Volgens de informatie op internet zaten er nu twee keer zoveel. De instelling was gebouwd in de jaren tachtig, toen de war on drugs werd gelanceerd door keiharde politici en alle vijftig staten meededen aan de bouw van nieuwe gevangenissen, terwijl de aantallen nieuwe gedetineerden de pan uitrezen. Om de minder zware criminelen te scheiden van de drugshandelaren, werd er in 1995 een vleugel met lichte bewaking aangebouwd, en ergens diep in de krochten verbleef de ooit achtenswaardige N. Bolton Malloy.

Diantha zette de auto op het grote parkeerterrein en inspecteerde haar gezicht in de spiegel. Geen make-up, geen sieraden, niks om de aandacht te trekken. Lange broek, platte schoenen, een jasje, geen huid zichtbaar onder de halslijn, zoals op de website stond. Voor een stijlvolle vrouw die modebewust was en elke dag ruimschoots de tijd nam om zich te verzorgen, zag ze er verbazingwekkend naturel uit.

In de begintijd, toen ze net haar rechtenstudie achter de rug had en de eerste vrouwelijke compagnon werd bij Malloy & Malloy, had ze altijd de moeite genomen om zich mooi aan te kleden voordat ze naar kantoor kwam. De mannen waardeerden het en vooral Bolton genoot van haar gezelschap. De administratief medewerkers waren allemaal jonge vrouwen en Bolton betaalde ze goed. Hij was een veeleisende baas die de voorkeur gaf aan linnen pakken, zijden dassen, dubbele manchetten en Italiaanse schoenen. De ongeschreven dresscode bij Malloy & Malloy was dat je er maar beter goed uit kon zien om succesvol te zijn.

Ze liet haar telefoon en haar aktetas in de auto en deed hem op slot. Bij de ingang van het hoofdgebouw bleef ze heel even staan om naar de goedkope bronzen gedenkplaat te kijken die de staat op een muur van sintelblokken had geschroefd. Die was ter herdenking aan de uitmuntende carrière van een oude gevangenisdirecteur die al veertig jaar dood was. Winston Saliba.

Wie zou er na de middelbare school van dromen dat er een gevangenis naar hem vernoemd werd?

Binnen was een armoedige receptieruimte en er waren twee bewakers die zo te zien klaarstonden om zich op de volgende bezoeker te werpen. Ze namen haar rijbewijs aan en lieten haar tussen de metaaldetectors door lopen. Ze vulde formulieren in en werd naar een wachtruimte gestuurd, waar ze een halfuur zat. De stoelen waren van plastic en ze wiebelden. De tijdschriften waren drie jaar oud. Het rook er naar goedkoop ontsmettingsmiddel en gasverwarming. Toen ze aan de beurt was, liep een bewaker met haar mee door een gang, waar hij een deur openmaakte en ze op een omheind terrein uitkwamen, waar een golfkarretje stond te wachten. Hij wees naar de achterbank en ze klommen erin. Hij zei niks en ze had zelf ook niks te melden. Hun route was een smal, verhard paadje met een gaashekwerk erlangs, waarop glinsterend scheermesdraad was bevestigd. Aan de andere kant stonden tientallen gevangenen op de binnenplaats naar haar te staren.

Hoe wie dan ook, vooral een oudere, witte kerel als Bolton, kon overleven op zo'n troosteloze plek, was niet te bevatten. Ze zag een bordje waar CAMP D op stond en wist dat ze in de buurt kwam. De post die ze hem stuurde, ging naar Camp D.

Binnen gromde de bewaker af en toe iets en ze kwamen in een grote bezoekersruimte waar her en der plastic tafels en stoelen stonden, met snoep- en frisdrankautomaten tegen de muur. Er waren verder geen bezoekers. Gewone mensen kwamen alleen in het weekend op bezoek. Advocaten mochten komen en gaan wanneer ze maar wilden. Hij wees naar een hoek waar vier deuren waren, met daarboven een bordje met de tekst BEZOEKERSRUIMTE ADVOCATEN. Hij maakte een deur open, wees naar een stoel en zei eindelijk: 'Hij komt er zo aan. Is er iets wat u hem wilt geven?'

'Nee.'

De smalle ruimte werd verdeeld door een muur van ruim een meter hoog, met daarboven een dikke glasplaat tot aan het plafond. De minuten kropen voorbij en ze prentte zichzelf in hoe verachtelijk ze het van Rusty en Kirk vond dat ze haar dwongen hiernaartoe te gaan. Bolton was hun probleem, niet het hare. Ze had hem in geen vijf jaar gezien en dat was niet lang genoeg.

Zijn deur ging open en er kwam een bewaker aan. Bolton stond achter hem en negeerde haar terwijl zijn boeien werden afgedaan. De bewaker vertrok en deed de deur dicht. Bolton ging op zijn plastic stoel zitten en lachte naar haar. Hij pakte de hoorn en zei: 'Hallo, Diantha. Ik had je niet verwacht.'

Zijn eerste woorden waren leugens. Kirk had hem de avond ervoor via zijn illegale telefoon laten weten dat ze hem zou vervangen.

'Hallo, Bolton. Hoe gaat het?'

'Fantastisch. De dagen en de weken vliegen voorbij. Voor je het weet sta ik weer buiten. Hoe gaat het met jou, Diantha? Het is geweldig om je te zien. Wat een aangename verrassing.'

'Het gaat goed. Phoebe groeit als kool. Vijftien alweer en ze probeert me gek te maken.' Ze wist er een glimlachje uit te persen, maar het viel niet mee.

'En Jonathan?'

Ze knikte kort en besloot zelf ook een leugentje te vertellen. 'Met Jonathan gaat het goed.'

'Je ziet er geweldig uit, je wordt mooi ouder, wat ook wel te verwachten was.'

'Bedankt… denk ik. Jij ziet er bijna knap uit in je gevangeniskloffie.'

Dat was echt zo. Zo mager als een lat, fit, soepel, en zijn kaki overhemd en bijpassende broek waren duidelijk gesteven en geperst. De gevangenen in het gedeelte waar ze zojuist langs was gereden, droegen een witte broek met blauwe strepen op de pijpen, en witte shirts. De minder zware criminelen in Camp D kregen kennelijk mooiere kleren als ze zich die konden veroorloven. Elke maand zette ze duizend dollar op zijn rekening en dat geld ging op aan eten, kleding, boeken en luxeartikelen als een kleuren-tv en een draagbare airco. Ze had wel meer willen sturen, via Rusty en Kirk, maar het gevangenismaximum was duizend dollar.

Met meer dan genoeg tijd om te slapen en bijna ongelimiteerde toegang tot de buitensportruimte zag Bolton er jonger uit dan toen ze vijf jaar geleden afscheid hadden genomen. Dat, en geen alcohol, geen vrouwen, geen achttien uur per dag werken op kantoor: hij leek op te bloeien in de gevangenis, in elk geval fysiek.

En geen geklaag. Volgens Rusty en Kirk had de oude man nooit iemand de schuld gegeven van zijn pech. En hij had ook niet de geringste wroeging getoond vanwege de dood van zijn vrouw. Hij had altijd volgehouden dat hij haar niet had vermoord. Hij had doodslag bekend, een veel minder zware tenlastelegging.

'Waar is Kirk?' vroeg hij.

Dat wist hij heel goed, maar ze speelde mee. 'Hij had een belangrijke afspraak met zijn nieuwe advocaat. Het loopt niet zo lekker met Chrissy.'

'Dat verbaast me niks. En Rusty?'

'Die zat de hele week in de rechtszaal en kon niks regelen.'

'Hoe ging het proces?'

'Hij heeft weer verloren. Vroeg de jury om vijfendertig miljoen en kreeg nul. Zwaar verlies.'

Hij schudde zijn hoofd en keek geërgerd. 'Ik weet niet wat die jongen heeft. Tien jaar geleden kon hij de jury alles aftroggelen wat hij wilde, en nu is hij nergens meer.'

'Dat verandert wel weer. Je weet hoe dat gaat met processen, soms win je alles achter elkaar, en dan weer een tijdje niks.'

'Het zal wel. Heb je de financiële stukken bij je?'

'Nee.'

'Mag ik vragen waarom niet?'

'Natuurlijk mag je dat vragen. Het antwoord luidt dat ik hier niet bepaald vrijwillig naartoe ben gekomen, Bolton. Ik laat me niet vertellen wat ik moet doen, en zeker niet door jou. Ik werk niet meer voor je en dat gaat ook nooit meer gebeuren. Je dacht ooit, toen ik nog jong was, dat ik je bezit was en ik walg nog steeds van wat we gedaan hebben.'

'Het was altijd met wederzijdse instemming, als ik me goed herinner.'

'Ik was een meisje van vijfentwintig dat net was afgestudeerd en jij bood me een baan aan. Wat er daarna gebeurde, was niet bepaald met wederzijdse instemming. Je kon al vanaf dag één niet met je poten van me afblijven en liet er geen twijfel over bestaan dat verzet zou leiden tot contractbeëindiging. Dat herinner ik me.'

Hij schudde glimlachend zijn hoofd. 'Goh. Venus en Mars weer. Wat ik me herinner, is een sexy jongedame met korte rokjes, die dacht dat met de baas neuken haar ticket naar partnerschap was. Hebben we dit gesprek jaren geleden ook al niet gevoerd, toen we het hebben bijgelegd? Ik dacht dat dit allemaal ouwe koeien waren.'

'Jouw koeien misschien, Bolton. We hebben drie jaar voortgeploeterd en ik was degene die er uiteindelijk een punt achter zette, niet jij.'

'Klopt, toen zijn we gaan zitten om het uit te praten en besloten om vrienden te blijven. Ik heb onze vriendschap altijd gekoesterd, Diantha, net als je wijsheid. Ik weet dat we ons verzoend hebben.'

'O, echt? Als onze relatie zo fantastisch is, waarom zit ik dan al vijftien jaar in therapie?'

'Ach, kom nou. Je kunt mij niet de schuld geven van al je problemen.'

Ze hadden allebei een wapenstilstand nodig, dus zaten ze daar maar en negeerden elkaar. Na een lange stilte zei ze: 'Sorry, Bolton. Ik was niet van plan om dat allemaal te zeggen. Ik ben niet hierheen gekomen om je door te zagen over iets wat heel lang geleden gebeurd is.'

'Je hebt nog veel woede en wrok in je.'

'Ja, en ik doe mijn uiterste best om daaroverheen te komen.'

'Nou, ik wilde zeggen dat het me spijt, maar dat is al gezegd. Blijkbaar stelde het weinig voor. Ik heb geweldige herinneringen aan je, Diantha. Ik wil dat je me aardig vindt. Dat zweer ik.'

'Ik zal het proberen. Zeg, we zijn hier in de gevangenis en ik zou je blije glimlachjes moeten brengen uit de buitenwereld, geen problemen. Mijn problemen stellen niks voor vergeleken bij die van jou, Bolton. Hoe hou je het vol op zo'n plek?'

'Ik leef bij de dag. Ineens is het een week, dan een maand en dan een jaar. Je houdt op met huilen, wordt hard, beseft dat je kunt overleven. Je zorgt dat je veilig bent. Ik heb het geluk dat ik een beetje geld heb om uit te delen. Bijna alles is te koop hierbinnen.'

Hij glimlachte en vouwde zijn handen achter zijn hoofd, terwijl hij naar het plafond keek. 'Bijna alles, behalve wat er echt toe doet. Vrijheid, reizen, vrouwen, golf, lekker eten en wijn. Maar weet je, Diantha, het gaat wel. Dit is bijna voorbij en voor je het weet sta ik weer buiten. Statistisch gezien heb ik nog een jaar of twintig te leven en ik ben van plan er een feestje van te maken. Ik zal St. Louis en alle slechte herinneringen verlaten, en ga ergens naartoe waar het lekker rustig is, en dan begin ik opnieuw.'

'Met een heleboel geld.'

'Reken maar, met een heleboel geld. Ik was zo slim om

me in te kopen in die tabaksschikking toen jij en de jongens en alle anderen op kantoor zeiden dat ik dat niet moest doen. Ik heb goed gegokt en daarna was ik weer slim en hield het geld bij Tilda vandaan. Moge ze rusten in vrede. Ik neem straks het geld mee en dan ga ik ervandoor. Wil je mee?'

'Is dat weer een voorstel?'

'Nee, het was een grapje. Relax, Diantha, het lijkt wel of je meer problemen hebt dan ik, terwijl ik toch echt degene ben die opgesloten zit in dit schijthol.'

'Hoe ben je van plan hieruit te komen?'

'Dat zou je wel willen weten, hè? Laten we het erop houden dat ik een plan heb en dat de dingen goed verlopen.'

'Laten we het ergens anders over hebben. Ik ben hier nog maar een kwartier.'

'Haast je alsjeblieft niet, Diantha. Er is geen tijdslimiet voor overleg met advocaten en jij bent een zeldzaam lichtpuntje voor me.'

'Wat dacht je van het advocatenkantoor? Daar ben je vast nieuwsgierig naar.'

'Topidee. Hoeveel advocaten hebben we nu?'

'Tweeëntwintig. Elf aan elke kant. Als Rusty er een aanneemt, doet Kirk dat ook. Hetzelfde geldt voor secretaresses, juridisch medewerkers en conciërges. Zoals altijd moeten de uitgaven en de netto-inkomsten precies gelijk blijven. Als de een het gevoel heeft dat de ander op de een of andere manier voorloopt, gaat het mis.'

'Wat is er toch mis met die jongens?'

'Die vraag stel je al zolang ik je ken.'

'Ja, dat klopt. Ik kan me geen enkele periode herinneren waarin ze goed met elkaar overweg konden. Het was al vanaf de wieg een strijd tussen de broers. Ze proberen de firma kapot te maken, hè Diantha? Ik heb de financiële stukken gezien. Ik weet wat er aan de hand is. Veel te veel overhead, veel te weinig opbrengsten. Zoals je weet, hield ik de teugels strak en hield elke cent in de gaten. Ik huurde goede mensen in en beloonde ze royaal. Deze twee jongens hebben gewoon geen gevoel voor het runnen van een advocatenkantoor.'

'Zo somber is het nou ook weer niet, Bolton. We hebben een paar getalenteerde advocaten die ik door de jaren heen heb aangenomen en die ontwikkelen zich prima. Ik ben nog steeds de baas, bij gebrek aan beter. Aangezien Rusty en Kirk niet met elkaar praten, loopt alles via mijn bureau en ik leid de firma. De zaken gaan altijd op en af.'

'Het zal wel.'

Hij staarde treurig naar het plafond en liet wat tijd verstrijken. Na een poosje vroeg hij: 'Wat zeggen de mensen in de stad over me, Diantha?'

'Dat is een grappige vraag uit de mond van een man die zich er nooit iets van aantrok wat anderen zeiden of dachten.'

'Denken we niet allemaal aan onze nalatenschap?'

'Nou, om eerlijk te zijn, Bolton, als ze naar je vragen, gaat het altijd over Tillies dood en jouw gevangenisstraf. Ik ben bang dat je op die manier wordt herinnerd.'

'Oké, dat zal dan wel. Eerlijk gezegd kan het me niet schelen.'

'Stoere jongen.'

'Het rare is dat ik geen wroeging heb, Diantha. Ik heb dat mens geen seconde gemist. Sterker nog, als ik aan haar denk, en dat probeer ik uit alle macht niet te doen, brengt haar dood altijd een glimlach teweeg. Ja, tuurlijk, ik had liever niet gewild dat ze me gepakt hadden en ik heb een paar stomme fouten gemaakt, maar ik word echt vrolijk van de wetenschap dat Tillie onder de grond ligt.'

'Daar kan ik niks tegen inbrengen. Niemand mist haar, zelfs haar twee zoons niet.'

'Ze was gewoon vreselijk. Laten we het daar maar op houden.'

'Jij en ik hebben nooit over haar dood gepraat, hè?'

Hij glimlachte en schudde zijn hoofd. 'Nee, en dat kan nu ook niet. Deze kamertjes zijn niet altijd veilig. Er kan gelekt worden.'

Ze keek om zich heen en zei: 'Oké. Misschien op een dag als je vrijkomt.'

'Zijn we vrienden als ik vrijkom, Diantha?'

'Waarom niet, Bolton? Hou gewoon je handen thuis. Dat was altijd het probleem.'

Hij lachte en zei: 'Klopt, maar daar ben ik nu te oud voor, denk je niet?'

'Nee, ik denk dat je onverbeterlijk bent.'

'Ongetwijfeld. Ik heb mijn eerste reisje al gepland. Ik ga naar Las Vegas en huur daar het penthouse van een hoog, blinkend hotel, en ga de hele dag kaarten, gokken, steaks eten, goede wijn drinken en van de jongedames genieten. Het kan me niet schelen wat ze kosten.'

'Noem dat maar je leven beteren.'

21

De dood van Tilda Malloy was heel vaak een droomscenario geweest, en niet alleen van haar man, hoewel Bolton tientallen jaren het actiefst bezig was met het beramen ervan. Na een onstuimig huwelijk van tien jaar dat niet op vreedzame wijze zou kunnen worden beëindigd, begon hij te fantaseren over haar heengaan.

Het begon met een plotselinge belangstelling voor forelvissen op de rivier de Ozarks, wat hij wel leuk vond, maar lang niet zo geweldig als hij deed voorkomen. Een paar keer per jaar reed hij met wat vrienden, en later ook met Rusty en Kirk, in drie uur van St. Louis naar de bergen in het zuiden, waar ze een hut huurden en als corpsballen gingen vissen en zuipen.

Dat leidde tot de aankoop van een blokhut aan de Jacks Fork River in Zuid-Missouri. Bolton voerde een uitgebreid, langdurig toneelstukje op, waarbij hij net deed of hij ineens een voorliefde had voor het buitenleven, en mettertijd begon hij daadwerkelijk verknocht te raken aan de rustige weekendjes, vooral toen Tillie weigerde om mee te gaan. Ze had geen enkele belangstelling voor welke activiteit dan ook die niet kon worden ondernomen binnen een straal van vijftien kilometer van haar geliefde countryclub. Ze vond dat het in de heuvels wemelde van de boerenkinkels, dat vissen een rare mannensport was, dat er overal insecten en krekels waren en dat er ook nog eens nergens een fatsoenlijk restaurant te vinden was.

Toen ze op haar zevenenvijftigste een kransslagaderaandoening bleek te hebben, kon Bolton stiekem zijn geluk niet op, maar hij speelde redelijk overtuigend de rol van de liefhebbende verzorger. Tot zijn ontzetting zorgde ze dat ze fitter werd, hield zich aan een plantaardig dieet, ging twee uur per dag sporten en beweerde dat ze zich beter voelde dan ooit. Toen het ene onderzoek na het andere liet zien dat ze vooruitging, werd duidelijk dat ze voorlopig niet zou sterven. Bolton baalde als een stekker en hervatte zijn decennialange fascinatie voor haar vroegtijdige dood.

Na haar eerste hartinfarct, op haar tweeënzestigste, laaide de hoop van de familie weer op. Hoewel het onderwerp nooit werd aangeroerd, was het leven zonder Tillie een voortdurende droom voor Bolton en zijn zoons, en vooral voor hun echtgenotes. Tillie de schoonmoeder was een bemoeizieke, gluiperige onruststoker.

Er gingen maanden voorbij, en daarna jaren, en dat oude mens bleef niet alleen leven, maar ging ook vrolijk verder met haar lelijke gedrag. Ook een tweede hartinfarct, toen ze vierenzestig was, schakelde haar niet uit en de hele familie werd depressief.

Onder druk gezet door Bolton gaf haar dokter haar de opdracht de stad uit te gaan voor een verblijf van twee weken in de heuvels: geen telefoon, geen internet, geen tv. Niets dan rust, ongekruid eten en heel veel slaap. Ze had een luxespa in de Rockies in gedachten, waar haar vriendinnen altijd naartoe gingen om bij te tanken, maar Bolton stond erop dat ze naar zijn vishut gingen. Ze had een bloedhekel aan dat ding en bleef drie uur lang zitten zaniken terwijl Bolton witheet achter het stuur zat en moest vechten tegen de aandrang om de auto naar een onverhard pad te rijden en haar in een greppel te wurgen.

's Avonds aten ze burgerlijk aan de kleine boerentafel. Een voorgerecht van diepvriesvis, en voor hem een glas wijn. Ze zei dat ze zich niet lekker voelde, ze was moe door de autorit en wilde naar bed. Terwijl ze zich klaarmaakte haalde Bolton, die dikke handschoenen droeg, hevig zwetend en doodsbang een koningsslang uit een mand die hij in een kast had verstopt en legde hem in hun bed, aan haar kant, onder de deken. Hij had het in gedachten wel duizend keer geoefend, maar hoe moet je in godsnaam weten wat er gebeurt als een koningsslang – die weldoorvoed en tam zou moeten zijn, wat dat ook mocht betekenen – op katoenen lakens wordt gegooid die hij nog nooit heeft gezien en daarna wordt bedekt met een deken? Zou hij bang worden, uit bed kronkelen en op de grond terechtkomen, zodat Bolton noodgedwongen als een krab onder het bed moest kruipen om hem te vangen? Of zou hij een paar seconden doodstil blijven liggen, voordat hij werd ontdekt en er een drama volgde?

De slang werkte mee en bleef op zijn plek. Bolton kon nog net zijn handschoenen uittrekken voor ze uit de badkamer kwam en over de temperatuur begon te mekkeren. Toen ze aanstalten maakte om de dekens open te slaan, trok Bolton eraan en gilde naar de monsterlijke zwarte, gevlekte slang die op hun mooie witte lakens lag. Tillie was zo geschrokken dat haar stembanden van angst verstrakten en ze geen geluid uit kon brengen. Ze deinsde terug en viel flauw, waarbij ze achteroverviel en hard tegen de muur terechtkwam.

Een ogenblik verroerde niemand zich. Bolton hield één oog op de slang gericht en keek naar zijn vrouw, die buiten bewustzijn leek. De slang tilde zijn kop iets op en keek omlaag naar Tillie, waarna hij zich omdraaide naar Bolton. Opeens had hij er genoeg van en gleed vlug van het bed af, op de vloer. Toen Bolton achter hem aan ging, verhoogde de slang zijn snelheid en kronkelde sneller over de grenen vloer. Hij moest dat verdomde beest absoluut weer in zijn mand stoppen, en uit wanhoop greep Bolton hem bij zijn staart, waardoor de slang zich ogenblikkelijk omdraaide en aanviel. Bolton gilde toen de kleine, scheermesachtige tanden zich in zijn linkerhand boorden. Natuurlijk was het geen gifslang – zo stom was Bolton nou ook weer niet – maar hij kon wel bijten en het deed vreselijk veel pijn. Bolton deinsde achteruit, hield zijn hand vast en zag bloed. Hij ging naar de keuken, met voorzichtige stappen nu de slang ergens rondkroop, en deed wat ijs in een kom voor zijn hand. Hij ging aan tafel zitten en probeerde zichzelf weer in de hand te krijgen. Hij ademde moeizaam en zweette nog steeds. Hij moest helder denken. Dit als een plaats delict beschouwen, wat het feitelijk ook was.

Het bloeden stopte, maar de zwelling niet. Hij wikkelde stevig een theedoek om zijn hand en ging bij zijn dierbare vrouw kijken. Ze had zich niet bewogen, maar ze had wel een zwakke polsslag, tot zijn grote ongenoegen. Bijna dood betekende een aantal mogelijke scenario's, die hij allemaal honderdduizend keer had doorgenomen. Maar niet één ervan bevatte zo'n kloteslangenbeet die hij onmogelijk kon verbergen. Hij plensde wat koud water in haar gezicht, maar ze reageerde niet. Haar polsslag werd zwakker, maar verdween niet. Hij liep met een grote boog om haar heen om te voorkomen dat hij de slang nog eens tegenkwam, die voor het laatst gezien was toen hij onder de bank gleed.

Boltons toekomst hing af van de volgende paar beslissingen. Hij zou slechts één kans krijgen om het plan te laten slagen. Hij keek op zijn polshorloge. Negen uur vierenveertig. Ze was misschien tien minuten buiten westen. Wat deed die slang daar onder de bank, of was hij misschien naar een andere verstopplek gekropen?

Bolton wist door zijn zorgvuldige onderzoek dat de dichtstbijzijnde spoedeisendehulppost in het dorpje Eminence was, de zetel van de county met een inwonertal van zeshonderd, en dat het een vrijwilligerseenheid was. Een snelle reactie door een goedgetraind team van artsen was onwaarschijnlijk. Maar als hij het alarmnummer niet belde, zou dat argwaan wekken.

Hij wilde een glas bourbon, maar weerstond de verleiding. De kans was groot dat hij met artsen en verpleegkundigen zou praten en hij wilde niet dat zijn adem naar alcohol rook.

Haar pols werd zwakker.

Hij zette de deuren open en probeerde met een bezem

onder de bank te vegen. Geen spoor van een slang, het was belangrijk om dat klotebeest te vangen.

Om elf uur belde Bolton eindelijk het alarmnummer en meldde dat zijn vrouw moeite had met ademhalen en klaagde over pijn op de borst. Hij dacht dat ze misschien een hartinfarct had. Degene aan de telefoon klonk alsof ze zojuist vanaf de straat was binnengelopen en haar eerste telefoontje aannam. Bolton gaf haar zijn naam en het adres van de blokhut die, zoals zovele daar in de buurt, op klaarlichte dag al moeilijk te vinden was. Hij verzuimde bewust een cruciale afslag naar links op een kruispunt te vermelden, waardoor de ambulance er gegarandeerd eeuwen over zou doen.

Hij zette de lege mand van de slang in de achterbak van zijn auto, om hem later weg te kunnen gooien. Hij praatte weer tegen Tillie terwijl hij in haar pols kneep. Ze maakte het niet makkelijker. Vanwege haar toewijding aan fitness woog ze maar vijftig kilo en daar was hij dankbaar voor. Het lukte hem haar over zijn schouder te zwaaien, en hij liep wankelend het trappetje voor de hut af en gooide haar op de achterbank. Ze gaf geen kik.

Poplar Bluff was een uur rijden en had een mooi streekziekenhuis. Hij plande het zo dat hij ver na middernacht zou aankomen, zodat het topteam waarschijnlijk al weg was. Hij reed zo langzaam mogelijk en nam een paar keer de verkeerde afslag. Geen enkel geluid op de achterbank. Aan de rand van het stadje stopte hij bij een nachtwinkel en haalde koffie voor onderweg. Toen er niemand keek, omdat er niemand was, stak hij zijn hand naar achteren en controleerde haar pols weer. Hij slaakte een zucht van opluchting.

Tilda Malloy, zijn twistzieke vrouw met wie hij zevenenveertig lange, ongelukkige jaren getrouwd was geweest, was eindelijk dood.

Bolton haastte zich naar het ziekenhuis en reed naar de Spoedeisende Hulp.

22

De slang was niet de hut uit gevlucht. Hij lag opgerold op de keukenvloer te soezen toen de ambulancecrew arriveerde en hem zag. Ze bleven op afstand terwijl ze het huis doorzochten en niemand aantroffen. Gek genoeg stonden alle deuren open en brandde overal licht.

Volgens het logboek was het telefoontje van meneer Malloy om twee over elf binnengekomen. De hulpverleners meldden dat ze om vijf voor twaalf waren gearriveerd, na verschillende malen verkeerd te zijn gereden. Ze stelden het huis veilig, deden de deuren dicht en vertrokken om tien voor halfeen.

En ze namen de slang mee. Het teamhoofd had iets met reptielen, verzamelde ze en deed vaak een slangenveiligheidscontrole op buurtscholen. Hij had nog nooit zo'n mooie, zeldzame gespikkelde koningsslang gezien en ving hem probleemloos. Hij ging ervan uit dat het geen huisdier was, maar zou hem meteen terugbrengen als erom werd verzocht. Er zou nooit een verzoek komen.

Volgens de gegevens van de Spoedeisende Hulp was meneer Malloy om achttien over één gearriveerd met zijn vrouw, die niet reageerde, op de achterbank. Ze werd op een brancard gelegd, snel naar een onderzoekskamer gebracht en prompt doodverklaard.

Een verpleegkundige ondervroeg meneer Malloy en kreeg de basisgegevens. Ze merkte zijn gezwollen, verbonden hand op. Hij wuifde haar weg en zei dat hij de middag daarvoor gewond was geraakt tijdens het werk op het terras. Een arts stond erop om naar zijn hand te kijken en werd geïntrigeerd door de vreemde halve cirkel van bijtsporen. Meneer Malloy hield vol dat hij niet door iemand of iets was gebeten en werd stuurs. De verpleegkundige zag bloed op het nachthemd van de overledene en vroeg meneer Malloy ernaar. Natuurlijk was het van hem. Zijn hand bloedde toen hij geen andere keus had dan haar van de slaapkamer naar de auto tillen. De dokter vroeg of ze foto's van zijn wond mochten nemen, maar dat weigerde hij.

Er arriveerden twee deputy's met een gewonde dronken automobilist, en de dokter voelde zich gesterkt door hun aanwezigheid. Hij vroeg Bolton nogmaals of hij een foto van zijn wond mocht maken, en toen hij dat kwaad van de hand wees, knikte de dokter naar een deputy. De twee kwamen naar hen toe en keken naar Boltons linkerhand.

'Ziet eruit als een slangenbeet,' zei een van hen. 'Niet giftig. Van een ratelslang zou je twee diepe giftanden hebben en een zwelling van heb ik jou daar.'

De andere deputy beaamde dat en zei: 'Een perfecte rij kleine tandjes. Grote wurgslang. Ik zou denken een korenslang of een koningsslang.'

Bolton wuifde hen weg. 'Jongens, alsjeblieft, ik heb zojuist mijn vrouw verloren. Mag ik misschien wat privacy? Ik heb geen idee waar jullie het over hebben.'

'Natuurlijk. Sorry.'

'Ja, meneer. Sorry.'

Ze vertrokken en Bolton liep wat rond door de gang en wachtte op iemand die hem zou vertellen wat hij nu moest doen. Het was niet druk in het ziekenhuis en hij ergerde zich aan het oponthoud. Ongeveer een uur nadat hij was aangekomen, trok dezelfde dokter een stoel bij en vroeg of hij koffie wilde. Het was bijna halfdrie 's nachts, niet zijn gebruikelijke tijdstip voor koffie. De dokter legde het protocol uit: rond acht uur 's ochtends zou de begrafenisondernemer naar het ziekenhuis komen om over het overlijden te praten. Bolton zou de identiteit van de overledene moeten bevestigen en haar medische voorgeschiedenis moeten bespreken. Als de begrafenisondernemer zich kon vinden in de doodsoorzaak, zou hij een overlijdenscertificaat opstellen.'

'Ze wilde gecremeerd worden,' zei Bolton ernstig. Dat was niet waar. Tillie wilde een uitgebreide katholieke mis, met communie en al. Daar was Bolton stiekem op tegen, want hij was bang dat er maar een handjevol mensen zou komen.

De dokter antwoordde: 'Nou, hier in Missouri moet u volgens de wet vierentwintig uur wachten voor u een dierbare mag cremeren.'

'Ik weet alles van de wet hier in Missouri,' zei Bolton onbehouwen. 'Ik heb er veertig jaar mee gewerkt.' Wat ook echt zo was, al had hij zich nooit gespecialiseerd in crematies. Maar hij was nu helemaal op de hoogte van die kleine niche in de wetgeving, want hij had dit scenario in gedachten al honderd keer geoefend.

De dokter was geduldig en zei: 'Oké. Gaat u anders even slapen, dan zien we elkaar hier weer om acht uur, samen met de begrafenisondernemer.'

'Dat doe ik.'

Hij verliet Poplar Bluff en reed terug naar zijn blokhut. Eenenvijftig minuten, helemaal geen verkeer. Hij probeerde zich voor te bereiden op problemen. De ambulancemedewerkers hadden een sticker op de deur van de hut geplakt met de tijden van hun aankomst en vertrek. Bolton liep op zijn tenen door het huis met een bezem als wapen, en zocht in alle hoeken en gaten naar die verdomde slang. Het was heel goed mogelijk dat hij terug naar huis was gegaan en via de muren naar de zolder was geglipt, maar Bolton was niet van plan om daar rond te gaan snuffelen. Hij sloot de deuren en deed de meeste lichten uit. Hij verzamelde al Tillies schoenen en kleren en stopte ze in haar koffer. Haar andere spullen – een oude pyjama, een badjas, ondergoed, toiletspullen, wandelschoenen die ze nooit had gedragen – stopte hij in een kartonnen doos en die zette hij naast de koffer in de achterbak van de auto. Hij wilde dat er geen spoor van haar in zijn hut achterbleef.

Hoewel hij kalm was en geen haast had, voelde hij zich een beetje gespannen en hij had een flink glas bourbon nodig. Hij ging languit op de bank liggen, dronk wat, werd slaperig en dommelde bijna in, maar herinnerde zich dat dit de eerste halte van de slang was geweest toen die wegvluchtte. Hij sprong op, liep door de hut en ging uiteindelijk op het bed zitten, maar hij rook iets raars en wist zeker dat het iets van olie of een andere lichaamsvloeistof was die het slijmerige reptiel had achtergelaten. Ervan overtuigd dat de hut onbewoonbaar was, pakte hij een deken en trok zich terug op een rotan schommelstoel op de veranda, waar hij met behulp van een tweede bourbon in slaap viel in de koele lucht.

Precies om zes uur huilde er vlakbij een coyote en Bolton schrok zich een hoedje. Hij douchte, kleedde zich om, laadde de auto in en reed om zeven uur weg. Het was zondagochtend vroeg en er was verder nog niemand wakker. In de buurt van een plattelandswinkel stopte hij bij een afvalcontainer en gooide al het bewijs van Tillie weg, evenals de mand waar de slang vier maanden lang in had geleefd. Hij voelde zich lichter en haastte zich terug naar Poplar Bluff. Op de kop af vijftig minuten.

In het ziekenhuis zag hij dezelfde arts en verpleegkundige, en ook de begrafenisondernemer. Hij liet hem zijn rijbewijs zien en zwoer dat hij de echtgenoot van de overledene was. Hij gaf hem zelfs hun geldige paspoorten, die hij had ingepakt voor het geval zijn plannetje hiertoe zou leiden. Zodra ze ervan overtuigd waren dat hij inderdaad de echtgenoot was, vroegen ze hem naar haar medische voorgeschiedenis. Volgens hem was de doodsoorzaak zonder enige twijfel een hartstilstand. Tot in de details somde hij Tillies gezondheidsproblemen op: de kransslagaderaandoening, de twee hartinfarcten, de lange lijst van behandelend artsen, de ziekenhuisopnames, de enorme berg medicijnen. Zijn geheugen was indrukwekkend en hij toonde zijn gelijk aan. Het enige wat hij verfraaide, was een fictief verslag van hun laatste uren samen, toen ze klaagde over pijn op de borst en hij erop aandrong dat ze snel naar een dokter moest. Maar dat wilde ze niet. Aan het eind, op het meest cruciale moment, had ze naar adem gehapt en haar handen over haar borst geslagen terwijl ze op de grond viel. Hij had mond-op-mondbeademing geprobeerd, maar het mocht niet baten.

Natuurlijk werd er met geen woord over de slang gerept.

De dokter, de verpleegkundige en de begrafenisondernemer waren het unaniem met hem eens. De doodsoorzaak die op het overlijdenscertificaat werd gezet, was een hartstilstand.

Ze legden haar in een eenvoudige metalen kist die voor dit soort gelegenheden werd gebruikt en schoven haar achter in de lijkwagen. Bolton reed erachteraan naar het uitvaartcentrum aan de andere kant van de stad, waar ze op ijs werd gelegd terwijl de tijd verstreek. Boltons opvatting van een productieve dag was niet het doelloos rondhangen in een uitvaartcentrum.

De begrafenisondernemer had een drukke middag gepland, want er moesten drie 'cliënten' worden bekeken nadat de kerk uit was. Alle drie waren ze netjes gebalsemd en bij twee van de waken zou de kist openblijven. Bolton glipte de bezoekersruimtes in en wierp een blik op de stoffelijke overschotten. Hij was niet onder de indruk van het talent van de lijkbezorger. Nadat hij een uur had gedood, wist hij de begrafenisondernemer in zijn kantoor te pakken te krijgen en zei: 'Zeg, ik weet dat u volgens de wet vierentwintig uur moet wachten voordat u iemand mag cremeren, maar ik heb haast. Ik moet terug naar St. Louis om een afscheidsdienst te organiseren. Mijn familie wacht op me en iedereen is helemaal van streek. Het is nogal wreed om ons te laten wachten. Waarom kunnen we de crematie niet nu doen, zodat ik weg kan?'

'De wet zegt vierentwintig uur, meneer Malloy.'

'Ik weet zeker dat er ergens een maas in de wet zit waardoor er een versnelde procedure toegestaan is in verband met de gezondheid en de veiligheid van de betrokkenen. Of zoiets.'

'Ik ben niet op de hoogte van zo'n maas in de wet.'

'Hoor eens, wie komt er nou achter? Doe het gewoon nu snel, dan ben ik weg. Er komt echt niemand van de staat Missouri om uw gegevens te controleren. Ik zit hier echt op hete kolen en ik moet naar huis om mijn familie te zien. Ze zijn er kapot van.'

'Ik denk het niet, meneer Malloy.'

Bolton trok zijn portemonnee en maakte hem langzaam open. 'Wat kost zo'n crematie nou eigenlijk?'

De begrafenisondernemer glimlachte om zijn onwetendheid en zei: 'Dat is afhankelijk van verschillende factoren. Wat voor soort crematie hebt u in gedachten?'

Bolton snoof en rolde met zijn ogen. 'Nou, ik heb niks in gedachten, behalve dan de procedure waarbij u haar in de oven stopt en me dan een kistje met as geeft om mee naar huis te nemen.'

'Dus een directe crematie?'
'Het zal wel.'
'Hebt u een urn?'
'Goh, wat stom van me. Die ben ik helemaal vergeten mee te nemen. Jezus, nee, ik heb geen urn. Ik wed dat u er een te koop hebt.'
'We hebben een selectie, ja.'
'Oké, terugkomend op de vraag: wat kost een crematie?'
'Duizend dollar voor een directe crematie.'
'En een indirecte?'
'Pardon?'
'Laat maar.' Bolton gaf hem zijn zilveren American Express-kaart en zei: 'Breng maar in rekening. En ik wil de goedkoopste urn.'
De begrafenisondernemer pakte de kaart aan. Bolton haalde wat bankbiljetten tevoorschijn, telde tien briefjes van honderd dollar af en legde ze op het bureau. 'Duizend extra als u het voor het middaguur doet. Oké?'
De begrafenisondernemer keek naar de gesloten deur en liet schichtig zijn ogen door de kamer gaan. Daarna griste hij het geld weg en liet het sneller verdwijnen dan een blackjackdealer. 'Kom over twee uur maar terug,' zei hij.
'Komt in orde.' Bolton reed een tijdje rond en dacht er eindelijk aan dat hij zijn zoons moest bellen met het nieuws dat hun moeder dood was. Ze bleven allebei beheerst en er stortte niemand in. Hij kwam langs een wafelhuis en at pannenkoekjes en worst terwijl hij de zondagseditie van de *Post-Dispatch* las. Hij at zo langzaam mogelijk en dronk vier koppen koffie. Hij genoot van de overlijdensberichten en vroeg zich af of wijlen zijn vrouw er binnenkort ook tussen zou staan.
Om halfeen scheurde hij terug naar St. Louis met haar resten in een goedkope plastic urn in de achterbak. Hij kon

zich niet herinneren dat hij ooit zo opgetogen was geweest, met zo'n gevoel van volledige vrijheid. Hij had de volmaakte misdaad gepleegd, zich ontdaan van een vrouw van wie hij wel duizend keer had gewenst dat hij haar nooit had ontmoet, en zijn toekomst was opeens glorieus en van een last bevrijd. Hij was pas vijfenzestig, verkeerde in uitstekende gezondheid, en binnen een jaar zouden zijn tabaksinkomsten als gouden eieren binnen gaan stromen. Zijn veertigjarige carrière als keiharde advocaat zat erop en hij kon niet wachten om de wereld over te reizen, bij voorkeur met een jongere vrouw. Hij had er twee op het oog, allebei lieftallige gescheiden vrouwen die hij al heel lang dolgraag mee uit eten wilden nemen.

23

Een week na Tilda's afscheidsdienst, een kleine privéaangelegenheid die weinig belangstellenden trok, ging Bolton agressief te werk om vijf miljoen dollar van de levensverzekering te incasseren. Zijn vrouw en hij hadden jaren daarvoor een gezamenlijke polis afgesloten, voornamelijk omdat hij ervan overtuigd was geweest dat ze vroegtijdig zou komen te overlijden, al had hij haar destijds verzekerd dat het in haar eigen belang was omdat hij volgens de statistieken waarschijnlijk het eerste zou doodgaan. Toen de verzekeringsmaatschappij de zaak traineerde, dreigde Bolton met zijn typische strafpleitersbravoure dat hij ze zou aanklagen wegens onbetrouwbaarheid en allerlei andere onrechtmatigheden. Het was een zeldzame strategische blunder.

De verzekeraar besloot de dood te onderzoeken en huurde een beveiligingsbedrijf in dat bekendstond om zijn nietsontziende methoden. De detectives, die grotendeels ervaring hadden in het leger en bij de CIA, kregen meteen argwaan vanwege Boltons timing op die noodlottige avond. Er zaten twee uur en zestien minuten tussen zijn telefoontje naar het alarmnummer en zijn aankomst op de Spoedeisende Hulp in Poplar Bluff. Uit verschillende testritjes bleek dat de gemiddelde reistijd slechts tweeënvijftig minuten bedroeg, en dat ook nog wanneer alle verkeersregels werden nageleefd. Het was aannemelijk dat iemand normaal gesproken iets harder dan de maximumsnelheid zou aanhouden als hij een slachtoffer van een hartinfarct vervoerde. Het leek erop dat Bolton echt de tijd had genomen.

Daar zou hij over ondervraagd worden, maar pas veel later.

Een andere factor was de dag en het tijdstip. Het was zaterdagavond laat in het landelijke Missouri, niet echt de omstandigheden voor druk verkeer.

De dokter en de verpleegkundige van de Spoedeisende Hulp vertelden de detectives dat ze vermoedden dat mevrouw Malloy al minstens een uur dood was geweest. De rigor mortis begon al in te zetten, want de spieren werden stijf. In haar aantekeningen had de verpleegkundige meneer Malloy omschreven als 'onwillig', en de dokter merkte op dat hij onaangedaan leek door het overlijden van zijn vrouw. Allebei beschreven ze de mysterieuze bijtwond op zijn linkerhand. Hij weigerde behandeling en gaf de deputy's geen toestemming er een foto van te maken. Een van de deputy's was er zeker van dat het een beet van een grote wurgslang was.

De doorbraak kwam tijdens een ontmoeting bij de Ozark Mountain Snake Roundup, een jaarlijks evenement in Joplin waar fans, handelaren, verzamelaars, bezweerders en liefhebbers uit de bergen en omstreken op afkwamen. Het teamhoofd van de vrijwillige brandweer van Eminence kwam er elk jaar en hij liet trots zijn slangen zien, waaronder twee nieuwe aanwinsten: een bosratelslang van anderhalve meter die hij in een ravijn had gevangen, en de gevlekte koningsslang van tweeënhalve meter die hij een maand daarvoor had meegenomen uit de blokhut van Malloy.

Een handelaar uit Kansas City leek bijzonder enthousiast over de koningsslang en merkte na een tijdje op: 'Hij komt me bekend voor. Mag ik vragen waar je hem vandaan hebt?'

'Gevonden in een blokhut na een telefoontje van de alarmcentrale.'

'Hij lijkt precies op Thurman.'

'Wie is Thurman?'

'Thurman is een koningsslang die ik van een handelaar in Knoxville heb gekocht toen hij nog geen halve meter lang was. Hij bleef maar groeien, ik heb nog nooit een gevlekte koningsslang van tweeënhalve meter gezien. Jij wel?'

'Nee, bij lange na niet. Anderhalve meter is wel zo'n beetje het langst. Hoe lang heb je hem gehad?'

'Drie jaar. Ik was nogal aan hem gehecht. Vorig jaar kwam er een vent in de winkel die per se Thurman wilde. Ik dacht: wat kan mij het schelen, noemde een enorm bedrag en hij betaalde me zeshonderd dollar.'

'Zeshonderd dollar? Zoveel heb ik nog nooit gehoord.'

'Die vent had geld zat. Reed in een grote Duitse auto. Ik denk dat hij uit St. Louis kwam.'

'Je weet zeker niet meer hoe hij heette?'

'Nee. Je zei dat de slang in de hut was.'

'Ja. Alle deuren open, niemand thuis. Er was naar het alarmnummer gebeld en toen we er aankwamen, was het helemaal leeg. Thurman lag opgerold in de keuken alsof hij thuis was. Ik ben een soort babysitter.'

'Dus je zou hem niet willen verkopen?'

'Nu nog niet. Misschien over een jaar, als niemand hem opeist.'

'Waarom zou iemand Thurman achterlaten?'

'Schiet mij maar lek.'

De handelaar liep weg en het teamhoofd vergat hem weer. Dertig minuten later was hij terug. 'Hé, je vroeg naar de naam van die vent die Thurman heeft gekocht. Ik heb naar de winkel gebeld en mijn zoon heeft het even nagekeken. Die kerel heette Malloy. Zegt dat je iets?'

'Ja, dat is hem. Hij heeft een blokhut bij de Jacks Fork River.'

Na verloop van tijd kwamen de detectives van de verzekeringsmaatschappij in Eminence en checkten het logboek en de opnames. Ze liepen het teamhoofd tegen het lijf, die hun alles vertelde over Thurman. Hij nodigde hen uit op zijn boerderij op het platteland, waar hij zijn slangen hield, maar ze sloegen het aanbod beleefd af. Stuur maar wat foto's, als u wilt, zeiden ze.

Ze gingen als een speer naar Kansas City en spoorden de handelaar op, die Bolton Malloy aan de hand van een foto aanwees als de klant en hun ook een kopie van het aankoopbewijs gaf.

Daarna stuurde de verzekeringsmaatschappij haar advocaten naar de procureur-generaal van Missouri, een lang zittende politicus die geen fan was van meneer Malloy. De advocaten zetten een zaak uiteen die puur gebaseerd was op indirect bewijs, waarbij ze beweerden dat Bolton zijn vrouw dan misschien niet daadwerkelijk had vermoord, maar zeker medeplichtig was aan haar dood. Moord kon nooit bewezen worden, maar met doodslag hadden ze een goede kans. Bovendien had Bolton mogelijk verzekeringsfraude gepleegd door na haar dood een claim in te dienen.

Het onderzoek werd geheimgehouden, evenals de stappen die de procureur-generaal zette, en Bolton had geen idee wat er gaande was. De verzekeringsmaatschappij bleef de boel traineren om te zorgen dat Bolton zich genoodzaakt zou voelen om hen voor de rechter te slepen. Uiteindelijk hapte hij toe en klaagde hen aan, waarna hij onmiddellijk werd gebombardeerd met een stortvloed aan verzoeken om openbaarmaking. De advocaten van de verzekeringsmaatschappij konden niet wachten om hem in een grote vergaderruimte te krijgen voor een getuigenverklaring die een dag zou duren.

Maar voordat dat gebeurde, werd Bolton op een vroege ochtend in de val gelokt in de receptieruimte van zijn geliefde advocatenkantoor, waar hij ineens werd omringd door een groep politieagenten. Terwijl ze hem geboeid naar buiten begeleidden, stonden de camera's al te wachten. Het schandaal barstte los met een media-explosie en de juridische gemeenschap had het dagenlang nergens anders meer over. Voorpagina, avondnieuws, dat werk. Hij zorgde er al snel voor dat hij op borgtocht vrijkwam en vluchtte naar zijn blokhut, waar hij zich met een jachtgeweer verschanste en tevergeefs probeerde te slapen, geplaagd door nachtmerries over slangen die onder de dekens kronkelden.

Zijn advocaten verkondigden zijn onschuld, maar zeiden verder weinig en bleven druk bezig achter de schermen. De roddelbladen molken het verhaal nog weken uit, maar uiteindelijk werd het oud nieuws. De staat drong aan op een celstraf van twintig jaar, het maximum, maar Bolton stuurde zachtjes aan op een rechtszaak. Een maand voor de geplande datum haalden zijn advocaten hem over om doodslag te bekennen en tien jaar te pakken. Anders zou hij misschien in de gevangenis sterven.

Zijn advocaten schetsten een grimmig beeld van wat er

zou gebeuren als Thurman zijn opwachting maakte tijdens de rechtszaak. Stel je een ervaren slangenhandelaar voor, of misschien zelfs het teamhoofd zelf, die de slang uit zijn mand haalde en hem voor een doodsbange jury omhooghield. Dit is de slang, dames en heren, die Bolton Malloy voor zeshonderd dollar heeft gekocht, waarna hij hem meenam naar zijn blokhut bij de rivier en hem daar maandenlang hield, in afwachting van het moment waarop hij hem kon laten zien aan zijn vrouw, Tillie, een vrouw met een hartkwaal, een vrouw die net als vrijwel iedereen als de dood was voor slangen.

Kun je je voorstellen, vervolgden de advocaten, wat de wereld zou denken als er grote kleurenfoto's van Thurman van de oostkust tot de westkust op voorpagina's prijkten? En stel dat de rechter camera's zou toestaan in de rechtszaal? Er zou nooit een slang zijn die zo beroemd was als Thurman.

Hij pakte het aanbod van tien jaar.

Aan de schandpaal genageld, vernederd, veroordeeld, naar de gevangenis gestuurd als een ordinaire crimineel, ging hij weg. Twee maanden nadat hij aan zijn straf was begonnen, werd de eerste termijn van het tabaksgeld op een buitenlandse bankrekening die ouwe Stu beheerde gestort. De komst ervan verzachtte de hardheid van de gevangenis en gaf zijn leven opnieuw zin.

24

Het is drie dagen na haar uitstapje naar de gevangenis. Diantha zit in een diepe, flink versleten leren fauteuil en laat haar in kousen gehulde voeten lekker op een lage, zachte poef rusten. De stoel en de poef zijn duur, zoals alles in het kantoor. Ze waardeert de mooie spullen, want ze heeft er goed voor betaald. Mimi kost nu tweehonderdvijftig dollar per uur, heel wat minder dan wat Diantha in rekening brengt, maar aan de hoge kant voor een therapeut in het Midden-Westen. Toen ze elkaar vijftien jaar geleden ontmoetten, begonnen ze net aan hun carrières en waren hun tarieven een stuk lager. Ze zijn samen ouder geworden, hebben succesvolle carrières opgebouwd en zouden goede vriendinnen kunnen zijn, ware het niet dat Mimi de therapeut is en Diantha de cliënt. Jaren eerder hebben ze besloten dat het belangrijker was om de professionele relatie in stand te houden dan om bevriend te raken.

Mimi zegt: 'Ik vond het maar niks dat je naar de gevangenis ging om hem op te zoeken.'

'Weet ik. Daar hebben we het over gehad. Maar ik ben toch gegaan.'

Mimi zit op haar stoel, een moderne hippe draaistoel op wieltjes, en ze vindt het leuk om rond te rijden op de berkenhouten vloer. Ze praten langzaam en zacht en maken zelden oogcontact als de sessie eenmaal begonnen is en de plichtplegingen achter de rug zijn.

'En hoe voelde je je toen je hem zag? Wat was je eerste gedachte?'

'Er waren er zoveel.'

'Nee, er was maar één eerste gedachte.'

'Gek genoeg werd ik getroffen door hoe goed hij eruitzag. Hij is eenenzeventig, zit al vijf jaar opgesloten, maar hij is slank, gebruind en in vorm. Daarna voelde ik me schuldig omdat ik me met zijn uiterlijk bezighield.'

'Daar is niks mis mee. Je vond hem ooit aantrekkelijk en dat gevoel was wederzijds.'

'Ja, en ik vroeg me af hoe het kan dat ik zo lang met die ouwe kerel naar bed ben gegaan. Hij was getrouwd, iedereen wist waar we mee bezig waren. Waarom deed ik dat?'

'Daar praten we nu al vijftien jaar over, Diantha.'

'Ja, en ik kan het nog steeds niet geloven.'

'We kunnen niet terug, Diantha, en we kunnen niet veranderen wat er is gebeurd. We zijn verdergegaan met ons leven. Dat is de reden dat ik je heb aangeraden om niet te gaan. Door Bolton weer te zien, zijn er herinneringen boven komen drijven, en dingen die je onder ogen hebt gezien en achter je hebt gelaten. Nu ben ik bang dat we in veel opzichten weer opnieuw moeten beginnen.'

'Nee, het gaat prima, Mimi. Ik had mijn redenen om te gaan. Ik wilde de grote man in de gevangenis zien, gekleed als een gedetineerde, met handboeien om, dat soort dingen. Ik wilde hem vernederd zien, zonder al zijn spullen en titels en successen als strafpleiter. En daarom was het tripje de moeite waard. Ik doe het niet nog eens, maar ik ben blij dat ik ben gegaan.'

'Hij zit niet bepaald aan de grond, als ik jou zo hoor.'

'O, god, nee. Bolton krijgt tegenwoordig geld van een paar oude schikkingen. En dat brengt me op iets anders.'

'En dat is?'

'Compensatie. Bolton is me iets verschuldigd voor wat hij gedaan heeft. Hij heeft misbruik gemaakt van een naïeve jongedame die voor hem werkte. Ik had het gevoel dat ik met mijn rug tegen de muur stond en dacht dat ik geen nee zou kunnen zeggen. Het was nooit volledig met wederzijdse instemming.'

'Alsjeblieft, Diantha. Je valt weer terug en dat is gevaarlijk.'

'Mijn besluit staat vast, Mimi. Ik heb erover nagedacht op de terugweg vanaf de gevangenis. Bolton is me iets verschuldigd en het wordt tijd dat ik dat krijg.'

25

Geen van beide partners kon zich herinneren wanneer ze voor het laatst hadden geprobeerd om met elkaar te praten. Ze hadden hun uiterste best gedaan om dat te vermijden. Maar op dit moment was de zaak te kritiek om op Diantha's bureau te dumpen en er maar het beste van te hopen. Dat dumpen was een gewoonte geworden en beide partners schaamden zich ervoor, al zouden ze dat geen van tweeën durven toe te geven. En ze hadden geen van beiden de ruggengraat om het een halt toe te roepen.

Het bepalen van een plaats en een tijdstip kostte al bijna een week. Aanvankelijk waren ze het erover eens geworden dat ze niet op kantoor zouden afspreken, maar nadat die eenvoudige kwestie vaststond, werd de rest ingewikkeld. Kirk opperde een privéruimte in een van zijn countryclubs, maar daar had Rusty een hekel aan, net als aan alle leden.

'Wat wil jij dan, een stripclub?' had Kirk gesneerd in een mailtje.

Aangezien ze elkaars stem niet uit konden staan, meden ze de telefoon.

'Geen slecht idee,' antwoordde Rusty uren later.

Om verschillende redenen wilden ze niet samen gezien worden.

Uiteindelijk werden ze het erover eens om elkaar te ontmoeten in een hotelsuite in Columbia, twee uur verderop. Natuurlijk reden ze in aparte auto's en reisden ze alleen.

Omdat Kirks reiskosten zouden worden uitgeplozen door de echtscheidingsadvocaten van zijn vrouw wisten ze af te spreken dat de kamer zou worden gereserveerd door Rusty, die momenteel even geen vrouw had.

Ze ontmoetten elkaar op een donderdagmiddag om drie uur en op kantoor had niemand enig idee waar ze waren, wat geen geringe prestatie was voor twee belangrijke mannen die altijd omgeven waren door personeel. Rusty kwam als eerste aan, checkte in en vond een cola light in de minibar. Een kwartier later klopte Kirk op de deur. Ze slaagden erin om elkaar beleefd gedag te zeggen en een hand te geven. Ze waren allebei vastbesloten om beschaafd te blijven en op afgemeten toon te praten. Ze wisten allebei dat één verkeerd woord tot een hoop trammelant kon leiden.

Ze gingen aan een kleine tafel zitten en dronken frisdrank. Kirk vroeg: 'Heb jij die ouwe nog gesproken de laatste tijd?'

'Vorige week, heel kort. Jij?'

'Hij belde gisteravond. Trots op zijn nieuwste telefoon. Hij zei dat we Diantha niet meer moeten sturen. Hij wil een van ons. Zoals je weet moest ik afzeggen.'

'Ja, rot van die scheiding. Ik heb het een paar keer meegemaakt en het is geen lolletje. Geen kans op verzoening?'

'Absoluut niet. We zijn te ver heen.'

'Ik hoorde dat ze Scarlett Ambrose heeft ingehuurd.'

'Helaas wel.'

'Dat wordt vervelend.'

'Het is al vervelend. Ik verhuis dit weekend.'

'Wat rot. Je weet dat ik drie keer gescheiden ben, niet iets om trots op te zijn. Maar ik heb het elke keer wel kunnen regelen zonder ellendige ruzies.'

'Ik weet het, ja. Maar goed, we zijn niet hierheen gereden om het over onze echtscheidingen te hebben. Het gaat om geld. We staan er allebei financieel niet goed voor. Vanwege die scheiding zit ik waarschijnlijk nog dieper in de ellende. Het advocatenkantoor verliest geld en de toekomst ziet er niet rooskleurig uit. Kunnen we het daarover eens zijn?'

Rusty knikte. Even was het stil en toen zei hij: 'Intussen zit die ouwe hoog en droog in de gevangenis en telt de dagen af tot hij eruit mag. Dat tabaksgeld stapelt zich op en we kunnen er niet bij. Of wel?'

'Natuurlijk niet. Stu beheert het en hij houdt het verborgen. En dat is het hem nou juist: dat geld behoort toe aan het advocatenkantoor, niet aan Bolton Malloy. Hij is geroyeerd, te schande gemaakt, naar de gevangenis gestuurd en hij zal nooit meer als advocaat mogen werken. Het gaat tegen alle ethiek in als deze firma honoraria deelt met een niet-advocaat. Dat is duidelijk. Wat mij zorgen baart, is dat hij en Stu het geld verstoppen en de belasting ontduiken. Stel dat de fiscus met getrokken wapens binnenvalt en de boeken wil doorspitten? Stel dat ze de verborgen schat vinden? Mag jij raden wie er wordt aangeklaagd. Waarschijnlijk niet Bolton, al zou ik hem verdomd gauw aanwijzen. De kans is groter dat ze achter ons tweeën aankomen.'

'Eens. Wat vind jij?'

'Ik vind precies wat jij en ik al meteen dachten zodra dat tabaksgeld op tafel kwam. Wij hebben recht op een deel ervan. We waren partners in deze firma toen het tabaksproces werd geschikt, en we zouden een aandeel moeten krijgen.'

'Hoeveel?'

'Weet ik niet. Aan welk bedrag denk jij?'

Rusty stond op en liep naar een dressoir, waar hij in een aktetas graaide. Hij haalde er wat papieren uit en gooide ze voor Kirk op tafel. 'Ik heb gisteren wat cijfers doorgenomen, wat jij ongetwijfeld de hele tijd doet. Bij de schikking kende het hof Malloy & Malloy honoraria toe van rond de eenentwintig miljoen. Die ouwe heeft zijn aandeel wijselijk uitgesteld en een regeling in elkaar gedraaid om pas na tien jaar te worden uitbetaald, uiteraard in de hoop dat onze lieve moeder intussen zou overlijden. Dat verhaal kennen we. Dus dat geld heeft tien jaar lang liggen sudderen tegen een tarief van zo'n vijf procent per jaar. Vijf jaar geleden is de eerste jaarlijkse betaling van drie miljoen aangekomen, ergens in Stu's wereldje. Op dat moment was de berg zo'n vijfendertig miljoen. Nu, ervan uitgaande dat het geld maar vijf procent per jaar groeit en er steeds drie miljoen wordt uitbetaald, zullen de betalingen nog veertien jaar doorgaan. Bolton is bijna tweeënzeventig. Wat gaat een man van tachtig doen met zoveel geld?'

'Dat weet ik allemaal al, Rusty.'

'Natuurlijk weet je dat. Ik herhaal het gewoon even voor mezelf zodat ik kan rechtvaardigen dat ik recht heb op een deel van het geld.'

Kirk fronste zijn voorhoofd en keek uit het raam. 'En Stu dan?'

'We maken hem rijk. Geven hem een deel, genoeg om hem te laten lachen, genoeg om die oude knar te laten stoppen met werken, zodat hij lekker naar huis kan gaan om de rozen te begieten. Voor dat complot moeten we met zijn vieren samenwerken.'

'Diantha?'

'Natuurlijk.'

Kirk stond op en ijsbeerde naar de deur en terug, waarbij hij bij elke stap over zijn kaak wreef. 'Ik had gisteravond een lang gesprek met haar. De ontmoeting met die ouwe was geen goed idee. Daardoor werden er weer allerlei oude issues opgerakeld waarvan ik dacht dat ze die hadden uitgepraat. Blijkbaar niet, dus. Om het maar recht voor z'n raap te zeggen: ze wil een deel van het geld. Ze vindt dat ze daar recht op heeft na al die jaren.'

'Lekker makkelijk.'

'Ach. Ze is vastberaden en ze laat zich niet afwimpelen.'

'Goed. Laten we haar erbij betrekken. Hoe krijgen we Stu zover dat hij de boeken nu eens voor ons aanpast?'

'Zij denkt dat het een makkie wordt. Ze denkt dat Stu een beetje zenuwachtig wordt met al dat geld dat hij verbergt en de belastingen die hij ontduikt. Hij had het er zelfs over dat hij niet van plan is om de gevangenis in te gaan voor de plannetjes van die ouwe.'

Rusty lachte en zei: 'Heerlijk. Wat is haar bedrag?'

'We zijn gelijken, oké? Alle vier. We pakken om te beginnen allemaal een miljoen en houden dat in het buitenland, waar het nu al verborgen is. Volgend jaar pakken we ieder een half miljoen en laten één miljoen over voor die ouwe. Het jaar daarop hetzelfde. Als alles goed gaat, en er is geen reden waarom dat niet zo zou zijn, delen we de fees tot de betaling stopt of tot hij uit de gevangenis komt. We kunnen de verdeling aanpassen zoals we willen. Maar we moeten één front vormen.'

'Hoe leiden we die ouwe om de tuin?'

'We laten Stu het maandoverzicht vervalsen. Zolang Bolton in de gevangenis zit, komt hij er niet achter. Als hij eruit komt, gaat hij natuurlijk heibel schoppen, maar dan hebben we het geld toch al. Wat gaat hij doen, ons voor de rechter slepen omdat we fees ontvangen waar we recht op hebben?'

Rusty's glimlach verdween en hij zei: 'Hij zet ons het gebouw uit.'

'Nou en? Als hij dat doet, gaan we ergens anders naartoe of misschien sluiten we de tent wel gewoon. Dat is geen slechte gedachte. Even afstand nemen van de rechtspraak.'

'Terwijl we ons geld tellen.'

Voor het eerst in jaren hadden de broers Malloy samen plezier. De gorilla in de kamer was eindelijk weg. Ze hadden het over Bolton en zijn monsterlijke fees gehad en ze waren niet bang. Op de terugweg naar huis bleef Kirk glimlachen terwijl hij naar Bach luisterde en droomde van een veel leuker leven, weg van Chrissy en weg van de rechtspraak.

Rusty besloot nog even in het hotel te blijven. Hij had de kamer betaald en het had geen zin om terug te gaan naar een leeg huis. Om vijf uur ging hij de hotellounge binnen, nam een borrel aan de bar en hield de deur in de gaten, klaar om toe te slaan bij de eerste aantrekkelijke kandidaat.

26

Maar ouwe Stu wilde er niks van weten.

Hij luisterde aandachtig toen Diantha hem over haar gekwelde verleden met Bolton vertelde. Ze dacht dat ze overtuigend was, maar zijn gemoedelijke oude gezicht werd steenkoud toen ze het onderwerp geld ter sprake bracht. Schadevergoeding. Compensatie voor ongewenste intimiteiten. Aangezien er nooit geld voor het oprapen lag bij de firma, in elk geval niet boven tafel, wist ouwe Stu meteen dat ze haar oog had laten vallen op de schat die zich opstapelde in het buitenland.

Ze ploeterde voort en legde uit dat de 'jongens' onrustig werden en een 'toename' van hun compensatie nodig hadden. Hij was verbouwereerd.

Ze wilde hem erop wijzen dat hij als accountant zonder vergunning in dienst was bij de firma en op elk moment om welke reden dan ook ontslagen zou kunnen worden, en zelfs zonder reden, maar ze besloot de grote pijlen nog even in haar koker te houden en een andere keer af te schieten. Ze zou samen met de partners een andere koers bedenken en hun volgende stap bepalen. De eerste was, in haar ogen tenminste, rampzalig verlopen.

Ze verliet Stu's kantoor op de zesde verdieping en ging

met de lift helemaal naar beneden. Ze zei tegen haar secretaresse dat ze al haar telefoontjes moest tegenhouden en sloot zich op in haar kantoor. Ze schopte haar hakken uit en ging languit op de bank liggen. Slapen was onmogelijk. De stress was te groot. Ze had jammerlijk gefaald bij haar eerste poging om Stu over te halen om mee te doen aan hun geheime plundering van Boltons dierbare tabaksgeld. Wie zou ze eerst bellen, Kirk of Rusty?

Het antwoord lag voor de hand. Kirk was de keurige kantoorjongen die nooit zijn handen vuilmaakte. Rusty was de straatvechter die wist hoe hij zijn charmes in de strijd moest gooien en goed kon onderhandelen. Als stroopsmeren niet werkte, was hij altijd bereid om zo nodig een arm om te draaien of tegen de knieschijf van zijn vijand te trappen. Als iemand die ouwe Stu kon intimideren en bedreigen was het Rusty Malloy wel.

Vroeg in de ochtend had Stu haar, Kirk en Rusty het financiële overzicht van de maand ervoor gemaild. Het zag er somberder uit dan ze had gedacht. De banken zouden binnenkort bellen en dan zouden de gebruikelijke gespannen meetings volgen.

Ze liep naar haar bureau, ging erachter zitten, legde haar voeten erop en bestudeerde de financiën. Elk jaar betaalden Kirk en Rusty zichzelf vierhonderdtachtigduizend dollar salaris uit, met eindejaarsbonussen die gebaseerd waren op de prestaties van de firma. De bonussen, altijd even hoog, werden elk jaar op 30 december door Bolton bepaald in een sessie achter gesloten deuren. Het was verreweg de vreselijkste dag van het jaar. Beide partners kwamen met een hele zwik getallen aanzetten, en Diantha moest voor scheidsrechter spelen. De afgelopen drie jaar had Kirk een hoop stennis geschopt omdat zijn kant van de firma, de 'rechterkant', veel meer winst had gemaakt dan die van Rusty. Rusty vocht terug met de prognoses op een termijn van vijf en tien jaar en toonde duidelijk aan dat zijn eigen letselschadepraktijk veel lucratiever was dan Kirks werk. Nog maar vier jaar geleden had zijn 'linkerkant' twee keer zoveel inkomsten binnengeharkt als zijn rivaal.

Dat was voordat hij juryprocessen begon te verliezen, en niet zo'n klein beetje ook.

Rivalen? Waarom waren ze rivalen en geen partners die in hetzelfde schuitje zaten? Bolton zei dat ze nooit samen hadden geroeid. En nu was de boot aan het zinken.

Als de zaken nog twee maanden zo door zouden gaan, zouden er geen eindejaarsbonussen komen. Sterker nog, het gat tussen inkomsten en uitgaven was zo groot dat Kirk en Rusty, opnieuw gebonden aan een partnerschapsovereenkomst, zouden moeten inspringen om het tekort aan te vullen, een lelijke scène die nog nooit was vertoond.

Het was voor Diantha duidelijk dat de enige slimme zet zou zijn om de uitgaven drastisch omlaag te brengen, advocaten te ontslaan, personeel te laten afvloeien, de salarissen van de twee partners te verlagen en Rusty er op de een of andere manier van te overtuigen om geen riskante zaken meer aan te nemen. Niets daarvan was ook maar in de verste verte mogelijk en ze zou het dan ook niet voorstellen.

Terwijl ze de financiën bestudeerde, vroeg ze zich weer af hoe een ooit zo florerende zaak had kunnen afzakken tot zo'n puinhoop. Ze stond op het punt om het voor vandaag voor gezien te houden en te gaan shoppen, toen haar secretaresse aanklopte.

Er stond een deurwaarder in de lobby, een joch met een hoody en grote sneakers. 'Diana Bradshaw?' vroeg hij lomp.

'Diantha Bradshaw is de naam.'

Hij keek naar zijn papieren en leek moeite te hebben met

de woorden. 'Klopt, en u bent de officiële vertegenwoordiger van Malloy & Malloy, hè?'

'Dat is correct.'

'Ik ben deurwaarder voor het advocatenkantoor Bonnie & Clyde. Dit is een rechtszaak die we twee uur geleden hebben aangespannen.'

Hij gaf hem aan haar. Ze nam hem aan zonder dank je wel te zeggen. Het joch verdween.

Bonnie & Clyde betekenden niet veel goeds. Ze waren misschien wel de beroemdste advocaten van St. Louis, en dat kwam niet door hun juridische talent. Als getrouwd stel waren ze onbeduidende echtscheidingsadvocaten in de buitenwijken geweest, totdat Clyde een tractor-caravanzaak had geschikt en er wat geld aan over had gehouden. Zijn vrouw had altijd de naam Bonita gebruikt. Hun tienerzoon keek te veel tv en hield vooral van de derderangsadvertenties van letselschadefirma's. Hij kwam met het idee om zijn moeder om te dopen en de zenders te bestoken met 'Bonnie & Clyde'-commercials waarin ze gekleed als Warren Beatty en Faye Dunaway een machinegeweer vasthielden terwijl ze miezerige verzekeringsagentjes neerhaalden om bergen geld naar hun cliënten te kunnen sturen. Ze veranderden de naam van hun advocatenkantoor in Bonnie & Clyde.

Aanvankelijk was de Orde van Advocaten verafschuwd door de commercials en stuurde hun een brief, maar inmiddels had het maken van reclame voor advocaten een enorme vlucht genomen, en het was hoe dan ook vrijheid van meningsuiting.

De gewonde cliënten stroomden binnen en Bonnie en Clyde werden rijk. Ze breidden hun firma uit, huurden een stel advocaten en raakten verslingerd aan billboardadvertenties.

Ze waren ingehuurd door de ouders van Trey Brewster en klaagden Rusty en het advocatenkantoor aan wegens wanpraktijken. Tien miljoen als compensatie en tien miljoen als straf.

Diantha las de armzalig opgestelde aanklacht en mompelde bij zichzelf: 'Ik heb liever hun zaak dan die van ons.'

27

Voor het vuile werk, en daar zat elke zichzelf respecterende letselschadefirma nooit om verlegen, kon Rusty kiezen uit meerdere contacten. De meest ervarene was een oud-politieagent met de naam Walt Kemp, een privédetective met zijn eigen bedrijf dat op rechtszaken aasde, op slinkse wijze slachtoffers ronselde, ambulances achtervolgde om te profiteren van andermans ongeluk, zogenaamde getuigen ritselde, enzovoort. Walt kende de straat en had voelsprieten op heel wat duistere plekken, waaronder gevangenissen.

Ze spraken af om een broodje ei met sprot te gaan eten bij een Russisch eetcafé in Dutchtown in het oude deel van de stad. Walts onopvallende kantoor zat om de hoek, waar de huren laag waren.

'Ik heb een rare zaak voor je,' zei Rusty op gedempte toon.

'Dat is niet de eerste keer,' zei Walt met een glimlach, terwijl hij bierschuim van zijn snor veegde.

'Ken je iemand in het Saliba Correctional?'

'Je vader, bijvoorbeeld?'

Rusty lachte nerveus en zei: 'Yep, die ouwe zit daar ook nog steeds. Verder nog iemand?'

'Gedetineerden of jongens met een schietijzer?'

'Geen gedetineerden. Iemand met autoriteit.'

‘Vast wel. Wat is er?’

‘Nou, het heeft wel met Bolton te maken. Hij zit er nu vijf jaar en weet soms de hand te leggen op een mobiele telefoon.’

‘Niet ongebruikelijk. In elke gevangenis is er een gigantische zwarte markt voor telefoons. En voor drugs, en zo’n beetje voor alles.’

‘Ja, nou, Bolton heeft er een en eerlijk gezegd worden we er stapelgek van. Hij blijft zijn neus maar in de kantoorzaken steken.’

‘Wat is nou eigenlijk je vraag?’

‘Bel anoniem naar de gevangenisbeveiliging, zeg dat gedetineerde nummer twee-vier-acht-acht-één-drie een telefoon heeft. Dan vinden ze hem en stoppen ze hem een maand in isolatie. Daar heeft hij wel vaker gezeten.’

‘Wil je je vader in een isoleercel hebben?’

‘Maar een maandje of zo. We worden gek van hem en hij veroorzaakt veel te veel problemen.’

Walt nam een hap en begon te lachen. Toen hij weer iets kon uitbrengen, zei hij: ‘Dit is meesterlijk. Heerlijk.’

‘Doe het gewoon, oké?’

‘Tuurlijk. Waar mag de rekening naartoe? De firma?’

‘Ja, maar geef er een andere omschrijving aan. Je bent altijd creatief als het op factureren aankomt.’

‘Dat komt omdat ik voor een zootje advocaten werk.’

‘Doe het nou maar. Hoe eerder hoe beter.’

‘Onmiddellijk, baas.’

28

Een van de meest cruciale stappen bij het beramen van een succesvolle coup was het afsluiten van de communicatie.

Toen bevestigd werd dat Bolton weer in eenzame opsluiting zat, was de volgende stap het neutraliseren van de bondgenoten van de tegenstander. Ook dit was weer aan Rusty.

Hij stormde het rommelige kantoor van Stuart Broome op de zesde verdieping binnen, onaangekondigd en klaar voor de strijd. Ouwe Stu werd volkomen overrompeld. Er was geen afspraak gemaakt. Rusty had al maanden geen voet in dit kantoor gezet.

'We moeten praten,' zei hij kortaf, zonder ruimte te laten voor alternatieven.

'Ook goedemorgen, Rusty. Waar gaat het over?' vroeg Stu sarcastisch, terwijl hij van zijn stilstaande loopband afstapte.

'Het gaat hierover, Stu. Het wordt tijd dat de firma een deel van dat tabaksgeld gaat verdelen dat jij en Bolton in het buitenland oppotten. De fees zijn uitbetaald aan advocatenkantoor Malloy & Malloy, een firma waar onze dierbare vader geen deel meer van uitmaakt. Je kunt kiezen uit een paar opties, Stu, dus luister goed. De eerste optie is nee zeggen; we kunnen geen toegang krijgen tot het geld omdat je loyaal bent aan Bolton en niet aan ons, en in dat geval ontsla ik je op staande voet en begeleid ik je uit het gebouw. Ik heb twee bewakers hier in de gang staan, gewapend, en als je ontslagen wordt, vertrek je zonder iets aan te raken wat op je bureau ligt.'

Stu's gezicht werd asgrauw en hij hapte naar adem. Toen hij sprak, klonk zijn stem bibberig en krakend. 'Bewakers? Is het zover gekomen?' Hij sleepte zich naar de bank en plofte neer.

'Dat zei ik, ja, Stu. Gewapende bewakers. Beëindiging zonder uitbetaling of opzegtermijn, en als je ons wilt aanklagen, dan zie ik je in de rechtszaal. Ik kan de boel wel een paar jaar oprekken terwijl jij enorme bedragen ophoest voor je advocaten.'

'Wat is de andere optie?'

'Speel met ons mee en word rijk. We zetten een ondernemingkje op dat zeer winstgevend zal zijn voor de vier stille vennoten.'

'Vier?'

'Jij, ik, Kirk en Diantha. Gelijke partners. We pakken ons deel van het tabaksgeld dat er nu is en dat er nog binnenkomt.'

'Bolton maakt me af, Rusty. En hij schakelt jullie drie ook uit, als hij toch bezig is.'

'Bolton zit op dit moment in een isoleercel, Stu. En als hij daar uitkomt, moet hij nog vijf jaar zitten. Hij denkt dat hij vervroegd vrijkomt, maar dat gaat niet gebeuren, want hij wordt steeds maar weer betrapt met smokkelwaar en is er zelfs van beschuldigd dat hij bewakers omkoopt. Altijd hetzelfde met die Bolton. Hij kan ons nu niks doen. We pakken niet al zijn geld, dus hij blijft een rijke kerel.'

'Hoeveel pakken we?'

'Om te beginnen ieder een miljoen. Daarna voorlopig een half miljoen per jaar. Dat verzinnen we later wel. Het geld blijft in het buitenland, zodat niemand er iets van te weten komt.'

Stu krabde aan zijn opengevallen kaak en het leek of hij elk moment kon gaan huilen. Hij kon geen oogcontact maken en staarde treurig naar zijn schoenen terwijl hij zei: 'Ik ben nooit in de verleiding gekomen om geld te stelen.'

'Stelen?' brulde Rusty. 'Ben je belazerd? Dit geld vertegenwoordigt eerlijke juridische fees die zijn verdiend door ons advocatenkantoor, een firma die Bolton noodgedwongen in schande moest verlaten toen hij veroordeeld en geroyeerd werd en de gevangenis in moest. Tot nu toe is hij in staat geweest om ons te koeioneren en die honoraria bij ons weg te houden, maar dat spelletje is nu uit. Bolton kan niet al dat geld voor zichzelf houden, Stu. En wij ook niet. Wat wij voorstellen is een eerlijke verdeling van het geld, Stu, niets meer en niets minder.'

'Maar ik ben geen advocaat en ik kan niet delen in honoraria.'

'Klopt, maar je kunt verdomme wel bonussen aannemen, of niet soms?'

Dat beviel Stu wel en hij begon na te denken over de eerste aanbetaling. Hij stond op en probeerde tevergeefs recht te gaan staan, waarbij de bochel op zijn rug tegenwicht bood aan zijn vooruitstekende buik. Het zou een zielige aanblik zijn geweest als hij die glimlach niet op zijn gezicht had gehad, een echte zeldzaamheid. Op lichtere toon zei hij: 'Hé, als jullie me ontslaan, vinden jullie dat geld nooit.'

Daar was Rusty op voorbereid en hij kaatste terug: 'Denk je dat we dom zijn? We kennen een bedrijf van forensische accountants dat vaak wordt gebruikt door de FBI. Die kunnen naar de bron van het geld gaan, de tabaksfabrikanten en hun verzekeringsmaatschappijen, en het achterhalen. Dat kan de fiscus ook, als hij wil.'

Nu ouwe Stu aan alle kanten zat ingeklemd, gaf hij schoorvoetend toe. 'Oké, oké,' zei hij met beide handen in de lucht, alsof hij zich overgaf. 'Ik doe mee.'

'Slimme jongen, Stu. Goeie zet.'

'Ik kan niet geloven dat ik Bolton een mes in zijn rug steek. Ik kan hem nooit meer onder ogen komen.'

'Dat hoeft misschien ook niet. Wellicht dient hij zijn tijd uit, pakt zijn geld of wat daarvan over is, en rijdt de zonsondergang tegemoet. Hij heeft hier geen noemenswaardige vrienden, Stu. Dat weet je.'

'Maar hij dacht dat ik zijn vriend was.'

'Hij heeft je gebruikt, Stu, net zoals hij iedereen in zijn leven heeft gebruikt. Je hoeft geen traan te laten om Bolton Malloy. Het komt wel goed met hem. En met ons ook.'

'Dat geloof ik ook.'

29

In de week daarna sprak Stu met alle drie zijn medesamenzweerders afzonderlijk af en gaf hun uitleg over het ondoordringbare web van buitenlandse bankrekeningen en lege vennootschappen die hij had opgericht namens Bolton en zijn tabaksgeld. Ze waren behoorlijk onder de indruk en zelfs verbijsterd vanwege het ingewikkelde doolhof dat was ontworpen om het te verbergen voor de Amerikaanse belastinginners, of die van waar dan ook. Alsof ze het hadden gerepeteerd, waren ze er alle drie op gebrand om 'hun' geld opnieuw onder te brengen bij buitenlandse banken waar ze privé en rechtstreeks mee konden werken. Stu voelde zich een beetje afgewezen, alsof ze niet konden wachten om het geld bij hem weg te halen.

Rusty ging er als eerste vandoor. Om een nieuw vriendinnetje te imponeren charterde hij een vliegtuig en weg waren ze, op weg naar de Britse Maagdeneilanden, waar ze een week in een villa aan de oceaan doorbrachten en bij het zwembad rondhingen. Terwijl zij naar de spa ging, sprak hij met zijn nieuwe bankiers af en verifieerde dat het geld er was. Er kwam nog meer aan, verzekerde hij ze, en ze besteedden een paar aangename uurtjes aan het uitstippelen van een investeringsstrategie. Met een miljoen in de hand en nog minstens de helft van dat bedrag dat er jaarlijks bij zou komen, werd investeren een stuk minder gecompliceerd.

Laat in de middag, toen hij in de schaduw op het terras zat met de glinsterende indigokleurige oceaan om hem heen en een glas rumpunch in zijn hand, begon Rusty er serieus over na te denken om de advocatenpraktijk achter zich te laten. Hij had geen zin meer in de druk, de sleur, de lange dagen, de strubbelingen met zijn broer, en hij was het meer dan zat om elke keer het deksel op de neus te krijgen in de rechtszaal. Hij was zesenveertig en vroeg zich af waarom hij zo jong al had gepiekt als strafpleiter. Hij kon jury's niet meer om zijn vinger winden. Verzekeringsmaatschappijen vreesden hem niet langer.

Waarom zou hij niet gewoon het geld pakken en een eenvoudiger leven gaan leiden op het strand?

Diantha en haar man, Jonathan, woonden op dit moment niet samen, maar het idee van een reis naar Europa klonk als een goede manier om de romantiek weer nieuw leven in te blazen. Toen de eerste drie dagen goed verliepen en ze zich voornamen om hun huwelijksgeloften te hernieuwen, vertelde ze hem eindelijk over de nieuwe regeling bij Malloy & Malloy. Jonathan was onder de indruk en leek nu nog vastberadener om het huwelijk weer een kans te geven. Ze maakten afspraken met bankiers en planden manieren om het geld te beheren. Na een paar dagen Zürich vlogen ze naar Parijs en zwierven gearmd door de straten.

Kirk kon niet weg om zijn nieuwe fortuin te inspecteren, want de echtscheidingsadvocaten van zijn vrouw zouden binnenkort zijn zakgeld uitpluizen. Elke stap die hij zette en elke cent die hij uitgaf, zouden nauwgezet door hen worden bekeken. Doodsbang om een spoor achter te laten via zijn telefoon, een berichtje of een mailtje, wist hij uiteindelijk via een versleuteld e-mailaccount contact te leggen met een bankier in Londen. Zodra hun communicatie veilig was, zette Kirk zijn geld op een Britse bank die gevestigd was op de Kaaimaneilanden. Daar zou het veilig zijn, hoeveel advocaten Chrissy ook zou inhuren.

Door de geheime financiële injectie werd Kirk gesterkt om te proberen een schikking te treffen en haar vrijwel alles te geven wat ze hadden, plus nog een flink bedrag aan alimentatie. Alleen al het aandeel voor de kinderen zou beestachtig zijn, maar goed, het waren ook zijn kinderen en hij wilde ze onderhouden. Maar het werd duidelijk dat haar voornaamste advocaat, de beruchte uitzuiger Scarlett Ambrose, uit was op bloed en weer een slachtoffer wilde om mee te pronken. Ze wilde een smerige rechtszaak met misschien de nodige aandacht van de pers om haar opgeblazen ego nog verder op te krikken. Het leek erop dat Chrissy grondig was gehersenspoeld door haar manipulatieve advocaat, en ze wilde niet onderhandelen.

De breuk was veroorzaakt door de wederzijdse haat van beide partijen, niet door wangedrag van een van hen. Maar Scarlett wilde vuiligheid en liet haar bloedhonden losgaan op Kirks financiën.

Laat ze maar snuffelen, zei hij bij zichzelf. *Ik heb een kersverse stapel geld begraven op de zandstranden van de Kaaimaneilanden.*

30

Rusty was aan de beurt voor het maandelijkse bezoekje aan het Saliba Correctional Center. Hij had die vreselijke rit minstens dertig keer gemaakt in de afgelopen vijf jaar en verafschuwde elke kilometer van de reis. Hij herinnerde zich van de eerste paar keer dat zijn wrok toenam naarmate hij dichter bij de gevangenis kwam. Hij herinnerde zich de worsteling om medelijden met zijn vader te hebben omdat die vastzat en gevangeniskleding moest dragen als een gewone crimineel, en voor vijftig cent per uur in de bibliotheek moest werken en smerig voedsel moest eten. Tegelijkertijd walgde hij van die man omdat hij het leven van zoveel mensen had gemanipuleerd, vooral dat van zijn twee zoons. Hij kookte nog steeds van woede vanwege de hardvochtige partnerovereenkomst die Rusty en Kirk van Bolton hadden moeten ondertekenen en waardoor ze bij de heupen aan elkaar gebonden waren en gedwongen waren bij elkaar te blijven. Maar het allermeest verachtte hij die ouwe vanwege zijn hebzucht, zijn vastberadenheid om al dat tabaksgeld voor zijn eigen glorieuze pensioen te bewaren.

Gek genoeg veroordeelde hij zijn vader niet vanwege de dood van zijn moeder. Dat deed niemand, eigenlijk. Rusty en Kirk vonden het vervelend dat Bolton zo stom was geweest om gepakt en geroyeerd te worden, waardoor hij de familie en het advocatenkantoor in verlegenheid had gebracht, maar niemand miste Tillie, nog geen seconde.

Vandaag was het anders. Het harde gevoel was weg, want Boltons fortuin was verdeeld over de mensen die het verdienden en hij had er geen idee van. Rusty verheugde zich bijna op het bezoek, omdat hij die gierige oude man stiekem zou kunnen uitlachen. Voor het eerst van zijn leven was hij zijn vader te slim af.

Bij de bezoekersruimte voor advocaten stelde de bewaker de gebruikelijke vraag: 'Meneer, hebt u iets om aan de gevangene te geven?'

Rusty gaf hem een grote envelop en zei: 'De maandelijkse financiën, meer niet.'

De bewaker maakte de envelop open, haalde de vijf vellen papier met de cijfers eruit, keek er snel naar alsof hij snapte wat erop stond en stopte ze weer in de envelop. Rusty was geamuseerd door dit vertoon van veiligheid. Het was ondenkbaar dat iemand de cijfers kon doorgronden die ouwe Stu deze maand voor Bolton in elkaar had geflanst.

Rusty ging het hokkerige kamertje binnen en nam plaats. Er verstreken tien minuten voordat Bolton aan de andere kant verscheen met de envelop in zijn hand. Hij zag er moe uit, maar wist een glimlachje tevoorschijn te toveren. Ze begroetten elkaar en Rusty vertelde dat zijn dochter, zijn enige kind, het goed deed op de kostschool. Haar moeder, zijn tweede vrouw, had haar jaren geleden weggestuurd.

Bolton zei: 'Ik hoorde dat Kirk en Chrissy eindelijk uit elkaar gaan. Hoe gaat het met hun kinderen?'

Rusty zag hun kinderen nooit en had geen idee. Toen Bolton nog een vrij man was, zag hij ze ook nooit. Hij vroeg het alleen uit beleefdheid en Rusty vroeg zich af waarom hij nog de moeite nam. De familie Malloy had nooit op kerstavond rond de open haard gezeten om elkaar cadeaus te geven. Dat was Tillies schuld. Dat was een kille, harde vrouw geweest die maar weinig tijd had voor haar eigen kleinkinderen en die haar schoondochters minachtte.

Ze praatten over het advocatenkantoor en over een paar nieuwe, veelbelovende zaken. Rusty leek veel meer op zijn vader dan Kirk. In zijn tijd had Bolton het heerlijk gevonden om in de rechtszaal te paraderen en zijn stempel te drukken op letselschadeprocessen. Hij keek neer op advocaten die zich in hun kantoor schuilhielden en zich nooit in de rechtszaal lieten zien.

'Dus je hebt er vier achter elkaar verloren?' zei Bolton met opgetrokken wenkbrauwen.

Rusty haalde zijn schouders op alsof het weinig voorstelde. 'Dat hoort erbij, pap, dat weet jij als geen ander.' Het stak, maar Rusty probeerde het niet te laten merken. Om nog meer vragen te ontwijken, stelde Rusty er zelf een. ‘Hoe was het deze keer in isolatie?’

Bolton maakte de envelop open en haalde de papieren eruit. Zonder naar Rusty te kijken, zei hij: ‘Ik kan alles aan wat die hufters bedenken.’

‘Daar twijfel ik niet aan. Maar waarom kap je niet met die telefoons? Dit is nu al de derde of vierde keer dat je betrapt bent. Je kunt die vervroegde vrijlating wel op je buik schrijven met zo’n staat van dienst.’

‘Laat die vervroegde vrijlating maar aan mij over. Zo te zien zijn de zaken goed gegaan deze maand. Hogere inkomsten, uitgaven gelijk gebleven.’

‘Goed management,’ schimpte Rusty. Het feit dat die ouwe zak erop stond om de maandelijkse financiën te bekijken van een firma waarin hij nooit meer partner zou zijn, was om gek van te worden. Af en toe zinspeelde hij erop dat hij van plan was om in vol ornaat terug te keren naar Malloy & Malloy en de leiding te nemen zoals vroeger; andere keren pochte hij dat hij zijn geld zou opnemen en naar een eiland zou vertrekken. De waarheid was dat hij voor het leven geroyeerd was. Maar ja, die oude gewoontes waren nu eenmaal ingesleten, en Bolton had veertig jaar lang de cijfers in de gaten gehouden.

Dat hij dacht dat de zaken goed liepen, kwam alleen omdat ze Stu eindelijk zover hadden gekregen dat hij de boeken in het voordeel van de partners aanpaste, in plaats van ze voor Bolton te manipuleren. Ouwe Stu was nu een trots lid van de samenzwering, en de cijfers waar Bolton zo van onder de indruk was, waren zo’n beetje net zo betrouwbaar als een aanbod van een flitskrediet.

Bolton legde de papieren neer en zei: ‘Ik wil je om een gunst vragen, Rusty.’

Rusty zette meteen zijn stekels op. ‘Wat dan?’

'Ik wil dat je Dan Sturgiss steunt voor zijn herverkiezing.'
'Hij is Republikein.'
'Dat weet ik.'
'Hij is ook een sukkel.'
'Die toevallig gouverneur is en waarschijnlijk opnieuw wordt gekozen.'
'Ik heb nog nooit op een Republikein gestemd. Dat is Kirks kant van de straat.'
'Hij gaat winnen, Rusty. Hal Hodge is geen sterke kandidaat.'
'Sterk of zwak, hij is een Democraat. Vanwaar je verzoek?'
'Jullie snappen niks van politiek, hè? Jullie zijn zo gefocust op wie er Democraat is en wie Republikein, dat jullie het echte doel uit het oog verliezen. Winnen! Het is veel belangrijker om de winnaars eruit te pikken, Rusty, ongeacht hun achtergrond.'
'Dat heb ik volgens mij eerder gehoord, een keer of duizend.'
'Nou, je moet het niet alleen horen, maar ook luisteren. Sturgiss wint met tien punten.'
Die ouwe had meestal gelijk en had niet alleen een talent voor het voorspellen van de winnaars, maar wist zich ook altijd vlak voor het stemmen in hun campagnes te wurmen. Geld kon geen kwaad.
Rusty wist precies waar hij op aanstuurde. Hij vroeg: 'En jij bent ervan overtuigd dat Sturgiss je ticket naar buiten is?'
'Ik ben ervan overtuigd dat Hal Hodge dat niet is. Ik kan met Sturgiss praten. Zoals je weet, heeft de gouverneur een enorme vinger in de pap bij de reclassering. Als we zorgen dat hij herkozen wordt, vraag ik vervroegde vrijlating aan.'
Ach, lieve vader toch. Je moest eens weten hoeveel mensen, onder wie de meeste familieleden, willen dat je hier blijft en elke dag van je straf van tien jaar uitzit.

'Ik zal erover nadenken,' zei Rusty om de oude man tevreden te stellen. En hij zou er ook echt over nadenken. Hij zou diep nadenken over alle mogelijkheden om hem achter slot en grendel te houden.

Ze praatten een uur over vroeger. Bolton was altijd nieuwsgierig naar hoe het ging met de advocaten, en vooral de rechters, die hij vroeger had gekend. Er waren er maar een paar die de moeite namen hem van tijd tot tijd een briefje te sturen, en hij kreeg zelden bezoek. Hij voelde zich in de steek gelaten door de Orde van Advocaten waar hij ooit trots vicepresident van was geweest.

Maar zelfmedelijden zat niet in zijn genen. Hij was een harde oude knakker die de tijd uitzat die hij verdiende. Als hij gezond bleef, zou hij op een dag buiten vrij rondlopen met nog tien of vijftien jaar voor de boeg om de boel op stelten te zetten, de wereld over te reizen en zijn best te doen om zijn fortuin te verbrassen.

31

Het diner kostte vijfentwintigduizend dollar per persoon en werd bereid door een hippe nieuwe Spaanse kok die Kirk voor deze gelegenheid had laten overvliegen. Het decor was de fraaie lobby van Malloy & Malloy, versierd met genoeg bloemen voor een gangsterbegrafenis. De beste evenementenorganisator van de stad had alles geregeld en had het mooiste tafelzilver, servies, glaswerk en tafellinnen gehuurd. Bij twee goedgevulde bars werden de beste sterkedrank en de duurste champagne geschonken. Obers in avondkleding wervelden rond met schalen vol rauwe oesters en kaviaar. Een strijkkwartet zat zachtjes in een hoek te spelen terwijl de gasten arriveerden en rondliepen.

Kirk had gouverneur Sturgiss een avond beloofd waarop een miljoen zou worden opgehaald. Hij had alles uit de kast gehaald, aan dezelfde versleten touwtjes als altijd getrokken en zijn indrukwekkende contactenlijst aangesproken. Het resultaat was een doorslaand succes. Hij had zesenvijftig plekken verkocht aan de top van de Republikeinse donateurs in St. Louis, en het evenement zou minstens dertig procent meer opleveren dan het oorspronkelijk beoogde bedrag.

Het campagneteam van Sturgiss was verrukt. De strijd was spannender dan iedereen gedacht had en was niet zo soepel verlopen als vier jaar eerder. De fondsenwerving bleef achter, hoewel Hal Hodge nog altijd achterliep in de jacht op het geld. Een miljoenenavondje was dringend nodig, en Kirk Malloy had zijn belofte weer eens waargemaakt.

Hij was erbij, de held van de avond, met zijn staf maar zonder zijn vrouw. Chrissy en hij lieten zich al lang niet meer samen in het openbaar zien. Zijn teamleden begroetten de gasten, maakten een praatje met hen, lachten om alles wat ook maar een beetje grappig leek, dronken zoveel ze wilden en zouden naar de achtergrond verdwijnen zodra het diner begon. De prijs van een plek aan tafel was ver boven hun budget.

Rusty wilde nog niet dood gevonden worden bij een geldinzamelingsavond voor een Republikein, en andersom dacht Kirk er net zo over. Diantha was er natuurlijk wel, want die hoorde gewoon bij het meubilair. Ze was er ook omdat Rusty alle details wilde horen. Als hij politieke partijen op kantoor uitnodigde, wilde Kirk altijd alle roddels weten.

Ze nipte van haar champagne en deed haar best om de meest onwelriekende man in de zaal te ontlopen: een medewerker die Jack Grimlow heette, beter bekend als Jackal, de jakhals. Ze had verschillende gouverneurs zien komen en gaan en ze hadden allemaal altijd wel een voetveeg als Jackal, een volgeling die zich aan de schimmige kant van de politiek bewoog. Jackal was de loopjongen van Sturgiss, zijn ritselaar, vertrouweling, dealmaker, samenzweerder, klankbord, en soms ook zijn vechtersbaas. Diantha walgde van die vent omdat hij weerzinwekkend was, en hij was ook agressief tegen vrouwen. Hij was veel te handtastelijk. Hij had een machtspositie en het was algemeen bekend dat Jackal altijd op jacht was. Eindelijk kreeg hij haar te pakken bij de bar, maar ze hield hem op afstand. Ze spraken tot vervelens toe over de verkiezingsstrijd en daarna vroeg hij tot haar verrassing of ze Bolton de laatste tijd nog gezien had.

Ze loog en zei van niet. Voor de grap merkte ze op: 'Ik hoorde dat hij af en toe met de gouverneur praat.' Dat had ze helemaal niet gehoord.

Jackal lachte, want hij lachte altijd, en antwoordde: 'Ik meen me inderdaad te herinneren dat de *gouv* iets zei over een babbeltje met Bolton.'

'Ze hebben hem een paar keer betrapt met een illegale mobiele telefoon.'

'Dat is echt iets voor Bolton, hè?'

'Inderdaad.'

De hoofdober tikte met een lepel op een glas en maande iedereen tot stilte. Kirk stapte trots naar voren en verwelkomde zijn gasten. Hij bedankte hen voor hun vrijgevigheid, beloofde een overheerlijke maaltijd en een klein aantal korte speeches, en vroeg iedereen om plaats te nemen.

Het diner voor de elite werd opgediend.

32

Een week later zat Rusty op dinsdag thuis te werken, omdat Kirk op kantoor was. Zelfs nu ze stiekem geld in overvloed hadden, konden de broers hun verleden niet loslaten, en hun heden trouwens ook niet.

Walt Kemp belde en zei dat ze samen moesten lunchen. Hij wilde geen reden opgeven, maar zei wel dat het belangrijk was. Natuurlijk was het belangrijk. Ze hadden in de afgelopen tien jaar misschien drie keer met elkaar geluncht, dus er moest wel iets aan de hand zijn. Rusty reed naar hetzelfde Russische eetcafé in Dutchtown, waar Walter aan hetzelfde tafeltje zat. Ze genoten van dezelfde broodjes ei met sprot en dronken Tsjechisch bier. Toen ze alles voor de helft ophadden, kwam Walt eindelijk ter zake.

'Goed, we zijn ingehuurd om de zoveelste ontrouwe echtgenoot in de gaten te houden, een vette echtscheidingszaak. Ooit gehoord van ene Jack Grimlow?'

'Die ken ik.' Rusty knikte met een zelfvoldane grijns. 'Smerig politiek hulpje, werkt voor de gouverneur. Bijnaam Jackal, de jakhals.'

'Ik dacht al dat je hem zou kennen. Hij zit nogal fanatiek achter de meisjes aan en zijn vrouw is het spuugzat. Hij weet het nog niet, maar ze heeft een paar keiharde echtscheidingsadvocaten ingehuurd en die houden hem scherp in de gaten. We kregen een telefoontje, werden blij van het geld en nu zitten we erbovenop. Jackal houdt er minstens twee fulltimevriendinnetjes op na en versiert alles wat los en vast zit. Druk baasje. Zijn vrouw zal hem binnenkort flink aanpakken en dan weet hij niet wat hem overkomt.'

'Ontzettend interessant, en ik wens hem het allerslechtste, maar wat heb ik daarmee te maken?'

'Wacht even. We konden hem online niet achtervolgen,

en ook niet via zijn telefoon, dus hebben we wat hackers ingehuurd om eens een kijkje te nemen.'

'Dat is illegaal in minstens vijftig staten.'

'Dank u wel, meneer de advocaat. Dat weten we, we zijn niet gek. Die hackers zijn... laten we zeggen geen Amerikaanse staatsburgers en werken vanuit het veilige Oost-Europa. Ze zijn echt goed, ze zijn een jaar of vijf geleden bijna gepakt toen ze in het superveilige, hackerproof systeem van de CIA aan het rondneuzen waren. Weet je dat nog?'

'Nee, en ik hou het zowat niet meer vol.'

'We zijn er bijna, Rusty, en het is echt de moeite waard. Goed, dus we kijken naar Jackals geheime mailtjes en volgen hem terwijl hij in de hele staat van het ene bed in het andere rolt, altijd officieel op pad in het kielzog van de gouverneur. Kennelijk houdt de gouv zelf ook wel van een verzetje op zijn tijd, en Jackal kan altijd wel wat regelen.'

'Dat meen je niet.'

'Ik heb het bewijs. Maar ik dwaal af. Hoe dan ook, we hebben een paar mailtjes gevonden die niks met vrouwen te maken hadden, maar die rechtstreeks verband hielden met een plannetje om mensen tegen betaling gratie te verlenen.'

'Dus Surgiss verkoopt gratie?'

'Daar hoef je niet van op te kijken. Dat is in andere staten ook wel gebeurd, niet recentelijk en ook niet zo heel vaak, maar het is voorgekomen. De gouverneur heeft het recht om iedereen die is veroordeeld wegens een misdrijf gratie te verlenen, en dat kan best wat geld waard zijn.' Kemp dronk zijn bier op en veegde zijn snor af. 'Nou, aangezien de meeste jongens in de gevangenis geen cent te makken hebben en afkomstig zijn uit gezinnen met lage inkomens, kun je wel bedenken dat de klantenkring voor het kopen van gratie aan de kleine kant is.'

'Dat lijkt me duidelijk.'

'Maar voor iemand met verstand van politiek en een familie met wat geld zou het een uitkomst kunnen zijn.'

'Ik volg je.'

'Je kunt ook wel bedenken dat Sturgiss geen rijke vent is en dat hij nu of over vier jaar het ambt zal verlaten zonder al te veel bezittingen. Dus waarom niet even makkelijk wat dollars opstrijken, een paar keer je handtekening zetten, tegen betaling wat gratie verlenen, het geld pakken en het ergens begraven? Met een loopjongen als Jackal die het vuile werk opknapt, is het appeltje-eitje.'

'Ik denk dat ik weet waar je naartoe wilt.'

Kemp keek naar zijn lege bord en daarna naar dat van Rusty. 'Ben je uitgegeten?'

'Nu wel.'

Kemp keek steels om zich heen en zei bijna fluisterend: 'Goed. Laten we naar mijn kantoor hier om de hoek lopen, dan laat ik je een mail zien die je misschien wel interessant zult vinden.'

'Ik kan niet wachten.'

Kemps kantoor was een oud winkelpand in een straat waar er meer van dat soort gebouwen stonden. Het was helemaal verbouwd en opgeknapt. Met de versleten grenen vloeren, bakstenen muren en hoge plafonds was het aantrekkelijker dan Rusty had verwacht. Ze liepen een lange vergaderruimte binnen, waar aan weerskanten grote schermen hingen. Kemp klapte een laptop open, scrolde en tikte, vond wat hij zocht en keek naar een van de grote schermen.

Hij zei: 'Dit is een mail die Jackal drie weken geleden heeft ontvangen op een van zijn verborgen accounts. Zijn adres is MoRam7878@yahoo.com. De afzender is RxDung22steele@windmail.com. Geen idee wie de afzender echt is.'

Rusty keek met open mond naar het scherm en las de mail: *'Oog in oog met BM in Saliba CC, afspraak bevestigd voor twee milj, volledig en definitief, na januari.'*

Hij was even stil toen het tot hem doordrong. Kemp zei uiteindelijk: 'Er zitten achttienhonderd gevangenen in Saliba, ik weet niet hoeveel daarvan BM kunnen zijn, maar het is maar een handjevol. Zoals ik het lees, heeft de afzender Bolton in de gevangenis gezien en een deal gesloten voor volledige en definitieve gratie, in januari, voor twee miljoen dollar.'

'Januari zou betekenen na de inauguratie, aangenomen dat Sturgiss herkozen wordt. Nog een vervolgmail?'

'Nee, in elk geval niet op een van de accounts die we ontdekt hebben. Jackal is een slimme jongen en doet zo min mogelijk via mail en sms. Hij heeft minstens drie telefoons in zijn zakken en praat altijd wel met iemand, maar voor zover we zien, probeert hij te voorkomen dat hij sporen achterlaat.'

Rusty schudde zijn hoofd en liep om de vergadertafel heen. Vanaf het hoofd van de tafel vroeg hij: 'Enige aanwijzing dat iemand anders hiervan af weet?'

'Zoals?'

'Zoals de FBI.'

'Nee, helemaal niet. Dit is nevenschade. We waren op zoek naar seks, weet je nog? Daar worden we voor betaald. En toen stuitten we hierop.'

'Wat ga je ermee doen?'

'Helemaal niks. We bemoeien ons er niet mee. Ik laat het aan jou zien omdat het je vader is en jij mijn cliënt bent. Trouwens, als we hiermee naar de FBI zouden gaan, zouden ze ons waarschijnlijk oppakken wegens hacking. Nee hoor, wij weten van niks.'

Rusty ging twee meter bij Kemp vandaan staan, richtte

zijn vinger op hem en zei: 'Walt, tussen ons gezegd en gezwegen, ik heb deze mail nooit gezien. Oké?'

'Oké.'

Hij drukte op een afstandsbediening en het scherm werd zwart.

33

Ongeveer de helft van de zesde verdieping van het Malloy-gebouw was op dat moment bezet. De overige ruimtes wachtten of op nieuwe huurders, of werden opgeknapt door degenen die al een huurcontract hadden getekend. Rusty vond een klein, leeg kantoortje dat voor het laatst was gebruikt door een verzekeringsagent. De nutsvoorzieningen deden het en de meeste meubels waren weg. Hij verschoof een tafel en trok wat klapstoelen bij. Niemand zou hen hier ooit vinden. Ouwe Stu zat helemaal aan de andere kant van de gang en kwam zelden naar buiten.

Diantha kwam met een onbehaaglijk en bezorgd gevoel naar de meeting. Er klopte helemaal niks van. Ten eerste waren Rusty en Kirk bijna nooit samen in dezelfde ruimte. Ten tweede hadden ze bij haar weten nog nooit een meeting gehouden op de zesde verdieping. Ten derde was haar telefoongesprek met Rusty cryptisch en verdacht genoeg geweest om alle alarmbellen te laten rinkelen. Hij had al haar vragen ontweken.

Ze zaten in het kantoortje toen ze aankwam, en een snelle blik op hen beiden was reden voor nog meer bezorgdheid. Ze waren opgegroeid met geld en status en het had hun nooit aan zelfverzekerdheid ontbroken. Ze konden af en toe arrogant en neerbuigend zijn. Ze vonden dat ze boven alle anderen verheven waren en verwachtten dat ze hun zin kregen, en van hun vader hadden ze een onbevreesdheid geërfd die vaak grensde aan intimidatie.

Maar met één blik op hen werd nu duidelijk dat ze verontrust waren, misschien zelfs bang. Ze had ze nog nooit zo van slag gezien. Er was geen begroeting. Ze ging zitten en trok nog een klapstoel bij voor haar omvangrijke handtas. Ze haalde haar telefoon eruit, zette het geluid uit en legde hem naast haar tas. Noch Rusty, noch Kirk kon haar telefoon zien of had er ook maar de minste belangstelling voor.

Om redenen die ze nooit ten volle zou begrijpen, pakte ze haar telefoon op alsof ze haar berichten wilde checken, tikte op de stemrecorderapp en drukte op Opname. Ze legde de telefoon neer en keek naar Rusty. Zijn telefoon lag op tafel.

De behendige handeling, die ze zonder nadenken en zonder opzet uitvoerde, zou een ingrijpende impact hebben op de rest van haar leven en dat van veel mensen die ze heel goed kende.

Kirk keek naar haar en zei: 'We zijn hier omdat de gouverneur blijkbaar heeft besloten om tegen betaling wat mensen gratie te verlenen en Bolton heeft afgesproken daar voor twee miljoen dollar gebruik van te maken.'

Ze onderdrukte een kreetje maar kon haar mond niet dichthouden. Ze schoot naar achteren alsof ze door iets was geraakt en herhaalde de woorden binnensmonds. Ze keek naar Kirk, maar die maakte geen oogcontact. Ze keek naar Rusty en die beet nerveus op zijn nagel.

Hij zei: 'De deal wordt afgehandeld door Jackal, wat geen verrassing is. Een privédetective die ik ken, stuitte op wat geheime mailtjes van Jackal. Ik heb er een gezien waarin de omkoping werd bevestigd. Twee miljoen voor volledige, definitieve gratie in januari. Het lijkt erop dat de deal is gesloten.'

Ze haalde moeizaam adem en gaapte hen allebei aan. 'Oké, zit er iemand met een politiepenning in het complot?'

'Nee, dat denk ik niet. Mijn contactpersoon heeft het aan niemand verteld en houdt zijn mond. Hij wil er niet bij betrokken raken, hij wil geen aandacht.'

'Ik sta wel een beetje te kijken van Dan Sturgiss. Ik had hem aangezien voor een oprechte kerel.'

'Hij is blut,' zei Kirk. 'En hij heeft geld nodig voor zijn campagne.'

Rusty zei: 'En hij luistert ook naar Jackal, die zijn eigen oma nog zou bestelen. Bolton bespeelt hem moeiteloos. Voor we het weten is hij op vrije voeten.'

Ze haalden alle drie diep adem en overpeinsden dat vreselijke scenario. Diantha keek tersluiks naar haar telefoon. Eén minuut en tweeënvijftig seconden van een opgenomen gesprek waardoor de staat in een ongehoord schandaal kon belanden. Wat zou dat voor haar betekenen? Moest ze de opname stopzetten? Moest ze de kamer verlaten? Haar hoofd tolde en ze kon niet helder denken.

Kirk schraapte zijn kurkdroge keel en zei: 'We weten allemaal wat er hier op het spel staat. Als Bolton vrijkomt, ontdekt hij onmiddellijk dat er een flink deel van zijn buitenlandse geld weg is. We zullen het moeten opbiechten, er valt niet aan te ontkomen. Hij wordt razend op ons en zal het advocatenkantoor uit dit gebouw verbannen. Malloy & Malloy is verleden tijd. Hij huurt wat keiharde advocaten en komt achter ons aan met een meedogenloos proces om zijn geld terug te halen. En hij wint waarschijnlijk. En omdat Bolton nou eenmaal Bolton is en een aanhanger is van de tactiek van de verschroeide aarde, gaat hij vast en zeker naar de federaal aanklager om een strafrechtelijk onderzoek te eisen.'

'Is dat alles?' vroeg Diantha, terwijl er een knoop ter

grootte van een softbal in haar binnenste bleef steken.

'Dat is alles wat ik nu kan bedenken. Geef me wat tijd.'

Rusty fronste hevig. 'Ik weet niet of hij zover zou gaan om ons strafrechtelijk te vervolgen, maar ik verbaas me nergens over.'

'Uitzetting?' vroeg ze.

'Staat in het huurcontract,' zei Kirk. 'Ik heb het een uur geleden nog eens doorgenomen. Hij is eigenaar van het gebouw en hij kan zijn oude advocatenkantoor er binnen tien dagen uit laten zetten. De rest van de huurders krijgen dertig dagen en dan moet er een goede reden zijn. Dat geldt niet voor Malloy & Malloy.'

Rusty zei: 'Uitzetting zal de eerste stap zijn. Daarna komen de rechtszaken. En het zal onmogelijk zijn om het stil te houden. Het wordt weer voorpaginanieuws als de Malloys het uitvechten.'

Kirk zei: 'Ik zie de krantenkoppen al voor me: GEBROEDERS MALLOY PLUKKEN FIRMA KAAL TERWIJL VADER STRAF UITZIT.'

Diantha zei: 'Wacht even. Toen we overeenkwamen om een deel van het geld te pakken, vonden we dat we daar recht op hadden. Rechtmatige juridische fees, verdiend door Malloy & Malloy, toch? En Bolton is niet langer lid van de firma.'

Kirk schudde zijn hoofd. 'In theorie klinkt het goed, maar de waarheid is dat die fees volledig door die ouwe zijn verdiend. Wij waren allemaal tegen dat tabaksproces, zoals hij ons vaak genoeg heeft ingewreven, en toen het tij keerde, heeft hij alles voor zichzelf gehouden. Hij heeft het er nooit over gehad, vooral omdat hij niet wilde dat Tillie het wist.'

Rusty zei: 'En vergeet die verdomde partnerovereenkomst niet. Ondertekend op de dag voordat hij de bak in draaide. We zijn overeengekomen dat we dat tabaksgeld niet aan zouden raken. Ik weet niet zeker of dat gedeelte bindend is, maar reken maar dat hij het als wapen gaat gebruiken.'

Er volgde een lange, zware stilte terwijl de drie het ondenkbare probeerden te bevatten. Na een hele tijd zei Diantha: 'Ik weet niet of hij wel gaat vechten om dat geld. Hij heeft nog ruim voldoende en er komt nog meer aan. Een hevige strijd zorgt alleen maar voor ongewenste aandacht, en dan zouden die buitenlandse rekeningen aan het licht kunnen komen. Dat wordt pas een puinhoop. Bolton zit hier midden in een serieuze belastingontduiking en daardoor zou hij weleens in een bajes kunnen belanden waar steekpenningen niet werken.'

'Goed punt,' zei Kirk.

Rusty schudde zijn hoofd weer. 'Het probleem is dat we niet kunnen voorspellen wat de consequenties zijn. We weten niet wat Bolton gaat doen en we kunnen hem onmogelijk onder controle houden. Ik kan me in elk geval niet voorstellen dat hij dit zonder slag of stoot zal accepteren.'

'Mee eens,' zei Kirk. 'Hij komt zelfverzekerd naar buiten en gaat dan met bommen gooien.'

Diantha zei: 'Oké, maar dit is een omkoopplannetje van Bolton en gouverneur Sturgiss, toch? Wij hebben er niks mee te maken. Als wij nou eens de rol van brave burger spelen en de FBI een tip geven? Dat wordt een enorm schandaal, een tsunami, maar wij blijven ongeschonden. Sturgiss gaat ten onder en krijgt zijn verdiende loon. Bolton krijgt nog tien jaar en sterft in de gevangenis. Het geld is van ons.'

Rusty bleef fronsen. 'Klinkt goed, maar werkt niet. Elk strafrechtelijk onderzoek naar Bolton Malloy leidt uiteindelijk naar het buitenlandse geld. Op dat moment zijn we allemaal de pineut.'

Kirk en Diantha keken elkaar met opgetrokken wenkbrauwen aan, alsof ze zeggen wilden: *Die jongen is sneller dan wij.*

Denkt als een oplichter. Blij dat hij aan onze kant staat.

Rusty knakte zijn knokkels en harkte met zijn vingers door zijn haar. Ze konden hem bijna horen denken. Toen zei hij: 'Ik heb een idee dat zal werken en waardoor alles stilgehouden wordt. En bovendien blijft Bolton dan zitten waar hij zit. Laten we naar Jackal gaan en hem vertellen dat we af weten van zijn omkoopzwendel met die ouwe. Zij willen omkoping, nou, dan kunnen ze die krijgen. We betalen tweeënhalf miljoen om Bolton de rest van zijn straf te laten uitzitten. Sturgiss krijgt zijn geld, plus een beetje extra. Wij houden het grootste deel van dat van ons. Bolton krijgt te horen dat de deal wordt afgeblazen en hij zal denken dat Sturgiss het niet aandurfde.'

Nu viel Kirks mond open. 'Je wilt de gouverneur omkopen om Bolton in de gevangenis te houden?'

'Ik dacht dat ik vrij duidelijk was. Snapte jij het, Diantha?'

'Ja. Ik ben sprakeloos.'

'Vertel mij maar waarom het niet zou werken,' zei Rusty met een valse grijns.

Ze waren echt sprakeloos. Kirk leunde achterover en staarde vertwijfeld naar het plafond, alsof hij daar een antwoord zocht. Diantha kneep in haar neusrug en voelde een hoofdpijn opkomen vanuit haar nek. Toen dacht ze aan haar telefoon. De opname duurde nu tweeëntwintig minuten en zesenveertig seconden en bleef doorgaan, en er was een gesprek opgenomen waardoor ze alle drie bij Bolton in de gevangenis konden belanden.

Het was belangrijk dat ze nu in de verdediging ging. 'Ik weet het niet zo zeker,' zei ze.

Rusty zei: 'Het is geweldig. Hoe langer ik erover nadenk, hoe perfecter het wordt. Bolton blijft nog vijf jaar achter slot en grendel zitten en wij krijgen het grootste deel van het tabaksgeld.'

Diantha zei: 'En als Jackal nou nee zegt?'

'Dan zeggen we dat we naar de FBI stappen. Dan piept hij wel anders. Ik kan die clown wel aan.'

Eerst grinnikte Kirk, en daarna begon hij te lachen. 'Het gaat werken. Jackal zal het aannemen omdat het meer geld is, maar ook, belangrijker nog, omdat er geen misdrijf aan te pas komt. Denk maar na! Tegen betaling gratie verlenen is natuurlijk een misdrijf. Maar een steekpenning aannemen om... wat? Níét tegen betaling gratie te verlenen? Dat is nog nooit vertoond.'

Rusty was op dreef en ging verder. 'Je zult in geen enkele staat een statuut vinden waarin het illegaal is om niet tegen betaling gratie te verlenen. Het is schitterend.'

Diantha keek omlaag: vierentwintig minuten, negentien seconden, en het werd steeds langer en heftiger. Om haar hachje te redden, zei ze ferm: 'Ik doe niet mee, jongens. Ik vind het niks en ik ben het er niet mee eens. Er moet iets illegaals aan zijn.'

'Kom op, Diantha,' zei Kirk. 'We doen dit toch allemaal samen?'

'Absoluut niet. We delen het tabaksgeld omdat we recht hebben op een deel ervan. Dit is heel wat anders. Jullie staan er alleen voor, jongens.'

Ze pakte haar telefoon, gooide hem in haar handtas, kwam theatraal overeind en verliet zonder iets te zeggen het kantoortje. Ze trok zo'n beetje een sprintje naar de lift en verwachtte dat een van hen haar naam zou roepen. Ze dook het trappenhuis in en was halverwege de vierde en de vijfde verdieping toen ze bleef staan om op adem te komen. Ze haalde haar telefoon uit haar tas en zette de opname stop: zesentwintig minuten en zevenentwintig seconden.

Wat moest ze er nu mee doen?

34

Mimi loopt naar een groot raam en staart naar het verkeer beneden. Het is een lange sessie geweest, bijna negentig minuten, en ze heeft geen haast, want haar patiënt is al heel wat jaren niet meer zo kwetsbaar geweest. Mimi slaat haar armen over elkaar heen en praat tegen het glas. 'Je vertrouwt ze niet, hè?'

Het antwoord komt langzaam en weloverwogen. 'Nee.'

'Heb je ze ooit vertrouwd?'

'Ik denk het wel. We hebben achttien jaar samengewerkt, we hadden wel een zware start en zo, maar na verloop van tijd zijn we elkaar gaan respecteren. Maar nu valt hun wereld uiteen en staan ze onder druk. Ze hebben hun problemen zelf veroorzaakt, maar dat is meestal zo, hè?'

'Hebben ze weleens eerder crimineel gedrag vertoond?'

'Niet dat ik weet. Misschien zijn ze weleens creatief omgesprongen met de wet rondom campagnefinancieringen, iets wat ze van hun vader hebben geleerd, maar daar heb ik niet rechtstreeks mee te maken gehad. Zoals ik al zei, ze denken dat ze geen misdrijf plegen als ze dit plan doorzetten.'

'En jij bent advocaat. Wat is jouw mening?'

'Het is omkoping, heel simpel, en ik kan niet geloven dat zij daar anders over denken. Ze zijn heel slim en ze weten dat het illegaal is.'

Mimi draait zich om en leunt tegen het glas, nog steeds met haar armen over elkaar. Ze kijkt naar Diantha, die op de divan ligt, haar hakken uit, haar ogen dicht. Mimi zegt: 'Ik heb de indruk dat je in een hachelijke situatie zit. Ben je bang?'

'Ja, heel erg. Er zijn te veel oplichters bij betrokken en er gaat ongetwijfeld iets mis. Als dat gebeurt, weet niemand wie er geraakt wordt in het vuurgevecht.'

'Je moet jezelf beschermen. En niemand vertrouwen.'

'Niemand is te vertrouwen.'

35

Van de vele advocaten die op dat moment op het kantoor van de federaal aanklager van het oostelijke district in Missouri werkten, kende Diantha er maar één. Ze had in een comité ter ere van 'Vrouwen in de rechtspraak' gezeten met Adrian Reece, een aanklager die bekendstond om haar vasthoudendheid bij de vervolging van vrouwenhandelaars. Ze hadden contact gehouden en gingen regelmatig lang lunchen, waarbij ze vrolijk roddelden over de onhandige versierpogingen van hun mannelijke tegenhangers.

Diantha belde en kreeg Adrian meteen aan de telefoon. Ze zei dat ze haar zo snel mogelijk moest spreken. Ze had haar middagrooster aangepast en drong erop aan dat Adrian hetzelfde zou doen. Twee uur later ontmoetten ze elkaar in een druk winkelcentrum, in een ijssalon waar in een hoek een rumoerig verjaardagsfeestje aan de gang was. Het kabaal zorgde voor een uitstekende dekking.

Over hun verschaalde koffie heen gaf Diantha haar een brief die ze had geadresseerd aan Edelachtbare Houston Doyle, federaal aanklager van het oostelijke district. Ze knikte en zei: 'Lees maar.'

Adrian keek bevreemd, maar zette haar leesbril op.

Geachte heer Doyle,

Ik heb een opname in mijn bezit van een meeting die twee dagen geleden heeft plaatsgevonden. Het onderwerp was

het tegen betaling verlenen van gratie door gouverneur Sturgiss. Ik ben er stellig van overtuigd dat er sprake is van een overeenkomst tussen medewerkers van de gouverneur en een zekere staatsgedetineerde die toegang heeft tot geld.
Bij deze brief voeg ik een immuniteitsovereenkomst. Daarin zeg ik mijn medewerking toe mits ik geen risico loop op vervolging. Ik heb geen misdrijven gepleegd. Mijn identiteit dient anoniem te blijven tijdens elk mogelijk onderzoek. Zodra deze brief door ons beiden is ondertekend, zal ik overgaan tot het overdragen van de opname, waarvan het bestaan nooit bekend mag worden gemaakt.

Hoogachtend,
Diantha Bradshaw, directeur
Malloy & Malloy

Adrian keek om zich heen en zei: 'Je maakt geen grapje.'
'Natuurlijk niet. Hoe snel kun je dit bij Doyle krijgen?'
Adrian keek op haar horloge, ook al wist ze hoe laat het was. 'Ik heb hem vanochtend gezien, dus hij is in de stad. Hoe urgent is dit?'
'Heel. De verkiezing is al bijna.'
Adrian dacht erover na en leek een beetje verdwaasd. 'Betaald worden om gratie te verlenen? Het klinkt zo... ouderwets, vind je niet?'
'Wacht maar tot je de rest van het verhaal hoort.'

36

Op een kantoor dat werd overspoeld met moderne varianten van slecht gedrag – cybercrime, terreurcellen, methadonlabs, drugssmokkel, kinderporno, haatgroepen, handel met voorkennis, creditcardfraude, internetpiraterij en Russische hackers, om maar een paar voorbeelden te noemen – was het idee van een gouverneur die betaald werd om gratie te verlenen inderdaad nogal ouderwets. Zo eenvoudig, zo lowtech, zo nostalgisch. En zo onweerstaanbaar dat Houston Doyle alles uit zijn handen liet vallen wat op zijn bomvolle planning stond, om de weledelgestrenge Diantha Bradshaw te verwelkomen in zijn enorme, indrukwekkende kantoor in het Thomas F. Eagleton U.S. Courthouse, vier straten bij Malloy & Malloy vandaan.

Hij was benoemd door een Democratisch bestuur. Sturgiss was Republikein. Niet dat het iets uitmaakte. Een gouverneur van welke partij dan ook aanpakken was zo'n verrukkelijk idee dat Doyle niet kon geloven wat een geluksvogel hij was. Door de publiciteit zou elke zaak die al op zijn overvolle agenda stond in het niet vallen, en trouwens ook elke zaak die daarna nog zou komen.

Diantha en Adrian gingen aan één kant van de dure mahoniehouten tafel zitten, met dank aan de belastingbetalers. Doyle ging aan de andere kant zitten, naast Foley, een leidinggevende FBI-agent met wat voor rang dan ook. Ze werkten zich snel door de nodige kletspraat heen en kwamen ter zake.

'Wie is Stuart Broome?' vroeg Doyle, die de immuniteitsovereenkomst omhooghield.

Diantha antwoordde: 'Dat is de inhouseaccountant van Malloy & Malloy. Een vertrouweling van Bolton, sinds jaar en dag de meester van de creatieve boekhouding, en hij weet alles over het verstoppen van geld op plekken waar de meeste reismagazines nog nooit van hebben gehoord.'

'En waarom wilt u ook voor hem immuniteit?'

'Omdat hij een werknemer van de firma is, die altijd heeft gedaan wat zijn baas hem opdroeg. Omdat hij mijn vriend is. Omdat hij onschuldig is, want zelfs als hij iets verkeerd heeft gedaan, is dat omdat Bolton heeft gezegd dat hij het moest doen. Als hij geen immuniteit krijgt, hebben we geen deal.' Ze kon zo hard drammen als ze wilde, want Doyle wilde wanhopig graag een gouverneur.

'Heel goed. Ik heb uw overeenkomst doorgenomen met onze mensen en ze is in orde.' Doyle tekende haar, schoof haar over tafel, en Diantha tekende ook.

Doyle moest moeite doen om zijn gretigheid in te dammen. Hij glimlachte en zei: 'Goed, laat die opname maar horen.'

Diantha pakte haar telefoon, legde hem midden op tafel en tikte erop. De drie stemmen klonken heel helder.

Omdat ze er al twee keer naar geluisterd had, kende ze elk woord, maar het was wel even iets anders om het nu te delen met de federaal aanklager en de FBI. Ze had zichzelf er bijna van overtuigd dat ze geen mes in de rug van haar oude vrienden stak, dat haar stappen redelijk en gerechtvaardigd waren in het licht van wat die oude vrienden van plan waren. Ze had het recht om zichzelf, en Stu, te beschermen tegen consequenties die zeer onvoorspelbaar waren. Maar de realiteit sloeg hard toe terwijl ze naar de stemmen luisterde die ze zo goed kende. Ze verlinkte hen, en hun leven zou nooit meer hetzelfde zijn. En het hare evenmin. Ze werd overspoeld door een golf van schuldgevoel en bleef tegen zichzelf zeggen dat ze sterk moest zijn.

Doyle luisterde met zijn ogen dicht, alsof hij elk woord tot zich door liet dringen. Foley probeerde aantekeningen te maken, maar gaf het halverwege op.

Aan het eind voerde Diantha een overtuigend toneelstukje op door weg te lopen en onschuldig te blijven. Toen ze de opname stopzette, vroeg Doyle: 'Enige aanwijzing dat het geld in andere handen is overgegaan?'

'Er is geen uitwisseling geweest. Dan zou Stu Broome het weten.'

'En u bent ervan overtuigd dat deze kerels serieus de gouverneur willen omkopen om hun vader geen gratie te verlenen?'

'Ja, en ik ben er nog sterker van overtuigd dat Bolton zou proberen door omkoping uit de gevangenis te komen. Ik ben een beetje verbaasd over Kirk en Rusty, maar goed, ze staan onder grote druk. Het geld heeft alles veranderd.'

'Weet u hoeveel Bolton heeft?'

'Ruwweg. Zijn uitkering van de tabaksschikking is drie miljoen per jaar en het is vijf jaar geleden begonnen. Ze halen er een fractie van door de firma om het legitiem te laten lijken, maar het overgrote deel van het geld is verborgen in de verschillende belastingparadijzen. Meneer Broome weet waar het is.'

Foley moest betrokkenheid tonen, dus vroeg hij: 'Drie miljoen dollar per jaar. Hoeveel jaar?'

'Dat hangt ervan af hoe sterk het groeit, maar minstens twaalf jaar, misschien meer.'

'En dit soort fees zijn niet ongebruikelijk in uw business?'

'Dat heb ik niet gezegd. De tabaksschikking was een historische klapper voor strafpleiters, maar er zijn er wel meer geweest. Bolton had gewoon geluk dat hij vroeg is ingestapt.'

Doyle wuifde hem weg en zei: 'Daar komen we later wel op. Het belangrijkste is nu dat we goedkeuring van Washington moeten krijgen. We moeten snel schakelen. Ik neem aan dat de Malloys heel binnenkort met Jackal gaan praten.'

'Dat lijkt me een juiste aanname,' zei Diantha. 'Hoe weet ik wat er gaat gebeuren?'

'Tja, we kunnen u niet op de hoogte stellen van het onderzoek, maar u kunt me altijd bellen. Of Adrian hier. Ik hou haar op de hoogte. Ik stel voor dat u teruggaat naar het advocatenkantoor en net doet of er niks aan de hand is.'

Foley zei: 'Maar pas op wat u zegt, want wij luisteren mee.'

'Duidelijk.'

37

Het enthousiasme om een misdadige gouverneur, en nog wel een Republikein, op te pakken, werd gedeeld door de mensen die ertoe deden in Washington. Er werden spoedvergaderingen belegd op het ministerie van Justitie en op het hoofdkwartier van de FBI in het Hoover Building op Pennsylvania Avenue. De minister van Justitie en de FBI-directeur zetten snel hun handtekening en stuurden bevelen naar Missouri. Belangrijke mannen in zwarte pakken verlieten D.C. in een privéjet en vertrokken naar St. Louis. Om tien uur 's avonds waren er huiszoekingsbevelen afgegeven en er werden surveillanceplannen uitgestippeld.

Alle drie de telefoons van Jackal werden afgetapt, net als die van Rusty en Kirk. Er werd afluisterapparatuur geplaatst in het hele advocatenkantoor en in de kantoren van de herverkiezingscampagne van Sturgiss. Bevelschriften gaven de FBI toestemming tot het monitoren van de e-mails van de spelers. Het kostte een FBI-hacker vier uur om Jackals geheime adressen te achterhalen. Toen iedereen op zijn plek zat, wachtten ze af.

Maar niet lang. Zoals Diantha al voorspeld had, nam Kirk contact op met Jackal. Rusty bespeelde de andere kant van de straat en vond het vreselijk om in de buurt van Sturgiss en zijn bende te moeten komen. Het telefoontje ging van

Kirks mobiel naar een van die van Jackal, en aangezien ze allebei dezelfde provider gebruikten, was het afluisteren nog eenvoudiger. Het was geen verrassing dat ze afspraken om de volgende dag te gaan lunchen in een countryclub in een buitenwijk, ver van het stadscentrum. Het was een van Kirks clubs en hij kende de meeste mannen die daar overdag rondhingen, wachtend op de golfbaan of het happy hour. Bekend terrein, en als er onbekenden zouden zijn, zou hem dat opvallen. Hij vond het ook een fijn idee om te gaan lunchen en gezien te worden met iemand die dicht bij de gouverneur stond.

Nadat de manager van de club een huiszoekingsbevel had gekregen en zijn advocaat was gekomen om dat te bekijken, ging de FBI het gebouw binnen. Er waren drie restaurantruimtes voor de lunch. Meneer Malloy gaf de voorkeur aan de Men's Grille naast de golfshop. Vrouwen mochten er nog steeds niet komen. Er was ook de Banquet Room, die chiquer was, en de FBI stelde voor dat die de volgende dag gesloten zou worden in verband met problemen met de ovens. Aanvankelijk protesteerde de manager, maar hij bond al snel in toen de advocaat hem eraan herinnerde dat de club volledige medewerking zou verlenen. Het derde restaurantgedeelte heette de Patio, en daar at meneer Malloy weleens, zij het lang niet zo vaak als zijn vrouw.

De volgende ochtend belde Kirks secretaresse om negen uur om een tafel voor twee te reserveren in de Men's Grille. Die was daarna een uur gesloten wegens afvoerproblemen, terwijl een team van FBI-technici afluisterapparatuur plaatste bij twee tafels die de manager uitkoos. Toen Kirk om twaalf uur aankwam en vlak bij de golfshop parkeerde, keken er maar liefst acht FBI-agenten mee en filmden alles wat hij deed. Datzelfde gold voor Jackal, die vijf minuten later arriveerde. Terwijl de twee naar hun tafel werden gebracht, legden twee verborgen camera's hun hartelijke begroeting vast.

Van de tien tafels in de grill waren er acht bezet. Het personeel was gewaarschuwd om net te doen alsof er niks ongewoons aan de hand was.

Een federale grand jury hoorde niet veel later het hele gesprek. Het strafbare gedeelte luidde:

KIRK: Goed, we zijn op de hoogte van het plan om onze vader in januari op vrije voeten te stellen, nadat er wat geld van de ene hand naar de andere is gegaan.

JACK: *(lacht)* O, echt? Ik weet niet waar je het over hebt.

KIRK: Kom op, Jack. We weten het. Twee miljoen voor volledige, definitieve gratie.

JACK: *(na een lange stilte)* Nou, ik moet zeggen dat ik verbaasd ben. Blijkbaar heeft Bolton besloten zijn zoons op de hoogte te stellen.

KIRK: Helemaal niet. Bolton heeft er niks over gezegd. We hebben het uit een andere bron vernomen, geverifieerd met een mailtje vanaf een van je geheime accounts, dat echt niet zo veilig is, dus je zou voorzichtiger moeten zijn, Jack. We weten dat de deal in gang is gezet en dat Bolton van plan is om in januari naar buiten te wandelen. Ik weet niet precies waar die twee miljoen naartoe gaat, maar dat gaat ons ook niks aan. Dus hou op met die flauwekul en wees eerlijk tegen me, zonder bullshit, want we weten het.

JACK: Hebben jullie een probleem met die deal?

KIRK: Een enorm probleem. Ons leven is een stuk minder gecompliceerd nu Bolton zijn neus niet meer in de zaken van de firma kan steken. Hij heeft maar tien jaar gekregen, nogal een lichte straf voor het lozen van onze moeder. Hij had twintig jaar verdiend. Hoe dan ook, Jack, hij heeft vijf jaar gezeten en als hij nu gratie krijgt, veroorzaakt dat een gigantische shitstorm die Sturgiss nooit overleeft.

JACK: *(een kreuntje, een neplach)* Dat kan Sturgiss niks schelen als hij eenmaal is herkozen. Hij kan zich niet nog eens kandidaat stellen na vier jaar. Het interesseert hem geen moer wat die maffe kranten schrijven.

KIRK: Oké, oké, laten we het niet over politiek hebben. Het gaat mij erom dat we tegen gratie zijn.

JACK: *(weer een lach)* Even voor de duidelijkheid. Jullie willen die ouwe in de gevangenis houden. Klopt dat?

KIRK: Ja, dat klopt. En we zijn bereid ervoor te betalen.

JACK: *(lacht nog harder. Blijft lange tijd zwijgen.)* Ik moet zeggen, Kirk, dit is nieuw voor me. Ik dacht dat ik alles al eens voorbij had zien komen. *(Nog een stilte.)* Dus, eh, nu we in een onderhandelingsstrijd zitten met Malloys aan weerszijden, hoeveel willen jullie betalen?

KIRK: Twee komma vijf.

JACK: *(fluit)* Oké. Duidelijk. Twee komma vijf om die gratie te vergeten en die ouwe knakker achter de tralies te houden.

KIRK: Zo is dat. En de gouverneur heeft als extra voordeel dat hij de wet niet overtreedt. Hij neemt geen geld aan om gratie te verlenen.

JACK: De gouverneur is er niet bij betrokken, Kirk.

KIRK: Nee, natuurlijk niet.

JACK: Ik, eh, zal het met de commissie overleggen en dan hoor je het. Tijd is essentieel. Zal ik morgen even langskomen bij jou op kantoor?

KIRK: Dat is prima. Ik zorg dat ik er ben.

De volgende dag volgde de FBI Jackal terwijl hij in een zwarte SUV, die op naam stond van de verkiezingscampagne, vanaf het hoofdkwartier naar het Malloy-gebouw werd gereden. Hij stapte uit op de stoep, nam niet de moeite om rond te kijken en ging door de voordeur naar binnen. De meeste boeven die zich bezighielden met een misdadige onderneming zouden op zijn minst om zich heen kijken, maar Jackal had veel te veel ervaring om over te komen alsof hij niet op zijn gemak was.

Er waren geen FBI-agenten in het gebouw omdat dat te riskant werd geacht, maar Kirks kantoor was, net als de drie vergaderruimtes in zijn gedeelte, gevuld met zoveel microfoontjes dat de halve wereld kon meeluisteren. Langs de stoep stonden twee busjes vol technici en afluisterapparatuur.

Zes dagen later zou de grand jury het tweede gesprek horen.

Het strafbare gedeelte was deze keer:

KIRK: Ga zitten.

JACK: Nee, dank je. Dit duurt maar een seconde. De commissie is gisteravond bijeengekomen om je bod te overwegen en vond het een tikkeltje aan de lage kant. De prijs is drie miljoen. De helft nu, zo snel mogelijk, voor de campagne, te betalen aan onze politieke actiecommissie, allemaal glashelder. De andere helft komt dan in januari, en dat doen we via het buitenland.

KIRK: *(kreunt)* Waarom verbaast me dat nou niet? Jullie verhogen de prijs elke keer als jullie gratie verlenen.

JACK: Het is geen gratie. Het is non-gratie. Ja of nee?

KIRK: *(een lange stilte)* Oké, oké. Drie lukt wel.

JACK: En dan hebben we nog het kleine probleempje van mijn onderhandelaarsfee. Twee vijftig, vooraf te betalen, buitenlandse rekening.

KIRK: Natuurlijk. Verder nog iemand?

JACK: Dit zijn de betalingsinstructies. Hou ze goed bij je.

Nergens papierwerk, geen e-mails, geen berichten, geen telefoontjes. Alles laat een spoor na.

KIRK: Dat zeggen ze.

Jackal werd weer gevolgd toen hij terugging naar het hoofdkwartier van het campagneteam. Een uur later belde Kirk naar het huis van Rusty en herhaalde hij het gesprek. Ze vervloekten de gouverneur en Jackal, en worstelden met de volgende stap. Ze wilden geen van beiden het smeergeld betalen, maar de gedachte dat Bolton uit de gevangenis zou komen en vrij zou rondlopen, was hoogst verontrustend. Uiteindelijk werden ze het erover eens dat ze het moesten doen. Kirk zou naar de zesde verdieping gaan, een babbeltje met ouwe Stu maken, hem de betalingsinstructies geven en de bal aan het rollen brengen.

Het gesprek werd afgeluisterd en opgenomen. Toen Kirk het kantoor van ouwe Stu binnenging, werd elk geluidje opgepikt door de microfoontjes. Stu speelde mee, nam de betalingsinstructies aan, maakte een kopie voor de FBI en beloofde de twee betalingen uit te voeren: een van anderhalf miljoen dollar naar de campagne, en een van tweehonderdvijftigduizend dollar naar een Zwitserse bankrekening.

Kirk betwijfelde zeer of iemand van het campagneteam, inclusief Sturgiss zelf, iets wist van Jackals 'onderhandelaarspercentage'.

Hij liep het kantoor uit om te gaan lunchen en ging naar de hotelsuite die hij per maand huurde. Hij was er nu twee weken en had alweer genoeg van die plek. Maar hoe klein het er ook was, hij vond het wel heerlijk om niet meer thuis bij Chrissy te zijn.

Hij stond een hele tijd onder de douche en probeerde het vet en het vuil van vuile politieke spelletjes van zich af te wassen.

38

Diantha had na het werk met Adrian Reece afgesproken in een wijnbar in de buurt van Washington University. Ze bestelden een half flesje riesling en trokken zich terug in een donker hoekje. Diantha had de verleiding weerstaan om Houston Doyle rechtstreeks te bellen, want ze wist dat hij een drukbezet man was en dat hij niet veel zou prijsgeven.

Adrian was voorzichtig met haar update. Het afluisteren had geweldig uitgepakt. De drie samenzweerders hadden meer dan genoeg gezegd om te worden aangeklaagd. De grand jury zou de zaak over drie dagen te zien krijgen en iedereen verwachtte een formele tenlastelegging. Kort na de verkiezingen zou er een onderzoek worden ingesteld naar gouverneur Sturgiss. Uit de hoogste kringen in Washington was meegedeeld dat Sturgiss pas ergens van zou worden beschuldigd nadat de stemmen geteld waren. Als hij zou worden aangeklaagd, zou hij als onschuldig worden beschouwd tot het tegendeel bewezen was. Een snelle tenlastelegging zo vlak voor de verkiezingen riekte naar harde politiek, en de minister van Justitie zei nee.

De volgende ochtend vroeg belde Diantha de beide partners thuis en zei dat ze elkaar dringend moesten spreken. Rusty sloeg het af, want het was dinsdag, een dag waarop hij het kantoor en zijn broer altijd meed. Dat wist ze, maar het kon haar niet schelen. De meeting was noodzakelijk en dringend. Om twaalf uur bij haar op kantoor.

Diantha nam aan dat ook haar privéruimtes – kantoor, telefoon, computers – werden afgeluisterd, en dat vond ze prima. De meeting had niets te maken met de illegale activiteiten die Kirk en Rusty aan het bekokstoven waren. De meeting had al veel eerder moeten plaatsvinden en ze was op een missie.

Toen ze aankwamen, in verschillende stadia van strijdlustigheid, begon ze lekker vriendelijk met: 'Dit zijn onafgemaakte kwesties van vele jaren geleden, en als jullie niet doen wat ik zeg, loop ik de deur uit. Ik heb mijn ontslagbrief klaarliggen en kan zo weg. En zoals we weten, neem ik dan een hoop waardevolle informatie mee.'

Daar schrokken ze zo van dat ze hun volle aandacht had. Ze gaapten haar aan toen ze een document oppakte en zei: 'Dit is een nieuwe partnerovereenkomst die vanaf vandaag ingaat en waarmee het eigenaarschap van dit advocatenkantoor verschuift. Ik doe mee als volledig gelijkwaardige partner, met gelijke rechten. Dus dan zijn we met zijn drieen.'

'Je vraagt om een derde?' vroeg Kirk.

'Ja.'

Rusty keek verward en zei: 'Oké, maar een gelijkwaardige deal betekent dat je je moet inkopen. Als je voor een deel eigenaar wilt zijn, moet je daarvoor betalen.'

'Ik weet hoe het werkt, Rusty. Ik kan aanvoeren dat ik mijn deel al verdiend heb omdat ik jaren geleden al partner had moeten worden en ik veel te lang op een werknemerssalaris ben gehouden, en omdat ik niet heb kunnen delen in de winst, en omdat ik lang geleden al een hoge prijs heb betaald toen ik werd aangerand en misbruikt door Bolton, en omdat ik dankzij jullie verstoorde relatie in feite jarenlang de *managing partner* ben geweest en de MP in elke firma een gelijk aandeel heeft.'

Dat was een klap in hun gezicht en ze leken allebei geen lucht meer te krijgen. Eindelijk kwam Rusty weer op adem en zei: 'Maar een volledig derde deel?'

'Een derde deel waarvan?' vroeg ze, klaar om toe te slaan omdat ze deze vraag al had zien aankomen. 'Op dit moment is een derde van deze firma niet zoveel waard. Met onze groeiende schulden, fikse overhead, kelderende inkomsten en gebrek aan succes in de rechtszaal is dit niet bepaald een aantrekkelijk bezit.'

'We komen wel terug,' zei Rusty, maar alleen om zijn terrein te verdedigen.

'Misschien,' zei ze. 'En als dat zo is, wil ik een derde van de nettowinst.'

'En het tabaksgeld dan?' vroeg Kirk.

'We hebben al een deal gesloten voor dat geld. Met zijn vieren. Deze deal gaat over advocatenkantoor Malloy & Malloy en wie daarvan de eigenaar is. Ik had al jaren geleden partner moeten worden. Graag of niet, jongens. Ik ga niet onderhandelen.'

Rusty vroeg: 'Mogen we het op zijn minst eerst lezen?'

'Ja, hoor.' Ze gaf hun allebei een kopie en natuurlijk probeerden ze allebei als eerste klaar te zijn. Kirk zei: 'Je hebt het gedeelte achterwege gelaten waarin het ons verboden wordt om aan het tabaksgeld te komen.'

'Ja, dat leek me wel zo aardig. Deze overeenkomst, jongens, is voor een toekomst zonder Bolton Malloy.'

Rusty gooide zijn kopie op tafel en zei: 'Ik doe mee.' Ze tekenden allebei en gaven haar een knuffel.

Jullie moesten eens weten, jongens, dacht ze bij zichzelf toen ze haar kantoor uit liepen.

39

De grand jury raakte in verwarring door de feiten en de beschuldigingen en worstelde twee uur lang met de zaak. Het was moeilijk te geloven dat de broers Malloy bereid waren zo'n enorm bedrag neer te tellen om hun vader in de gevangenis te houden. Houston Doyle behandelde de zaak persoonlijk en legde geduldig uit dat de firma en de partners ten eerste behoorlijk rijk waren en dat, ten tweede, de oudere Bolton een heel eind op weg was met zijn plannetje om zichzelf uit de gevangenis te kopen. Doyle presenteerde noodgedwongen de theorie dat de jongens hun moeder misten en wrok jegens hun vader koesterden.

De meerderheid van de juryleden was ontsteld bij de gedachte dat hun gouverneur corrupt was en wilde hem ook aanpakken, verkiezingen of niet. Doyle verzekerde hun dat er een onderzoek zou worden ingesteld en dat de FBI Sturgiss in de gaten hield. Er zou nog wel met hem worden afgerekend.

Uiteindelijk kwamen ze met aanklachten tegen Kirk, Rusty en Jack Grimlow. De beschuldiging was samenzweren om een openbaar ambtenaar om te kopen, een misdrijf met een maximumstraf van vier jaar gevangenis en een boete van tienduizend dollar.

Adrian Reece belde Diantha die avond met het nieuws en vroeg haar om de volgende ochtend niet naar kantoor te gaan. Blijf thuis, neem de telefoon niet op en kijk naar het nieuws.

Om tien over drie 's nachts piepte Rusty's mobiel en hij griste het van het nachtkastje. Een vaag bekende stem zei: 'Rusty, met een oude vriend. De FBI heeft een arrestatiebevel voor je en ze komen morgenochtend naar je kantoor. Iets met omkoping.' Voordat Rusty iets kon zeggen, had de beller opgehangen. De verbinding was verbroken.

Hij zat een paar minuten in het donker en probeerde zijn gedachten op een rijtje te zetten, maar dat was onmogelijk. Hij schoot een trainingspak en sneakers aan, gooide een tube tandpasta in zijn reistas, pakte zoveel geld als hij kon vinden en liep naar beneden zonder het licht aan te doen. Hij sloop door de achterdeur naar buiten, stapte in zijn Ford-SUV en reed stilletjes de wijk uit.

De FBI had het telefoontje afgeluisterd, had een tracker op zijn benzinetank bevestigd en hield hem in de gaten terwijl hij dacht te ontsnappen. Rusty naderde een doorgaande weg toen er overal blauwe zwaailichten opdoken.

Voor Kirk betekende een vrijdagochtend een dag niet op kantoor. Hij was van plan geweest een paar uur in zijn hotelsuite te werken en daarna weer een pijnlijk bezoekje aan zijn echtscheidingsadvocaat te brengen. Maar zo'n bezoekje zou net een wandelingetje naar de ijssalon lijken, vergeleken bij wat hem te wachten stond.

Om zeven uur werd er kort op zijn deur geklopt. Het klonk niet als de huishoudelijke dienst, en zeker niet op dat tijdstip. Hij liep naar de deur en vroeg: 'Wie is daar?'

Door het antwoord knikten zijn knieën. 'FBI! Doe open. We zijn gewapend.'

Jackal was in Kansas City met de gouverneur hard campagne aan het voeren, want ze hadden nog maar een paar dagen. Hij werd voor de dageraad uit een hotelkamer gesleurd en door de lobby geduwd. Goddank was die leeg. Een medewerker lichtte gouverneur Sturgiss in.

Om negen uur was het nieuws over de arrestaties uitgelekt naar de pers en er doken verslaggevers op bij het Malloy-gebouw en bij de gevangenis. Toen de eerste flintertjes informatie een halfuur later op internet verschenen, zat Diantha zenuwachtig op de bank en staarde naar haar laptop. Om tien uur had het verhaal niet alleen pootjes, maar raasde het door de cyberwereld. Een lokale tv-zender bracht om tien uur het nieuws en het weerbericht, en daar waren de eerste foto's van de verdachten, of eigenlijk twee van hen. De politiefoto's van de broers Malloy. Terwijl het verhaal groter werd, trilde Diantha's telefoon onophoudelijk.

Om elf uur gaf ze haar secretaresse opdracht om tegen

alle werknemers van de firma te zeggen dat ze naar huis moesten gaan en de deuren op slot moesten doen. Ze kwam niet naar kantoor. Ze belde ouwe Stu om te kijken hoe het met hem ging en hij zei dat hij blij was dat hij geen last had van de poppenkast beneden en dat hij druk bezig was met allerlei nieuwe boekhoudregels op het gebied van afschrijving en waardevermindering.

Om twaalf uur hield Houston Doyle een persconferentie om over de zaak te praten. Verslaggevers bestormden hem met vragen over gouverneur Sturgiss, die kennelijk nergens van was beschuldigd, maar het was niet moeilijk om twee en twee bij elkaar op te tellen en op vier uit te komen. Bij de vermeende misdrijven was een openbaar ambtenaar betrokken. Jack Grimlow werkte exclusief voor de gouverneur. Doyle bleef stoïcijns en wilde de gouverneur op geen enkele manier beschuldigen. Maar hij zei wel meer dan eens dat het onderzoek in volle gang was en hij meer tenlasteleggingen verwachtte. De verslaggevers werden gek.

Om twee uur, weg van de horde verslaggevers, verschenen Rusty en Kirk via camera's op afstand voor een federale magistraat. Ze hadden geen tijd gehad om een raadsman te regelen, hoewel ze dat allebei wel druk probeerden. Ze werden gescheiden gehouden en konden geen aantekeningen vergelijken of elkaar advies geven. Rusty vroeg om een redelijke borgsom, maar dat wees de regering af in afwachting van een grondigere hoorzitting. De assistent-federaal aanklager meldde dat beide mannen toegang hadden tot geld en dat ze vakantiehuizen bezaten. Daarom moesten ze, voorlopig in elk geval, worden beschouwd als een vluchtrisico. Ook werd opgemerkt dat Rusty Malloy slechts drie weken daarvoor nog een privéjet had gecharterd voor een vakantie in de Caraïben.

Het feit dat de regering dat wist, verbaasde Rusty, want

daarmee werd aangetoond dat de FBI al een tijdje in zijn leven aan het graven was.

De magistraat, een man die Rusty alleen bij zijn voornaam kende, was het niet eens met het vluchtrisico, maar was ook niet bereid een borgsom vast te stellen. Hij bepaalde dat er op maandagochtend om negen uur een borgzitting zou worden gehouden.

Tenzij een gladde advocaat nog een konijn uit de hoge hoed toverde, zouden de broers Malloy het weekend in de bajes doorbrengen.

40

De gladste verdediger in de stad heette F. Ray Zalinski, een witteboordenspecialist die Rusty al jaren kende. F. Ray was de dag begonnen in de federale rechtbank in Columbia, maar zodra hij het nieuws had gehoord, was hij terug naar huis gescheurd, naar St. Louis. Om kwart voor drie kwam hij eindelijk bij de gevangenis aan en werd naar een advocatenkamer gebracht, waar hij een halfuur op zijn cliënt wachtte. Rusty kwam aanlopen met handboeien om, gekleed in een verschoten, veel te grote oranje overall. Toen de cipiers de handboeien verwijderden en de deur dichtdeden, gingen de twee ongemakkelijk aan de metalen tafel zitten.

Met een raspende, gekwetste stem zei Rusty: 'Bedankt dat je gekomen bent.'

F. Ray schonk hem een snel lachje en zei: 'Ik neem aan dat je mij voor de verdediging wilt?'

'Ja, inderdaad. Ik heb geprobeerd je te bellen.'

'Hoe gaat het met je?'

'Wat denk je? Niet goed. Ik ben nog steeds in shock, weet

je dat? Alsof ik aan het slaapwandelen ben, ik kan het niet geloven. Ik moet mezelf om de minuut vertellen dat ik moet ademhalen.'

'Ik had Doyle aan de telefoon toen ik hierheen reed en we hadden het over een borgtocht. Het lijkt erop dat je hier het hele weekend zit en er maandag uit komt.'

Rusty haalde zijn schouders op alsof het niet uitmaakte. 'Het zal wel. Zo erg is het niet. Ik voel me hier veilig. Een stuk veiliger dan buiten. Heb je het nieuws gezien?'

'Nee, nog niet.'

'Het is afschuwelijk. Alles is afschuwelijk. Ik kan het niet geloven.'

'Wil je het over de aanklachten hebben?'

Rusty schudde zijn hoofd en krabde op zijn kaak. Er verstreek een minuut. 'Toen ik klaar was met mijn rechtenstudie, liet mijn vader me als pro-Deoadvocaat werken; hij zei dat ik mijn handen vuil moest maken en moest leren hoe het leven op straat was. Ik had een heleboel cliënten, allemaal arm, bijna allemaal schuldig, en ik leerde dat je als advocaat nooit aan een criminele cliënt moet vragen of hij schuldig is, of hij het gedaan had. Waarom niet? Omdat ze nooit de waarheid vertellen. En ten tweede omdat je de waarheid nooit wilt weten.'

'Ik wil graag de waarheid weten, Rusty. Dat maakt het makkelijker.'

'Oké. De waarheid is dat Bolton een deal met Sturgiss had om twee miljoen dollar te betalen in ruil voor gratie. Daar kwamen we achter. We gingen naar Jackal en boden aan over Boltons deal heen te gaan om te voorkomen dat hij gratie kreeg. Er zijn een heleboel redenen waarom Bolton in de gevangenis moet blijven.'

'Hoeveel?'

'Jackal kwam erop terug en zei dat het drie miljoen zou

kosten, plus een beetje extra voor hem. We zijn akkoord gegaan met hun voorwaarden.'

'Wie heeft de FBI getipt?'

'Weet ik niet.'

'Oké. Wat de federale jongens betreft: ik neem aan dat ze overal meeluisteren. Praat niet met je broer of met iemand anders van de firma. Zeg eigenlijk maar gewoon niks tegen wie dan ook, punt. Als je op maandag vrijkomt, vinden we wel een plek waar je kunt onderduiken. Red je het tot die tijd?'

'Ja. Als Bolton vijf jaar in de gevangenis overleeft, kan ik een lang weekend in de bajes ook wel aan.'

'Mooi. Nog iets om over na te denken. Er zijn meerdere verdachten en die zullen niet allemaal dezelfde behandeling krijgen. Je kunt nooit te vroeg naar Doyle gaan om een deal te sluiten.'

'Ik weet niet...'

'Werk mee, Rusty. Het is mijn taak om je vrij te krijgen, maar als dat niet lukt, dan moet ik de beste deal er voor je uit slepen. Je moet nadenken over hoe je je eigen hachje kunt redden, want reken maar dat de anderen dat ook doen.'

'Tegen hen getuigen?'

'Jij begrijpt het. Verlink ze maar in ruil voor een goede deal. Speel het spelletje mee met Doyle, maak het hem gemakkelijker en je komt er veel beter van af. De hamvraag is, Rusty: kun je tegen Jackal getuigen?'

'Geen probleem.'

'Kun je tegen je broer getuigen?'

'Zeker.'

'Laat me je beste pitch horen.'

'Oké, Kirk heeft rechtstreeks met Jackal onderhandeld. Ik was er niet bij. Zij hebben de deal gesloten, ik niet. Ik dacht dat het hele idee om Sturgiss te betalen om pa in de gevangenis te houden een geintje was. Ik besefte niet dat ze het echt meenden.'

'Het bevalt me wel. Zou best kunnen werken.'

41

Drie deuren verderop zat Kirk met zijn nieuwe verdedigingsteam; twee advocaten en een juridisch medewerker. Zijn oranje overall paste beter dan die van zijn broer en was ook niet zo verschoten.

De hoofdadvocaat, Rick Dalmore, leidde de eerste meeting terwijl zijn compagnon en de juridisch medewerker aantekeningen maakten. Kirk was niet zo toeschietelijk als zijn broer.

Dalmore vroeg: 'Goed, wie kwam als eerste op het idee om Jack Grimlow een tegenvoorstel te doen?'

Kirk antwoordde: 'O, dat was Rusty's idee. Ik dacht dat hij gek was, dat denk ik nog steeds. Iemand, ik weet niet wie, had hem getipt. Rusty beweerde dat hij een mailtje had gezien waarin werd bevestigd dat pa probeerde om Sturgiss om te kopen. Rusty werd krankzinnig en kreeg het rare idee dat pa in de gevangenis moest blijven om zijn volledige straf uit te zitten. Dus kwam Rusty met het plan om de boel om te draaien en pa te slim af te zijn. Het was krankjorum.'

'Maar jij hebt wel met Jackal afgesproken?'

'Ja. Twee keer. De eerste keer op de countryclub, de tweede keer bij mij op kantoor.'

'Waarom heb je met hem afgesproken als je hem niet vertrouwde?'

'Meen je dat nou? Niemand vertrouwt Jackal, maar hij is de grote man die voor de gouverneur werkt. De gouverneur is mijn vriend. Rusty weigerde met Jackal af te spreken, want Rusty kan die vent niet uitstaan. Hij heeft een hekel aan de meeste Republikeinen. Dus ik moest wel. Ik was er inmiddels al van overtuigd dat het allemaal een grote grap was en dat Rusty er niet mee door zou gaan.'

'Dus de samenzwering was Rusty's idee?'

'Helemaal.'

Dalmore lachte naar de juridisch medewerker en daarna naar Kirk. 'Dit wordt een kwestie van overleven, en om te overleven moet je misschien tegen je broer getuigen. Vind je dat erg?'

'Nee, helemaal niet.'

'Dus je kunt het?'

'Ja, geen probleem.'

'Mooi. Ik vind je verhaal goed. Daar kunnen we wat mee.'

42

Dankzij twee martini's, vakkundig bereid door Jonathan, die nu weer thuis woonde en er harder dan ooit aan werkte om de attente echtgenoot te zijn, lukte het Diantha om zeven uur te slapen voordat ze wakker werd bij het ochtendgloren. Het zou weer een ellendige dag worden.

Jonathan, die zijn eigen slaapkamer had, was al wakker en ze rook koffie. Ze slenterde de keuken in en vroeg: 'Hoe erg is het?'

'Verschrikkelijk,' zei hij, terwijl hij haar een kopje inschonk en het op tafel zette, naast de zaterdageditie van de *Post-Dispatch*. De vette kop op de voorpagina schreeuwde: MALLOY-BROERS GEARRESTEERD IN GRATIESCAM. Vlak daaronder stonden drie grote zwart-witfoto's van Kirk en Rusty en daartussenin een van Bolton. Halverwege de kolom aan de rechterkant stond een foto van Jack Grimlow, die werd geïdentificeerd als een topmedewerker van gouverneur Dan Sturgiss.

'O jee,' mompelde ze en ze pakte haar kopje op. Ze las het eerste artikel en daarna het tweede. Omdat de aanklacht verzegeld was, Houston Doyle heel weinig zei en er geen nieuws van de verdachten en hun advocaten was, waren er niet al te veel feiten om uit te diepen of te verfraaien. Maar de implicatie was fascinerend. Het leek erop dat de pers aanvankelijk de indruk had dat alle drie de Malloys onder één hoedje speelden in een samenzwering om gratie te krijgen in ruil voor 'enkele miljoenen dollars'.

Ze wierp een blik op Jonathans laptop en vroeg: 'Wat staat er online?'

'Alles en niks. Ze herhalen allemaal dezelfde verhalen.'

Ze keek op haar telefoon en zag dat ze duizend gemiste oproepen had. Haar mailbox zat vol en dat zou zo blijven.

Jonathan zei: 'De meeste verslaggevers passen wel op dat ze niet te veel over Sturgiss zeggen, voorlopig. Maar een paar van hen hebben al conclusies getrokken. Er zijn er een paar zo gek dat ze willen dat hij onmiddellijk wordt aangeklaagd, aangezien de verkiezingen al over drie dagen zijn. Je gelooft niet wat een bagger er geschreven wordt.'

'Dat is altijd zo.'

'Het heeft *The New York Times, The Wall Street Journal, The Tribune* en nog een handjevol andere kranten gehaald. Iedereen ruikt dat Sturgiss er iets mee te maken heeft, dus het verhaal wordt steeds wilder. Ooit van *Whacker* gehoord?'

'Nee.'

'Het is gewoon de zoveelste onlinenieuwsbron, maar er staat een artikel op over de geschiedenis van gratie tegen betaling in Amerika. Best goed geschreven. Er zijn een paar zaken geweest, meestal rondom het omkopen van de reclassering en dat soort dingen. De laatste zaak was in de jaren zeventig in Tennessee. Een gouverneur met de naam Ray Blanton werd beschuldigd van het aannemen van smeergeld voor het verlenen van gratie, het verstrekken van alcoholvergunningen, en alles wat hij verder maar kon bedenken.'

'Goh, leuk.'

'Sorry. Ik draaf door. Derde kop koffie. Heeft Sturgiss er iets mee te maken?'

Ze keek hem kwaad aan, tikte met haar wijsvinger op haar lippen en zei: 'Weet ik niet.' Hij rolde met zijn ogen. Hij was vergeten dat ze had gewaarschuwd dat er iemand zou kunnen meeluisteren. Ze betwijfelde echt of de FBI microfoontjes in haar huis had geplaatst, maar dat kon ze niet uitsluiten. Ze ging ervan uit dat ze haar mobieltje aftapten en dat elke vierkante centimeter bij Malloy & Malloy in de gaten werd gehouden.

Terwijl de zon op hun ontbijttafel scheen, zat ze even te internetten en intussen maakte Jonathan roerei en roosterde hij volkorenbrood. Hun dochter, Phoebe, was vijftien en zou waarschijnlijk tot het middaguur slapen, zoals ze altijd deed op zaterdag als niemand aan haar hoofd zeurde.

Om vijf over zeven ging de bel en Jonathan keek haar aan. Hij liep naar de voordeur, opende hem op een kier en maakte kort een babbeltje met een verslaggever die een klein recordertje bij zich had. Jonathan legde de man uit dat hij zo'n dertig seconden had om zijn terrein te verlaten voordat hij de politie zou bellen. Hij smeet de deur dicht en keek door de jaloezieën.

Diantha's favoriete advocaat bij de firma was Ben Bush, sinds jaar en dag Rusty's assistent tijdens processen. Ze scrolde door haar recente oproepen en zag er vier van Ben, allemaal op vrijdagmiddag. Ze belde hem wakker en vroeg of hij bij haar thuis langs wilde komen zodra hij op de been was.

Om acht uur stuurde ze een mail aan alle tweeëntwintig advocaten, zeventien juridisch medewerkers en een stuk of tien andere personeelsleden om hen te informeren dat het kantoor tijdelijk gesloten zou zijn. Ze spoorde hen allemaal aan om thuis te werken en alles zo goed mogelijk bij te houden. Als ze afspraken bij de rechtbank hadden, verwachtte ze dat ze die na zouden komen. De pers diende strikt genegeerd te worden. Wat er op de firma gebeurde, was vertrouwelijker dan ooit.

Ben Bush kwam om negen uur en werd verwelkomd door Jonathan. 'Hou je jas maar aan,' grapte hij toen hij de keuken binnenkwam. Diantha was gekleed in een spijkerbroek en een overjas en gaf haar vriend een hand. Haar hoofd maakte een rukje naar rechts en ze zei: 'Ik wil je iets laten zien.' Ze liepen naar buiten, de patio op, en daarna langzaam naar de achtertuin.

'Heb je mijn mail ontvangen?' vroeg ze.

'Ja. Dank je wel. Iedereen is in paniek.'

'En terecht. We houden de tent een week gesloten, misschien langer. Misschien wel voorgoed.'

'Heel geruststellend.'

'Er is geen enkele reden voor geruststelling of optimisme. Ik wil graag dat je naar de gevangenis gaat en Kirk en Rusty opzoekt. Zeg dat ze me niet meer moeten bellen. Dat hebben ze gisteravond allebei geprobeerd vanuit de gevangenis. De FBI luistert alles af: mijn telefoon, hun telefoons, jouw telefoon, geen idee hoeveel. Maar die twee clowns moeten van hun telefoons afblijven. Duidelijk?'

'Zeker. Luistert de FBI mij ook af?'

'Waarschijnlijk wel. Een week geleden hebben ze bevelschriften gekregen en we kunnen aannemen dat alles in de gaten wordt gehouden.'

'Shit! Dus daarom staan we hier buiten in de kou?'

'Inderdaad.'

'Oké, oké. Ze komen maandag vrij, hè?'

'Dat is de bedoeling. Ze mogen niet op korte termijn teruggaan naar kantoor, oké? Overtuig ze daarvan. Ze moeten zich gedeisd houden. De pers is overal.'

'Ik ben gisteravond ook gebeld.'

'Ik wil dat je maandagochtend langsgaat bij het beveiligingsbedrijf. Niet bellen. Laat de codes en de sleutelpasjes veranderen. Voor het hele kantoor.'

'Zodat Rusty en Kirk niet binnen kunnen komen?'

Ze draaide zich naar hem om en wist er een strakke glimlach uit te persen terwijl ze zijn ogen doorboorde met haar blik. 'Luister, Ben. Ze komen niet terug, oké? De FBI heeft een opname van ze terwijl ze de deal met Jack Grimlow sluiten om Sturgiss om te kopen. Ze zijn zo schuldig als de pest. Ze worden veroordeeld, en dat betekent natuurlijk automatisch dat ze geroyeerd worden. Daar gaat de firma. Malloy & Malloy zal niet langer bestaan, en trouwens, wie zou ons nu nog in de arm nemen?'

Ben was verbijsterd. Hij had willen vragen: 'Hoe weet jij dat allemaal?' En daarna: 'Wie heeft de FBI getipt?' Maar die vragen bewaarde hij voor een andere keer.

Hij probeerde het allemaal te verwerken en wendde zijn blik af. 'Dus we zitten allemaal zonder werk?'

'Ik vrees van wel. Hoeveel goede zaken heeft Rusty op dit moment? Ik kwam tot acht.'

'Wat bedoel je met "goed"?'

'Potentiële schikkingswaarde van minstens een half miljoen.'

Hij deed zijn ogen dicht en probeerde te rekenen. 'Komt in de buurt, maar ik zou eerder zeggen vijf of zes.'

'Als jij die zaken nou eens oppakt en ervandoor gaat? Ik geef de firma wel toestemming om de dossiers aan jou over te dragen.'

Ben glimlachte en knikte, en hij wist niet zo goed wat hij moest zeggen.

Ze zei: 'Je werkt er al bijna tien jaar, Ben. Dat is heel lang voor een advocaat bij Malloy. Zonder de kans om partner te worden blijven de meeste advocaten niet lang.'

'Volgens mij hebben we die discussie al een keer gevoerd. Ik denk er al een tijdje over om te vertrekken. Jezus, daar denken we allemaal over.'

'Nou, dat moment is nu gekomen.'

'Mensen staan te popelen om weg te gaan. Het was altijd al een wespennest, en nu dit. Je kunt er zeker van zijn dat niemand er trots op is om bij Malloy & Malloy te werken.'

'Het is intriest. Ooit zo'n geweldig kantoor.'

'Ik kan niet geloven dat ze de gevangenis in gaan, Diantha. Zoiets wreeds verdienen ze niet.'

'Mee eens, maar dat hebben wij niet in de hand. Ze zijn net hun vader, Ben. In wezen fatsoenlijke lui, maar ze zijn verwend en denken dat ze boven de wet staan.'

'Wat gaat er met Bolton gebeuren?'

'Niet veel goeds. We hebben het er later wel over. Ga maar naar Kirk en Rusty en laat weten hoe het gegaan is. Kun je morgenochtend hierheen komen? We hebben heel wat te bespreken.'

'Ja, hoor.'

'En raak je telefoon niet aan.'

43

Op de lijst van penitentiaire prioriteiten stonden bibliotheken niet bovenaan. Een oud hooggerechtshof had bepaald dat elke gevangenis er een moest hebben, met actuele boeken en tijdschriften, zodat gedetineerden toegang hadden tot kennis die nuttig zou kunnen zijn voor hun zaak. De gevangenen die een hoger beroep hadden lopen, kwamen naar de bibliotheek om steun te zoeken bij de oud-advocaten die er waren. Er zaten er drie in het Saliba, allemaal met een breed repertoire van kleurrijke verhalen over waar ze de fout in waren gegaan en hoe ze waren gepakt.

In de vijf jaar dat hij in het Saliba Correctional zat, was Bolton een behoorlijke bajespleiter geworden, met twee vrijlatingen op zijn conto. Twee successen op zijn naam. Hij had een rommelig hoekje van de bibliotheek geconfisqueerd door het af te zetten met metalen boekenrekken. Hij had zelfs een bureau, een afdankertje van een of andere overheidsinstelling, en dat hield hij brandschoon.

Zaterdagochtend zat hij helemaal in zijn eentje achter zijn bureau. Voor hem lag de laatste editie van de *Post-Dispatch*. Hij staarde vol ongeloof naar zichzelf en vroeg zich af wat er mis was gegaan. Hij had een deal! Waarom stond hij nou weer op de voorpagina?

Hij staarde naar de gezichten van zijn twee zoons en vroeg zich af hoe die twee prutsers het voor elkaar hadden gekregen om alles te verpesten.

44

Maandagochtend om vijf over negen, toen de videohoorzitting voor de borgtocht begon, was het voorwerk al door de advocaten gedaan en stonden hun cliënten klaar om naar buiten te lopen. De magistraat stelde het bedrag vast op een miljoen dollar per persoon voor Kirk en Rusty en gaf hun opdracht om hun paspoorten in te leveren. Hij zag af van enkelbanden, maar verbood hun de staat te verlaten.

Rusty's chique appartement was getaxeerd op twee komma één miljoen dollar en er zat een hypotheek op van één komma drie miljoen. De magistraat gaf hem toestemming om de akte als onderpand te gebruiken en naar buiten te lopen zonder dat er geld aan te pas kwam. F. Ray Zalinski verliet de gevangenis via de voordeur ten behoeve van de pers, terwijl een van zijn compagnons uit de ondergrondse parkeergarage wegreed met hun cliënt verstopt op de achterbank. Toen ze eenmaal de stad uit waren, stopten ze bij een koffietentje om te ontbijten. Vanaf daar reden ze in twee uur naar een uitstekende afkickkliniek voor een kuur van een maand om af te kicken van alcohol en drugs. Rusty had al sinds zijn studententijd geen drugs meer gebruikt en was ook geen alcoholist. Maar volgens F. Ray was de eerste truc in een witteboordenzaak ervoor zorgen dat de cliënt clean en nuchter was, zodat je de afkickperiode kon gebruiken om te onderhandelen over een lichtere straf. Bovendien kon crimineel gedrag dan altijd worden afgewenteld op het gebruik van verdovende middelen.

Kirks ochtend verliep een stuk minder gladjes. Zijn mooie huis in een beveiligde gemeenschap had voldoende waarde om de magistraat te behagen. Maar Chrissy was mede-eigenaar en die was niet van plan om haar helft op het spel te zetten. Ze weigerde iets te tekenen en zei tegen Dalmore, zijn advocaat, dat het haar niet uitmaakte hoe lang hij in de bajes bleef zitten. Dalmore spoorde Diantha op, die ouwe Stu naar voren schoof, die uiteindelijk een 'lening' van honderdduizend dollar voor Kirk ritselde, het bedrag dat nodig was om de borgsteller tevreden te stellen.

Jack Grimlows borgsom bedroeg slechts tweehonderdvijftigduizend dollar en hij betaalde voor zijn vrijheid tien procent aan een andere borgsteller. Toen hij om twaalf uur naar buiten liep, zat Kirk nog in zijn cel. Ook Grimlow wist de verslaggevers te ontwijken. De verkiezingen waren de volgende dag en hij wilde niet gezien worden.

45

De non-stopverslaggeving over het Malloy-schandaal zou in volle gang zijn doorgegaan als de verkiezingen er niet waren geweest. Op dinsdag zagen de peilingen er niet echt spannend uit. Hal Hodge, de uitdager, had niemand buiten zijn eigen achterban weten te inspireren. Dan Sturgiss was de strijd begonnen met een fikse voorsprong en had daarna op verschillende manieren geprobeerd het te verknallen. Het hielp ook al niet echt dat het gratieschandaal om hem heen raasde, maar op de verkiezingsavond stond hij om tien uur nog steeds met tweehonderdduizend van de in totaal drie miljoen stemmen voor, en het was duidelijk dat hij op weg was naar een tweede termijn. Toen hij zijn kiezers toesprak in de feestzaal van een hotel nam hij enkele ogenblikken de tijd om te verklaren dat hij onschuldig was, en hij beweerde dat hij niets had af geweten van een omkoopsamenzwering. Het lukte hem zelfs om met verstikte stem te praten en hij moest bijna huilen door het idee dat iemand zulke vreselijke dingen over hem kon denken. Hij zei plechtig dat hij zou 'doorvechten!'.

Houston Doyle zat thuis met zijn vrouw in de woonkamer naar het tellen van de stemmen en de toespraak te kijken.

Ze vroeg: 'Geloof je hem?'

'Nee. Maar hij kan best goed liegen.'

'Wordt hij aangeklaagd?'

'Je weet dat ik de zaak niet met je kan bespreken.'

'Tuurlijk, dat zeg je altijd, en daarna bespreken we de zaak.'

'Het hangt van Jack Grimlow af. Als die geen krimp geeft en de schuld op zich neemt, zou het weleens onmogelijk kunnen zijn om Sturgiss te pakken. Het geld is nooit van de ene hand in de andere hand gegaan.'

'Oké, snap ik. En hoe ga je de Malloys veroordelen?'

'We hebben een opname waarop ze samenzweren om hem om te kopen. Helaas hebben we geen opname van Sturgiss.'

'Dus hij ontspringt de dans?'

'Op dit moment zou ik zeggen dat de kans fiftyfifty is.'

46

Op donderdag waren de verkiezingen oud nieuws en ging de pers weer los op de broers Malloy, die zich geen van beiden hadden laten zien. En hun advocaten zeiden ook niks.

Maar er kwam toch nieuws, toen de Orde van Advocaten van Missouri verkondigde dat de vergunningen van Kirk en Rusty tijdelijk waren ingetrokken in afwachting van nader onderzoek.

Kirk hoorde het nieuws in de vergaderruimte van Nick Dalmore, zijn strafrechtadvocaat. De schorsing betekende dat hij niet in zijn kantoor mocht komen, dat toch al potdicht zat, en ook geen contact mocht opnemen met zijn cliënten. Hij verliet het kantoor van Dalmore en ging naar Bobby Laker, zijn echtscheidingsadvocaat. Scarlett Ambrose, Chrissy's pitbull, stelde allerlei eisen en wilde meer documenten.

Daarna ging Kirk naar zijn hotelkamer en werd dronken.

Rusty had geen toegang tot drank, maar hij zou een moord doen voor een borrel. Hij zat nog steeds opgeborgen in de kliniek om af te kicken van een verslaving die hij niet had, en hij verveelde zich nu al te pletter. Ze hadden zijn laptop afgepakt, maar hij had hem toch weer terug weten te krijgen, dus zat hij nu op internet te kijken hoe zijn wereld instortte.

Op vrijdagochtend, een week na de arrestaties, zat zijn advocaat, F. Ray, met Houston Doyle in het grote kantoor van het federale gebouw. F. Ray was tien jaar ouder en de twee kenden elkaar al jaren, en ze hadden respect voor elkaar. Normaal gesproken zou Houston zich naar de oudere man hebben geschikt en had hij het prima gevonden om af te spreken in F. Rays kantoor, een schitterende suite veertig verdiepingen boven St. Louis. Maar tegenwoordig was Houston de federaal aanklager en hoefde hij maar te kikken om een meeting te organiseren. Trouwens, F. Ray wilde iets van hem, een enorme gunst, en als er gesmeekt werd, wilde Houston dat dat op zijn terrein gebeurde.

Nadat ze koffie hadden gedronken en de verkiezingen hadden geanalyseerd, trok F. Ray een ernstig gezicht en zei: 'Luister, ik weet dat het voorbarig is, maar ik wil een zaadje planten. Ik wil dat je nadenkt over medewerking van mijn cliënt. Als hij overloopt en een deal sluit, wordt je zaak een stuk eenvoudiger.'

'Goh, bedankt, Ray. Ik weet dat je echt begaan met me bent en mijn zaken eenvoudiger wilt maken. Wat heeft Rusty me te bieden?'

'Volledige medewerking.'

'Bedoel je dat hij zijn eigen broer gaat verlinken?'

'Ze kunnen elkaar niet uitstaan. Ze staan al op voet van oorlog sinds ze klein waren.'

'Wat is zijn verhaal?'

'Bolton had een deal gesloten voor twee miljoen in ruil voor volledige gratie. Kirk wil dat Bolton in de gevangenis blijft, dus is hij naar Jackal gestapt met een betere deal. Rusty dacht dat het een grap was: een gouverneur omkopen om iemand in de gevangenis te houden.'

'Haha.' Doyle stond op en liep naar de mahoniehouten vergadertafel. Aan de ene kant stond een kleine audiobox met een ronde speaker. Hij wees naar een stoel en zei: 'Kom zitten.' F. Ray was verbouwereerd, maar deed wat hem gevraagd werd.

Toen ze allebei zaten, zei Doyle: 'Er zijn drie opnames. De eerste is gemaakt door een getuige die niet genoemd wil worden. De tweede en de derde zijn van de FBI. Ik denk dat je ze wel leuk vindt.' Hij drukte op een knop en de eerste opname begon. 'Kirk en Rusty bij hen op kantoor,' zei Doyle. 'De stem van de vrouw is vervormd, maar je kent haar toch niet.'

Een halfuur later drukte Doyle op een knop en de derde opname stopte. Hij zei: 'Je cliënt liegt tegen je.'

F. Ray schudde ontmoedigd zijn hoofd. 'Nou, dat is niet de eerste keer.'

'Geen medewerking, Ray, want dat heb ik niet nodig. Met deze opnames heb ik hen allebei bij de kloten. Wil je deze opnames aan een jury laten horen?'

F. Ray schudde weer zijn hoofd. Na een tijdje vroeg hij: 'Wat wil je?'

'Onofficieel: ik zal dertig maanden voor ieder van hen voorstellen, de maximumboete van tien ruggen, en vijf jaar voordat ze in aanmerking kunnen komen voor eerherstel.'

'Au.'

'Kon erger. We kunnen ook een proces beginnen en de opnames laten horen. Doet me een beetje denken aan de keer dat Bolton die grote slang weg wilde houden bij de jury. Soms is het bewijs gewoon te sterk.'

47

Later die ochtend stuurde Diantha een versleutelde mail naar de compagnons en alle andere medewerkers van de firma. Ze legde uit dat de firma, nu de Orde van Advocaten de vergunningen van Kirk en Rusty had bevroren, geen andere keuze had dan voor onbepaalde tijd de deuren te sluiten. Ze had goede hoop dat de zaken in het nieuwe jaar 'misschien' weer hervat konden worden. Ze waarschuwde dat de situatie onbestendig was en dat niets zeker was. Ter afsluiting schreef ze: *Ondanks alles wens ik jullie prettige feestdagen. Diantha Bradshaw, managing partner.*

Ze hadden haar altijd gekend als de directeur. Betekende dit dat ze de enige overgebleven eigenaar van de firma was?

Op vrijdagmiddag om twee uur ontmoette ze Stuart Broome in de lobby van het Robert A. Young Federal Building in de binnenstad. Hij zag er ouder uit dan ooit en liep met een stok. Ze gingen met de lift naar de kantoren van de fiscus en werden naar een kleine vergaderruimte gebracht. Ze hadden om kwart over twee een afspraak met mevrouw Mozeby, de *field director* van de overheid. Ze was vijf minuten te laat en had twee hulpjes bij zich. Niemand bood koffie aan.

Om de afspraak te maken had Diantha zich door verschillende lagen bureaucratie moeten worstelen voordat ze iemand vond die de ernst van de situatie begreep. Die persoon, van wie ze de naam was vergeten, had succesvol op mevrouw Mozeby ingepraat om audiëntie te verlenen. Om de zaak te bespoedigen had Diantha een beveiligd document van twee pagina's gemaild waarin ze de hoofdpunten samenvatte. Dan zouden ze tenminste niet bij nul hoeven te beginnen en konden ze alvast van de ergste schok bekomen.

Diantha zette de toon door van wal te steken met: 'Ik geef u graag een kopie van een immuniteitsovereenkomst die is ondertekend door de federaal aanklager van het oostelijke district. Die betreft zowel mijzelf als meneer Broome hier.'

'Ik heb de heer Houston Doyle gesproken en ben op de hoogte van de overeenkomst,' zei mevrouw Mozeby koud en zakelijk.

Diantha knikte en vervolgde: 'De belastingontduiking waar we het hier over hebben, is nog steeds gaande en die willen wij namens de firma benoemen, de aangifte alsnog indienen en betalen wat er verschuldigd is.'

'Hoeveel heeft Bolton Malloy aan fees ontvangen uit die tabaksschikking?'

'Vijftien miljoen. Drie miljoen per jaar gedurende de afgelopen vijf jaar.'

Mevrouw Mozeby was onder de indruk en keek naar het hulpje rechts van haar. Ze vroeg: 'En hoeveel heeft hij opgegeven aan inkomsten?'

Diantha keek naar ouwe Stu, die zei: 'We hebben zo'n tien procent via het kantoor laten lopen. De rest is uit de boeken gehouden en is verdeeld over belastingparadijzen over de hele wereld.'

'En wie weet waar het verborgen is?'

'Ik. Ik heb het daar ondergebracht, op aanwijzingen van mijn werkgever, Bolton Malloy. Hij wilde een nogal agressief ontduikingsprogramma.'

'En hoe lang blijven de fees binnenkomen?'

Diantha zei: 'Op basis van een jaarlijkse schatting van vier procent zou de inkomstenstroom nog minstens elf jaar moeten voortduren.'

'Waar gaan die betalingen naartoe?'

'Naar het advocatenkantoor dat de fees heeft verdiend, Malloy & Malloy. Zodra de huidige puinzooi is opgeruimd, zullen we alle inkomsten declareren en het eerlijk spelen.'

'Oké, maar het lijkt erop dat het advocatenkantoor op het moment nogal significante problemen heeft, als ik dat zo zeggen mag. Ik heb zojuist de kranten gelezen. Is het redelijk als ik me afvraag hoe lang de firma zal overleven?'

'Heel redelijk. Ik kan u verzekeren dat de firma zal blijven bestaan tot al het tabaksgeld in ontvangst is genomen.'

'Elf jaar?'

'Elf, twaalf, dertien. Doet er niet toe.'

'En u geeft toe dat u op de hoogte was van de ontduiking?'

'Ik kende de details niet en heb het geld nooit gezien, tot dit jaar. Ik wil u graag wijzen op de immuniteitsovereenkomst.'

'Ik begrijp het.' Mevrouw Mozeby haalde diep adem en produceerde een geforceerd lachje. Ze keek naar rechts en naar links en zei: 'Heel goed. Wanneer krijgen we de gegevens te zien?'

Ouwe Stu hield een USB-stick omhoog en zei: 'Hier zijn ze. Ik kan ze met u doornemen. Kost ongeveer een uur.'

'Fantastisch. Aan de slag dan maar.'

48

De weken die volgden, werden een nachtmerrie voor Diantha. Ze kwam nauwelijks uit het raamloze kantoor in de kelder van haar huis. Het leiden van een ingestort zestig jaar oud advocatenkantoor was een onmogelijke taak waar ze niet tegen opgewassen was. Wie wel? Waar was het handboek voor het omgaan met ontstemde cliënten, wanhopige compagnons, veeleisende rechters, gemiste deadlines, krimpende fees, geldtekorten, onredelijke bankiers, bange secretaresses en juridisch medewerkers, een monsterlijke golf van kritiek op social media, de eeuwig irritante pers en advocaten die als gieren om je heen cirkelden, klaar om zich op de karkassen te storten? Te midden van de chaos werd ze ook nog eens voortdurend afgeleid door de onderzoeken naar de misdrijven van de Malloys en de fiscus die in Boltons belastingtrucjes zat te porren. Ze bleef thuis omdat ze zich daar veiliger voelde en niet het risico wilde lopen dat ze werd belaagd door Rusty en Kirk of hun advocaten. Zowel het kantoor van F. Ray Zalinski als dat van Nick Dalmore wilde haar wanhopig graag spreken, en stuurden zelfs detectives naar haar huis. Ze werden weggestuurd door een bewaker die Jonathan had ingehuurd.

Ze praatte wel met advocaten, heel veel zelfs. Houston Doyle belde om de dag met een update. Kirk en Rusty hadden een enorme batterij advocaten opgetrommeld en het zou nog weken of maanden duren voordat er een procesdatum werd vastgesteld. Doyle verwachtte niet dat er een rechtszaak zou komen, maar er zouden pas zinnige onderhandelingen plaatsvinden als er maanden verstreken waren en de advocaten binnenliepen. Ze moest er niet aan denken hoe afgrijselijk het zou zijn om een volle rechtszaal binnen te lopen en tegen haar twee collega's te getuigen, met wie ze jarenlang had samengewerkt, en Doyle verzekerde haar keer op keer dat dat niet zou gebeuren. Hij had er alle vertrouwen in dat ze uiteindelijk zouden instemmen met dertig maanden, en dat ze naar een leuke federale gevangenis zouden gaan.

Ze droomde van dat scenario. Hoe langer ze zonder vergunning zaten, des te langer kreeg de firma het tabaksgeld.

En zij, Diantha Bradshaw, wás de firma.

Ze praatte met advocaten van het ministerie van Justitie die de fiscus vertegenwoordigden en was blij met de voortgang van het onderzoek. Vanwege Stu's nauwgezette verslagen was het geld niet moeilijk te vinden. Begin december kreeg ze in vertrouwen te horen dat Bolton Malloy binnenkort zou worden aangeklaagd op vijf punten van belastingontduiking.

Ze sprak tientallen advocaten die zaken hadden lopen tegen de firma Malloy en smeekte om meer tijd. Ze praatte tot ze haar eigen stem spuugzat was.

Ze sliep onrustig en nooit genoeg. Ze had geen eetlust, hoewel Jonathan altijd voor haar kookte. Phoebe, haar dochter, lachte haar net zo lang uit tot ze aan yoga ging doen en op een hometrainer ging zitten.

Ze moest weg. Toen Phoebe kerstvakantie kreeg, vluchtten ze met het gezin naar New York en daarna naar Parijs, waar ze de feestdagen doorbrachten in hun lievelingshotel. Vanaf daar gingen ze met de trein naar Zürich, waar de stad net bedekt was met een prachtige laag sneeuw. Diantha had afspraken met een paar bankiers. Thuis schoof ouwe Stu nog met wat geld. Ze ontmoette een advocaat en vestigde een Zwitsers privékantoor van Malloy & Malloy in het hart van het financiële centrum van Zürich.

Ze namen nog een trein naar de Alpen, vonden een schilderachtig hotel in Zermatt en gingen een week skiën. Toen ze genoeg hadden van de hellingen keerden ze terug naar Zürich en waren niet van plan om op korte termijn te vertrekken. Het gezin had unaniem besloten om in Europa te blijven.

Ze vonden een ruim appartement op de vierde verdieping van een nieuw gebouw op de oever van de rivier de Limmat. Ze huurden het voor een jaar en schreven Phoebe in bij een internationale school.

Vanaf haar smalle balkon keek Diantha over de rivier naar de glimmende kantoortoren van de Föderation Swiss Bank, het nieuwe onderkomen van haar tabaksgeld.

Ze wilde er dicht bij in de buurt zijn.